［著］アンソニー・レイノルズ
［訳］富永和子

リーグ・オブ・レジェンド

RUINATION

滅びへの路 ルイネーション

LEAGUE OF LEGENDS

KADOKAWA

リーグ・オブ・レジェンド
RUINATION《ルイネーション》
滅びへの路

RUINATION: A League of Legends Novel

RUINATION: A League of Legends Novel
by
Anthony Reynolds

Translated
by
Kazuko Tominaga
Published 2024 in Japan by KADOKAWA CORPORATION

This edition
published by arrangement with Orbit, an imprint of Hachette Book Group, Inc.,
New York, New York, USA, through Tuttle-Mori Agency, Inc., Tokyo.

カバーイラスト／増田幹生　装丁デザイン／平野清之

わが愛にして命である、ベスに捧《ささ》げる

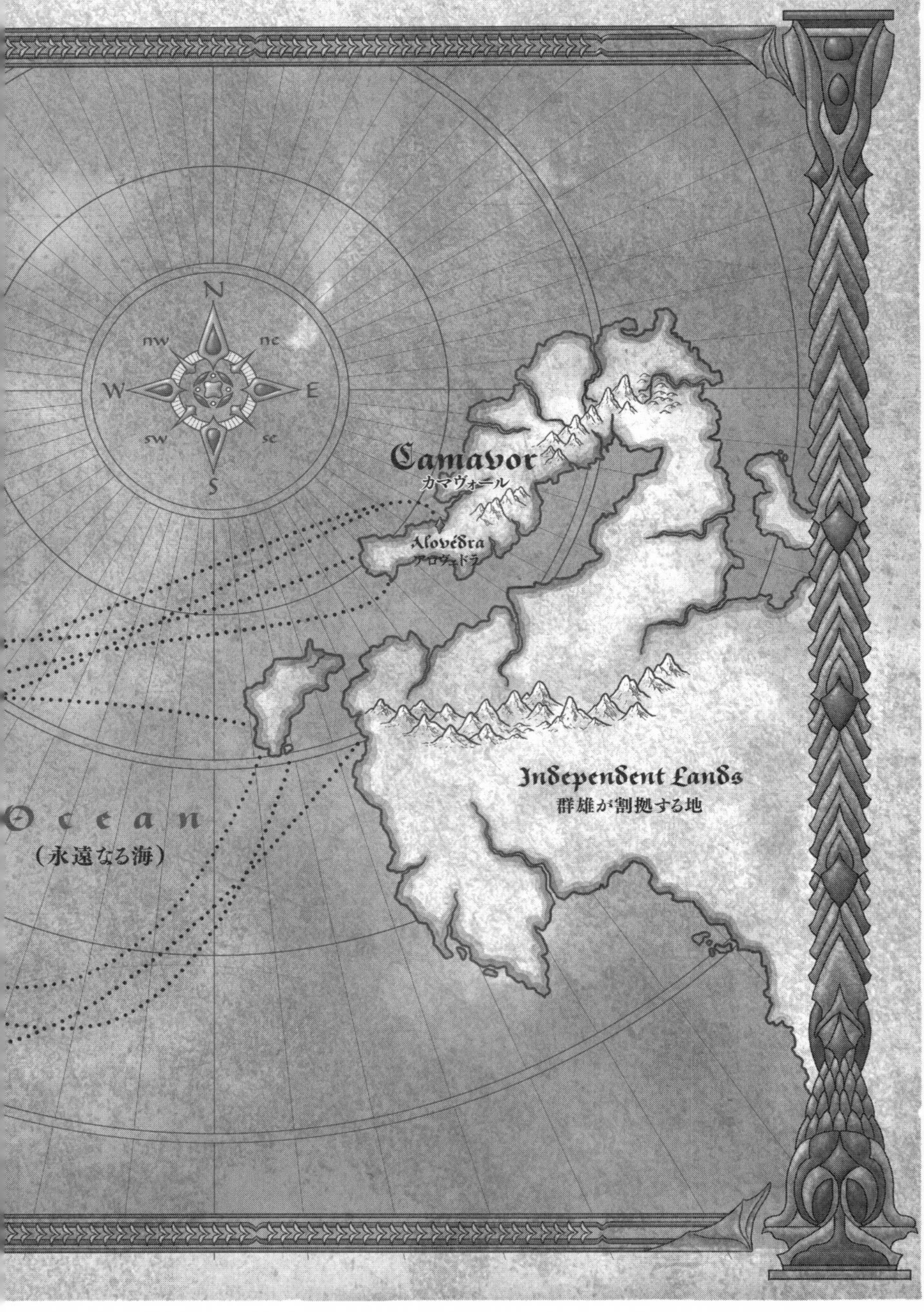
N
nw
ne
W
E
sw
se
S
Camavor
カマヴォール
Alovédra
アロヴェドラ
Independent Lands
群雄が割拠する地
Ocean
(永遠なる海)

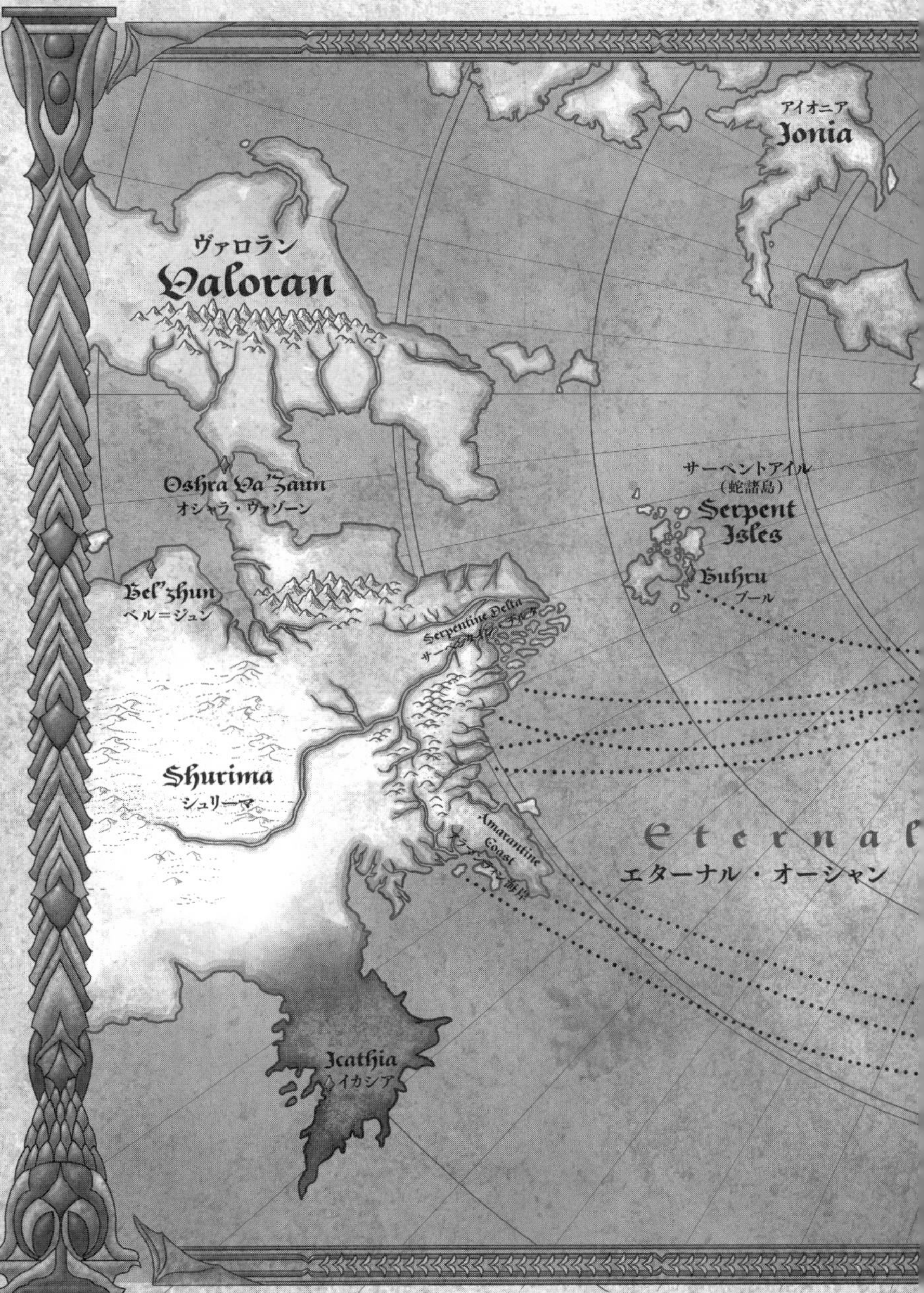
アイオニア
Ionia
ヴァロラン
Valoran
Oshra Va'Zaun
オシャラ・ヴァゾーン
サーペントアイル
（蛇諸島）
Serpent
Isles
Buhru
ブール
Bel'zhun
ベル＝ジュン
Serpentine Delta
Shurima
シュリーマ
Amarantine
Coast
Eternal
エターナル・オーシャン
Icathia
イカシア

タスカロス
Taskaros
ポレミア
Polemia
アルシャラヤ
Alshalaya
Port Takan
ポート・タカン

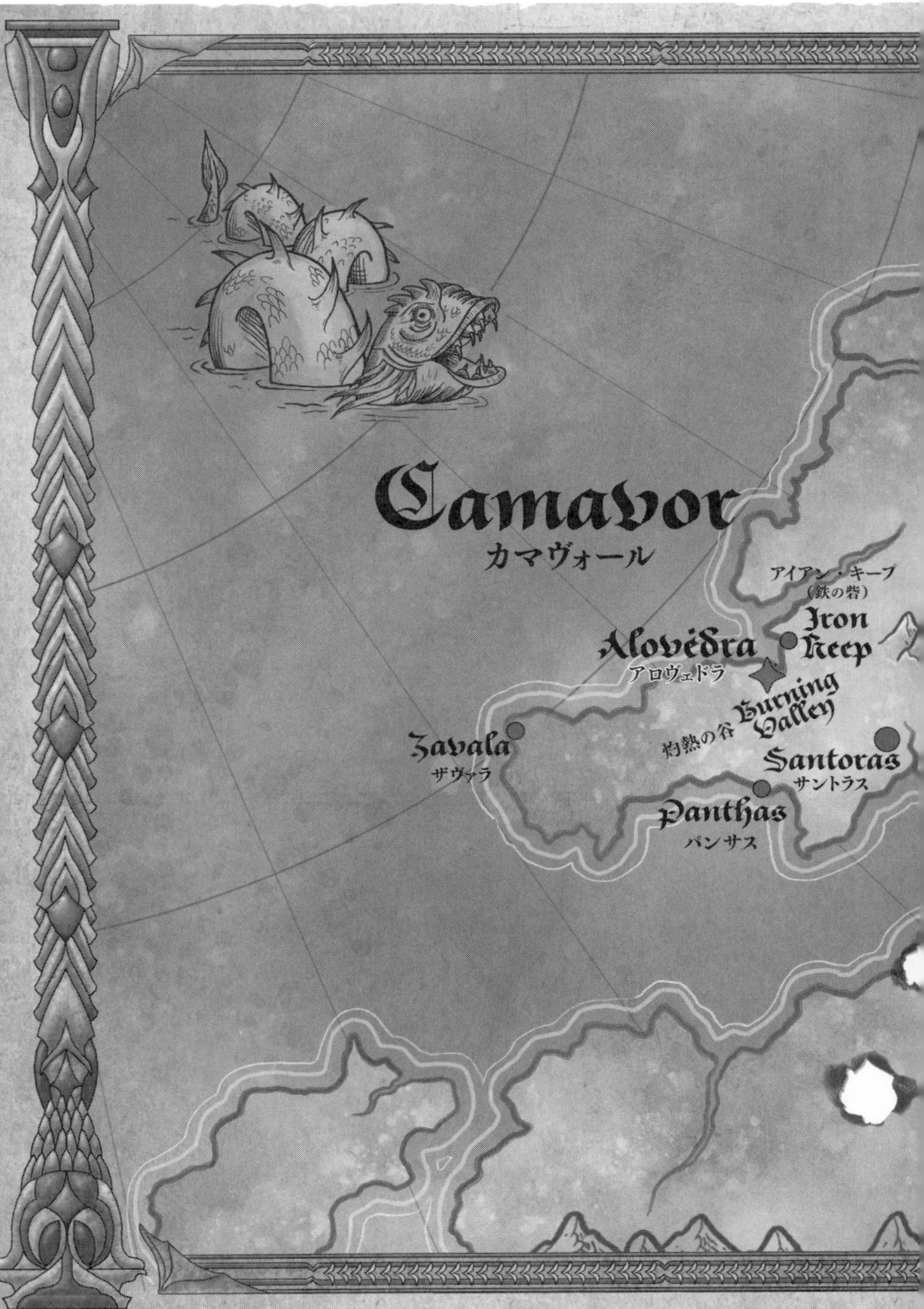
Camavor
カマヴォール
アイアン・キープ
（鉄の砦）
Iron Keep
Alovédra
アロヴェドラ
Burning Valley
灼熱の谷
Zavala
ザヴァラ
Santoras
サントラス
Panthas
パンサス

VOL KALAH HEIGAARI

ヴォル・カラ・ヘイガーリ王家の系図

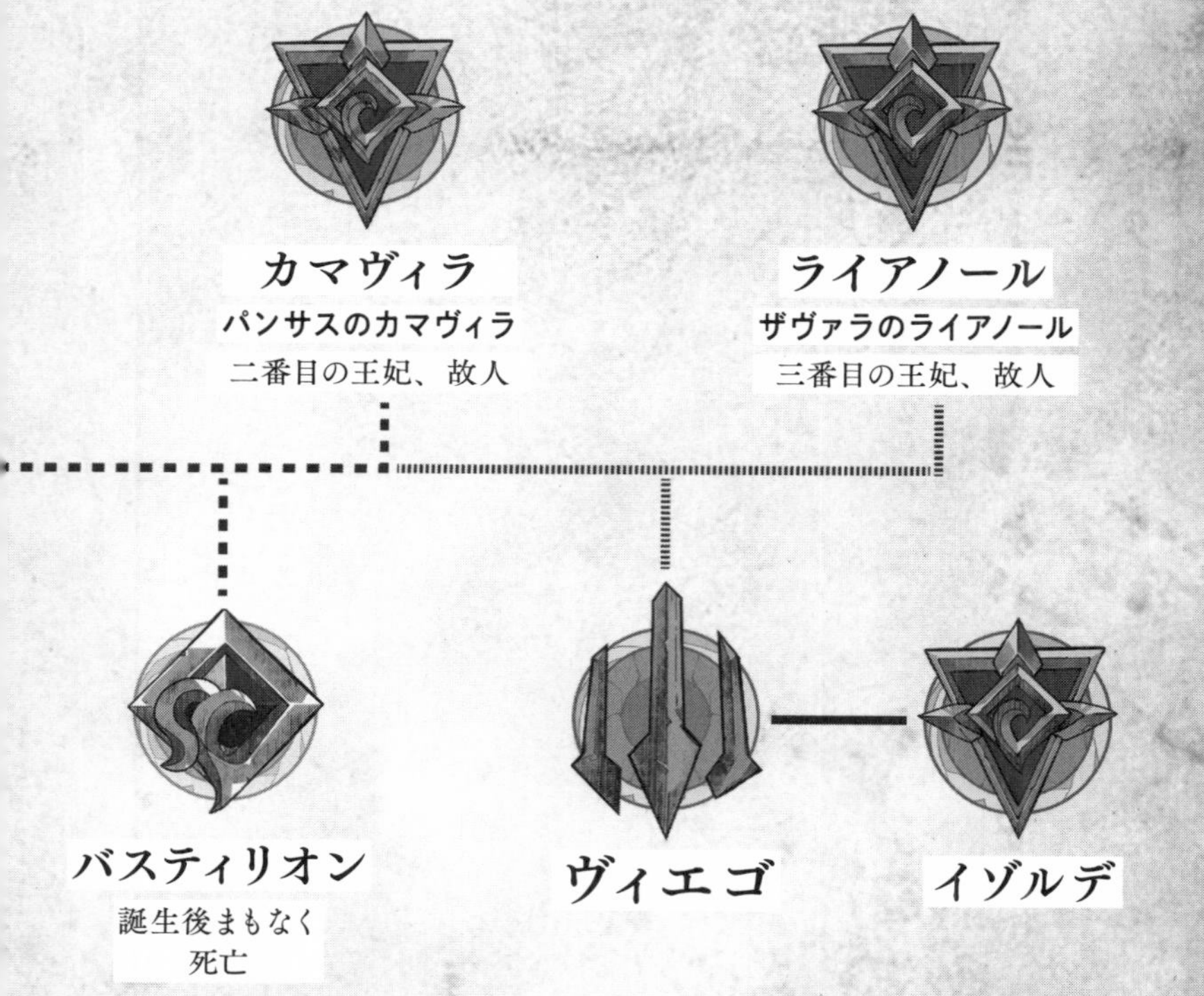

THE ROYAL LINE OF

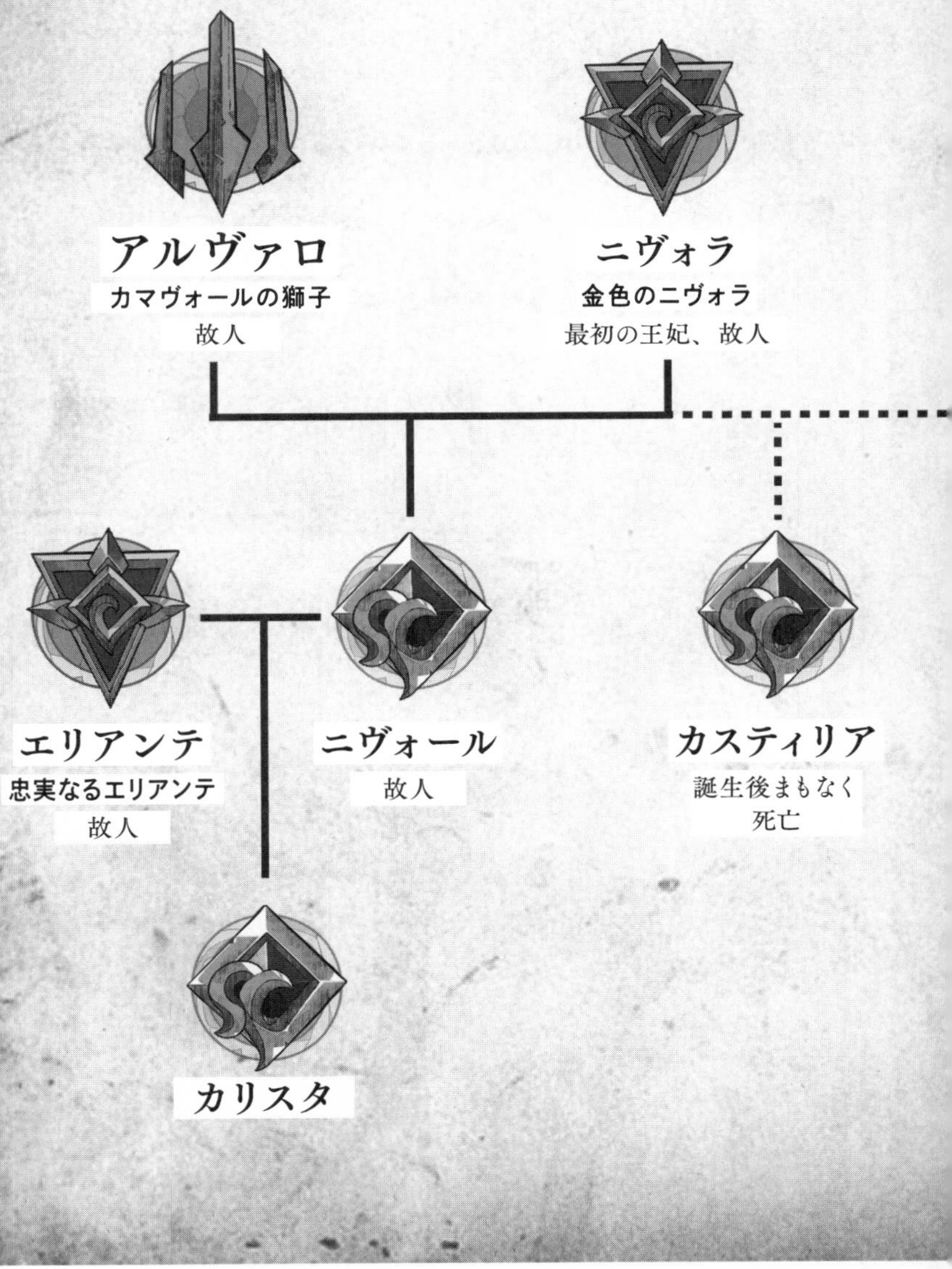

主な登場人物
Main Characters

カリスタ――――――カマヴォール王国のホスト軍将軍。ヴィエゴの姪。

ヴィエゴ――――――カマヴォール王国の王。カリスタの叔父。

イゾルデ――――――ヴィエゴの妻。

アーロック・グラエル―〈閾域《スレッシュホールド》〉の管理人。

ヘカリム――――――鉄血騎士団の団長。カリスタの婚約者。

レドロス――――――ホスト軍の隊長。

タイラス――――――〈光の交わり《フェローシップ・オブ・ライト》〉の探索者。

ライズ――――――探索者タイラスの弟子。

ジェンダ・カヤ―――〈光の番人《センチネル・オブ・ライト》〉の技術者。

ヴェニックス―――〈ダガーホーク〉の船長。

ソラカ――――――占い師。

あらゆる国家が例外なく堕落し、崩壊して、忘れ去られる。そしてその断末魔の苦悶《くもん》に、しばしばほかの国家を巻き込む。

——ヘリアのタイラス著『帝国史』第六巻

プロローグ

祝福されし島《ブレスドアイル》の首都　ヘリア

アーロック・グラエルはほかの学生から離れて立ち、選定の儀式を待っていた。

彼らがいる屋根のない円形の階段教室は、白い大理石と金を被《かぶ》せた冠石でまばゆくきらめいている。ヘリアはブレスドアイルの外に存在する野蛮な世界に挑むがごとく、その富を誇らしげにまとっているのだ。

待つあいだの落ち着かぬ気持ちをごまかそうと、ほかの学生はみな他愛《たわい》ない冗談を飛ばして笑っているが、グラエルは黙って前を見据えていた。彼には話しかけてくる者も、下らぬ戯言《たわごと》を耳元で囁《ささや》く者もいない。彼がそこにいることを心に留《とど》めている者すらほとんどいないだろう。グラエルなどいないかのように、学生たちの目は彼を避け、通りすぎていく。実際、同級生の大半にとってグラエルは存在していないも同然なのだ。

だが、そんなことは気にならなかった。世間話や噂話《うわさばなし》は時間の浪費、幼稚な仲間意識を羨んだことなど一度もない。今日こそは勝利の日。ブレスドアイルに本拠を置く〈光の交わり《フェローシップ・オブ・ライト》〉の中枢、秘密主義のマスターに弟子として迎えられる栄えある日だ。何年も血の滲むような努力をして、優秀な成績をおさめてきたのはそのためだった。養豚農家に生まれ、無学な親を持つグラエルは、ほかの学生と違って富や爵位とは無縁だが、彼には誰よりも秀でた頭脳がある。

マスターたちが到着し、中央の階段をひとりずつ下りてくると、期待に満ちたざわめきが消えた。グラエルは熱い願いを込めた目でマスターたちを見つめ、まもなく与えられる特権と栄誉を味わうかのように、唇を舐《な》めた。ごく一部の者にしか明かされない秘密のすべてを、近々この目で見ることができるのだ。

すべてのマスターが卒業生より数段上の所定の位置につき、厳粛な面持ちで卒業生を見下ろす。期待を持たせるように沈黙を長引かせたあと、蟇蛙《ひきがえる》のような顔にぬめっとした青白い肌のバルテク長老が、咳払《せきばら》いをして祝いの言葉を述べはじめた。自画自賛の余談を盛り込んだ、尊大な年寄りのくどい〝挨拶〟は、耐えがたいほど退屈だった。

それから、とうとうマスターたちがそれぞれ弟子として庇護《ひご》の下に置く者を選ぶときが来た。この式には、〈光の交わり〉の主な部課を率いる長が全員列席している。古代科学部、論理学および形而《けいじ》上学《じょうがく》の様々な学《まな》び舎《や》、ブレスドアイルの古文書部、占星術部、錬金術部、最上級幾何学部、探索部など。そのすべてが何らかの形で、世界に散らばっている最強の力を持つ古代遺物の収集、研究、分類、確保という、〈光の交わり〉の大義に仕えている。

その意味では、ヘリアには世界の最も優れた知性が集まっていると言っても過言ではなかった。とはいえ、アーロック・グラエルの目はそのなかのただひとり、鍵のマスターであるヒエラルク・マルガーザに注がれていた。褐色の肌はしわ深く、若いころ漆黒だった髪はほとんどが白くなっている。マルガーザはヘリアで学ぶ者にとっては、伝説のマスターだった。この儀式には毎年出席するわけではないが、出席したときには、常に新たな弟子を懐に迎え入れる。

選ばれた者に与えられるバトンが運ばれ、まず最も名誉あるマスター、マルガーザがふしくれだった手でそのうちのひとつを摑《つか》んだ。とたんに、学生のあいだにざわめきが広がり、グラエルも薄い唇にかすかな笑みを浮かべた。予想どおり、鍵のマスターは今日、弟子を選んだのだ。マルガーザの鷹《たか》のような目が、期待を浮かべて息を呑《の》む若者たちの上を横切っていく。

あのバトンに刻まれているのが誰の名前にせよ、未来は安泰、エリートとして尊敬され、歴史に名を残すことになる。待ちに待った瞬間の到来に、グラエルは期待に指を引きつらせて思わず半歩前に出た。マルガーザが熟成されたウイスキーのようなしゃがれ声で、バトンにある名前を読みあげる。

「ヘレスモールのタイラス」

グラエルは目をしばたたき、わが耳を疑った。それから、バケツ一杯の氷水を顔に浴びたように、冷たい現実に打ち据えられた。

囁きと息を呑む音が弾《はじ》け、選ばれた学生が歓声をあげる。タイラスが学友に背中を叩《たた》かれながら前に出て、階段を駆けあがり、得意満面の笑みでマルガーザの後ろに立った。

グラエルは表情も姿勢もまったく変えなかったが、内心の怒りを抑えきれずに体をこわばらせた。式の残りは、夢のなかの出来事のように過ぎていった。マスターたちが次々にバトンを摑み、新たな弟子を選んでいく。彼らがバトンにある名を告げるたびに、周りに立つ学生の数が減っていき、やがて階段の下に立っているのはグラエルだけになった。大勢のマスターとその後ろに並ぶ新たな弟子が、死刑を宣告する陪審員のように彼を見下ろしている。

手の震えはもう止まっていたが、胸のなかでは、屈辱と憎悪が断末魔の苦しみに絡み合う二匹の蛇のようによじれていた。すべてのバトンがあるべき場所に戻され、金色のローブを着た係がカチリという無情な音とともに儀式用の箱を閉じて、その箱を持ち去った。

「アーロック・グラエル」蟇蛙のバルテクが嫌味《いやみ》な笑いを浮かべた。「どのマスターもきみを選ばなかったが、〈光の交わり〉は寛容な組織だ。きみの進む道はちゃんと用意されておる。それを通して、きみが大いに必要としている謙虚さを学ぶがいい。たとえそれが無理でも、せめて多少の思いやりを持つことだ。やがてはマスターの誰かが快くきみを――」

「どこです？」グラエルは荒々しくバルテクの言葉をさえぎった。つぶやきや舌打ちが聞こえたが、かまうものか。

バルテクはうっかり汚物を踏んだように顔を歪《ゆが》め、意地の悪い目で団子鼻の先からグラエルを見下ろした。「闕域《スレッシュホールド》の管理人見習いとして仕えるがよい」

ついさっきまで仲間だった卒業生たちから、嘲りを含む低い笑い声が漏れた。誰もがばかにして〝スレッシュ〟と呼ぶ闕域の管理人は、ヘリアの地下深くに眠る遺物の警備と収納室の巡回を行う。序列は比喩的にも真の意味でも最も低く、スレッシュに落とされるのは、ひどい政治的失敗か罪を犯してマスターの怒りを買った者、さもなければ〈光の交わり〉が排除したい者だけだ。スレッシュは地下の闇のなかで忘れ去られる冗談の種、当惑の源だった。

バルテクの恩着せがましい声はまだ続いていたが、グラエルの耳にはもう入らなかった。

この瞬間、グラエルは心に誓った。このままスレッシュで終わるものか。管理人として仕えながら、自分の価値を認めさせてやる。尊大なマスターや俗物の学生の誰ひとり、彼の卓越した能力を否定できないほどに。いいとも、一年か二年、地下で働くとしよう。それからヘリアの中枢で自分が就くべき地位をこの手に摑む。

地下に追いやったくらいで、俺の心を挫《くじ》けると思ったら大間違いだ。

この屈辱は必ず何倍にもして返してやる。

カマヴォール王国の首都　アロヴェドラ

厳かな雰囲気の漂う裁きの聖所《サンクタム・オブ・ジャッジメント》のなかは薄暗く、ひんやりとしていた。外の焼けるような夏の日差しの下から入ってきたカリスタは、ほっと息をつき、体にぴたりと合った鎧《よろい》と大きな羽根飾り付きの兜《かぶと》を着けたまま、気をつけの姿勢をとった。

そのかたわらには、陽《ひ》に照らされているわけでもないのに汗をかき、浅い呼吸を繰り返しながら、銀白の玉座《アージェント・スローン》の後継者である若い叔父《おじ》がひざまずいている。

彼の名はヴィエゴ・サンティアラル・モラク・ヴォル・カラ・ヘイガーリ。王と認められるか、これが最期の日となるか、その裁定が下されるのを待っているのだ。

王となるか、死か。その中間はありえない。

カリスタはヴィエゴの姪《めい》にあたるが、実際は姉のような存在だった。ヴィエゴは小さいころからカリスタとともに育ち、年上のカリスタを頼りにしてきた。本来なら、この場にいるのは亡き老王の嫡男であるカリスタの父のはずだったが、その父が思いがけなく他界したために、歳《とし》の離れた弟ヴィエゴが急遽《きゅうきょ》、王位継承者となったのだ。

聖所の冷たい壁を通して聞こえる民の声が、フードを目深に被り、つるりとした陶器の仮面をつけた司祭たちの唱える低い、単調な祈りの声に混じる。吊《つ》り香炉から上がる煙が喉にからみ、目にしみた。

「カル?」ヴィエゴが囁いた。

「私はここにいる」カリスタは小声で応じた。

ヴィエゴがちらっと目を上げた。面長の端整な顔は、青い瞳に浮かぶ恐怖のせいか二十一歳という年齢より若く見える。白い額には眉のあいだで一点に集まる三本の線、血の三叉槍《さんさやり》が引かれていた。これは速やかにあの世に移り、尊い祖先に確実に見つけてもらえるよう、血で死者の額に描かれるし、ヴィエゴの額にそれが描かれていることが、この先の試練が命がけであることを示していた。

「父上の最期の言葉を、もう一度聞かせてくれ」

カリスタは体をこわばらせた。カリスタの祖父にあたる亡き老王は権謀術策に長《た》けているだけでなく、カマヴォールの獅子《しし》というふたつ名を持つ勇猛な戦士だった。だが、死の床に横たわっていた祖父には、敵を震えあがらせた逞《たくま》しい戦士王の面影はなく、肉が落ち、やせ細って、自慢の力もみなぎる精気もすっかり失われていた。鋭い眼差しにまだ昔を偲ばせる光がかすかに残っていたものの、それは燃えさしの輝き、完全に消えるまえの最後の光でしかなかった。

あのとき王は、人間よりも禿鷹《はげたか》の鉤爪《かぎづめ》に近い指に渾身《こんしん》の力をこめてカリスタの腕を摑み、しゃがれ声で必死に訴えた。

「約束してくれ。あの子は王の気質に欠けている。悪いのは放っておいた私だが、孫娘よ、おまえがあれの足りぬ分を補わねばならぬ。頼む、ヴィエゴを導いてくれ。よき相談相手となり、必要とあれば操ってでもカマヴォールを守るのだ。よいな、カマヴォールを守れ。これからは、それがおまえの義務だ」

「お約束します、お祖父様《じいさま》。どうか、ご安心ください」カリスタはそう答えるしかなかった……。

ヴィエゴが期待をこめて見上げていた。外の群衆の声が、遠くの岸に打ち寄せる波のように高まっては引いていく。

「亡き王は、あなたが偉大な王になると言われた」カリスタは嘘《うそ》をついた。「獅子王の功績すら霞《かす》むほど立派な王になる、と」

この言葉に慰めを見出《みいだ》そうとしながら、ヴィエゴがうなずく。

「怖がるのは、悪いことではない。むしろ怖がらないほうが愚かよ」カリスタは厳しい表情を和らげ、軽口を叩いた。「つまり、いまよりもっと、ってことだけれど」

ヴィエゴが笑った。かすかにヒステリックな響きを含んだ声が、天井の高い聖所には少しばかり大きすぎたと見えて、司祭たちがたしなめるように仮面をつけた顔をこちらに向ける。ヴィエゴは笑いをおさめ、波打つ金色の髪を片方の耳にかけて再び床に目を落とした。

「気持ちはわかる。でも、不安に呑まれてはだめよ」カリスタは優しく諭した。

「ぼくが王の剣《キングブレード》に倒されたら、次にここにひざまずくのはきみだよ、カル」ヴィエゴが言い返し、考えるような顔になった。「きみのほうが、はるかに立派な統治者になれるだろうな」

「何を言うの」カリスタは小声で叱った。「あなたは祖先に祝福されている。その血のなかには、亡き王にすらなかった魔力が流れているのよ。王に相応《ふさわ》しい器であることは間違いない。夜の帳《とばり》が下りるころには、王冠を戴《いただ》き、このすべてがたんなる記憶になるはず。王の剣に貫かれることなどありえない」

「でも、万が一――」

「王の剣があなたを殺すことはない」

ヴィエゴがゆっくりうなずき、繰り返す。「王の剣がぼくを殺すことはない」

ふいに聖所の空気が変わり、絶え間なく続いていた司祭たちの詠唱が速くなった。吊り香炉が大きく横に揺れはじめ、真上に達した太陽が、高いドーム天井の中心に嵌《は》め込《こ》まれた水晶を通して、聖所のなかに光の矢を注ぐ。漂う埃《ほこり》の粒子と甘ったるい匂いを放つ細い煙のなか――

――何もない空間に、突然、巨大な剣が現れた。

高潔《サンクティティ》と呼ばれる王の剣が。カリスタは息を止め、それを見つめた。サンクティティは祖先が眠る領域に存在しているが、カマヴォール王国の正統な王が呼びだすとき、そして司祭たちが新たな王を裁定するときのみ、この世界に顕現する。

カマヴォールを統べる者は、何代も続く好戦的な王たちにいかにも相応しい、三叉槍を飾った銀白の王冠を戴く。しかし、玉座の真の象徴はこの剣だった。サンクティティは何者も覆すことのできない王のしるし。しかし、その主《あるじ》となるためには、剣と魂を繋《つな》がねばならない。だが、歴代の王位継承者のすべてが、この儀式を生き延びたわけではなかった。

これはたんなる伝説上の脅威ではない。王家の歴史には、〈裁きの聖所〉で滅びた王位継承者が何十人も記されている。目の前の剣が、口さがない者たちに魂を縛る剣と呼ばれるのは、もっともな理由があるのだ。そしてカマヴォールの王位継承者だけでなく、敵も等しく恐れるだけの力が、この剣にはある。

外の群衆が静かになった。恐れの入り混じった期待に息を止め、裁定が下るのを待つ気配が伝わってくる。果たして新たな王の誕生を歓迎するのか、あるいは王位継承者の死を嘆くことになるのか。正面の扉が大きく開かれ、ヴィエゴがサンクティティを手に栄光のうちに出てくるか、聖所の屋根の上で憂いに満ちた弔いの鐘が一度だけ鳴り、王位後継者の死を知らせるか。

「ヴィエゴ」カリスタは促した。「その時が来た」

ヴィエゴがうなずき、立ちあがった。巨大な剣は目の前に浮かび、王位継承者が手に取るのを待っている。だが、彼はまだためらっていた。魅了され、恐怖におののいて、じっと剣を見つめている。

司祭たちがのっぺりした仮面の下でかっと目を開き、鋭い眼差しで指示した通りにしろと促す。

「ヴィエゴ……」カリスタは囁いた。

「これからも、そばにいてくれるね。ぼくひとりでは無理だ。この国を治めるのは」

「もちろん、そばにいるとも。これまでと同じように」

ヴィエゴはうなずいて、光のなかに浮かぶ巨大な剣に目を戻した。ぐずぐずしていれば剣に倒される。いまこそ裁きの時だ。

司祭たちが熱に浮かされたように言葉を紡ぐ。香の煙が無数の蛇のごとく剣に絡みつき、よじれる。ヴィエゴは前に進みでて、その柄《つか》を両手で握りしめ——

目を見開いた。瞳孔が一気に縮まる。

大きく開いた口から、悲鳴が迸《ほとばし》った。

第一部

あの刃《やいば》が狙った的に突き刺さっていたら……世界はどれほど違っていたことか。
——光の番人《センチネル・オブ・ライト》の技術者、ジェンダ・カヤ

心の妹である親愛なるイゾルデへ

この手紙を受けとるころには、あなたはすでにアロヴェドラを発《た》ち、二、三日後にはサントラスに到着していることだろう。

私たちの努力が報われず、外交で解決できなかったのは残念だけれど、がっかりしないでほしい。血を流さぬ交渉など、祖父の治世であれば俎上《そじょう》にも載らなかった。それを思えば、議題に上がっただけでも大きな進歩よ。カマヴォールはこれ以上敵を増やすのを避け、同盟国の経済を維持すべきだというあなたの熱烈な懇願には、とても説得力があった。自分の支配を堅固なものにするため戦場で勝利を収める必要がなければ、ヴィエゴも司祭たちや騎士団の反論になど耳を貸さなかったと思う。

ヴィエゴはほかの誰よりも、あなたの意見を尊重している。どうか、あなたがヴィエゴに与えるよい影響が、騎士団の最悪の暴挙を抑えてくれるように。あなたと結婚してからまだそれほど経《た》たないのに、ヴィエゴはとても多くを成し遂げた！　すでに法令にも、私が思いもしなかった様々な変更を加えている。あなたの勧めに従い、東区にある兵舎の厨房《ちゅうぼう》を毎晩開放し、貧しい人々に食事を提供しているのもそのひとつ。ヴィエゴはあれでアロヴェドラの民の好意をずいぶん勝ちとったのよ。あなたの説得を聞き入れて、評議会に平民から選ばれた代表者の席を設けたことは、いまでも信じられないほどの快挙だった。

サントラスまでの道中も、まもなく始まる戦いのすぐ近くに留まることも心配だけれど、あなたがヴィエゴに同行したがった理由はわかっている。実際、ヴィエゴの取り巻きにあなたの知恵と思いやりの欠片《かけら》でもあれば、世界ははるかに明るい場所になるだろうに。これまでカマヴォールと争った多くの国々同様、サントラスがこの戦いに負けることは間違いない。でも、あなたがその場にいれば、戦いのあとサントラスの市民が容赦なく虐殺されるのはきっと防げる。

征服した敵から盗んだ財宝で金蔵を満たしてきた騎士団の団長たちは、街を略奪するなという命令に異を唱えるでしょう。でも、ヴィエゴに逆らう勇気は、彼らにはない。もちろん、すべての暴力と略奪を排除できるとは思わない。命令が完璧に実行されると信じるのは非現実的だもの。それでも、サントラスを蹂躙《じゅうりん》しないという今回の選択は、カマヴォールにとって新たな時代の夜明けとなるにちがいない。「崇高な探索」などという見え透いた大義を振りかざし、力による征服と流血を繰り返すのではなく、同盟国との盛んな交易により国庫を潤し、カマヴォールの民の生活を向上させる日が、必ず来ると信じている。

騎士団の残忍な探索文化を変えるには時間がかかるだろうが、私たちが力を合わせれば、ヴィエゴを正しく導き、時代遅れのやり方に終止符を打つことができるはず。始めた当時は実際に崇高だったにせよ、カマヴォールの探索はとうの昔に欲にまみれて堕落し、忌むべき悪行となり果ててしまった。あなたの祖先は最悪の形でその悪行を目撃した。祖国が蹂躙され、愛する者たちが虐殺されるのを目の当たりにするなど、誰の身にも二度と起こってはならないこと。どんな償いも過去の残虐行為の埋め合わせにはならないけれど、もう二度とそれが起こらないようにすることはできる。

カマヴォールの歴史は、この国が今後成し遂げていく偉大な功績のすべてにあなたの影響があったことを記録するにちがいない。私は心からそう信じている。あなたはヴィエゴの最良の面を引きだす。それが私の胸を希望で満たしてくれる。

親愛なる友にして同志である、
カリスタ

1

ヴィエゴの戴冠式から一八か月後
サントラスの灼熱《しゃくねつ》の平原

ホスト軍の将軍であり、王の槍にして姪であるカリスタ・ヴォル・カラ・ヘイガーリは、頭から引きはがすように兜を取り、深々と息を吸い込みながら、汗に濡《ぬ》れた長い髪を片手でかきあげた。

強い陽射《ひざ》しが容赦なく降り注ぎ、いまにも体が燃えあがりそうだ。が、熱気で肺を焼きながら何度か深呼吸するうちに、鼓動は徐々に落ち着いてきた。戦いの興奮が収まるにつれて、受けた記憶のない無数の傷がその存在を主張しはじめる。頭が重く、ひどい耳鳴りがするところをみると、頭に一撃を食らったのだろうか？　その可能性はあるが、激しい戦闘のさなかのことは、よく思い出せない。

両腕が鉛のように重く、背中の筋肉も痛みを訴えてくる。このまま地面に横たわり、目を閉じて休みたかったが、司令官の無様な姿を部下に見せるわけにはいかない。膝の力が抜けて、その場に座り込んでしまわないようにと祖先に祈りながら、カリスタは戦場に立ち続けた。

埃の舞いあがる平野には、何千という兵士たちが倒れていた。戦いが激しかったところでは、何列も、小山のように重なっている。そのほとんどはまったく動かないが、息のある兵士たちは敵も味方も苦痛のうめきを漏らし、体を痙攣《けいれん》させていた。戦いに勝利したカマヴォールの負傷兵は仲間に運ばれ傷の手当を受けられるが、サントラスの兵士にはそんな恩恵は与えられない。ホスト軍の兵士が手分けして戦場を歩きまわり、ひとりまたひとりと敵の負傷者の息の根を止めていた。

戦場から少し離れた街を囲む砂岩の壁の上から、兵士たちの家族が大切な夫や妻、娘や息子が殺されるのを見ている。悲哀に満ちた彼らの声が聞こえるようだった。あの壁の内側では、街の人々が恐慌をきたしているだろう。サントラスの王は勝利の望みにすべてを懸け、カマヴォールに刃を向けた。だが、いまやその王は死に、サントラスはこれからカマヴォール王国の支配下に置かれるのだ。

カリスタのはるか後方、戦場を見晴らす丘の上に張られた大テントでは、ヴィエゴが王妃とともに戦いを見守っていた。何代も続く戦士王の血筋に生まれ、伝説の獅子王を父に持つ彼は、王となってからまだ一年半とあって、自分の強さを敵だけでなく味方にも示したがっていた。そのため、危険のない離れた場所から戦いを見守るよう促す顧問や騎士団長たちの助言を一蹴し、戦いが始まる直前まで、大いなる力を秘めた王の剣サンクティティを手にして、自ら先陣を切ると言い張っていた。

だが、側近が退出したあと、カリスタは若い叔父を諫《いさ》めたのだった。

「あなたは王よ。しかも、まだ跡継ぎがいない」頑固なヴィエゴに忍耐を失《な》くしかけ、カリスタは食いしばった歯のあいだから言葉を押しだすようにして諭した。

「父上の影のなかで生きるのは、もううんざりなんだ」戦いに備えて金縁の黒い鎧を着けたヴィエゴは、鋭く言い返した。「ぼくも父上と同じ戦士だ。自分の手で勝利を掴みたい」

「戦場で剣を振るわなくても、勝利は王であるあなたのもの」カリスタは引きさがらなかった。「本人が実戦に加わるか否かにかかわらず、歴史はこの戦いをヴィエゴ王の勝利として記録する」こんなふうに率直にヴィエゴに意見できるのは、カリスタだからこそだった。幼いころからヴィエゴは常に〝姉〟の同意を求めてきた。多くの意味で、いまでもそれは変わっていない。

「だが、ぼくには重要なことだ」ヴィエゴは声を荒らげて言い返したが、そのとき王妃がそっと腕に手を置いた。

「カリスタの言うとおりよ、あなた。どうか私のそばにいて。あなたは何も証明する必要などないわ」

話し方は穏やかだったが、イゾルデも言いだしたら聞かないところがある。ヴィエゴはため息をつき、ようやく譲歩して王妃の手に自分の手を重ねた。「戦いたがるのは、強いところを見せたいというプライドのせいだろうな。きみの願いどおりにするよ、愛《いと》しい人」

太陽が照りつける乾いた平原で、死者と死にかけている者たちのなかに立ち、カリスタは丘の上の王と王妃に向かって槍を高く上げた。

「将軍、その傷は診てもらったほうがいい」よく響く太い声が言った。カリスタが最も信頼する有能な隊長、レドロスだ。レドロスは巨人のような大男で、ホスト軍で二番目に長身の兵士よりも頭ひとつ以上高い。日焼けした浅黒い顔には、無数の古傷の痕があった。平民からなるホスト軍の兵士である彼の鎧は、干した革の胸当てとなんの飾りもない銅の兜、それに革の脛《すね》当てだけだ。大きな木製の楯《たて》は裂け目だらけで、太腿《ふともも》のように太い腕からはずしたとたんにばらばらになった。どこもかしこも血だらけだが、おそらくそのほとんどが返り血だろう。

「診てもらう？　カリスタは理解できずにレドロスを見つめた。レドロスがこめかみを指す。指先で触れると、血がついた。顔をしかめながら、まだ完全に感覚の戻らない指で掴んでいる兜を見下ろす。戦闘斧《おの》がかすめたとみえて、側面が裂けていた。斧がまともに当たっていれば、いまごろはほかの死体とともに土埃《つちぼこり》のなかに倒れていただろう。そうならずにすんだのは運がよかったからにすぎない。レドロスもそれがわかっていた。

「かすり傷よ、隊長」

レドロスは片手で切り落とした首の髪を掴んでいた。サントラスの王の首だ。敵陣が急に崩れたのは、この戦士王が討ち取られたからだった。いつものように、いったん崩れはじめると、それを止める術《すべ》はない。戦場では、不安や恐怖は瞬く間に広がり兵士の戦意を挫く。たったひとつの小石が雪崩《なだれ》を起こすことがあるように、ひとりの男の死で戦線が総崩れになることもあるのだ。

「大手柄ね」カリスタはねぎらった。

敵の王は剣の名手と評判の男で、実際、カリスタが見たかぎりでは、その評判は決して誇張ではなかった。サントラスの王は自ら親衛隊を率いてこちらの右側面に食い込み、行く手をさえぎる兵士を戦神のように斬り倒していた。だが、カマヴォールの戦列が破られるかに見えたそのとき、レドロスが崩れかけた味方を肩で押しのけ前に出た。

サントラスの王が優れた戦士だったことは間違いない。ただ、彼はレドロスのような兵士と戦ったことがなかった。

「こいつもなかなか健闘した」

「でも、足りなかったようね」カリスタは首を見下ろした。「敵の王を仕留める名誉をあなたに奪われたと知ったら、騎士たちがさぞ激怒するにちがいない」

レドロスが相好を崩す。この男の顔はハンサムというには大きすぎ、肉厚すぎるが、心の内がそのまま表れる。レドロスには狡《ずる》さや欺瞞《ぎまん》の欠片もなかった。彼ほど表裏のない人間はめったにいない。

「そのぶん、この勝利がいっそう甘いものになる」レドロスはそう言って、暗褐色の瞳を嬉《うれ》しそうにきらめかせた。

カリスタは鼻を鳴らした。レディらしくもない仕草だが、近くにいるのはホスト軍の忠実な部下だけだ。生まれたのは王家でも、貴族と彼らのお世辞や嘘や裏切りに囲まれているより、ホスト軍の兵士に囲まれているほうがはるかにくつろげる。常に駆け引きや策謀、暗殺や悪あがきを警戒しなくてはならないカマヴォール王宮は、どんな戦場にも劣らぬほど危険な場所だった。少なくとも戦場では、誰が敵かはひと目でわかる。

敵の敗残兵が逃げた方向には、土煙が上がっていた。だが、そちらもすぐに片付くだろう。サントラスには、ホスト軍のほかに、カマヴォールの主な騎士団である紺碧の炎団《アジュール・フレーム》、漆黒の角団《ホーンズ・オブ・エボン》、鉄血騎士団《アイアン・オーダー》、それと小規模な騎士団も二、三同行していた。まだ戦いに完全に加わらぬうちに敵が総崩れになり、勝利に繋がる手柄を立て損ねた彼らが、生き残った敵を追い散らし、憂さを晴らしているのだ。

疲れを押しやり、カリスタはレドロスをともなって兵士たちのあいだを歩きはじめた。頻繁に足を止めて個々の兵士の健闘を称《たた》え、軽口を叩きながら、将軍の無事な姿を見せていく。負傷兵のそばでは膝をつき、死にかけた兵士の手を取り、死者の額には血の三叉槍を描いて、彼らの勇敢な戦いぶりに感謝した。死にゆく者にかける言葉はカリスタの耳には虚《うつ》ろに響くが、まだそれを聞くことのできる兵士たちはそれに慰めを得ているようだった。カリスタは若い兵士たちを「これでもう熟練兵だ」と励まし、虚ろな眼差《まなざ》しの古参兵には黙ってうなずいた。戦場を歩いているのはカリスタたちだけではなかった。仮面をつけた司祭たちも指先で陶器の硬い表面を叩きながら、死者の霊を尊い祖先のもとへと導いている。

レドロスは行く先々で仲間に肩を叩かれた。彼が敵の王を倒すところを見ていなかった者にもすでに話が伝わっているらしく、あらゆる兵士が畏敬の念に満ちた目を向けてくる。レドロスはホスト軍一の勇者、彼らのお守りのような存在だった。万が一、レドロスが戦場で倒れるようなことがあれば、おそらく今日のサントラス軍と同じことがホスト軍にも起こるだろう。レドロスは真にホスト軍の心であり、魂なのだ。

ようやく兵士たちのはずれに達したときには、太陽が西の地平線に近づいていた。埃まみれで喉が渇いていたカリスタは、誰かが差しだす水の入った革袋を感謝して受けとった。

戦いがもたらした衝撃と興奮が収まり、ようやく勝利の実感が湧いてきたのか、兵士たちの顔は明るかった。この日の戦いを生き延び、敵を打ち倒したいま、再び妻や夫、子どもたちに会うことができる。明日の夜明けはひときわ美しく見えることだろう。

レドロスを称える歓呼の声があがり、彼は手にした王の首を高く上げて応えた。その顔が赤くなっているのに気づいて、カリスタは口元をほころばせた。向かうところ敵なし、突撃してくる重騎兵さえ眉ひとつ動かさずに迎え撃つ大男が、仲間の称賛に照れているのが微笑《ほほえ》ましい。

レドロスが横にいるカリスタに、助けてくれ、と目顔で訴えてきたが、この懇願は逆効果だった。カリスタは自分の頭よりもずっと高いところにある逞しい肩に手を置き、もう片方の手に持った槍を高々と掲げ――

「王殺しのレドロス！」と、声を張りあげた。

レドロスがぎょっとして見下ろす。カリスタは彼の困り果てた顔を見て笑いだした。

将軍の声に応え、ホスト軍が全員立ちあがり、レドロスの名を連呼しながら血まみれの武器を空に向かって突きあげた。その声が引いていくと、カリスタは凝った造りの鎧を着けた騎士が近くから自分を見ているのに気づいた。鉄の板に囲われた巨大な軍馬にまたがり、極上のビロードで仕立てた濃い紫色のマントを羽織っている。

鉄血騎士団《アイアン・オーダー》の団長であるヘカリム卿《きょう》。カリスタの婚約者だ。

カリスタは急いでレドロスの肩から手を下ろした。ついさきほどまでの歓喜が消え、平原に沈黙が落ちる。レドロスがヘカリムへと向きを変え、従順に目を伏せた。ホストの全兵士がこれに倣う。だが、カリスタは頭を上げていた。王族である彼女が頭《こうべ》を垂れる相手は王だけだ。

ヘカリムは整った顔立ちの男だった。堂々とした物腰も貴族の男らしく洗練されている。彼は馬上から兵士たちを見渡し、つかの間レドロスの上に視線を留めてから、カリスタを見た。肩までの波打つ暗褐色の髪、傷ひとつない浅黒い肌。深い海のような濃い緑色の瞳は、魅力的だが危険な光を宿している。

鉄の鎧を鳴らしながら、ヘカリムはなめらかな動きで馬を降りた。レドロスほどではないが、長身で肩幅も広い。この団長に仕える権利を買った貴族の娘でもあるのか、若い女従者が急いで進みでて手綱を受けとった。それが不服だとみえて、軍馬がいななき、目をぎらつかせてひづめを踏み鳴らす。一瞬、娘に嚙《か》みつきそうに見えたが、ヘカリムが鋭く制して落ち着かせた。

「レディ・カリスタ」ヘカリムはカリスタと目を合わせたまま、軽く頭を下げた。

「ヘカリム卿」カリスタもかすかにうなずき、ヘカリムの言葉を待った。鎧の下のこわばった背中を汗がしたたり落ちていく。ヘカリムとは年が明けぬうちに式を挙げることになっているが、言葉を交わすのはまだこれで三度目だ。まったくの他人よりは少しましという程度の間柄とあって、他人行儀でぎこちないのは仕方がない。近くにいる兵士たちは、おそらくふたりの姿を目の隅に捉え、自分たちの将軍とその婚約者がどんな言葉を交わすのか、と聞き耳を立てているだろう。だが、自分に正直になるなら、カリスタが意識しているのはすぐ横に直立しているレドロスだけだった。

この思いを感じとったのか、ヘカリムは再びレドロスを見て、彼が下げている血まみれの首に目を落とした。平民戦士の手柄を取りあげるつもりだろうか？　そう思ったが、意外にもヘカリムは微笑んだ。温かい笑みに厳《いか》めしい顔が驚くほど明るくなる。

「少し一緒に歩いてくれませんか」ヘカリムが言った。

「喜んで」

彼が向きを変え、左腕を差しだす。カリスタは槍を従者に預けてその横に並び、片手を軽く鎧の腕甲に置いた。

並んで歩くふたりの姿は、かなり奇妙に見えるにちがいない。婚約者とのそぞろ歩きには、死者と死にかけている者たちが横たわっている平原よりも、気だるい午後の庭園のほうがはるかに相応しい。染みひとつないマント姿のヘカリムのそばでは、血だらけで埃と汗にまみれた自分の姿がいやでも意識された。

「ロマンティックな散歩にはお誂《あつら》え向《む》きの場所だ」ヘカリムが笑みを含んだ声でつぶやく。「この次は死者を埋める穴にでもお連れするかな。さもなければ、沼にでも。もちろん、付き添いを従えて、だが」

ヘカリムは多少ともユーモアを解する男らしい。少し緊張がほぐれるのを感じながら、カリスタは騎士団の団長を見上げ……埒《らち》もないことを思った。いったどうすれば、こんなに完璧な歯を保てるのか？

「ようやく微笑んでくれましたね」彼が低い声で言う。

カリスタはちらっと周りに目をやった。「こんな状況で笑みを浮かべられるなんて、自分でも少し意外だけれど」

「実に見事な戦いでした。何年もなかった大勝利だ」

「王の名における勝利よ」

「もちろんです」

ホスト軍の兵士たちが、通りすぎるふたりに敬礼する。

「彼らはすっかり殿下に心酔しているようだ」

「自分たちを屑《くず》扱いしないからよ」

ヘカリムが低い声を漏らした。この発言がおかしいと思ったのだろうか？　いや、驚いただけかもしれない。実際、ほとんどの貴族が、ホスト軍の兵士を屑同然だと思っているのだ。

「しかし、殿下が平民の兵士に大きな影響力を持っていることを案じる者もおります」ヘカリムの声が考え込むようになった。

「私が彼らを家畜のように殺戮《さつりく》の場に導かないから？」

「いや、彼らの数が多いから、です」ヘカリムが顎を掻《か》きながら答えた。「大衆に迎合し、平民の暴動により権力を手に入れた王の例もある」

カリスタは笑った。「私が玉座を狙っているなどと考えるのは、救いがたい愚か者だけよ。国を治めたいなどと思ったこともないし、王宮の駆け引きには嫌悪しか感じない。それより戦場で槍を振るうほうがはるかに性に合っている」

ヘカリムが微笑した。またしても顔全体が明るくなり、どきっとするほど魅力的に見えた。

「それに殿下は優れた指揮官でもおありになる」ヘカリムは言った。「しかし、噂《うわさ》の種がないときは、勝手にでっちあげる者がいくらでもおります。軍最強の兵士を〝王殺し〟と呼ぶのは、そういう噂を鎮める役には立たぬかもしれません」

カリスタは顔をしかめ、きっぱり言い返した。「王宮は腹に一物ある者ばかりの巣。暇人が陰で何を言おうと気にしないことにしているの」

ヘカリムが笑みを消し、カリスタと向き合って両手を取った。太陽が雲の陰に隠れたように相手の印象が変わったことに驚きながら、カリスタは黙って彼が自分の手を握るのに任せた。ふたりが触れ合うのはこれが初めてだ。

「申し訳ない」彼は真摯に謝罪した。「あなたを怒らせるつもりはなかった。ここに来たのは無事を確かめ、今日の見事な勝利に祝いの言葉を述べるためでした」

カリスタは赤くなりながらつぶやいた。「ありがとう」

ヘカリムが手を放し、ふたりは歩きはじめたところまで黙って戻った。漆黒の悍馬《かんば》を抑えていた騎士見習いの娘が、ほっとしたように手綱を差しだす。

「私はこれで失礼します。略奪を禁じるという王命が守られるよう目を光らせておかなくては」ヘカリムが言った。「今夜は城壁のなかで勝利の宴《うたげ》が設けられます。隣に座るという名誉をいただけますか？」

「喜んで」

ヘカリムは最後にもう一度笑みを閃《ひらめ》かせて巨大な軍馬にひらりとまたがり、馬の頭をめぐらせて走り去った。従者たちが風に吹かれた木の葉よろしく、そのあとを追いかけていく。ヘカリムはまるで生まれたときから鞍《くら》にまたがっているかのように、気性の激しそうな軍馬を乗りこなしていた。

騎士たちが歓声をあげて戻ってきた団長を迎え、高らかなラッパの音とともに鉄血騎士団の突撃兵と呼ばれる一団の合図で、征服したばかりの都市へと向かう。

彼らの背後に上がる土埃を見ながら、カリスタは顔を翳《かげ》らせた。サントラスの街は破壊を免れるにせよ、ある程度の略奪は必ずある。戦いのあとは常にそうだ。それを拒む者は容赦なく殺される。

レドロスが地面に唾を吐いた。

「あの男、馬に乗るのはたしかにうまいな」

2

サントラス

カマヴォールの王女として生まれたカリスタは、結婚相手を自分で選べないことに不満を持ったことはなかった。

亡き王の孫娘であり、現王ヴィエゴの姪である自分の夫に、政治的な利益をもたらす相手が選ばれるのは当然のことだ。それに怒りを感じたことはない。王族の結婚とはそういうもの。いずれ肥えた老貴族に嫁ぐことになるとあきらめていた。だからヘカリム卿と結婚してほしいとヴィエゴに告げられたときには、むしろ嬉しい驚きを覚えたくらいだ。

もちろん、これが純粋な政略結婚であることはよくわかっている。それでも、その夜、征服したばかりのサントラスの中央広場に設けられた勝利を祝う宴で、カリスタは隣に座った婚約者を見て祖先に感謝した。

ヘカリムは自分と四、五歳しか違わないばかりか、わずか数年で鉄血騎士団の団長に上りつめたほど有能な男だ。その証拠に、騎士団創設以来最年少の団長でありながら、すでに多くの勝利と名誉を勝ちとっている。彼が率いる騎士団は、政治的にも軍事的にも王国で最大、最強であるうえに、ほかのどの騎士団よりも富を蓄えていた。難攻不落の城にある騎士団の金蔵は、何百年も続いてきた征服による金や宝石、魔力を持つ遺物で溢《あふ》れている。

夜の帳が下りてから数時間後、テーブルには大皿に盛られた料理が並び、エールやワインが様々な杯を満たしていた。このすべてが、街の前に広がる平原でまだ両軍の兵士が戦っているうちから準備されていたのは明らかだった。サントラスの王は今宵《こよい》、贅沢《ぜいたく》な料理と酒で勝利を祝うつもりだったにちがいない。召使いたちは不安を隠しきれずにいる。無理もない。彼らが給仕しているのは、つい何時間かまえ自分たちの王とその重臣たちを殺した敵なのだ。

「ありがとう」カリスタが大皿を前に置いた若い召使いに礼を言うと、彼は話しかけられたことにぎょっとして逃げるように立ち去った。

宴はすでに盛りあがっていた。カマヴォール人たちはテーブル越しに大声で話し、笑いながら勝利に乾杯している。奏でられる曲に合わせ、ヴァスタヤ人の踊り子がしなやかな肢体をくねらせてくるくる回り、不思議な虹色の渦の跡を残しながら、信じられないほど優雅に前転宙返りや後転宙返りを披露していた。

若い王と王妃はまだ宴に加わっていないが、貴族たちは先に始めるようにという伝言を歓迎し、喜んでこれに従っていた。だが、怯《おび》えて家に引きこもっているサントラス市民のことを思うと、カリスタは宴を楽しむ気になれず、料理に口をつける気にもなれなかった。礼儀を欠かない程度に付き合い、務めを果したら、さっさと引きあげるとしよう。もちろん、ヴィエゴが略奪を禁じていなければ、街の状況ははるかに悪化していたにちがいないが、今日の戦いで愛する者を失った多くの民にとっては、それもたいして慰めにはならないはずだ。

カリスタはまだ鎧を着けたままだが、汚れは落としてあった。入浴する時間はなかったものの、手と顔を洗い、召使いに念入りに梳《と》かしてもらった黒髪には、香油も塗ってある。いまその髪はおろしてあるが、結婚後はヘカリムと自分の人生を結ぶ象徴として三つ編みにすることになる。愛用の槍はテーブルの、手を伸ばせば届く位置に立てかけてあった。

百人近い列席者は全員が貴族だ。騎士団に所属している者が圧倒的に多いが、ホスト軍の将校としてカリスタに仕えている貴族も何人か混じっている。言うまでもなく、彼らは集いのはずれ、テーブルの端にかたまっていた。ホスト軍に所属するのは名誉なことではなく、手当も騎士団よりはるかに少ない。富と特権は、もっぱら騎士団に占有されているのだ。もちろん、王族であるカリスタには大きな特権がある。だが、たとえそんなものがなかったとしても、ホスト軍に仕えていたと思いたい。本当なら、いまもカマヴォールの特権階級のあいだではなく、城壁の外で勝利を祝っている兵士たちのところにいたいくらいだ。カリスタがここにいるのは、ヴィエゴがそれを望んだからだった。

左隣に座っている婚約者殿は、実に気の利く、魅力的な男で、さきほどから軽い冗談と面白い体験談でカリスタを楽しませていた。ふたりの周りには、ヴィエゴとホスト軍とともにサントラスに従軍してきた騎士団の団長たち、紺碧の炎団《アジュール・フレーム》の長身で厳めしいオルドノ卿や、漆黒の角団《ホーンズ・オブ・エボン》のレディ・オーロラが顔を揃《そろ》えている。彫像のように均整のとれた体躯のオーロラは、怖いもの知らずだと評判の戦士だ。カリスタにとっては、思ったことを口にする話しやすい相手でもあった。

テーブルの向かいには、三大騎士団より小規模な金の楯団《ゴールデン・シールド》の団長が座っていた。青白い顔に醜い傷が斜めに走った、豚のような目の中年のがっしりした男で、すでに酔いが回っているようだ。

「不可能を可能にされたようですな、レディ・カリスタ」彼はもったりした口調で言った。

この男とはあまり話をしたくないと思いながら、カリスタは心の内でため息をつき、作り笑いを浮かべた。「それは、どういう……？」

「殿下は平民の屑どもを集め、そこそこ通用する軍隊を作りあげられた」シオドナは酒を少しこぼしながら、おぼつかなげな手つきで杯を掲げた。「それに乾杯しましょう。まさかそんなことが可能だとは思いもしなかった。わざわざ手間をかける者がいるとも思いませんでしたな。しかも王家の方が」

「予想を裏切ることができてよかった」

王宮の廷臣たちは、カリスタがホスト軍を率いると聞くと驚愕《きょうがく》した。だが、カリスタは、自ら戦《いくさ》上手《じょうず》だと主張することを傲慢だとは思わなかった。カマヴォールの強大な常備軍の将軍となるのは、王国に仕える最善の方法でもある。貴族は平民から成る軍隊をばかにし、彼らを率いる者を見下すが、無能な貴族どもにどう思われようと、知ったことではない。

「しかし、なぜホスト軍なのですかな？」シオドナが続けた。「どこの騎士団でも、殿下とともに戦う名誉を歓迎したはずだ。なぜ屑どもを率いられる？」

「今日の勝利をものにしたのは、その〝屑ども〟よ」カリスタは言い返した。「それに、私はカマヴォールに、カマヴォールのすべてに、最もよく仕えられる場所にいる。過去には、ホストの兵士はあまりに頻繁にたんなる矢受け、敵の突撃を鈍らせる捨て駒として使われてきた」

「なにせ平民ですからな」シオドナが口を拭いながらつぶやく。

「シオドナ卿、ホスト軍の兵士もカマヴォールの民よ。捨て駒ではなく、カマヴォールの兵士として扱うべきではないか。彼らにはたんなる矢受けよりも、はるかに大きな価値がある。強いホスト軍は、カマヴォールを確実に強くする」

シオドナ団長が不満そうな声を漏らし、再び杯を満たした。「いや、カマヴォールを強くするのは騎士団ですぞ。真の力は騎士団にある。これまでも常にそうでした」

カリスタはシオドナへの嫌悪を隠しきれずに言い返した。「騎士団はカマヴォールではない。これまでも様々な騎士団が、折に触れて王と交わした約束を翻してきたし、新たな王に忠誠を誓うのを拒んだこともある。金の楯団も、たしかセウロ王の治世に王に敵対したのではなかったか？」

「殿下に一本だね」レディ・オーロラが笑いながら口を挟んだ。

シオドナが怒って言い返す。「それは三百年もまえの話だ。わが騎士団は歴代の王のために、どの騎士団よりも多くの血を流してきた。新たな王にも戴冠式のその日に忠誠を誓いましたぞ」彼は当てつけるようにヘカリムを見た。

たしかに鉄血騎士団は、即座にヴィエゴに忠誠を誓わなかった。これはとくに珍しいことではないが、新しい王を信頼しているというしるしだとは言えない。それに長い歴史のなかで鉄血騎士団はどの騎士団よりも忠実に王を守ってきたことを考えると、今回の遅延はとくに重い意味を持っていた。彼らが王に忠誠を誓ったのはヴィエゴが即位した一週間後、それもカリスタを団長のヘカリムに降嫁させるという約束を取りつけたあとだったのだ。

周囲の貴族たちがこちらに首を伸ばし、ヘカリムがこの餌に食いつくかどうか見守っている。だが、彼は絹のナプキンで軽く口元を叩《たた》き、低い笑い声を漏らしただけだった。

カリスタは宥めるように片手を上げた。これ以上シオドナを煽《あお》ったところで、座興にはなるかもしれないが、なんの得にもならない。「金の楯団の名誉にケチをつける気はないよ。ただ、カマヴォールが、長い歴史を持つ騎士団に加えて、王に忠実で強い常備軍を持つのは賢明なことだと言いたいだけ」

シオドナは不機嫌な声でヘカリムに尋ねた。「あんたもそう思うか？」

ヘカリムは肩をすくめた。「強いホスト軍のおかげで私の騎士団の死傷者が減るなら、それに反対する理由があるかな？」

シオドナは片手でこの言葉を払った。「王女との結婚が決まっていなければ、そうは言わなかったはずだぞ。それに、サントラスの略奪を禁じる王命だと？　くだらん！　おかげでこの戦いは骨折り損のくたびれ儲《もう》けだ！」

口調は軽いままだったが、ヘカリムの笑みが冷たくなった。「少し水を飲んだらどうだ、シオドナ団長」彼は周りにも聞こえるように声を張りあげた。「さもないと、明日の朝はひどい頭痛で目を覚まし、今夜あんたが怒らせた男たちと決闘するはめになるぞ」

周囲の貴族が低い声で笑った。シオドナとのやりとりは、かなり多くの者の興味を引いていたようだ。貴族がこうした寸劇を面白がるのはいつものこと。互いの力を誇示するような団長ふたりのやりとりは、大半の者にとっては格好の〝つまみ〟になる。シオドナはせせら笑い、再び杯を空けて、水に切り替えろというヘカリムの忠告を無視した。

ヘカリムがカリスタにしか見えないように片目をつぶってみせた。彼が巧みにシオドナの注意を自分からそらしてくれたことは、カリスタにもわかっていた。この男は自分よりはるかにそういう駆け引きに長《た》けている。前団長が戦死したあと瞬く間に団長になった理由が、腕っぷしの強さだけでなかったのは明らかだ。

鉄血騎士団を婚姻により王家と繋ぐのは賢い選択だった。発案者はあの抜け目のない王の老助言者だとばかり思っていたが、案外ヘカリム自身が望んだことだったのかもしれない。この男には間違いなく、直接王にカリスタとの結婚を申し出るだけの厚かましさがある。もしもカリスタとの結婚がへカリム自身の考えだったとすれば、その野心の大きさに感心すべきか警戒すべきか迷うところだ。感心しつつ警戒すべき、というところか。

その点について深く考えるまえに、祝宴のざわめきのなかに先触れの声が響き渡った。「カマヴォールのヴィエゴ王とイゾルデ王妃がおでましになられます！　おふたりの統治が末永く続かんことを！」

ふたりを迎えるべく、宴の列席者がいっせいに立ちあがった。

高らかに鳴りわたるラッパの音とともに、近衛《このえ》の一隊に両脇を守られ、常に王のそばにいる護衛のヴァースクを従えたヴィエゴが、イゾルデとともに中庭に入ってきた。若い王は満面の笑みをたたえてゆったりと歩み、王妃はその腕を取り滑るように優雅に進んでくる。このふたりが相思相愛であることが、カリスタはとても嬉しかった。ヴィエゴは彼女と出会うまで、愛情とはあまり縁がなかったのだ。

ヴィエゴは幼いころから望むものをすべて与えられたが、親の愛情には恵まれなかった。母親は出産で命を落とし、ヴィエゴが誕生したときにはすでに老いていた父親は、跡継ぎだった嫡男が死ぬまで次男には目もくれず、跡継ぎが死んだあとですら、冷ややかで、堅苦しく、威圧的な態度を取り続けた。しかも、老王が嫡男の死後わずか数か月で身罷《みまか》ったとあって、ヴィエゴは王となる準備も心構えもできぬうちに玉座に就かざるをえなかった。

カリスタは若い叔父《おじ》を弟のように愛し、守ってきた。が、そのカリスタですら、わがまま放題に育ったヴィエゴが、自分の望みを否定されることに慣れていないのは認めざるをえない。それでも、カリスタは誰よりもよく彼のことを知っている。ヴィエゴは感受性の強い、善良な若者だ。正しい導きを得て、もう少し成熟すれば、きっとよい王になる。

ヴィエゴの衝動的な結婚には、当初カリスタもほかの貴族同様ショックを受け、不安に駆られたものだった。イゾルデは由緒正しい旧家の出ではなく、そもそもカマヴォール人ですらない。その昔、武力で征服した国のお針子にすぎなかったからだ。この結婚はカマヴォールに富どころか政治的な力さえまったくもたらさない。だが、一緒にいるふたりを見たあと、カリスタはイゾルデに対する評価をすぐさま改めた。

ヴィエゴはこれまでどんな物にも相手にも捧《ささ》げたことのない深い愛情を、イゾルデに注いでいた。生まれて初めて自分の望みや欲求よりもイゾルデの願いを優先させ、イゾルデの考えに耳を傾け、カリスタを含めて助言者たちのどんな意見よりもイゾルデの意見に重きを置く。さいわいなことに、正式な教育こそ受けていないが、イゾルデは驚くほどの博識で、直感的に人を理解し、王宮の政治的駆け引きにも敏《さと》い。何よりも、衝動的で利己的なヴィエゴの欠点を申し分なく補ってあまりある優しく思慮深い人柄だった。カリスタには、ヴィエゴの統治を助け、カマヴォールの安定に貢献する頼もしい味方ができたのだ。

ヴィエゴはようやくカマヴォールの統治者という自分の役割に慣れてきたようだ。今夜のこの演出がその何よりの証《あかし》だろう。そう、王と王妃のこの登場は考え抜かれたものだった。そこには、ヴィエゴが目指す〝強大な王国の愛すべき統治者〟の姿が垣間見《かいまみ》える。今夜のヴィエゴは自信に満ち、抗《あらが》いがたいカリスマを発散しながら完璧なタイミングで姿を現した。すでに顔の赤いシオドナをべつにすれば、列席者がワインと勝利にほろ酔い機嫌だが、飲みすぎてぐちをこぼしたり、喧嘩腰《けんかごし》になったりするまえに。

ヴィエゴのいでたちも王に相応《ふさわ》しいとはいえ、決して華美ではない。アロヴェドラの王宮ならともかく、敗戦直後のサントラスでは華美な衣装は避けるべきだ。ヴィエゴは戦場にこそ立たなかったが、戦士であることを示す艶《あで》やかな黒の胸当てを着けていた。秀麗な額には銀白の王冠がきらめいているが、真に王のしるしである巨大な剣は手にしていない。

対する王妃は、控えめな美しさを絵に描いたような姿だった。完璧な卵型の顔、深みのある大きな青い瞳。自分で縫ったにちがいない絹とビロードを何枚も重ねたドレスが、一歩進むたびにほっそりした体の周りを風に舞う花びらのように漂う。カマヴォールの伝統的なドレスを身に着けて出自を隠す代わりに、イゾルデは大胆にも異国の出であることを強調する衣装をまとっていた。小粒のサファイアを無数にあしらった蜘蛛《くも》の巣のような細い銀の鎖が、その魅力をいっそう高めている。カマヴォールの王宮で貴婦人たちが着ける首飾りとはまるで違うデザインだが、おそらく多くの女性がすぐに真似《まね》ることだろう。

イゾルデは頭のてっぺんから爪先まで魅力的な異国の王妃に見えた。胸当てや鎖帷子《くさりかたびら》を着けた騎士や貴族のあいだでは、花のようにたおやかで珠玉のように美しい。それでも、周囲の貴族の微笑の裏には軽蔑と非難が透けて見える。彼らはイゾルデが平民であること、異国の女であることを嫌悪しているのだ。

ふたりはそうした悪意を気にするふうもなく、中庭の上座に用意されたテーブルに向かった。ヴィエゴが椅子を引いて王妃が座るのに手を貸し、その手にキスをする。それから宴に集っている貴族に顔を向けた。

「カマヴォールの兄弟姉妹」彼はすべての者に届く、なめらかな声で言った。「今日、諸君は王国に誉れをもたらした！　敬愛する祖先に誉れをもたらした！　私に誉れをもたらした！」ヴィエゴは手にした杯を高々と上げた。「今宵、私は諸君に乾杯する！」大きな歓声が中庭を揺るがし、ワインのはねる音とともにすべての杯が掲げられた。ヴィエゴはワインを一気に飲みほして杯を脇に投げ、みんなを喜ばせると、「もう一杯頼む！」と笑いながら叫んだ。

そして腰を下ろしかけたが、イゾルデが身を乗りだし、彼の胸に手を置いて囁《ささや》いた。「ありがとう、愛する人。もう少しで忘れるところだった！」もちろん、ヴィエゴが忘れることなどありえない。「われわれがこのサントラスに来た理由を！」

ヴィエゴが胸の前でパンッと手を合わせると、中庭に敬意に満ちた沈黙が落ちた。陶器の仮面で顔を隠した司祭の一団が、俯いて進みでてくる。その後ろには、四人の平民戦士が金色の箱を肩に載せ、その重みに全身をこわばらせながら従っていた。四人が石畳の上に箱をおろし、載せてきた棒を取り払って、深々とお辞儀をしてから退く。ヴィエゴは笑顔で前に出ると、形のよい手で繊細な細工が施された表面を撫で、効果を狙ってしばし間を取ったあと、カチリという音を二度させて箱の留め金をはずした。全員が中身を見ようと身を乗りだす。

カリスタは心のなかで若い王に拍手を送った。ヴィエゴは憎らしいほど場を盛りあげるコツを心得ている。これは悪いことではない。むしろ立派な王となるのに必要な資質だと言えよう。

今夜の最大の山場を引き延ばすように、ヴィエゴが目を見張り、小さく口笛を吹いた。「もう少し灯《あか》りが必要だな」心地のよい声は低かったが、固唾《かたず》を呑《の》んで見守る者たちにはっきりと聞こえた。彼らはみなヴィエゴの次の言葉を待っている。

イゾルデ王妃が、てのひらに収まるほど小さいガラスの球を取りだす。ヴィエゴは優雅な仕草でそれを受けとり、唇に押しつけてから、ひと言つぶやいて軽く空中に投げあげた。ガラスの球が十メートルほど上空に浮き、内側から白く光りだして王と金色の箱を照らしはじめた。

ヴィエゴは目を細めてそれを見上げ、顔をしかめた。「まだ暗すぎる」彼は中庭を見渡した。「わが信頼する助言者はどこだ？　ヌニョ・ネクリット、どうか前に出てきてくれ。それとも、もう酔っているのか！　そなたの王が、類いまれなるそなたの才能を必要としているぞ！」

笑い声に追われながら、ヌニョが立ちあがり、列席者のあいだを王のテーブルへと向かった。なめし革のような皮膚、しわ深い顔のなかで光る落ちくぼんだ目。老いているとはいえ、驚くほど鋭い知性は少しも衰えていない。機嫌のよいときでも気難しげな表情は、王のもとに向かういま、いつにも増して険しかった。自分の並外れた才能を、酔った貴族たちの座興にされるのが気に入らないのだろう。とはいえ、老助言者はせかせかした足取りで従順に王のもとに進みでた。

かがみ込んで耳元で囁くヴィエゴに、渋い顔で鋭く言い返すと、ヌニョは光っている球を見上げて太古の言葉を紡ぎはじめた。すぐに落ちくぼんだ目が尋常でない光を放ちはじめる。同時に伸ばした片手の先にあるガラス球が、天に戻る流れ星のように光の尾を引いて暗い夜空へ吸い込まれ、中庭にいる全員が目をそらさずにいられないほど強烈な光を放った。

わずか数鼓動のあいだに、冷たい光が新たな太陽のようにサントラスの上空で輝き、付近一帯にあるあらゆるものを明るく照らしていた。

「ブラボー！　ブラボー！」ヴィエゴが叫び、王妃も嬉しそうに手を叩く。「ありがとう、ヌニョ。このほうがずっといい！　これならとてもよく見える」

ヌニョがまだ顔をしかめたまま退く。

「友人諸君、今日は偉大なるわが王国の基礎を築いた祖先も、われわれを誇りに思っていることだろう！」ヴィエゴは貴族たちの前を行きつ戻りつしながら熱く語った。「われらの祖先、双子のカモールと尊きアヴォラよ、われらを祝したまえ！　カマヴォール全土を祝したまえ！」ヴィエゴは再び金色の箱の前に立った。「さて、これを諸君と分かち合うとしよう」そう言いながら箱のなかへと手を伸ばす。「そう、〈ミカエルの杯〉だ！」

ヴィエゴは声高に告げ、尊い遺物を高々と掲げた。蓋にルーン文字と古代のシンボルが刻まれた杯の周囲が、まるで熱い靄《もや》に包まれているように淡くきらめいている。列席者のあいだに賛嘆と畏敬の念に満ちたざわめきが広がった。

「この聖なる遺物を取り戻す崇高な探索は、終わりを告げた！　尊きカモールがアスターの黒い矢に心の臓を貫かれて倒れたとき、妹のアヴォラがカモールを救ったことは、われわれみなが知っている。だが、アヴォラがこの杯を使ってカモールを救ったことを、私はつい最近まで知らなかった。アヴォラがこの杯をカモールの唇にあてると、カモールの傷が癒えたのだ！　それから何世紀も経ったいま、〈ミカエルの杯〉はわれらの手に戻った！」

またしても歓声があがる。その声はさきほどよりさらに大きかった。周囲の貴族たちの顔に飽くことなき飢えが浮かんでいるのを見て、カリスタは気が滅入《めい》った。

この崇高な探索はいつ堕落したのか？　いつから他国を征服し略奪する、都合のよい口実となったのか？　歯向かう者を殺して肥沃な土地を手に入れ、隣人から盗むための口実に？　カマヴォール王国をさらに富ませ、強大にする、そのための侵略を正当化する方便になり果てたのか？

どんなに寛大に見ても、カマヴォールの〝崇高な探索〟が、何世代もまえから取り返しのつかぬほど堕落しているのは明らかだった。悲観的な気分のときは、この堕落が始祖のカモール自身から始まったのではないかと思うことさえある。結局のところ、在りし日のカモールは一介の武将でしかなかった。そしてサンクティティを振るい、倒した敵の屍《しかばね》の上にカマヴォールを築いたのだ。

今日の戦いもそのころと何ら変わらない。独立都市国家サントラスは、アロヴェドラの南東、カマヴォールの広がり続ける国土のすぐ外に位置するカマヴォールの同盟国だった。これまで数えきれないほど何度もともに戦い、双方に有益な交易を行ってきた間柄だったのだ。ところが、ある日突然、ひとりの司祭が古の力を秘めたカマヴォールの秘宝をサントラスから取り戻す──神殿によれば、〝守る〟──ことが祖先の意志である、と宣言するや、この長年の結びつきはあっさり断ち切られた。

欲にまみれた歓声を聞くうちに、今日の勝利がもたらした満足が苦いものに変わっていった。こんな〝探索〟は、もうやめるべきだ。むろん、それは口で言うほど容易《たやす》いことではないが、若さゆえの欠点はあるにせよ、ヴィエゴは邪《よこしま》な男ではない。正しい導きがあれば、正しい道を歩んでくれるはずだ。

騎士たちがあげる歓声のなか、カリスタはイゾルデを見守った。微笑みを浮かべ、ときどき声をあげて笑っているが、無理をしているのが見てとれる。カリスタは心のなかで祖先に感謝した。イゾルデの影響があれば、おそらく現状を変えられる。いまのイゾルデはカマヴォールの王妃だが、イゾルデの祖国は、彼女がまだ生まれるまえにカマヴォールに征服されたのだ。その侵略も今回同様、神殿が聖なる遺物を求めた結果だった。カリスタだけでは、カマヴォールの探索文化を断ち切ることはとうてい望めない。だが、イゾルデの助けがあれば、きっとヴィエゴの気持ちを変えられる。

とはいえ、現実的なカリスタは、今日の戦いが〈ミカエルの杯〉を手に入れることとは無関係であることもわかっていた。この戦いが宣言されるまで、司祭たちのほかには誰ひとり〈ミカエルの杯〉のことなど知らなかったのだから。もっと言えば、サントラスを征服することともまったく関係ない。たしかにサントラスの富はカマヴォールの金蔵をさらに満たしてくれるだろうが、長い目で見れば、間違いなく両国の交易同盟のほうが大きな利益をもたらしたはずだ。

そうとも。戦いの目的は、戦場でヴィエゴに勝利をもたらすことにあった。カマヴォールの獅子《しし》と呼ばれた伝説の戦士王は死んだが、その息子ヴィエゴが彼の血脈を引き継いだ。これは国境を接する国々にそれを宣言する戦いであり、新たな王は一目置くべき存在である、それを否定する者は殺戮を覚悟せよ、と告げるための戦いだった。

加えて、このところ言うことを聞かない騎士団を存分に暴れさせ、たとえ一時的にせよ彼らの不満を抑え込もうという狙いもあった。

カリスタは笑みを作り、手を叩きながら、今日の戦いは必要だった、と自分に言い聞かせた。

それでも、上空の魔法の光に色を奪われた周囲の騎士や貴族は、血の通った人間というより邪悪な亡霊か屍食鬼に見える。

冷たい震えが、カリスタの体を走り抜けた。

3

彼らの正体を明かしたのは、その場にそぐわぬ落ち着きだった。

ほかの召使いはみな、いまにもカマヴォール人に襲いかかられ、問答無用で斬り倒されるのではないかと怯え、ぴりぴりしていた。ほんの数時間まえまでサントラスの兵士が戦場で無残に殺戮されていたことを思えば、召使いが怖がるのは当然のことだ。ひとり残らず誰とも目が合わぬように俯き、震える手で征服者のテーブルに料理を置いてそそくさと立ち去る。

ところが、ワインを満たした壺《つぼ》と、料理を盛った大皿を手に王のテーブルに近づいていくそのふたりだけは、まったく怯えていなかった。なんの特徴もない風体の、見たとたんに忘れてしまうような顔の男と女。ほかの状況なら、完璧にこの場に溶け込んでいたはずだが、いまは目立たぬための訓練が仇《あだ》になった。もしもふたりが怯えているふりをしていれば、カリスタも手遅れになるまで気づかなかっただろう。

周囲から向けられたいぶかしげな視線にはかまわず、カリスタはいきなり立ちあがって槍《やり》を摑《つか》んだ。ヘカリムが後ろで何か言ったが、五感のすべてを偽物の召使いに向けているカリスタには聞こえなかった。だが、大声で警告を発し、祝宴を台無しにするだけの確信はない。カリスタは急いで王のテーブルに向かった。

王と王妃を囲んでいる近衛兵が、そのふたりの召使いの袖と脇をあらため、武器を隠し持っていないことを確認した。何も見つからなかったとみえて、近衛兵たちが退き、ふたりは王のテーブルに近づいた。

私の思い違いか？　小走りになりながら、もう一度ふたりの様子を観察したが、やはり何かがほかの召使いとは違う。カリスタはさらに足を速めた。

ふたりが分かれ、女が壺を手に目を伏せて横から王に近づく。できたての料理を盛った大皿を運ぶ男も、いったんべつの方向に進んで皿をテーブルに置いたあと、空になった皿を集めながらやはり王へと近づいていく。

カリスタはまだ中庭の半ばにしか達していなかった。ヴィエゴはうっとりとイゾルデを見つめていて、カリスタが自分に近づいてくることすら気づいていない。それでもカリスタはまだ自分の勘に自信が持てず、声をかけるのをためらっていた。

王のすぐ近くの影のなかで、片手を軽く剣の柄《つか》に置き、油断なく周囲に目を配っていたヴァースクが、近づいてくる給仕の女に目を留めた。王の鷹《たか》と呼ばれるヴァースクの目は、実際、鷹のように鋭い。脅威が存在していれば、察知できるはずだ。
きっとできる。

そう思ったとき、女の唇が動いた。ヴィエゴが半分そちらに顔を向け、目を上げずにうなずいて自分の杯を示す。女は体を斜めにして前かがみになり、片手でワインを注ぎはじめた。空いているほうの手がヴァースクの鋭い眼差しから隠れる。

とたんに握った拳から、水に落としたインクのように、黒い煙が細くうねりながら伸びてきた。魔法だ！　一瞬後、その煙が真っ黒な刃《やいば》に変わる。見たこともない魔法だ。ヴァースクも近衛兵も、まだ何も気づいていない。黒い刃が見えているのはカリスタだけだった。

刺客が王にナイフを突き立てようと構えたが、そのときですら、特徴のない顔には殺意どころか一片の感情も浮かんでいなかった。カリスタは叫ばなかった。いまから警告を発しても、ヴァースクや近衛兵が動くまえにヴィエゴは死んでいる。

これまでの訓練と持てる力のすべてをこめ、それで十分であることを祖先に祈りながら、低い声を漏らして手にした槍を投げた。槍は一直線に飛び、唸《うな》りとともに近衛兵たちの前を通過した。

はっと顔を上げ、逃れようと身を翻した女の胸の真ん中に槍が突き刺さる。女の体が荒々しく後ろに投げだされた。つかの間、中庭は水を打ったように静まり返った。それから、全員がベンチや丸椅子を敷石に倒し、怒号とともに立ちあがった。ヴィエゴも席を立ち、自分の背後で串刺しにされている女を呆然《ぼうぜん》と見つめた。

カリスタは腰の短剣を抜きながら走りだした。混乱した近衛兵たちに行く手を塞がれそうになりながらも、刺客の相棒から目を離さず、巧みに避けて走り続けた。相棒は空の大皿を落とし、恐怖とショックで怖気《おじけ》づいているかのようにテーブルのそばに膝をついた。だが、これは演技だ。またしても何もない手から黒い煙が渦巻いて現れ、一瞬にして一対の剣になる。

剣を抜き放っていたヴァースクが、近づいてくるカリスタに気づいた。

「その男よ！」カリスタは刺客の男を指さしながら叫んだ。

脅威に気づいたヴァースクがうなずき、ヴィエゴを荒々しく後ろに引いて自分の体でかばう。イゾルデも椅子から下りて蹲《うずくま》った。ヴァースクはひと声放って王のテーブルを横に倒し、間に合わせのバリケードを作った。陶器の皿や壺が敷石に落ちて砕け散る。

刺客は不自然な落ち着きをかなぐり捨てた。近衛兵がふたり襲いかかったが、男はその攻撃が無様で緩慢に見えるほどの速さで突きだされた剣をかわし、ふたりが倒れたときにはすでにその横をすり抜けていた。少し離れているカリスタには、男が攻撃するところすら見えなかった。

カリスタはようやく男のそばに達し、首を狙って短剣を振るった。振り向いた男が、一本の剣でカリスタの攻撃を弾《はじ》き、もう一本で斬りつける。剣からは黒い影が滴っているようだった。カリスタはとっさに上体をそらし、滲んで見えるほど速い攻撃を髪の毛一筋の差で逃れた。が、胸骨を蹴られ、息を吐きながら後ろによろめいた。

男は黒い刃を鎌のように振るってさらにふたりの近衛兵を倒すと、横倒しになったテーブルをひっくり返して邪魔物を取り払った。ヴァースクが鎌首をもたげた蛇のようにぱっと前に出る。カリスタの知るかぎり王の鷹ほどすばやい剣の使い手はほとんどいないが、刺客の動きに比べれば、そのヴァースクですらまるで水のなかを動いているようだった。男はヴァースクの攻撃を左右にかわし、じりじりと王に近づいていく。

カリスタはまだまともに息ができなかったが、ヴィエゴを守ろうと必死に立ちあがった。

ヴァースクは彼にしては珍しいほど無様な攻撃をしかけた。刺客がその隙を逃がさず矢のように突進し、黒い刃を二本ともヴァースクの胸に突き刺す。

男の肩越しに、ヴァースクがカリスタを見つめた。ヴァースクは自分の腕ではこの刺客にかなわないと知ってわざと隙を見せ、男が自分を刺すように仕向けたのだ。刺客がそれに気づいたときには、すでに全力で抱え込まれていた。カリスタは、ヴァースクを突き離そうとしている男の首の付け根に短剣を突き立てた。

尊い犠牲に感謝しようとすると、ヴァースクはすでに倒れ、体を痙攣《けいれん》させていた。首の白い肌の下で、真っ黒な何かが血管を流れていく。その闇は、すぐに王の鷹と呼ばれた男の両眼を満たした。

カリスタは女の体から槍を引き抜き、イゾルデをいたわりながら肩を抱いて椅子へと導いているヴィエゴのそばに立った。

「怪我《けが》は？」カリスタは尋ねた。

「私は大丈夫だ」ヴィエゴが答える。

「王妃、あなたは？」

イゾルデが怯えた目でカリスタを見上げ、声もなくうなずく。

「あいつらは誰だ？」ヴィエゴが唸るように言った。

「それより、問題は誰があいつらを雇ったかよ」自分の愚かさを罵りながら、カリスタはつぶやいた。ふたり目を殺したのは間違いだった。ふたりとも死んだいま、誰がふたりの刺客を雇ったのか突きとめる手立ては失われた。女が落としたナイフを槍の柄の端でこづくと、灰のように崩れ、敷石の上に黒い染みを残して消えた。

剣を構えた近衛兵が王と王妃の周りを囲んだが、カリスタは警戒をゆるめず、中庭を見回してさらなる脅威を探した。大声をあげながら動いている者が多すぎる。これでは怪しい者がいたとしても……そう思ったとき、俯いて人込みのなかをじりじり遠ざかる召使いが目に留まった。

「その男を止めろ！」カリスタは召使いを指さして叫んだ。「捕らえろ！」

事の成り行きを見守っていた貴族たちが、慌てて退き、走ってくる近衛兵の行く手から飛びのく。

男は即座に召使いのふりをやめ、黒い煙のナイフを手にしてひらりとテーブルに飛び乗ると、刃先を摑んでそれを投げた。

黒い刃は、縦に回転しながらヴィエゴに向かっていく。

「ヴィエゴ！」カリスタは前に飛びだし、ナイフの行く手に夢中で槍を振った。槍がナイフをかすめる。完全に弾いたわけではない。わずかに触れただけだが、ナイフが空中でぐらついた。

つかの間、カリスタは痛恨の思いでナイフの行方《ゆくえ》を目で追った。あのナイフはヴィエゴを殺すに違いない！

だが、黒い刃はイゾルデが座っている背もたれの高い椅子に突き刺さった。王妃がたじろぎ、自分のすぐ横でまだ揺れている恐ろしい武器から身を引く。

カリスタは止めていた息を吐いた。危ないところだったが難は逃れた。刺客はすでに騎士と近衛兵の鋼の楯《たて》で囲まれていた。いかに凄腕《すごうで》でも、もう逃げられない。「殺すな！」カリスタは命じた。「生け捕りにしろ！」三人の近衛兵を倒したあと、男はようやく楯と拳と剣の柄の攻撃に屈した。

だが、ヴィエゴは捕らえるだけでは満足しなかった。王妃が危うくナイフで殺されかけたのを目にして、彼は激怒のあまりわれを忘れていた。無から武器を呼びだせるのは、刺客だけではない。ヴィエゴが片手を突きだすと、かすかに空気が動き、王の剣がその手に出現した。剣と魂が繋《つな》がっているヴィエゴは、それを呼びだすことも消し去ることも自在にできる。彼は白い顔を怒りに染め、目をぎらつかせて、敷石に押さえつけられている刺客に歩み寄った。

「陛下」カリスタは急いで若い叔父のあとを追った。

「そこをどけ！」

「ヴィエゴ、あの男は生かして――」

「下がれ！」ヴィエゴは押しのけるように片手を振った。直接その手が触れたわけではないが、見えない力に押しやられ、カリスタは敷石の上をよろめいた。

見守る騎士や貴族があえぐように息を吸い込む。王家の歴史には、これまで魔力を持つ王はひとりもおらず――若き王は母親からそれを受け継いだとされている――、彼が魔法を使うのを見た者は王宮の外にはほとんどいない。ヴィエゴが自ら敵と戦いたがったのは、それもひとつの理由だった。臣下や同盟者に自分の力を誇示したかったのだ。

カリスタが体勢を立て直したときには、ヴィエゴはすでに何メートルも先にいた。

「下がれ！」怒りに顔を歪《ゆが》め、ヴィエゴは再び命じた。刺客を押さえ込んでいた兵士たちが、激怒したヴィエゴが放つ見えない力に吹き飛ばされる。

「殺すな！　黒幕を突きとめなくては！」だが、必死の懇願も、ヴィエゴの耳には届いてすらいないようだった。怒りにわれを失ったヴィエゴは、これまでも見たことがある。王になってからはずいぶんと落ち着いたものの、子どものころはよく癇癪《かんしゃく》を起こして見境を失くしたものだった。血が煮えたぎっているときのヴィエゴは、何を言っても聞く耳を持たない。しかもヴィエゴの血管を流れる魔力は、激しているときはいっそう力を増す。

サンクティティを処刑人のように両手で握り、荒い息をつきながら血だらけの刺客の上にそそり立つと、ヴィエゴは憎しみに目を細めた。「よくも私の王妃の命を脅かしたな。私を殺そうとしたな」

刺客はどうにか上体を起こし、片方の耳から血を流しながら座った。両目が腫れてほとんど塞がり、片腕の骨が折れ、ありえない角度に曲がっている。意識があるのが不思議なほどの怪我を負い、ぼんやりした顔でヴィエゴを見上げた。

「私はこの世界のどこよりも偉大な国、カマヴォールの王だ」ヴィエゴは唸るように言った。「そしてきさまは屑《くず》だ」

「ヴィエゴ、その男を殺すな！」カリスタはヴィエゴの魔力に逆らい、必死に叫んだ。まるで見えない壁があるかのように、前に進むことができない。

ヴィエゴは柄《つか》を握りかえ、切っ先を下に向けて刺客に突きたてた。

自分をその場に留《とど》めていた力が急に消え、カリスタは前によろめいた。ヴィエゴが剣を引き抜くと、刺客はうつぶせに倒れた。その体が、太陽の下に長く置きすぎた果実のように干からびていく。

中庭が静まり返った。全員が呆然と立ち尽くしている。

その沈黙を破ったのは王妃の声だった。「ヴィエゴ」イゾルデはかすれた声で夫を呼んだ。白い指先に血がついている。

刺客の投げたナイフがイゾルデをかすめ、ドレスの薄い布を切り裂いて、肩に浅い傷をつけていた。倒れて痙攣していたヴァースクの皮膚の下で、見る間に血が黒く染まっていった光景が頭に浮かび、カリスタは絶望に胸を塞がれた。「祖先よ、どうかお慈悲を」

まだ椅子に突き刺さったままのナイフが灰に変わり、夜風に吹き飛ばされていく。

王妃が白目をむき、ヴィエゴの喉から苦悶《くもん》の叫びが迸《ほとばし》った。

イゾルデはため息のような声を漏らし、敷石の上に崩れ落ちた。

4

ヴィエゴの戴冠式から一八か月後
ブレスドアイルの首都　ヘリア

アーロック・グラエルは厳しい顔で、ヘリアの地下深くにある丸天井の通路を歩いていた。ベルトに付けた鎖と鍵が音を立て、手にしたランタンの揺れる光が周囲に躍るような影を投げる。まるでたくさんの亡霊や悪霊が跳ねまわっているようだが、グラエルは怯えるどころか、むしろある種の安らぎを覚えた。十五年ものあいだ、これらの影だけが彼の話し相手にして仲間であり、部下であり、物言わぬ証人、腹心の友、共謀者でもあったのだ。

影が自分を責めているような気がすることもある。暗がりのなかで囁きかけてきて、憎しみと荒々しい思いを掻《か》きたてることもあった。

グラエルは分厚い木の扉の前で足を止め、蝶番《ちょうつがい》をきしませて扉を揺すり、鍵がかかっているのを確認した。ランタンを高く上げ、鉄格子のはまった窓からなかを覗《のぞ》く。通路沿いに並ぶ収納室には、どれもみな、床の真ん中に南京錠《なんきんじょう》のかかった鉄製の箱が置かれていた。グラエルはランタンを左右に動かし、収納室の隅に残る闇を照らして、そこにあってはならぬものが何ひとつ潜んでいないのを確かめると、満足してその先に進んだ。

これが卑しい閾域の管理人《スレッシュ》であるグラエルの人生だった。日ごと夜ごとヘリアの街の下に広がる暗い部屋や通路を巡回し、世界から隠しておく必要があるほど貴重だと、もしくは危険だと認定された遺物が無事であることを確認するのが。腹立たしいことに、グラエルの管理下にあるのは最も重要な遺物でさえない。持てる能力を示す機会など、彼には一度も与えられなかった。それどころか、狭量な直属の上司である管理長《プリフェクト》マクシムは、たえずグラエルの足をすくい、貶《おとし》めることに喜びを見出《みいだ》している。

いまでは遠い昔となったあの選択の日、バルテク長老が言ったことは真っ赤な嘘《うそ》だった。グラエルは謙虚と思いやりを学ぶために一年か二年ここに送られたわけではなく、地下の経験から学んだことを示す機会などなかった。マスターたちが自分を消すためにここに送ったことを、グラエルはとうの昔に悟っていた。彼らは目障りなグラエルを目に入らない場所に追い払った。彼が存在していることすら忘れたかったからだ。

グラエルは孤独な巡回を続け、どの扉もきちんと鍵がかかり、封が破られていないことを確認していった。広大な地下の闇のなかでは、何週間も誰にも会わずにすむ。管理人は交替で割り当てられた区域を巡回するが、ヘリアの地下は何十もの階に分かれ、闇のなかにトンネルのような長い通路が何百本と伸びている。出会うつもりでないかぎり、ほかの管理人と出くわすことはまずない。ほかの管理人を軽蔑しているグラエルは、できるだけ彼らを避けていた。

〈光の交わり〉《フェローシップ・オブ・ライト》は、表面的には美しい探求の場であり、若く健康な学者やローブ姿の教授たちが知識を追い求め、その保存に献身している平和で豊かな学びの理想郷だ。だが、その表面を引っ掻けば、悪臭を放つ身贔屓《みびいき》と偽善が明らかになる。

〈光の交わり〉の中核を成すマスターたちは、ここが平等な学び舎《まなや》だという見せかけを保つ一方で、深淵《しんえん》なる秘密を必死に隠し続けている。グラエルの目標は、そうした秘密の数々を自分のものにすることだった。そして深く探れば探るほど、多くの秘密が明らかになっていく。

墓を掘り起こすように、マスターたちが隠している秘密を掘り起こすのだ。彼らが多大な努力を払って隠しているとすれば、そうした秘密には強大な力があるにちがいない。どの知識を民と共有すべきか、どの知識を民から秘匿すべきかを勝手に定めるなど、何様のつもりなのか。〈光の交わり〉の重鎮たちは、貴重な知識がもたらす力を私有し、用心深く守っている。

本来なら、十五年まえにグラエルもその仲間に選ばれるはずだった。ところが、彼らはその名誉をヘレスモールのタイラスに与えた。タイラスに！　あんな愚かな男に！　たしかにタイラスの実家は裕福で、地位もある。それに反してグラエルの親は農民だ。それでも、かつては優れた知性と洞察力があれば、頂点を極めることができると信じていた。が、いまならわかる。マスターたちが自分を仲間として迎えることなどありえなかったことが。役立つコネもなければ、富も地位もない。そういう人間は、どれほど優れていてもここでは排除されるのだ。

十五年まえに受けた屈辱を思うと、いまだに腸《はらわた》が煮えくり返る。

グラエルが巡回する通路はどこまでも伸びていた。どれほど探っても、まだその多くは隠されたままだ。ヘリアは、言うなれば白蟻《しろあり》に穴だらけにされた腐った幹だった。縁故主義と自己満足を土台にして建てられ、内側から朽ちていく。完全に崩れ落ちるのは時間の問題だ。

グラエルは決して敬虔《けいけん》な男ではなかった。実際、どの神にも忠誠を誓ったことはない。彼に言わせれば、信仰は死後の世界に対して抱く絶望的な不安を和らげる手立てにすぎない。人の生には大いなる目的などなく、世界は冷たい無情な場所で、人の生き死になどなんの意味も持たない。信仰とは、この無情な真実を前にして偽りの慰めを得たいという願いでしかないのだ。とはいえ、ブレスドアイルが崩壊するときは、ぜひともその場に立ち会いたいと祈らずにはいられなかった。

グラエルは影と苦い怒りだけを供にして、静寂のなかを歩き続けた。狭い通路はくねくねと曲がりながら、迷路のようにあちこちで枝分かれする。長い年月を過ごしてきたおかげで、いまでは知り尽くしているが、管理人になったばかりのころはよく迷った。ランタンの油が切れたあと、三日も闇のなかから出られなかったこともある。両手で壁を探りながら進み、幸運にも最後は見知った場所に出ることができたものの、管理人が闇のなかで迷った末に命を落とすのは、決して珍しいことではなかった。成り立ての者はとくにそうだ。

最初の数年は地図を手に壁や床にチョークで印をつけ、巻いた糸を携えて巡回をこなしたものだった。いまはそのどれも必要ない。巡回の道筋はすべて頭に入っている。自分自身に挑戦するため、ランタンを使わずに闇のなかを歩くことさえあった。あらゆるくぼみや段差を熟知しているのだから、まったく見えなくてもつまずくことすらない。巡回の合間には、施錠された収納室から密《ひそ》かに持ちだした古書や巻物に目を通し、マスターたちが隠している秘密を探る。受け持ちの階を越え、迷路の奥へと入り込んで、どこまで行けるかを試すのも楽しみのひとつだ。

地下深くでは、時間の経過を測るものが何もない。昼か夜かを知ることさえできない。巧みに配置された通気穴から地上の光が届くのは、地下のほんの数階まで。ひと握りの広めの通路には細い窓があり、そこからは海が見える。目に入る眺めは限られているものの、そうした窓からは潮の香りと波の飛沫《しぶき》をたっぷり含んだ新鮮な風が吹き込んでくるため、地下のよどんだ、乾いた空気しか吸えない者にとってはありがたい気分転換になる。当然ながら誰もが好む窓は、管理人の頂点にいる者……賄賂と贔屓でじりじりと上りつめた者たちが用心深く守っていた。

グラエルが寝起きしている小部屋さえ、灯りを消せば真っ暗になる。ランタンを吹き消したあとは、顔のすぐ前で手を振っても見えない。そういう暗闇に長くいすぎると、脳がいたずらをしはじめる。見えるものが何もないとあって、心の底や魂の隅っこから引っ張りだした記憶の断片で、勝手な光景を作りはじめるのだ。管理人が正気を失うのも、さして珍しいことではなかった。

曲がりくねった通路をひたすら歩き、長い巡回を終えると、グラエルは無意識に指先で冷たい壁をかすめながら、わずかな私物を置いた自分の部屋へ戻りはじめた。ほかの人間と接触するのはほぼ食事のときだけだから、管理人はみな巡回が終わるとまっすぐに食堂へ向かう。しかし、必要でないかぎり誰にも会いたくないグラエルは、水と数週間分の乾燥食料を部屋に蓄えていた。今夜はひとりで食事をとり、先日、東側のここよりさらに下にある収納室から持ちだした書物を引き続き調べるとしよう。

硬い岩を削って造られた螺旋《らせん》状の細い階段を下りていくと、下から物音が聞こえた。グラエルはその場で足を止め、急いでランタンの灯りを覆って、しばらく聞き耳を立てていた。

何も聞こえない。

空耳だったのか？　その可能性はある。トンネルのような通路では、音の伝わり方が変則的であるため、距離を測り、その出処《でどころ》を突きとめるのは難しい。おまけに闇のなかで反響する説明のつかない打音や何かがきしむ音、うめくような音や足音はいくらでもある。

しばらく耳をすましてから、動きだそうとすると、それがまた聞こえた。今度は間違いない。誰かが低い声でしゃべっている。

灯りを覆ったまま、グラエルはできるかぎり静かに階段を下り、自分の部屋があるほうに歩きだした。つぶやく声に木の裂ける音が混じる。縄張りを侵した相手に腹を立て、険しい顔で最後の角を曲がったとたん、自室から漏れている光が目に入った。九時間ほどまえ巡回を始めるときに、ちゃんと鍵をかけたはずだが……。

ドアを封じていた大きな南京錠が、壊れて石の床に落ちている。

部屋のなかからまたしても木を裂く音がした。グラエルは足を速め、怒りに目をぎらつかせて部屋に入った。なかは無残に荒らされていた。机の引き出しがすべて引きだされ、中身が床にぶちまけられている。寝台の下にあった重い衣装箱も鍵を壊され、なかの服や本が床に散乱していた。寝台も壁から離されて、シーツと毛布まで剝《は》がされていた。

衣装箱の底の秘密の仕切りを突きとめられたことは、ひと目でわかった。寝台の背後の、壁に彫ったくぼみを隠すための板石も落ちている。

まずいことになった。

グラエルのような閾域の管理人の仕事は、施錠された収納室にある遺物や書物を守ることだ。許可なく収納室から何かを持ちだせば、追放の憂き目に遭う。グラエルはもう何年もその違法行為を続けていた。そしていま、これまでの罪の証拠が暴かれたのだ。

グラエルは怒りに顔を染め、かっと目を見開いて、自分の違法行為を暴いた管理人の禿《は》げ頭をにらみつけた。床に膝をつき、ぶつぶつ言いながらグラエルのノートをめくっていた男が顔を上げた。

マクシム管理長の肉付きのよい青白い顔には、あからさまな愉悦が浮かんでいた。この男は、十五年間グラエルの人生をできるかぎり惨めにし、彼の自尊心を砕こうと、つまらないいじめを飽きもせずに繰り返してきたのだ。

マクシムはうまい料理でも味わうように唇を舐《な》め、断言した。「これできさまもおしまいだな、グラエル」

5

カマヴォール王国　燃える谷

カリスタは行進する兵士の長い列に沿って、その流れとは逆方向に大股で歩いていた。隊列を組んだホスト軍が、足並みを揃《そろ》えて革紐《かわひも》で足に留めた靴底でひび割れた硬い道を打ち、盛大に土埃《つちぼこり》を舞いあげていく。今年は春からずっと雨が降っていないとあって、干ばつが王国の穀倉地帯にもたらす影響が取り沙汰されていた。食糧不足は軍隊にとって大きな不安の種になる。だが、その問題が生じるのはまだ先のことだ。

通りすぎる将軍に兵士たちが槍を掲げたが、カリスタは敬礼を返すゆとりもなく、厳しい顔のまま布で囲われた巨大な輿《こし》をひたと見つめていた。

王家の輿はほとんどの民家よりも大きく、重さも桁外れとあって、五十人の兵士が汗を滴らせてそれを担いでいた。太陽が容赦なく照りつける街道を行進しはじめてから、すでに三日。進む速度が落ちないように、担ぎ手を二時間ごとに交替させながら、毎朝夜明けまえに歩きだし、正午に短い休憩を取る以外は止まらずに陽《ひ》が沈むまで歩き続けている。肩に輿を載せた兵士たちにとっては過酷だが、このまま進めば二日後には首都アロヴェドラに到着するはずだ。

ありがたいことに、王妃はまだ生きていた。今回の戦いで手に入れた〈ミカエルの杯〉がなければ、おそらく勝利の宴《うたげ》で息を引きとっていただろう。なんとも皮肉なことに、王が暗殺されそうになったのはサントラスとの戦が原因だったかもしれないが、その戦で手に入れた遺物の魔力がかろうじて王妃の命を保っているのだ。

本音を言えば、カリスタは少しばかり驚いていた。サントラス侵略の口実に使われた、ただのガラクタだと思っていた〈ミカエルの杯〉には、実際に癒やしの力があった。そして倒れた王妃に急いであの杯に満たした水を飲ませると、その力が働いたのだ。とはいえ、王の助言者であるヌニョの魔法で聖杯の効力を最大に高めても、毒が体内に広がるのを完全に止めることはできなかった。ただ、広がる速度が落ちたおかげで、王妃の命を救う方法を探す時間が手に入った。

王妃が生きているかぎり、希望はある。

埃まみれの輿へと向かいながら、カリスタは苦い悔いに苛《さいな》まれていた。こんな事態が起こってはならなかった。あのとき自分は、行動を起こすのが遅すぎた。もっと早く刺客に気づいていれば……間に合ううちに大声で警告を発していれば……もっと早く駆けつけ、もっと強い力で槍を投げていれば……この悲劇を食いとめるだけの賢さがあったなら……悔いは次から次へと湧いてくる。

王の命を助けたことをどれほど称賛されようと、自分が英雄だとは感じられなかった。むしろ、失敗したという思いが強い。カリスタが投げた槍は真の標的から刺客の刃をそらしたかもしれない。だが、その結果、王妃を傷つけることになった。この事実が頭を離れず、あのとき自分がどんなふうに行動すれば、ヴィエゴとイゾルデの両方を守れたかを、繰り返し考えずにはいられなかった。

どんなに悔やんでも、自分を責めても、起きてしまったことは変えられない。カリスタはそのすべてを押しやり、輿に近づいた。輿を囲んでいる近衛兵《このえへい》たちがうなずいて道をあけた。輿の前から金箔《きんぱく》を施した段が地面の近くまで下りてくる。兵士たちの背中にさらに重みがかかるのを申し訳なく思いながら、カリスタはその段を上がった。

上がる途中で兜《かぶと》を取り、脇の下に挟んだ。輿のなかに空気が流れ、光が入るように、両側の分厚い布は脇にまとめられ、代わりに下げられた薄絹がなかの様子を隠している。カリスタが通れるように、近衛兵のひとりがその薄絹を横に引いた。

輿のなかは、王と王妃に相応《ふさわ》しく飾り立てられていた。そこがあまりにも豪奢《ごうしゃ》で、輿の動きがあまりに一定しているので、王宮に戻ったという錯覚を覚えるくらいだ。王妃は意識のないまま巨大な寝台に横たわっているが、苦痛で身をよじり、錯乱状態にあるよりもはるかにましだった。

カリスタが入っていくと、王妃のかたわらで力のない手を握っていたヴィエゴが顔を上げた。目が赤く、虚ろで、目の下には黒いくまができている。おそらく王妃が倒れてから一睡もしていないのだろう。


首都から馬を走らせ、何時間かまえに到着した王宮医師ラモンが診察を終え、イゾルデの傷を新しい綿布で覆い、包帯を巻いていた。何十年も王家の主治医を務めているラモンのことは、カリスタもよく知っている。子どものころまだ慣らしていない牡馬《ぼば》に鞍《くら》なしで乗ろうとして腕を折ったときも、海面まで三十メートル近くもある岬の突端、カモールルズ・エンドから飛び込んで危うく溺れかけたときも、手当てをしてくれたのはラモンだった。

「どうだ？」ヴィエゴがかすれた声で尋ねた。

ラモンはため息をつき、額の汗を拭った。「見たことのない症状です。この毒が湿布薬にどう反応するか見てみないとわかりませんが、痛みを多少和らげる以上のことは難しいかと。皮膚の下で黒い毒が広がり続けております。じわじわとですが、いずれはそれが心の臓に達するでしょう。まことに残念ながら、奇跡でも起こらぬかぎり状況は絶望的です」

この言葉に、カリスタは胸がよじれるような気がした。ヴィエゴは何も言わずイゾルデを見つめている。

ラモンが肩を落とし、悲しみをたたえた目をカリスタに向けた。カリスタは深い疲れを感じながらも、どうにか笑みを浮かべて彼をねぎらい、励ますように背中を軽く叩《たた》いた。ラモンの診断は、少なくともカリスタには意外ではなかった。

「何もできることはないと言うのか？」ヴィエゴが低い声で尋ねた。脅すような響きはなく、顔を上げもしなかったが、カリスタには若い叔父《おじ》が癇癪を起こしかけていることがわかった。

「ヴィエゴ……」

「陛下」ラモンも宥《なだ》めようとしたが、ヴィエゴはくるりと振り向き、長い指を突きつけて黙らせた。

「黙れ。私の妃を助ける手立てが何もないなら、それ以上ひと言も口にするな」

「どんな毒が使われたかわかれば、治療の方法もあるでしょうが……」

カリスタは内心たじろいだ。ヴィエゴが三人目の刺客を殺さなければ、毒の種類を突きとめられたかもしれないのだ。

ヴィエゴはぱっと立ちあがり、主治医の胸元を掴んだ。カリスタと同じように長身で狼《おおかみ》のように無駄な肉のない王は、手足の力もきわめて強い。ラモンは陸に打ちあげられた魚のように口を開けてあえいだ。

「癒やすことのできぬ医者がなんの役に立つ？」ヴィエゴが言い募る。

「ヴィエゴ、乱暴はやめて」肩に手を置いて止めようとするカリスタにはかまわず、ヴィエゴはラモンを後ろ向きに歩かせ、出口へと押していく。サンダルで床をこすり、滑りながら、ラモンは必死に足を動かした。

「きさまが王妃を助けられぬなら、助けられる者を見つけて少しは役に立て！」その言葉とともに、ヴィエゴは主治医を輿の外に突き飛ばした。ラモンは悲鳴とともに段を転げ落ち、鈍い音を立てて埃っぽい地面に叩きつけられた。

ヴィエゴが荒い息をつきながらイゾルデのかたわらに戻り、再び妻の手を取る。薄絹越しに起きあがろうともがく主治医の姿が見えた。

「イゾルデを失うことはできない」ヴィエゴが囁《ささや》くように言った。「金ならいくらかかってもかまわない。イゾルデを失うことはできないんだ」

カリスタは口を引き結び、きびすを返して輿を出た。金色の段を下り、大羽根を飾った兜を頭に戻して、地面に飛びおりる。

「許してやって」謝りながら、ラモンが立つのに手を貸した。老主治医は橙色《だいだいいろ》の埃にまみれていた。おそらくあざもできているだろうが、それをべつにすれば、いまの転落で傷ついたのはプライドだけだったようだ。「ヴィエゴは苦しんでいるの。王妃は彼にとってかけがえのない存在なのよ」

主治医はローブの埃を払いながら、にこりともせずに言った。「では、この先が思いやられますな。王妃はおそらくこのまま身罷《みまか》りましょう。王は小さいころから衝動的で強情な方でした。彼にとってすべてである王妃が死ねば、どんな行動をとられることか」

カリスタには答えられなかった。思いつくのは不吉な結末ばかりだ。

「王妃を失うのは悲しいことです。王の辛《つら》さもわかります」ラモンは言葉を続けた。「しかし、カマヴォールには悲しみに溺れぬ強い王が必要ですぞ。あの王がそうですかな?」

「言葉に気をつけなさい、ラモン」この会話が向かう方向が気に入らず、カリスタは低い声でたしなめた。「たしかに王は若いし、悲嘆に暮れている。でも、サンクティティが選んだ正統な王でもある」

老主治医は肩をすくめた。「陛下よりも殿下のほうが、老王の資質を多く継いでおられます。殿下が銀白の玉座に就いておられれば……」

「二度とその言葉を口にするな」カリスタは鋭く言い返した。

「最悪の事態になれば、私の存在は歓迎されますまい」ラモンはカリスタの目を見つめて唸るようにそう言うと、頭を下げ、沈んだ笑みを見せた。「王家にお仕えできたのは名誉なことでしたが、お別れする時が来たようですな」

カリスタはゆっくり溺れていくような気持ちで、ラモンが立ち去るのを見送った。「でも、私は約束したの」死にゆく王にヴィエゴを導くと約束したのだ。その王はいまや祖先のひとりとなり、その約束が果たされるのを見守っている。

ヴィエゴを導き、カマヴォールを守れ。

「守ろうとしています、お祖父様《じいさま》」カリスタは低い声でつぶやいた。


贅《ぜい》を尽くしたヘカリムの司令テントには、各騎士団の団長と隊長たちが集まり、テーブルに広げられた地図を囲んでいた。カリスタも彼らのあいだに立ち、厳しい顔で腕を組んでいた。付き添ってきたレドロスは、卑しい生まれの兵士に相応しい場所——貴族たちの背後の影のなかに留まっている。

「王が殺されかけたのに、なんの報復もせずにいることはできんぞ！」金の楯団《ゴールデン・シールド》のシオドナ卿《きょう》が唾を飛ばしてわめく。「それでは弱腰の愚か者だとみなされる！」

「誰に報復するつもり？」漆黒の角団《ホーンズ・オブ・エボン》を率いるレディ・オーロラが鋭く切り返した。「あの刺客たちが誰に送り込まれたのかは、わかっていないんだよ！」

シオドナは手袋をした指で地図の一点を突き刺した。「刺客の多くはポート・タカンから呼ばれる。ポート・タカンの貴族は長いこと彼らに安住の地を与えてきたからな。彼らを攻撃し、見せしめにすべきだ。カマヴォールを脅かす者がどうなるか、世界に示さねばならん」

「ポート・タカンは同盟国よ！」レディ・オーロラが抗議する。

「サントラスもそうだった」シオドナがせせら笑った。「だが、いまやカマヴォールの領土だ！」

「あれは司祭たちに命じられた聖戦だった」オルドノ卿が不機嫌に言い返した。紺碧の炎団《アジュール・フレーム》は敬虔なことで知られている。なかでも団長のオルドノはとくにそうだ。

シオドナは鼻を鳴らした。「必要とあれば、ポート・タカンを焼き尽くすのが祖先の意志だと主張する司祭ぐらい、いつでも見つかるさ」

オルドノが怒りに顔を染めた。「尊い祖先は戦や政治的駆け引きに使う道具ではないぞ、シオドナ。祖先を嘲るのは許さん」

「御託はよせ！　司祭たちは王宮で、誰より熾烈《しれつ》な駆け引きに明け暮れているぞ！　それはあんたにも反論できまい！」

カリスタは急いで口を挟んだ。「たとえ、あの刺客がポート・タカンの者たちだとしても、街の貴族が関わっている可能性は低い。カマヴォールの敵は至るところにいる。そのうちの誰が刺客を雇ったとしても不思議ではない」

「しかも、刺客が三人とも死んだいま、黒幕が誰なのか知る手立てはないな」ヘカリムが付け加える。

「だが、何もせずにいれば、ほかの連中が図に乗るぞ！」シオドナが食ってかかった。

「首謀者ではないことを承知で、たんにカマヴォールの強さを示すために同盟国を攻撃しろというの？」カリスタは言い返した。

「それでカマヴォールを攻撃したがっているやつらを牽制《けんせい》できるなら？　ああ、即座にポート・タカンを攻めるべきだ」

シオドナの無茶苦茶《むちゃくちゃ》な理屈にショックを受け、カリスタは言葉に詰まった。強さを示すためだけにまたしても同盟国に侵攻するなど、考えただけでも吐き気がする。そのために罪もない人々がどれほど死ぬことになるのか？　事態に対処する方法はほかにもあるはずだ。

「禿鷹どもが頭上で輪を描いているのだ」シオドナが言い募る。「これまでは獅子《しし》王がにらみを利かせていたが、獅子王は死に、青二才の跡継ぎの実力はまだ試されていない。サントラスの勝利は幸先《さいさき》のよいスタートだったが、カマヴォールの力と非情さを明確に示さねばならん。われらの敵が若い跡継ぎを甘く見れば、この国は少しずつむしり取られていくぞ」

カリスタは落ち着きを保とうとした。「たったいま王を青二才と呼んだのか？」

「王を軽んじるつもりはないが、言葉を飾っても仕方があるまい？」シオドナはそう言ってのけた。「老王が生きていれば、私の意見に同意し、とうにポート・タカンを征服していたにちがいない！」

「カマヴォールに多くの敵がいるのは、祖父がそうした残虐なやり方で各地を征服したからではないのか？」カリスタは言い返した。「サントラスに勝利したいま、敵はさらに増える。ポート・タカンを攻撃すれば、次は自分たちだと疑心暗鬼に駆られたほかの同盟国が、脅威を取り除こうとするだろう。カマヴォールはこれまで、暴力、戦、報復という悪循環を作りだしてきた。その悪循環を続けるのではなく、断ち切るべき時が来たと私は思う」

「その循環こそがカマヴォールだ！」シオドナは言い切った。「それで敵が増えたとしても、かまうものか！　そのすべてを滅ぼせばいいだけだ！」

カリスタは険しい顔で言い返した。「卿がポート・タカンを攻めたがる理由は明らかだな。昔からポート・タカンの富を欲しがっていたのだから。しかも、あそこは金の楯団の砦《とりで》に近い。この暗殺騒ぎを利用して、自分の懐を肥やす新たな戦いを正当化したいのだろうが、いまは新たな戦いを始めるよりもほかにすることがある」

「私を侮辱するのか？」シオドナは毛を逆立て剣の柄を摑んだ。

背後の影のなかで、レドロスが警告するように低い声を漏らす。挑戦に応じる戦闘犬の唸りのようなその声を、聞くというより体で感じ、カリスタは片手で彼を制した。平民の隊長が騎士団の団長に斬りつければ、どれほど正当な理由があろうと死刑を免れない。

「いい加減にしろ、シオドナ！」ヘカリムが怒鳴った。「ここから五十歩と離れていないところで、重傷を負った王妃が死と闘っているのだぞ。仲間同士でいがみあってどうする」

シオドナはくるりとヘカリムに向き直った。「だが、この女は獅子王の業績にケチをつけ――」

ヘカリムがすばやく剣を引き抜き、切っ先をシオドナに突きつけた。「レディ・カリスタには、誰かに、ましてや私に代わりに戦ってもらう必要などないが、これ以上無礼な言葉を吐けば、決闘を申し込むぞ」

シオドナが顔を赤くして言い返した。「ポート・タカンを攻めたいのは、あんたも同じだろうが」

「こんな形ではだめだ」ヘカリムが首を振る。「王の知らぬところで勝手に決めることではない。タカンを攻めるのは、王がそれを命じたときだけだ」

シオドナはヘカリムをにらみつけたものの、しぶしぶうなずくと、カリスタと目を合わせようともせずに申し訳程度に頭を下げた。「すまない、私が言いすぎた」

ヘカリムが剣を鞘《さや》に戻す。シオドナはひと言断って立ち去った。ほかの団長たちもひとりずつテントを出ていった。

「なかなか面白かったよ」レディ・オーローラが皮肉な笑みを浮かべた。「もっとも、高い見料を払ってもいいから、あんたかレディ・カリスタがシオドナをぶちのめすところを見たかったけどね」

オーローラも部下を従えて立ち去り、テントに残ったのはカリスタとレドロス、ヘカリムと鉄血騎士団《アイアン・オーダー》の隊長数人だけになった。

「あなたの隊長は、怒りを抑える術《すべ》を学ぶべきだな」ヘカリムがつぶやく。

「抑えた、と言えるのではないか?」カリスタは答えた。「ここを出ていくとき、シオドナの腕はどちらも無事だった」

ヘカリムがにやりと笑い、長身の自分よりさらに頭半分も高いレドロスを見上げた。全身を覆う逞《たくま》しい筋肉のせいで、レドロスは実際よりもさらに大きく見える。「たしかに」

「でも、あなたもポート・タカンを欲しがっているとは知らなかった」カリスタは目を細めた。「王はそれを知っているの?」

ヘカリムはため息をつき、疲れたように片手で顔をこすった。「この状況で征服と獅子王の業績を話題にするのは正しくないと思うが、栄光の約束を、忠誠を保つ糧にしている騎士団もあるのは事実だ」

「でも、鉄血騎士団は違う？」

ヘカリムは再び微笑した。今度の笑みはさきほどより誠実で、本物のように見えた。「過去には？　もちろん、鉄血騎士団もそのひとつだった。しかし、私があなたと婚約したことで、鉄血騎士団とカマヴォールの運命は分かちがたく結びついた。この国は栄光を求める果てしない探索に終止符を打ち、よりよい未来に目を向けるべきだと思う。カマヴォール全土のため、すべての民のために」

まさか鉄血騎士団の団長の口から、こういう言葉を聞くとは思わず、カリスタは驚きを隠せず、疑わしげに眉をひそめた。

まるで素の自分を見せるかのように、ヘカリムが目をこすった。そういう気取りのない姿を見せてくれたことが嬉《うれ》しくないと言えば、嘘になるだろう。

「少し休んだほうがいい。アロヴェドラまではまだ二日かかる」

レドロスを影のように従え、カリスタは暗くなった野営地のなかを自分のテントに向かった。

ホスト軍に割り当てられた場所に戻ったとたん、レドロスが尋ねた。「あの男を信頼しているのか？」

「さあ」カリスタは正直に答えた「でも、信じたいとは思う」

6

ブレスドアイルの首都　ヘリア

彼らは夜が明ける何時間もまえにやって来た。

拳がドアを連打する音に、グラエルはがばっと跳ね起き、不安に胸を騒がせながら立ちあがった。ドアの下にちらつく橙色のランプの光が見える。誰かが外の通路にいるのだ。再び拳がドアを打つ音が響き、グラエルはたじろいだ。

床に膝をつき、夢中で片手を硬い寝床の下に滑らせると、指が探していたものをかすめた。何日かまえに厨房《ちゅうぼう》から盗んだ皮剝《かわはぎ》用のナイフだ。グラエルは唇を舐め、それを取りだした。

またしても荒々しいノックの音がして、グラエルはナイフを摑《つか》んでドアに近づいた。落ち着けと自分に言い聞かせながら掛け金をはずし、体でナイフを隠してゆっくりドアを開ける。まばゆい光に目が眩《くら》んだ。

「アーロック・グラエルだな」太い声が言う。

「そうだが?」グラエルは光の後ろに立っている黒い影を見極めようと目を細めた。相手はふたり、男と女だ。ふたりとも大柄だった。少なくとも、グラエルよりかなり大きい。だが、これは大した問題ではなかった。首を狙えば、どんな人間でも倒れる。相手がどれほど強くても関係ない。どちらも分厚い刃が付いた鉾槍《ほこやり》を手にし、幾何学模様を刻んだ白い胸板と縦溝付き兜を着けているところを見ると、街の警備を受け持つ番人だろう。グラエルはいやな予感がした。ヘリアには警備兵はいないが、このふたりが最もそれに近い。

「呼び出しだ」女のほうが唸《うな》るように言った。「ニザーナ判事がおまえと話したがっている」

判事が？

直接言葉を交わしたことはないが、もちろん、判事のことは知っている。ニザーナは闘域全体の監督官だ。すべての管理人は、巡回の結果を管理長や事務官を通じて判事に報告することになっていた。噂《うわさ》では、無慈悲な女で、罪人に対しては一片の思いやりも示さないという。

「何を話したいんだ？」グラエルは尋ねた。

男が女のほうを見てせせら笑いを浮かべ、首を振った。

「それは訊《き》き忘れた」女が言い返す。「とにかく、おまえに会いたいそうだ。いますぐに。それだけわかれば十分だろう」

グラエルは隠し持ったナイフをまだ握りしめていた。だが、いまふたりを攻撃してよいものか？この呼び出しは、マクシム管理長がこの部屋で見つけた古書に関係があるのだろう。判事はどこまで知っているのか？

「着替えさせてくれ」グラエルはようやくそう答えた。

男が軽蔑もあらわに寝間着を見下ろす。「わかった。急げよ」

グラエルは黙ってうなずき、番人たちの顔の前で勢いよく扉を閉めると、しばしそこに立ったまま、この呼び出しがどういう結果に終わるかあらゆる可能性を考慮した。それから机に向かい、ナイフを置いてランタンを灯《とも》した。洗面器で顔を洗い、わざとゆっくり、ふだんとは違う白いローブに着替える。ドアの外から早くしろと脅す声がしたが、急《せ》かされるのはごめんだ。カチリと音を立ててベルトを留め、そこに鎖を通す。鎖に付いた鍵が、動くたびに音をたてた。仕上げに薄くなりはじめた髪を梳《と》かし、銀色の小鋏《こばさみ》で飛びだしている髭《ひげ》を何本か切った。

これはどうする？　机に置いたナイフを少し見つめてから、ローブのポケットに滑り込ませた。

ドアを開けると、番人たちがにらみつけてきた。

「用意ができたか？」男のほうが皮肉たっぷりに尋ねる。「それとも、足をマッサージしてもらいたいか？　階上のマスターたちの浴場までひとっ走りして、その完璧な髪につける香油を持ってきてやろうか？　どうだ？」

「その必要はない」グラエルは男の横柄な口調と態度を無視した。

「さっさとしろ」女が言った。

彼らはひと言もしゃべらずに、曲がりくねった通路沿いにある収納室を通りすぎ、螺旋階段を上がって地表へと向かった。番人のふたりは囚人でも連行するように、グラエルの前後にひとりずつついていた。ひょっとすると、グラエルは囚人なのかもしれない。判事に会えばはっきりする。

逃げることも考えた。少しでも距離が開けば、地下の暗闇のなかでふたりをまくのは簡単だ。その気になれば何か月でも隠れていられる。そう、隠れるのは容易《たやす》い。だが、地下の厨房に出入りできなくなれば、飢死するのは目に見えていた。

目的の部屋に到着すると、ちょうど太陽が昇るところだった。番人のひとりが、グラエルを叩き起こしたときよりは静かにドアを叩いた。

入れ、という声を聞いて、まずグラエルが入り、番人たちがあとに従った。ニザーナ判事は片眼鏡《モノクル》をつけ、四角い漆塗りの器を机に置いて、そのなかで育っている小さな木を注意深く剪定《せんてい》していた。背後の鉛枠ガラスの窓からは、海を見晴らすことができる。まぶしい朝陽にグラエルは目を細めた。最後に陽の出を見たのは、いつのことだったか。

部屋にほかの椅子がないのを見てとり、グラエルは立ったまま待った。判事は彼に目も向けなければ、話しかけもしない。蜘蛛《くも》の糸のような銀色の髪を束髪にした、いかにも厳しそうな顔の女性だ。四十歳と言われればそう見えるし、七十歳と言われてもうなずけた。剪定する手元に神経を集中し、半端な枝や葉を小さな鋏で手際よく刈っていく。

グラエルはすぐ後ろに立っている番人を振り向いたが、ふたりとも忠犬よろしく前を見据え、彼と目を合わせようともしなかった。彼は剪定を続けている判事に目を戻し、問いかけた。

「お呼びでしたか？」

ニザーナ判事は顔を上げずに言った。「小さな木だけど、これで樹齢三百年を超えているのですよ。たいしたものでしょう？　長寿の秘訣《ひけつ》がなんだかわかりますか？」

グラエルはけげんな顔で判事を見つめた。「いや……わかりません」

「弱い部分を切り落とすことよ。一本の木が費やせるエネルギーにはかぎりがある。もちろん、陽の光や水、適切な栄養を与えるのも重要だけど、注意深く世話をしなければ、次々に出る枝や葉で貴重なエネルギーを無駄にして、全体の力が弱くなる。それに美しさも損なわれてしまう」

「判事の決めた美しさが、ですね」グラエルはつぶやいた。

「なんですって？」ニザーナが初めて顔を上げた。片眼鏡のレンズを通した右目が巨大に見える。

「木の美しさを損なうと言われたが、それはあなたの目から見た美しさ、あなたの意見です。木にとってはどうでもいいことだ」

判事は鼻を鳴らし、小さな木に目を戻してまた剪定鋏を動かしはじめた。「私は根が求める水をやり、この木に必要な陽射《ひざ》しを与える。この木は私の気持ちひとつで、生きもすれば死にもする。つまり、この木にとって私は神に等しい。重要なのは、神である私の意見だけよ」

判事の言い分は穴だらけだが、グラエルはそれを指摘しないことにした。監督官である判事を敵にまわしても、よいことは何もない。

「閾域の管理人も、この木と同じこと」判事がつぶやいた。「私は彼らの世話をし、彼らに滋養を与え、食べるものを与え、ときどきこちらの葉やあちらの枝を落とす。それもこれも、すべてが組織全体の繁栄のため」判事は片眼鏡をはずして革製のケースに入れ、カチリと音をさせてそれを閉じた。次いで小さな木を横に押しやり、机に肘をついてグラエルを正面から見据えると、左右の指先を合わせて身を乗りだした。「なぜここに連れてこられたか、わかっていますか？」

グラエルは唇を舐めた。自然と片手がローブのポケットを探り、皮剝用ナイフの柄《つか》を握りしめる。

判事は眉を上げた。「どうなの？」

「わかりません」グラエルは瞬《まばた》きもせずに言った。

ニザーナ判事はこの答えにまったく反応を示さず、冷ややかな態度からも何ひとつうかがえなかった。「地下の収納室から遺物を許可なく持ちだした者には、どんな罰が下されるか知っていますか？」

グラエルは体をこわばらせた。判事がわざとらしく付け加える。「たとえば古書とか」

「追放です」目をそらさずに答える。

「そう、追放です」判事がうなずく。「一枚の葉を切り落とせば、苛立《いらだ》たしい葉はなくなる。過去には私より寛大な判事もいて、彼らが追放したのは最悪の罪をおかした者だけだった。でも、私に言わせれば、その処置は緩すぎます。怠慢と言い換えてもいいでしょう。悪事を思《おも》い止《とど》まらせる役に立つどころか、むしろ奨励するはめになる」

グラエルは身じろぎもせずに判事を見つめた。ナイフを握っている指に力がこもる。

「マクシム管理長と最後に会ったのはいつ？」

「一週間まえです」グラエルはなめらかに答えた。

判事はしばらく無言で彼を見つめたあと、立ちあがって窓辺に向かい、果てしなく広がる海を眺めた。

「マクシム管理長の姿が見えないのです。それに関して何か知っていますか？」

「姿が見えない？」グラエルは眉をひそめた。「それはどういう……具合が悪い、とか？」

「いえ、病気ではないわ。どこにもいない。消えてしまったの」

「消えた？　どこへ消えるのです？」

「地下の収納室にあった複数の書物が、マクシム管理長の部屋で見つかったことは？　その件も知らないの？」

「知りません」グラエルはうなずいた。

　判事が急に振り向き、グラエルはまたしても体をこわばらせた。いよいよか？　この女判事は私を弄ぶのに飽きて、この男を捕らえろ、と番人たちに命じるのか？

「マクシム管理長は罪の発覚を恐れ、追放されるまえに逃げたのかもしれない」判事は肩をすくめた。「悪い葉は、切り落とすまえに落ちることもありますからね」

　グラエルはナイフの柄を放し、判事がローブのポケットから取りだした大きな鉄の輪を見て目を輝かせた。そこには何十という鍵がついている。

「これはマクシムが管理していた収納室の鍵よ。今日からはあなたが管理するように」

「私が？」グラエルは鍵を見つめ、囁くように訊き返した。

「マクシムのもとで働く管理人のなかでは、あなたがいちばん古株です。したがって、マクシムの仕事はあなたのものよ。おめでとう、グラエル管理長」

　新たな鍵を鎖につけ、満ち足りた笑みを唇に浮かべて、グラエル管理長は暗闇のなかを歩いていた。忘れられた地下通路、めったに使われない通路を進む足取りは軽く、知らぬまに鼻歌まで出てくる。最古の収納室が並ぶこの通路を訪れる者は、自分以外にいないはずだ。

　べつの細長い通路へ入る手前で、グラエルは膝をつき、手にしたランタンで床を照らした。何日かまえそこに塩を撒《ま》いておいたのだが、それが踏まれた形跡はまったくない。誰も通っていないことを確認すると、満足して塩を踏みながらその先に向かった。ようやく自分にも運が向いてきた。

通路の突き当たりには鍵のかかったドアがあった。大きな鍵を取りだし、音を立てて鍵を開ける。まだ鼻歌を口ずさみながら部屋に入ると、血と汚物の臭いがつんと鼻につき、目を刺した。

部屋の壁際に置かれた頑丈な木製の台には、肉屋が使うあらゆる類いのナイフや大包丁、鍛冶屋が使う大小のペンチが整然と並んでいた。グラエルはお気に入りのひとつを手に取った。剃刀《かみそり》のように鋭い、曲がった刃の鎌だ。

奥の影のなかから、泣くような声があがった。グラエルは、壁に鎖で繋《つな》がれ、汚物を垂れ流している傷だらけの男に笑いかけ、その前で鎌を振った。

「おはよう、マクシム管理長」

7

カマヴォールの首都　アロヴェドラ

王と兵士たちは、まるで葬送の列のように粛々とアロヴェドラに戻った。

王妃の容態が重篤だという知らせはすでに首都に達し、大勢の人々が集まっていた。実際、街の人々がひとり残らず、帰還する一行を出迎えているかのようだ。

ホスト軍は王と王妃の乗る薄絹を垂らした輿に付き添い、高くそびえる砂岩の門を通過して、重苦しい沈黙のなか大通りを王宮へと向かった。通りの両側に幾重にも並び、広場や建物の屋根を埋めているアロヴェドラの民が、暗い顔で輿を見送っている。通りには一面に、病人や怪我《けが》人を守り癒やしたまえという祈りを込めて、祖先の霊に捧《ささ》げられるオレンジの花びらがまかれていた。足元が滑るほど大量の花びらがあざやかな色で敷石を染め、門から王宮まで途切れずに続いている。王妃が街の人々に愛されているのはカリスタも知っていたが、これほどまでとは。沿道を埋め尽くす人々はヴィエゴの戴冠式のときより、老王の葬儀のときよりも多いようだ。

　王とともにサントラスへ赴いた騎士団は、街の門を潜《くぐ》る前に王に慰めの言葉をかけ、ホスト軍から分かれて自分たちの城へと戻っていった。最後に輿のそばを離れたのは、難攻不落の鉄の要塞を構える鉄血騎士団だ。絶壁の頂を彫り込んで作られたこの城は、アロヴェドラからわずか半日のところにある。それも、カマヴォール建国以来、首都アロヴェドラが一度も包囲されたことのない理由のひとつだった。鉄血騎士団と王家の絆《きずな》を婚姻で強化する必要があるのも、そのためだ。

　カリスタは走り去るヘカリムを見送った。年が改まるまえに結婚する相手とあって、完全な他人とは言えないが、まだ知っているとは感じられない。これまでの言動を見るかぎり、名誉を重んじる男のようではある。魅力的で、有能で、明らかに政治的な駆け引きにも長《た》けている。王家の一員になるなら、これは間違いなく重要な能力だが……そのぶん警戒する必要も生じる。

　やがて尖《とが》った鉄が天を衝《つ》いている王宮の門が、大きな音を立てて彼らの後ろで閉まった。

「将軍、ご命令を」レドロスが指示を仰ぐ。ほかの貴族と話すときと同じ、堅苦しい口調だ。ふたりのあいだには、ほんの数日まえにはなかった距離が生まれていた。

「王宮の警備を補佐するように」カリスタ自身の声も同じように他人行儀になる。臣下に命令するような口調に気が咎《とが》めたが、いつものようにその気持ちを押しやった。いまはすべきことだけを考えよう。自分にすら認めたくない感情に振りまわされてはならない。

「御意のままに」レドロスが敬礼し、きびすを返した。

心配と罪悪感、ひっきりなしに浮かぶ不吉な思いに苛まれ、カリスタは王と王妃の寝室の外にある控えの間を行きつ戻りつしていた。ここ数日はずっとこんな状態が続いている。座り心地の悪い金色の椅子に腰を下ろしてぼんやりと宙を見つめるか、浅くまどろむこともあるが、たいていはこうして両開きの扉の前を歩きまわっていた。

扉の両側には、近衛兵が不動の姿勢で立っている。這《は》うように時間が過ぎるあいだ、近衛兵は何度も交替したが、カリスタはいつ呼ばれてもいいように扉の前を離れなかった。沈痛な面持ちの召使いが食事や水の入った器、タオルを手に寝室に入っては、汗に濡《ぬ》れたシーツや手付かずの料理の皿とともに出てくる。

何十人という治療師、医師、蛭《ひる》使い、薬草師、魔術師、司祭たちがやってきた。運がよければ自分の足で出てきて、首を傾《かし》げながら立ち去るが、王に罵倒され、部屋から放りだされる者も少なくない。王妃をじわじわと蝕《むしば》んでいく毒の進行は誰ひとり止められず、容赦なく過ぎていく時とともに治療法を見つける望みが消えていく。

何世紀にもわたり歴代の王が集めてきた遺物も、なんの助けにもならなかった。ヴィエゴはイゾルデが眠るたびに宝物殿を掻きまわし、歴代の王が持ち帰った戦利品のなかに王妃の助けになるものはないかと必死に探しているが、まだ何も見つかっていない。

アロヴェドラ全体がイゾルデのために祈っていた。街の神殿や寺院には、王妃の本復を祖先に祈願する人々が引きも切らず訪れ、王宮の門の前には毎日花や花輪が置かれている。カマヴォールのすべての貴族と騎士団からも、慰めの言葉と王妃の全快を願う手紙が届いたが、そうした手紙からは街の住民たちから感じる善意も強い願いも伝わってこなかった。貴族よりも民のほうが、はるかに王妃を愛しているのだ。

寝室のなかから王妃の悲鳴が聞こえ、カリスタは足を止めた。苦痛に満ちたその声に胸を掻きむしられる思いがした。こんなことなら、いっそ呪わしい黒い刃《やいば》に心臓を突き刺されていたほうがよかったかもしれない。少なくとも、そのほうがイゾルデは苦しまずにすんだ。

外は暗かった。夜明けまでまだ何時間もある。もしも最期の時が迫っているなら、イゾルデがこれ以上苦しまずに穏やかに息を引きとれますように、とカリスタは祖先に祈った。せめてそれくらいの慈悲をおかけくださいと。

金箔を施した両開きの大扉が片方だけ開き、肩を落としたヌニョが顔を覗かせた。首を伸ばして顔を突きだしたヌニョの姿は、滑稽なほど亀そっくりだったが、この悲惨な状況では笑みすら浮かばない。ヌニョはカリスタに目を留めると、しわだらけの手を振って招いた。

「王妃の容態が悪化したの？」カリスタは低い声で尋ねた。

老助言者はため息をついた。小柄な体がいっそう小さく見える。常に眉間に縦じわを刻み低い声でつぶやくヌニョは、気難しい印象を与えるが、これは廷臣に軽んじられないための虚勢にすぎない。何十年も忠実に王家に仕えてきたヌニョは、自分が持てなかった孫のようにヴィエゴのことを愛していた。瀕死《ひんし》の王妃とヴィエゴの嘆きを目の前で見ていなくてはならないのは、どれほど辛いことだろう。ヌニョだけでなく、周囲の者すべてがこの状況に大きな衝撃を受けていた。

「悪化しました、殿下」ヌニョがうなずいた。「〈ミカエルの杯〉が持つ治癒の力を魔法で強化しても、王妃を癒やすことは叶《かな》いませぬ。毒が回る速度を抑えてこそおりますが、毒の侵食を止められぬのです。ほかの方法もまるで効果がなく……おそらく王妃の死は避けられぬでしょう」

「すべての治療法を試すまでは、ヴィエゴは決してそれを受け入れないと思う」

「王は疲労の極みに達しておられます。何日も眠らず、ほとんど食事もとろうとなさいませぬ。王妃と同じように、命を削られていくようです」

カリスタは厳しい顔でうなずいた。「私がもう一度話してみる」

「それがよろしいかと」ヌニョが押し開いた扉から、カリスタはなかに入った。「私の言葉も治療師たちの助言もまるで聞こうとなされませぬが、殿下のお言葉なら耳を傾けることでしょう」

カリスタは入ってすぐに足を止め、小声で尋ねた。「王妃はあとどれくらい持つと思う?」

「一時間か、一週間か。なんとも言えませぬ」

寝室のなかは息苦しいほど暑く、病と汗の臭いが立ち込めていた。静まり返ったなかに、オルゴールが奏でるメロディが響く。結婚祝いのなかでイゾルデがとくに気に入っていた贈り物だ。明るいメロディがなんともわびしく、やるせない。

「王国は王妃を失おうとしておりますが、王まで失うことはできませぬぞ」ヌニョは前を通りすぎるカリスタにそう言うと、部屋を出て、静かに扉を閉めた。

背の高い窓がすべて覆われているせいで、寝室は薄暗かった。ひと言告げれば、周囲の柱に埋め込まれた貴石が明るく輝くのだが、それもいまは光を消している。カリスタは目が慣れるのを待ってヴィエゴに歩み寄った。まるで影のひとつのように、寝台の傍らで背を丸め、王妃の華奢《きゃしゃ》な手を握っている。蒼ざめた顔のイゾルデは目を閉じて身じろぎもしない。胸がかすかに上下していなければ、すでに祖先のもとへ旅立ったと思うところだ。

「こんなことになってとても残念だ」カリスタはすぐ横に片膝をつき、低い声で言った。

ヴィエゴはやつれていた。落ちくぼんだ目から光が消え、疲労と悲しみに包まれている。「イゾルデを失うことはできない」ヴィエゴは涙ぐみ、しゃがれた声でつぶやいた。

カリスタはかける言葉もなく若い叔父に両腕を回すと、ヴィエゴがしがみつき、すすり泣くあいだ、同じ痛みを感じながら抱きしめていた。

やがてヴィエゴは体を離し、涙を拭った。「王らしくないのはわかっている。父上は一度も泣いたことがなかったな」

「お祖父様は冷たい方だった」カリスタは優しく言った。「息子を失ってもひと粒も涙も流さぬ王より、真の感情を見せる王のほうが私は好きよ」

「父上のことは嫌いだったが、いまは羨ましい気がする。あの人なら、何があっても心が折れることはなかったと思う。あんなに強かった秘訣はなんだろう？」

「お祖父様はあなたがイゾルデを思うような愛情とは無縁だった。その冷たさを羨むより、むしろ哀れむべきだと思う」

「でも、カマヴォールのことは愛していた」

「そうね」カリスタはうなずいた。「家族を愛するよりも、はるかに愛していた」

ヴィエゴの形のよい口元にかすかな笑みが浮んだ。「そうだね。父上の口癖は……〝何をおいても王国を優先せよ〟だったかな？　王とはそういうものだと、いつも言っていた。父上が生きていたら、イゾルデとの結婚など決して許してもらえなかっただろうな。愛のために結婚するなんて、理解できなかったにちがいない」

「非情にならなければ、よい王になれないわけではないよ」

端整な顔から虚ろな笑みが消えた。「イゾルデがいなければ、そのどちらにもなれる気がしない。イゾルデなしには生きられない。生きていたいとも思わない」

カリスタは恐怖と哀れみの入り混じった気持ちで若い叔父を見つめた。ヴィエゴは昔から物事に執着するたちだったが、いまの彼にはこれまでにない闇が感じられる。

深い悲しみのせいで途方に暮れているだけよ、ヴィエゴは立ち直る。カリスタは自分に言い聞かせた。

でも、立ち直らなかったら？

「そんなことを言うと、イゾルデが悲しむよ」

「そうだね」ヴィエゴはうなずいて表情を引きしめ、震えながら深く息を吸い込んで落ち着きを取り戻そうとした。「イゾルデのために気をしっかり持たないと。イゾルデはぼくのもとに戻ってくる。きっと戻る」

自分の名前が聞こえたのか、苦痛のうめきを漏らして王妃が目を開けた。「ヴィエゴ？」かすれた声で夫の名を呼ぶ。暗がりに目が慣れたカリスタは、王妃の顔色の悪さにたじろいだ。じっとりと汗ばむ肌は、すっかり色を吸いとられたかのように灰色に変わり、まだ生きてはいるものの、まるで亡霊のようだ。

「ここにいるとも、愛《いと》しい人」ヴィエゴは妻の手を握りしめた。

親密なひと時を邪魔《じゃま》したくなくて、カリスタは立ちあがり、何歩か下がった。

「溺れているみたいだった」イゾルデが弱々しい声でつぶやいた。「水のなかに落ちて息ができないの。ローブ姿の男たちが近くに立っているのに、誰も助けてくれない。ただ……見ているだけ」

「ただの夢だよ、愛しい人」ヴィエゴが優しい声で慰める。「ただの悪い夢だ」

影のなかにいるカリスタに気がつくと、いったん焦点を失った目に光が戻った。「カル！」

カリスタは前に出て微笑《ほほえ》んだ。「王妃」

「会えてよかった。あなたは最初からとても親切だったわ」

「それはこれからも変わらない」

イゾルデのまぶたが落ち、再び眠ったように呼吸が深くなる。だが、すぐに目を開け、ヴィエゴに顔を近づけた。「あなた、お願いがあるの」

「いいとも」

「グウェンを連れてきてくれる？　子どものころ、病気のときにはいつもグウェンがそばにいてくれですもの」

「あなたに連れてきてほしいの」イゾルデは大きな目を見張り、頼んだ。「グウェンは大切な子なたの」

「もちろん。すぐに誰かを――」

妻のそばを離れるのが不安なのだろう、ヴィエゴはためらった。

「心配しないで、カルが私を守ってくれる。私は大丈夫よ」

ヴィエゴはちらっとカリスタを見た。カリスタが肩をすくめ、安心させるように微笑むと、うなずいて立ちあがり、妻の額にキスした。「すぐに戻る」

「グウェン？」ヴィエゴが部屋を出ていくと、カリスタは尋ねた。「あなたの友人か何か？」

「あれはふたりで話すための口実」イゾルデは起きあがろうとした。「でも、ヴィエゴはすぐに戻ってくる。話す時間は少ししかないわ」

カリスタはイゾルデが起きあがるのを助け、背中に枕を入れてやった。「話すって何を？」

イゾルデは息を吸い込んだ。「ヴィエゴは受け入れようとしないけれど、私はもうすぐ死ぬわ」

「まだ望みは――」

王妃はカリスタの手を摑んだ。その指が驚くほど熱い。「私は覚悟ができているの」そう言ってため息をつき、首を振った。「でも、ヴィエゴは……」

「ヴィエゴのことが心配なのね」

「心配なのは、あの人が何をするか」囁《ささや》くような声が唇から漏れる。「その時が来たら、ヴィエゴには助けが必要よ。私の死を受け入れ、それを乗り越えて前に進めるように助けてあげて。お願い。あの人が私の死を受け入れられず、何をするか考えると……」

イゾルデが不安に駆られるのも無理はない。カリスタも同じ気持ちだった。ヴィエゴは悪い人間ではないが、予測がつかない。とっさの思いつきに固執し、がむしゃらにそれを押し通そうとする。助言ならカリスタにもできるが、彼の気持ちを安定させられるのはイゾルデだけだ。イゾルデは結婚以来ずっと、彼の傲慢で衝動的な言動を和らげる役目を果たしてきた。そのイゾルデが死んだら、ヴィエゴは、カマヴォール王国はどうなるのか。心のタガが外れたヴィエゴは、溺れる者のように夢中であがき、自分がしがみついたものすべてを破滅への道連れにするのではないか。

「できるだけのことはする」カリスタは言った。

「もっと長く一緒に過ごしたかったわ、カル。私たちは姉妹になれたでしょうに」

「とうになっているよ」

イゾルデは笑みを消し、低い声で言った。「私が恋に落ちた人の面影はまだある。でも、ヴィエゴは……変わったわ。癇癪《かんしゃく》がひどくなっているの」

カリスタは血が凍るような恐怖に襲われた。「悲しみが与える影響は、人によって……」

「いいえ、私が怪我をするまえからよ」イゾルデは用心深い目を扉へと向けた。「何か月もまえから。あなたにもほかのみんなにも隠しているけれど、ヴィエゴは病的なほどすべてを思い通りにしたがるし、怖くなるほど頻繁に、私が必要だ、私がいなければ生きていられないと繰り返すの」

イゾルデは上掛けの下から革で装丁された薄い本を取りだした。

「これを」そしてカリスタに押しつけた。「早く。そろそろ彼が戻ってくるわ！」

カリスタは眉をひそめながらも本を受けとった。「いったい……？」

「私の考え、希望、不安よ」イゾルデは答えた。「ひとりのときに読んで。ヴィエゴを理解する助けになるはず」

カリスタはうなずいたものの、まだ半信半疑だった。

「私が死んだあと何が起こるか、それが心配でたまらないの。でも、あなたがいてくれると思うと、希望が持てる。ヴィエゴにはあなたの導きが必要よ。それに、あなたの愛が」

頭のなかには様々な疑問が渦巻いていたが、それを口にするまえにヴィエゴが戻ってきた。走りどおしだったのか、汗ばみ、息を切らしている。

「グウェンを持ってきた！」ヴィエゴは誇らしげに言って、あざやかな色の髪の布製の人形を差しだした。カリスタは革の日記をさりげなくポケットに滑り込ませた。「起きあがってはだめだよ、愛しい人。休まないと！」

イゾルデは人形を抱きしめ、逆らわずに横になって、ヴィエゴの肩越しに〝ありがとう〟と口を動かした。

寝室を出て再び控えの間に腰を据えると、カリスタはたったいま聞いたことに思いを巡らせた。王妃から聞いたヴィエゴの変化がとても気にかかる。それを見逃がしていた自分のうかつさに腹が立った。死を前にした相手との約束がまたひとつ増え、責任は重くなるばかり。心が圧《お》し潰されそうだ。カリスタは、その重みに耐えられる強さを与えてほしいと祖先に祈った。


「殿下」

カリスタは即座に目を覚まし、立ちあがりざま槍を摑んだ。給仕の娘が悲鳴をあげて身を縮める。

「すまない、驚いたものだから」カリスタは謝りながら、眠気の残る目であたりを見回した。

そこは王宮内にある自分の部屋だった。鎧《よろい》を着けたまま寝てしまったようだ。イゾルデと話してから、すでに三日。そのあいだずっと控えの間で過ごしていたのだが、王妃の容態が変われば必ず知らせるから自分の寝台で休んでくれと懇願するヌニョに負けて、しぶしぶここに戻ったのだ。

もしや……全身の血が凍るような不安を味わいながら、カリスタは娘を見つめた。「何があったの？」

「陛下がお呼びです。急いで来てほしいと仰せで……」

カリスタは王宮の廊下を駆け抜けた。昔ヴィエゴと裸足《はだし》でよく走った王宮のなかは、近道も召使い用の奥の廊下も知りつくしている。年上で足も速く、身のこなしも機敏なカリスタが加減して捕まってやるか、追いかける速度を落としてやらないと、ヴィエゴはすぐに機嫌を損ねたものだった。

大理石の床を滑るように曲がると、驚いた召使いが壁際に張りついて避《よ》けた。控えの間や客間を全力で走り抜け、交替のため寝室に向かう近衛兵《このえへい》を追い越し、息を弾ませながら部屋の前に到着した。不安に胸を騒がせながら、近衛兵の案内で暗い部屋に入る。

ヴィエゴは本や巻物に囲まれ、寝台のそばの机に向かっていた。イゾルデは胸の上で手を重ね、静かに横たわっている。

「王妃の……」カリスタは息を切らしながら尋ねた。「容態は……？」

「変わらない」ヴィエゴが答えた。「すまない、驚かすつもりはなかったんだ」

「王妃は……大丈夫なの？」

「もちろん」ヴィエゴは興奮に目をきらめかせた。「よい知らせだよ。ついに見つかった！」

「何が？」

「イゾルデを救う方法が！」

8

「ブレスドアイル？」カリスタは気の抜けた声でつぶやいた。

「そうとも！」ヴィエゴは室内履きで小石を踏みながら歩きまわっている。「本当にあるんだ！　間違いない！」

ふたりがいるのは、王宮内にいくつもあるひっそりした庭のひとつだった。興奮したヴィエゴが眠っている王妃を起こすのを恐れ、カリスタが寝室から連れだしたのだ。壁と柱に囲まれた庭の真ん中で泉が優しい音を立てているこの〈王妃の庭〉は、誰にも邪魔される心配のない、静かで安らげる場所、昔から大好きな隠れ家だった。白い雲がゆったりと流れる青い空の下、庭師が丹精を込めた花壇に様々な国の花が咲き乱れ、鮮やかな色の蜻蛉《かげろう》が長い舌を伸ばして花の蜜を舐《な》め、小さな羽虫が飛び交っている。

カリスタは不安を募らせ、ヴィエゴを見守った。部屋着姿で乱れた髪のまま、夢中で両手を振りまわしながらブレスドアイルのことをまくし立てている。

「で、それを夢に見たの？」疑いを隠そうとしながらカリスタは尋ねた。

「夢とは違う！　啓示だ！　尊き祖先が教えてくれたんだ！」

「ヴィエゴ……」

「いや、カル。本当に啓示だったんだ！　司祭たちに話したら、間違いなく啓示だと言っていた！」

カリスタは顔をしかめた。司祭たちはなぜヴィエゴを甘やかし、空想を焚《た》きつけるような真似《まね》をするのか？　本来ならヴィエゴが現実を受け入れ、前に進む手助けをすべきなのに。「でも、ブレスドアイルはただの神話よ」

「そう！　いや、違う！」ヴィエゴは足を止め、興奮して断言した。「ぼくもそう思っていた。だが、あらゆる古書や巻物を読んで、神話だというのは島の学者たちがよそ者を遠ざけておくために広めた嘘《うそ》だといまは確信している。ブレスドアイルは本当に存在するんだ。イゾルデを癒やす方法もそこで見つかる」

カリスタはため息をついた。「その神話は私も知っている。ブレスドアイルには、死に至る傷も病も癒やせる、命を与える水がこんこんと湧きでている、というのだろう？　でも、それはただの物語、子どもたちに聞かせる御伽噺《おとぎばなし》にすぎない」

「いや、ブレスドアイルが存在する証拠があるんだ」興奮のあまり目をぎらつかせ、体を震わせて、ヴィエゴはカリスタの肩を摑んだ。「イゾルデは助かる！」

カリスタは深く息を吸い込んだ。どうやらどんな反論も聞いてはもらえないようだ。

「その証拠とやらを見せて」

ヴィエゴの調べ物は寝室の隣へと移っていたらしく、居間の机と小卓にも書物や紙が広げられていた。ヴィエゴは戸口に立って、寝室で眠っている妻と、様々な記述や地図、日誌、歴史書に目を通すカリスタとヌニョを交互に見ている。

「どう？　納得がいった？」

カリスタはヌニョを見た。老助言者がほとんどわからぬくらい肩をすくめる。

「さあ。ここにある記述には、かなりの矛盾が……」

「だが、偶然にしては詳細の多くが一致しすぎている！」ヴィエゴは小卓に歩み寄って、自分の言葉を強調するように手を振った。「ここを見てくれ、この男の話のなかにも登場する。ズランか？　ジリアンか？　読み方はどうでもいいが、男がイカシア語で書いた見聞録を翻訳した本だ。ヘリアという都市で学者たちと過ごし、図書館を訪れ、秘儀を目撃したと書いてある。ヘリアという名前は、ほかの資料にも頻繁に顔を出す。これにも、これにも、これにも」ヴィエゴは開いてある本や巻物を指さした。「ほら、これを見てくれ！　この地図にも描かれている。ヘリアに関して記述された書物から、百年以上もあとに作られた地図に！　世界のごく一部しか描かれていないが、それを現在の地図と突き合わせると、ブレスドアイルがあるのはこのあたりのどこかだ」

カリスタとヌニョは、ヴィエゴが地図の上に示した場所に目を凝らした。

「永遠なる海《エターナル・オーシャン》の真ん中？」

「そう！　それがブレスドアイルのある場所だ！　イゾルデを癒やす秘密もそこにある！」

これほど活気づいたヴィエゴを見るのは久しぶりだった。まるで次から次へと新たなことにのめり込んでいた子どものころのようだ。カリスタも留《とど》まるところを知らぬヴィエゴの熱意に、少しばかり影響されたものだったが、いまヴィエゴが力説している理論は絶望から生まれたあがきでしかない。とはいえ、悲しみに打ちひしがれていたヴィエゴが、初めて多少とも明るい見通しに目を向けたのだ。あっさり否定すべきではないだろう。

「カマヴォールの船は長いこと、このあたりを航海しているけれど」カリスタは慎重に言葉を選んだ。「伝説のブレスドアイルに出くわしたという話は聞いたこともない」

ヴィエゴはじれったそうにカリスタを見ると、怒りの声を漏らして老助言者に助けを求めた。「ヌニョ、これだけたくさんの繋がりがあるのに、まだ納得できないと言えるか？」

ヌニョはしわ深い額をこすり古い書物をめくった。「島が存在する可能性は、まったくないとは言えないかと」

「ほら！」ヴィエゴが叫ぶ。「ヌニョもぼくと同じ考えだ！」

「若き王よ、私は仰せの仮説に同意したとは申しませせなんだ」ヌニョはそう断ったあと、好意的な解釈を示した。「しかし、これらの記述から、海底の帝国や天から落ちてきた神々との戦いなど奇想天外な部分を取り払えば、永遠なる海に島が連なり、そこにこのへリアがある、と考えるのはあながち間違いとは申せませぬな」

「あるんだ！」ヴィエゴが声高に叫び、慌ててイゾルデのほうを見てから低い声で付け加えた。「調べれば調べるほど、ヘリアがあるという確信が強まる」

「たとえそれが事実にせよ」ヌニョは穏やかな声で続けた。「何世紀ものあいだ誰ひとりブレスドアイルを見た者はなく、書き記してすらおりませぬ。まるで……地図の上から姿を消してしまったかのように」

「あるいは、波に呑《の》まれたか」カリスタはつぶやいた。

「だからこの五十年、永遠なる海を渡った船の航海誌と航海図をすべてここに運ばせた」ヴィエゴは木箱を積みあげた台を示した。どの箱にも中身を表示した紙が貼ってある。「細かい記録まで、きちんと保存されているのに驚いたよ！」

ヌニョが、ほう、と感心したような声を漏らす。「神殿の門弟の力を借りたのはそのためでしたか」

ヴィエゴはうなずいた。「彼らにここにある記録と海図を調べさせ、集めた情報をもとに王室の地図製作者に描かせた。それがこれだ」ヴィエゴは得意そうに地図をさっとひと振りして、新しい皮紙に手描きされたその地図を広げた。「王室に地図製作者がいることも、初めて知った」

「私は知っておりましたぞ」ヌニョが皮肉交じりに応じる。

「早朝にいきなり訪ね、腰を抜かすほど驚かせてしまったが、よい仕事をしてくれた。見てくれ」

その地図では、カマヴォールは東にあった。北にアイオニア群島、西にヴァロラン大陸の東端が、大雑把《おおざっぱ》に描かれている。大陸の北のはずれは氷に閉ざされた未開の地で、文明と呼べるものはまったくない。南にあるシュリーマは砂ばかり。東は誰も通れない未開の密林で、残りは絶えず争っている雑多な種族や未開人の土地だ。永遠なる海はカマヴォールと遠い大陸のあいだに広がる大海原で、横断するのに何週間もかかる。長い航海のあいだに寄港できるのは、蛇諸島《サーペントアイル》と呼ばれる一連の小島の港だけだ。

カマヴォールの船の主な交易航路が記されたその地図には、何十という線が蜘蛛の巣のように交差していた。だが、その中心、蜘蛛の巣ならば蜘蛛が蹲《うずくま》っているあたりには……一本の線もない。

「なぜここは空白なの？」カリスタはつぶやいた。

「なぜだと思う？」

「この空白は、永遠なる海の向こうにまっすぐ渡るのを妨げている」カリスタは眉をひそめ、指先で航路を示す線をたどった。「ここには、カマヴォールの船が避けて通らざるをえない危険があるのか？　大渦とか？」

「ここを通ろうとした船の日誌には、羅針盤が役に立たず、不自然な霧に針路を変えられた、とある。ほら、これだ」ヴィエゴは積みあげた箱のひとつを開けて、中身を掻きまわし、小さな革表紙の日誌を取りだした。印をつけたページを開き、咳払《せきばら》いをして読みはじめる。「〝われわれは風がないのに、船が漂っていることに気づいて混乱した。霧のなかはまったく視界が利かず、海流も風もなかったが、再び星が見えたときには予定より何海里も北にいて、船は異なる方向に進んでいた」

ヴィエゴは期待をこめ、ふたりに向かって眉を上げた。

「そこにブレスドアイルが隠されていると思うの？」

「隠されていると確信しているんだ」ヴィエゴが言い返す。

「仮にブレスドアイルが存在するとして」カリスタは考え込みながら地図を見つめた。「イゾルデを癒やす方法がそこで見つかると考える根拠は？」

ヴィエゴが呆《あき》れたように天を仰ぎ、またしても苛立たしげに唸《うな》った。

ヌニョが口を挟んだ。「どんな奇想天外な物語にも、通常は多少の真実が含まれているもの。王の言われた場所に神話の島が隠されているとすれば、癒やしの水があるという神話も真実だとみなすのも、さほど的外れではありますまい」

カリスタはまだ納得できなかった。「でも、あまり信ぴょう性があるとは思えない。神秘的な島に救済が見つかると信じ込むのは賢明なことだろうか？」

ヴィエゴがため息をつく。活気の糧となっていた熱意が消えはじめ、彼は真紅のビロードを張った美しい椅子に沈み込むと、目の前の机にある書物と地図と海図を示した。「これはイゾルデを助ける唯一の望みかもしれない。これまで試した治療は、何ひとつ効かないんだ」

苦し気なその声に、カリスタはまたしてもみぞおちをナイフでえぐられるような罪悪感に襲われた。こんなことになったのは自分のせいだ。カリスタは老助言者に目をやった。

「救済を見つける努力を払っても、状況がこれ以上悪化することはありますまい」ヌニョは肩をすくめてつぶやいた。

カリスタは老人をにらみつけた。ヌニョはどういうつもりなの？　イゾルデを失うのは悲劇だが、ヴィエゴは現実を受け入れる必要がある。失敗する可能性の高い、絶望的な捜索に望みをかけるのは間違いだ。

「ヴィエゴ、こんなあやふやなことに望みをかけるのは愚かよ！　私はイゾルデを本当の妹のように愛している。元気な姿を再び見られるためなら、どんな努力も惜しまない。でも、真実に目を向けなくては。イゾルデが回復することはおそらく望めない。辛《つら》いのはわかるけれど、医師たちが言うように、ともに過ごせる日々が残り少ないとしたら、ありもしない謎の治癒を求めて古い文献を読む代わりに、王妃のそばにいてあげるべきではないか？」

ヴィエゴが傷ついたように口の端を下げるのを見て、カリスタはため息をついた。そうでなくても苦しんでいるヴィエゴの望みを、砕くようなことはしたくはない。だが、現実を受け入れてもらわねばならないのだ。きつい言葉を少しでも和らげたくて、カリスタは若い叔父《おじ》の腕に手を置いた。

「気の毒だけれど――」

ヴィエゴは怒りに燃える目でその手を払いのけた。「ほかの誰がわかってくれなくても、カル、きみだけはわかってくれると思ったのに」

「ヴィエゴ――」

彼はカリスタの顔に指を突きつけた。「いや、きみの意見はもう聞いた。そして却下する」

「でも、こんなことを続けていれば――」

「黙れ！」ヴィエゴは怒鳴った。「結論はもう出ている。ブレスドアイルにはイゾルデを救う方法があるんだ。次の引き潮で最速の船を出す。ヌニョ、そのように計らえ」

まるで臣下のように助言を一蹴され、赤くなったカリスタには目を向けず、老助言者は頭を下げて王の命令を受けた。「承知つかまつりました、陛下」

ヴィエゴはカリスタに目を戻した。その顔からは、さきほどの怒りはすでに消えていた。「おそらく王宮には、この決断に異を唱える者もいるだろう。だが、きみの支持はあてにできるな、カル？」

カリスタはため息をついた。「もちろん。でも、本当にブレスドアイルを探しに行くとして、誰を送るつもり？」

「信頼できる者でなくては」ヴィエゴは考えを巡らせた。「貴族のほとんどは、イゾルデを妻にしたぼくを愚か者だと思っている。だから彼らは信頼できない。それに騎士団の忠誠心はころころ変わる」

「では、どなたを――？」ヌニョが尋ねた。

「ヘカリム卿《きょう》にしよう」ヴィエゴは即断した。「カリスタとの結婚で、鉄血騎士団《アイアン・オーダー》の忠誠心は盤石だ」

「私たちはまだ結婚していないけれど」カリスタはつぶやいた。

「ああ。だが、式を早めることはできる。ヘカリムには、たびたび急《せ》かされているから――」

「そんな話は、初めて聞いた――」

「必要なら、明日にも式を挙げられる」ヴィエゴはカリスタの言葉を無視して続けた。「その手配はできるはずだ。そうだな、ヌニョ?」

「できぬことはございませぬ」老助言者は、答えながら横目でちらりとカリスタを見た。

ヴィエゴとヌニョは必要な手配について話しはじめたが、カリスタはほとんど聞いていなかった。騎士団に征服された国は焦土と化し、略奪され、民が容赦なく殺されてきた。これまでは、鉄血騎士団もそうした残虐な行為を重ねてきたのだ。彼らがサントラスで略奪を控えたのは、ヴィエゴの厳命とイゾルデの存在があったからだ。だが、ブレスドアイルに関する記述がその半分、いや四分の一でも真実であれば、島には驚くほどの富が眠っている。カリスタには、逃げまどう民のあげる悲鳴が聞こえるような気がした。

「鉄血騎士団を送るのはやめて」彼女は気がつくとそう言っていた。「彼らの役目は、ここにいて王国を守ることよ」

「では……?」ヌニョが促す。

「私が行く」

ブレスドアイルの**首都**　ヘリア

最後に心から笑ったのがいつだったか、アーロック・グラエルには思い出せなかった。しかし、地下通路の奥にある収納室でマスターの亡骸《なきがら》を見つけたときは、涙が滲むまで笑いが止まらなかった。

ゆっくりと塵《ちり》に変わりつつあるローブを着た死体は、頭蓋にまだいくらか髪が残っているものの、まるで干からびた殻のようだ。片方の足首が折れて不自然な角度に曲がり、近くには燃え尽きたランタンが転がっている。おそらく愚かな老人は転んで足首を折り、この通路を出ぬうちにランタンの油が燃え尽きたのだろう。闇と喉の渇きと飢えが狂気をもたらすまで、どれくらい正気を保っていたのか？　日ごろグラエルのような閾域《スレッシュホールド》の管理人を嫌悪し、見下しているマスターのひとりが、暗闇のなかを這いずりながら死を迎えるところを想像すると、大いに溜飲《りゅういん》が下がる。

死体がどれくらい放置されていたか、判断するのは難しかった。二十年？　それとも五十年か？　地下のこのあたりはとくに空気が乾いているから、腐敗と分解はごくゆっくりと進んだにちがいない。だとすれば、百年近く経《た》っていることもありうる。

死んだ男がマスターだったことは、首にかかっている腐食した紋章から明らかだった。紋章自体は摑《つか》んだとたん粉々になり、そこに嵌《はま》っていた淡い色の石がてのひらに残った。「ほう、要石《キーストーン》か」グラエルはつぶやいた。広げた手の親指の先から小指の先ほどの長さの、ルーン文字が刻まれたその石からは、不思議なぬくもりが伝わってくる。この種の石を授けられるのは、きらめく塔《シンティラントタワー》にいるマスターだけだ。グラエルはてのひらに載せた石をあやすように揺すり、その感触を楽しんでからローブのポケットに滑り込ませた。

このあたりには、何十年も人が入った形跡がなかった。新たに与えられた管理長の鍵のおかげで、グラエルの行動範囲はぐんと広がり、ヘリアの最深部にある最古の収納室の一部にも入れるようになった。

「誰にも詮索されないこの場所で、たったひとりで何をしていたんだ？」グラエルは骸骨に尋ねた。

死体の手が何かを握りしめていることに気づいたのはそのときだ。手を開くには、指を折らなくてはならない。枯れた小枝のような音を立てて指が折れると、古い鍵が現れた。握りは見開いた目の形。緑青で色が変わっているその鍵を、グラエルはさっそく鎖のひとつに付けた。

新たな鍵で開けられる部屋を見つけるには、何時間もかかった。が、その収納室にはすべてを変える本が収められていた。

9

カマヴォールの首都　アロヴェドラ

「カマヴォールを離れる？」レドロスが剣を下ろした。「こんなときに？　それは賢明なことか？」

好機とばかりに、カリスタは続けざまに槍《やり》を繰りだした。だが、蛇の舌のように閃《ひらめ》く穂先を、レドロスにあっさり弾《はじ》かれ、さっと後退して、隙を探しながら彼の周囲を回りはじめた。

「どうかな。でも、これは私がやらなければならないことだ」

今度はレドロスが攻撃してきた。大きな体に似合わぬ俊敏な動きは、バランスが取れていて危なげがない。手にした大剣で低く薙《な》ぐと見せて、首に向かって大鎌のように振るってくる。カリスタが軽快な動きでかわし、大きく開いた脇に槍を突きだすと、レドロスは楯《たて》でそれを払いのけ、再び剣を振るった。手加減はいっさいなし。手加減すれば、激怒されるのがわかっているのだ。カリスタは唸りをあげる刃からしなやかに半身をそらし、追撃をやり過ごして槍を突きだしたが、その槍は彼の巨体にかすりさえしなかった。

ふたりは汗を滴らせながら同時に退き、向かい合ったまま、じりじりと回った。

「王妃のためか？　王に対する義務か？」レドロスが尋ねた。「それとも、自分のためか？」

さすがにレドロスは鋭い。カリスタはほかの理由だと自分を納得させようとしたが、ブレスドアイル探しに自ら向かう大きな理由は、惨事を防ぐことができなかった罪悪感からだった。「王妃を救う望みがあるなら、どんなに可能性が低くても探しに行くしかない。それでも成果がなければ、王も今度こそあきらめるだろう」

「王妃が傷を負ったのは、将軍のせいではないぞ」

「それでも、行くしかないの」

レドロスはそれっきり口をつぐんだ。

ふたりはそれぞれの思いに沈みながら訓練を続けた。再び言葉を交わしたのは、訓練が終わり、鈍くした刃であざとみみず腫れだらけになったあとだった。

「で、いつ出発するんだ?」

カリスタは深く息を吸い込んだ。それを訊《き》かれるのを恐れていたのだ。「私は明日の夜明けに発《た》つ」そう言ったとたん、レドロスの動きが止まった。カリスタは目を合わせるのを避けて続けた。「あなたはアロヴェドラに留まる。これは王命よ」

「いつから王が、俺のことを知っているんだ?」

「サントラスの王の首を取ったときから?」

レドロスは警戒するような表情になった。無理もない。カリスタにしても、王宮とそこに巣食う毒蛇どものそばから、レドロスをできるだけ遠ざけておきたかったのだが……ヴィエゴが頑として譲らなかったのだ。

「どういうことだ?」レドロスが尋ねた。

カリスタとレドロスが控えの間に入っていくと、謁見室でヘカリムが話していた。おそらく本人は気づいていないのだろうが、両側に大きく開いた扉からはっきり聞こえてくる。

「お言葉を返すようですが、陛下、その決断が賢明かどうか私には測りかねます」

ヴィエゴは相変わらず部屋着に乱れた髪のまま銀白の玉座に着き、指先で銀の肘掛けを叩《たた》いていた。玉座の台の一段下に立っているヘカリムのそばには、所在なさそうなヌニョの姿がある。

「そのようなことは、カマヴォール建国以来の伝統に反しております」ヘカリムは言い募った。口調は丁寧だが、言葉の端々に怒りが滲んでいる。

レドロスは目を見張って玉座を見つめていた。子どものころからその周りをうろつき、ヴィエゴとよじ登っては叱られていたカリスタは、この玉座がどれほど威圧感を与えるかつい忘れてしまう。だが、白く輝く巨大な玉座は、まさしく意図したとおりに、圧倒的な存在感で、そこに座る者の富と力を見る者に思い知らせずにはおかない。

「呑まれるな」カリスタは囁いた。「あれはただの磨いた金属の塊。王もただの男だ」

「たしかにただの男だが」レドロスがつぶやく。「頭の下げ方が浅いというだけで、俺の首を落とせる男だ。さもなければ、食卓で間違ったフォークを使っただけで」

カリスタは笑みを湛《たた》えながらレドロスに目をやった。「だったら、間違ったフォークを使わなければいい」

「フォークなんて一本あれば十分だ」

カリスタはレドロスの胸に手を置いて彼を見上げた。「心配するな」

「わけがわからん。俺の居場所は戦場にある。そこで兵士と肩を並べて戦うのが務めだ。王は俺に何をさせたいんだ?」

カリスタはため息をついた。「それは王自身が直接話したいそうだ」

努めて平静を装ってはいるものの、カリスタはレドロスのことが心配でならなかった。ヴィエゴは物事が順調なときでも予測がつかないが、いまは順調どころではない。睡眠不足と絶望でいまにも正気を失いそうになりながら、熱に浮かされたように希望にすがりついている状態なのだ。それを思うと不安が込みあげてくる。

「大丈夫」レドロスだけでなく、自分を納得させたくてカリスタはそう言った。

レドロスはうなずいたものの、納得したようには見えない。

実際、さきほど王が会いたがっていると告げたときも、戦場では見せたことのない不安そうな顔で、「何を着ればいい？」と尋ねてきたくらいだ。「謁見用の服どころか、まともな服さえ持っていないのに」

ホスト軍一強い男の途方に暮れた顔を見て、カリスタはつい笑っていた。結局レドロスは、体を洗い、髭《ひげ》を剃《そ》って、それで大丈夫だと何度もカリスタに保証されてから、ようやく戦闘用の鎧を着けた。まあ、注意深く汚れを落としオイルで磨いたあとではあったが。

「あれは平民です！」ヘカリムが言った。「どの騎士団も好ましく思わぬでしょう」

ヴィエゴが戸口に姿を見せたカリスタとレドロスに入ってこいと合図した。「騎士団がどう思おうと関係ない」ヴィエゴは言い捨てた。「私は信頼できる者をそばに置きたい。政治的な駆け引きや策謀とは無縁の者を。刺客を雇ったのが廷臣だという疑いも、まだ残っている。だから、どの貴族とも関わりのない者が必要なのだ」

ヘカリムがカリスタとレドロスに気づいたときには、ふたりは謁見室の半ばまで進んでいた。自分の言葉を聞かれたことに気づき、ヘカリムは赤くなった。まあ、しれっとしているよりはましだ。カリスタとレドロスは玉座に上がる段の手前で揃《そろ》って片膝をつき、片手を床に置いて恭しく頭《こうべ》を垂れた。

「いいから立て」ヴィエゴはもっと近づけと合図した。「王妃のそばを長く離れていたくないんだ。急いですませるとしよう。その男をこれへ。近くから見たい」

カリスタは段を上がり、一段だけ残して止まると、同じ段にいる婚約者に軽く頭を下げた。「ヘカリム卿」

「殿下」ヘカリムも頭を下げ、挨拶を返す。

レドロスはカリスタよりさらに一段下で止まった。平民に許されているのはそこまでだ。

ヴィエゴは玉座を押すように立ちあがり、だらしなく前を開けたガウンの裾を翻してカリスタとヘカリムをかすめるように通りすぎた。そして賞を取った雄牛を見るような目で観察しながら、目を伏せて直立しているレドロスをぐるりと回った。

ヌニョがカリスタと目を合わせ、それとわからぬほど肩をすくめる。

「うむ、大きさは申し分ない」ヴィエゴが言った。「威圧感もあるし、礼儀も心得ているようだ。気に入ったぞ」

「陛下、レドロス隊長はホスト軍最強の戦士です」カリスタは品定めするようなヴィエゴの口ぶりに腹が立ったが、すぐ横に立っている婚約者の手前、手放しでレドロスを褒めるのも憚《はばか》られた。「多くの戦いで忠実に任を果してきた、わが軍の最も優れた隊長です」

「サントロスの王、アグリポスの首を刎《は》ねた男だな?」ヴィエゴは再びレドロスの前に立った。「たいしたものだ。あの王は剣の名手で知られていた」

「そのとおりです」カリスタは答えた。「しかもレドロスが戦いで勝ちとった名誉は、先日の武功が初めてではありません」

「そして忠誠心も厚い?」

「もちろん」カリスタは眉をひそめた。「でも、ご自分で確かめてはいかがですか、陛下。本人が目の前にいるのですから」

玉座の前に戻ったヴィエゴはヘカリムと目を合わせて眉を上げ、カリスタをさらに苛立《いらだ》たせた。が、ここで癇癪を起しても誰のためにもならない。

「顔を上げよ、兵士」ヴィエゴはレドロスに言った。

レドロスがためらうと、ヘカリムが呆れたように言葉を添えた。「顔を上げぬか。王命だぞ」

この命令を罠《わな》だと疑っているように、レドロスがおそるおそる顔を上げる。彼が立っているのは王の二段下だったが、目の高さは王と同じだった。

「そなたは忠誠心が厚いか、隊長？」ヴィエゴが低い声で尋ねる。

「はい、陛下」レドロスはよく響く太い声で答えた。「この命は陛下のものです」

ヴィエゴはつかの間レドロスの目を見つめ、うなずいた。「この男が気に入った」とカリスタに言い、レドロスに目を戻した。「そなたを私の護衛にする。しっかり守れよ」

レドロスが瞬《まばた》きした。「王の……護衛ですか？」

「新しい護衛が必要になったのだ」ヴィエゴは子どもを諭すような口調になった。「そなたにその役目を果たしてもらいたい」

レドロスが呆然《ぼうぜん》としてカリスタを見る。カリスタは励ますようにうなずいた。

「名誉なことであります、陛下！」

「優秀な隊長にケチをつけるつもりはありませんが、この男は平民です」ヘカリムがなめらかな声で異議を唱えた。「陛下の専任護衛には騎士が就くのが古くからの習わし。その点を差し置いても、護衛にあたる者は貴族でなくてはならぬと、法で定められております」

「しかし、私は王だ」玉座に腰を下ろしながら、ヴィエゴが言い返す。「法を変えることもできる。どうだ、ヌニョ？　私は法を変えられるか？」

老助言者はため息をついた。「そう簡単にはまいりませぬ。変えることもできなくはありませぬが、それには時間がかかります。物事には……従わねばならぬ手順というものがございますでな」

「しかし、これ以上護衛を決めるのに手間取りたくない。また暗殺者が襲ってきたらどうする？　この男には、いますぐ私と王妃を守ってもらいたい」

「選択肢はもうひとつございます」ヌニョが言った。

「だったらさっさと言わぬか」

「この男が貴族であれば、いますぐ陛下の護衛に任じるのになんの不都合もございませぬ。ですから……爵位をお与えになればよろしいかと」

「それはできるのか？」

「陛下であれば、おできになります」ヌニョは即答した。「この数か月で近親者のおらぬ貴族が何人か他界し、主《あるじ》のいない領地を残していきました。そういう場合、領地その他の財産と称号はすべて自動的に王に帰属いたします。それを新たな領主に授けるのは陛下の権限のうちにございます。レドロス隊長に領地と爵位をお授けなされ。それで隊長は貴族となります」

「ふむ、それだけでいいのか」

「それだけでよろしゅうございます。必要な書類をただちに整えますか？」

「そのように計らえ」

「領地はパンサスがよろしいかと」ヌニョが提案した。「南の海岸沿いにあるこぢんまりした土地で、見事な葡萄《ぶどう》畑があり、よいワインを産出いたします。爵位のほうは……準男爵でよろしいでしょう。もうひとつ、陛下の専任護衛ともなれば、それに見合う軍の階級も必要かと存じます。司令官ではいかがでしょう？」

「レドロス司令官」ヴィエゴは名前との相性を試すようにつぶやいた。「うむ、なかなかよい響きだ。パンサスもよい選択だと思うぞ」それから、レドロスに顔を戻した。「異論はないな？」

レドロスはまだぽかんと口を開けたままだった。無理もない、ほんの数秒で世界がひっくり返ってしまったのだ。「異論は……ありません」彼はどうにかそう答えた。

「では、そのように」ヴィエゴはヌニョに向かって手を振った。「私は王妃のもとに戻る」

王が立ちあがると、全員が片膝をついて頭を垂れた。ヴィエゴは近衛兵に囲まれ謁見室を出ていった。

それを待って、カリスタたちも立ちあがった。老いたヌニョが、カリスタが差しだした腕に摑まって立つ。彼らは黙って謁見室をあとにした。レドロスは呆然自失。ヘカリムは沈痛な面持ちだ。気まずい顔で控えの間に立っているカリスタたち三人を残し、ヌニョは書類を整えねばとつぶやきながら急ぎ足で立ち去った。

ヘカリムが魅力的な笑みを閃《ひらめ》かせて沈黙を破った。「おめでとう、と言うべきだろうな、司令官」レドロスが反射的に目を伏せる。「いや、もう俯《うつむ》くのはやめたほうがいい」ヘカリムは人差し指を振りたてた。「きみはもう貴族だ。頭を下げる必要があるのは王だけだぞ」

カリスタは用心深く目を上げたレドロスに笑みを浮かべ、「司令官」と言って軽く頭を下げた。

「これは……慣れるのに時間がかかりそうだ」レドロスがつぶやいた。

カリスタはその晩、なかなか寝つけなかった。イゾルデの日記を読んでいて、床に就くのが遅くなったせいもある。ようやくうとうとしはじめたあとも、夜明けに出帆する船に乗り遅れるのが心配で、何度も目が覚めた。胃が痛み、疑いがみぞおちを搔きまわして、ブレスドアイルを探す旅など愚かの極み、決してよい結果にはならない、と囁《ささや》く。

レドロスを王の護衛に抜擢《ばってき》することにヘカリムが声高に反対していたのも気にかかり、何度も思い返さずにはいられなかった。そうするうちにレドロスのことが心配になって、またしても胃が痛くなり……。

とうとう上掛けをはねのけ、起きあがった。夜気は温かく、開けたままの窓から淡い月の光が射《さ》し込《こ》んでくる。ここは子ども時代から使っている部屋だが、ふだんは王宮で眠るより、戦場に赴き、テントのなかの簡易寝台で横になることが多い。鎧と兜《かぶと》は向かいの壁際にあるラックに掛け、その下の床に使い慣れた背嚢《はいのう》を置いて、槍と鞘《さや》に収めた短剣もその近くに立てかけてあった。

カリスタはため息をつき、裾の長い寝間着姿で立ちあがった。戦場では寝るときも鎧を着けたままだから、こういう格好ができるのはめったにない贅沢《ぜいたく》だ。裸足の足に石の床の冷たさを心地よく感じながら、大きく伸びをしてバルコニーへ向かい、扉を押し開けて暗がりのなかに出た。

王宮の高い階にあるバルコニーからは、崖に当たって砕ける波がはるか下に見える。夜明けまではまだ数時間あるようだ。カリスタは目を閉じて、大きな波が砕ける音に耳を傾け、潮の香りがする夜気を胸いっぱいに吸い込んで心を落ち着かせようとした。

と、誰かが静かに寝室の扉を叩いた。こんな時間に部屋を訪れる人間には心当たりがない。首を傾《かし》げながら足音を忍ばせて部屋に戻り、短剣を鞘から引き抜いた。得体の知れぬ訪問者が、静かだが執《しつ》拗《よう》に再び扉を叩く。カリスタはいつでも剣を振るえるようにして、扉を開けた。

部屋の外には、大きな男が立っていた。フードを目深に被《かぶ》っているが、顔を確かめなくても即座に誰だかわかった。

「レドロス？」彼が慌てて顔をそむけるのを見て、カリスタは呆れてくるりと目を回した。「人に見られないうちになかに入って」小声で急かし、腕を掴んで部屋のなかに引き入れる。すばやく廊下の左右に目をやり、誰もいないことを確認してから扉を閉めた。気まずそうにまだ目をそらしているレドロスの横を回り、正面に立つ。「ここで何をしている？」

「その……剣を鞘に戻してくれないか？」

カリスタは手にした短剣を見下ろした。「どうかな、司令官」笑いの滲む声でからかう。「必要になるかもしれない」

「カリスタ」レドロスは真剣な顔でカリスタを見た。「俺があんたを傷つけることなどありえない。

そんなことは絶対にない。わかってるはずだぞ」

今度はカリスタが目をそらす番だった。顔が赤くなるのを感じながら、目をそらして剣を鞘に戻した「わかっている」背を向けていても、自分を見つめているレドロスの視線を感じた。「つまらない冗談だった」

「発つまえに、もう一度会いたかった」

あばらのなかで鼓動が速くなり、またしても胃が痛みはじめる。規則正しく呼吸しながら落ち着きを取り戻そうとしたが、うまくいかなかった。振り向いてレドロスを見上げる。その目には警戒と……胸の奥に埋めようとしてきた思いが滲んでいた。すぐ近くにいるレドロスの、古びた革と油を湿らせた鋼、かすかな汗のにおいが鼻孔をくすぐる。どれもよく知っているにおい、心の安らぐにおいだが、それを自分の部屋で吸い込むと……少し混乱する。

だが、立ち去ってほしくはなかった。

「渡したいものがあるんだ」レドロスは首にかけていた細い鎖をはずした。二本の茎と葉が恋人どうしのように絡み合っている、二輪の薔薇《ばら》を彫った銀のペンダントだ。

「きれい」カリスタはため息のようにつぶやき、手を伸ばしたが、触れる寸前で引っ込めた。こういう細工物は決して安くない。レドロスはいまや準男爵となり、自分の領地を持つ身になったが、それはつい数時間まえのこと。これはそのあとに買い求めたものではありえない。こういう装身具を買うだけの蓄えを作るには、たとえ隊長でも、卑しい生まれの兵士のわずかな手当では何年もかかる。

「レドロス——」

「受けとってくれるだけでいい。いやだと言われれば、海に投げ込むだけだ」

相反する感情に揺さぶられながら、カリスタはごくりと唾を呑み込んだ。が、結局は義務が勝った。「だめよ……受けとれない」

レドロスが黙ってうなずくのを見て、カリスタは胸を鷲《わし》摑《づか》みにされたような気がした。傷だらけの大きな拳がペンダントを握りしめ、それを隠す。「海に投げ込んでしまえばよかったな」レドロスはつぶやいた。「すまない、いったい何を考えていたのか……」

「いいえ、謝るのは私のほうよ。でも、婚約者がいる身では――」

「何も言う必要はない」レドロスが低い声で言った。「俺にはとくに」

胸が張り裂けるような思いで、カリスタは涙を呑み込んだ。

「あんたは王女なのに」レドロスは続けた。「俺と同じように義務でがんじがらめだ。いや、俺よりもっと縛られている。いいとも。俺は兵士だ。義務のことなら少しはわかる」レドロスは微笑《ほほえ》もうとしたのだろうが、まるで苦痛をこらえているような顔になった。「夜明けに発つのなら、少なくとも明日は訓練のときに顔を合わせ、気まずい思いをしなくてすむな」

レドロスはもっと何か言いたそうだったが、思い直したらしくドアに向かった。カリスタも何か言いたかったが何ひとつ思いつかないまま、影のようにその後ろに従った。

レドロスは戸口で振り向き、かすれた声でつぶやいた。「無事を祈っている。いまも、これからも、俺の心はあんたと一緒だ」

それから背を向け、廊下の暗がりに消えた。

カリスタはひとりになった。

ヘカリムは廊下の影のなかにたたずみ、卑しい生まれのホスト軍の隊長がカリスタの寝室から出てくるのを見ていた。大男は傷だらけのスキンヘッドにフードを被り、闇のなかへと大股に歩み去った。

ヘカリムは目を細め、両脇に下ろした拳を固く握りしめた。

ブレスドアイルの首都　ヘリア

アーロック・グラエルは目をぎらつかせ、開いた古書を舐《な》めるように見ていた。よほど古いものらしく、どのページもひび割れ、文字も薄れているが、さいわいなことに記述の大部分はまだ判読可能だ。この宝をもたらしたのは、死んだマスターの鍵――いや、違う、この鍵はいまや彼のものだ。

唇を舐めながらページをめくり、そこに描かれているものを目にしてグラエルは目を見開いた。ヘリアの地下深くにある部屋の、正確かつ詳細なスケッチだ。水を湛えた巨大な貯水槽《そう》が部屋の大部分を占め、そのなかへ降りていく階段もある。スケッチの周りにこの槽の寸法や様々な計算式が書き込まれているところをみると、描かれた時点では、貯水槽はまだ造られていなかったのだろう。

グラエルは自分が見ているものがなんなのか、信じるのが怖いような気持ちで矢継ぎ早にページをめくった。この広間と隣の広間のすべて――幾何学模様の入った柱から、天井の数学的に完璧なアーチの形まで――が、細部にわたって驚くほど丹念に描かれている。照明の位置だけでなく、明るさに関する指示も、貯水槽の底にある天然の泉がどのように槽を満たすかを示す計算式まで書き込まれていた。

「生命の水か」溜《た》めていた息に乗せてつぶやく。噂《うわさ》は本当だったのだ。

永遠の命の秘密はマスターたちが握っている。彼らはそれを独占しているのだ。

腹の底から苦い怒りが込みあげ、それが胸のなかではっきりした目的に変わった。自分にも生命の水を手にする権利がある。それを手にする方法を、探しださずにはおくものか。

第二部

迷いから抜けられず手をこまねいているよりも、失敗を覚悟で行動するほうがよい。
——カマヴォールの古い格言

イゾルデ王妃の日記

私は自分がふたつの世界の狭間《はざま》にいることを理解するようになった。

平民として生まれたのに、いまは貴族、それもなんと王妃になり、まるで影のように、平民と貴族の世界のあいだを漂っている。私はこの両方であり、どちらでもない。

ヴィエゴと結婚してまだいくらも経たないけれど、すでに王宮の人々の歓迎は底を尽いたように思える。私がよその国に生まれた卑しい血筋の女であることを、廷臣も貴族も等しく憎悪し、必要のあるとき以外は私を無視している。騎士団の団長たちは、私がそばにいてもヴィエゴとしか話さず、召使いですら私がそばにいると何かと警戒し、顔を上げようとしない。この女はもう自分たちと同じ平民ではなく王族だから信頼できない、きっと残酷にちがいない、そう思っているのがよくわかる。

私がちゃんと存在していると感じさせてくれるのは、ヴィエゴを除けばカリスタだけ。カリスタには私の言葉が聞こえるし、私が見える。そのカリスタが私と同じように、カマヴォールをもっと慈悲深い国にしたいと願っていることがわかったときは、どんなに驚き、嬉《うれ》しかったことか！　でも、ほかの人々は？　私が消えてしまうのを願っている。そもそも、ヴィエゴがもっと自分に相応《ふさわ》しい身分の女を妻に選ぶべきだった、と思っているのだ。

最初はそれが辛くて、喪失感に苛《さいな》まれ、途方に暮れたものだった。でも、私のいるこの場所――気詰まりで居心地の悪い、ほかのどこととも異なるふたつの世界の狭間こそ、まさに私のいるべき場所だということがだんだんわかってきた。そう、これほど恵まれた場所はほかにはない。狭間にいる私なら、何も持たぬ人々と、すべてを持っている人々を隔てている溝に橋を架けることができる。両方の世界をひとつにして、すべての人々の生活をより向上させることは、この狭間からしかできないことなのだ。

ヴィエゴの愛は大きな希望を与えてくれる。ヴィエゴは私の言葉に真摯に耳を傾ける。もちろん、ヴィエゴは完璧な王ではない。完璧な人間などどこにいるというの？　でも、彼はよりよい人間になることを望んでいる。何よりも、カマヴォールをよりよい国にしたがっている。一日の仕事を終えて、これから実現していく様々な改善について話すときの、嬉しそうな顔ときたら！　ヴィエゴがともにあり、カリスタの導きと守りがあれば、廷臣たちの腰がどれほど引けていても、彼らがどれほど策謀を巡らそうとも、私たちはきっとカマヴォールをよりよい国にできる。

だから、私はどちらの一部でもあるけれど、どちらにも受け入れられない狭間に生き、そこにいることを感謝し、歓迎する。私の前には、光と希望に満ちた未来が開けている。

10

永遠なる海

カリスタは槍を構えて美しいカマヴォールの船の甲板を走っていた。

海に飛び込む勢いで彫刻が施された左舷の手すりを目指し、飛び乗る途中ですばやく体を反転させ、その手すりを蹴って、槍を投げた。放たれた槍は船尾楼甲板を横切り、吊るしてある砂袋に深々と突き刺さった。

軽々と甲板に着地し、体を起こして肩を回しながら、くるくる回っている砂袋から槍を回収しようとすると、甲板にいる誰かが手を叩いた。

砂をこぼしながら槍を引き抜き、音のしたほうに目をやった。がっしりした体つきの船長が、最後尾の帆柱に寄りかかってこちらを見ている。ヴェニックスというさっぱりした気性のヴァスタヤ人だ。大きな顔によく光る黒い目、赤褐色に見えるほど濃い色の体毛は太く硬いが、顔と脇の下だけは色が薄くて柔らかそうだ。柔毛に覆われた獺《かわうそ》のような丸い耳にびっしり輪を付け、短い鉤爪《かぎづめ》をあざやかなピンクに塗っている。

「その槍がいつ手すりを跳び越えて海に落ちるか、乗組員が賭けていたんだよ」船長は言った。「一時間に賭けた者もいるし、一日に賭けた者もいる。船出してもう十日以上になるけど、まだ一回も的をはずしてないね」

「がっかりさせて悪かった」

「謝る必要はないさ」ヴェニックスはにっと笑い、小さいが尖《とが》った歯と鋭い牙を見せた。「あたしは、あんたが槍を失《な》くさないほうに賭けたんだから。このまま的に当て続けてくれれば、かなりの稼ぎになる」

カリスタはふざけてお辞儀をした。「期待に沿えるよう、せいぜい努力しよう」

太陽が容赦なく照りつけてくる。すでにアロヴェドラを出てから二週間になるが、陸らしきものは、まったく見えない。永遠なる海はその名に相応しく、あらゆる方向にどこまでも広がっていた。さいわい〈ダガーホーク〉は順風に恵まれ、予定よりも早く進んでいる。

海を臨む王宮で育ったというのに、カリスタはほとんど船に乗ったことがなかった。海は生命と活気に満ちていると思っていたのだが、こうしてみると不毛の地に近いかもしれない。最初の数日こそ、たくさんの鳥や、海面から跳ねあがるトビウオの大群、船首のすぐ近くで躍りあがる巨大な抹香鯨まで目にしたが、もう何日も何も見ていなかった。

船出したばかりのころは、大海原を進むという新しい経験に夢中になり、船縁《ふなべり》から脚を垂らして〈ダガーホーク〉の船首が作る波の上で嬉しそうに飛び跳ね、回転する鼠《ねずみ》イルカを飽きもせずに眺めた。陽射《ひざ》しを浴びて甲板に仰向《あおむ》けに横たわり、体の下で船体のきしむ音やその律動的な動きを感じることさえ楽しかった。

だが、五日もすると変化のない日々に飽き、退屈しはじめた。それをまぎらすために、船尾楼甲板を使って訓練することに決め、毎日何時間も、腕立て伏せから索具登り、槍投げや槍の戦いを想定した動きを繰り返している。

「けど、そろそろ腹が減るころじゃないか、王女様」ヴェニックス船長はそう言ってパンの塊を投げてきた。

カリスタは巧みに受けとめた。「その呼び方はやめてくれないかな？」

「仰せのままに、王女様」

カリスタはあきらめて首を振り、パンの塊で手すりを叩いて顔をしかめた。まるで石のように硬い。

「下にスープがある。浸して食べればなんとか嚙《か》めるよ」

「ありがとう、船長」お腹《なか》がすいていることに気づいて、カリスタは礼を言った。すでに太陽はほぼ真上にある。夜明けから鍛錬に励んでいたのだから、空腹になるのも当たり前だ。うっかり時間が経つのを忘れていた。

「そろそろ、あんたが言った謎の島があるはずの場所だ。実際に島があるなら、明日か明後日にはそのそばを通るよ」

「でも、本気であると思ってはいない？」

ヴェニックスが鼻を鳴らし、ヒゲをひくつかせた。「ないとは言ってない。海の真ん中じゃ、奇妙なことは日常茶飯事だからね。どんな眉唾な話でも即座に否定はできない。けど、島民が永遠に生きる伝説の島、ってのは、これまで経験したどんな信じがたい出来事より、はるかに信じられないね。百歩譲ってあるとしても、島に見つかる気がなけりゃ、見つけるのはまず無理だ」

カリスタは遠くの水平線を見つめた。仮にブレスドアイルが実際に存在するとして、何百年ものあいだ誰も見つけられなかったものを、なぜ自分が見つけられるなどと思ったのか？　この旅は時間の無駄だったかもしれない。「来るべきではなかったのかもしれない」ぽつりと弱音がこぼれる。

「で、これを見逃がすのかい？」船長は低い声で笑いながら片手で周りを示した。〈ダガーホーク〉はカマヴォール船団最大の船ではないが、最も速い船のひとつだった。海が完全に凪《な》いでいるときは櫂《かい》を使うものの、少しでも風があれば、たくさんの帆でそれを最大限に利用し、ナイフのように海面を切っていく。

だが、広大な海原のなかではあまりに小さく、風に吹かれる木の葉よろしく海流と気まぐれな風に運ばれていくように思えることもあった。それにもしもカリスタたちが船ごと沈んでも、海は常と変わらず、太陽も今日と同じように昇るだろう。そして世界は回り続ける。人間とは、所詮その程度の取るに足らない存在なのだ。

「こう考えたらどうかな?」ヴェニックスが言った。「アロヴェドラにいたら、いまごろ何をしていた? ぶしつけな言い方で悪いけど、王妃が息を引きとるのを待って暗い顔で王宮をうろついているだけだろう? それに比べりゃ、このほうがましさ。少なくとも何かをしているんだから。たとえ手ぶらで帰るはめになったとしても、そのときはそのときだ」

船長が後甲板に行ってしまうと、カリスタはいまの助言に従うことにした。率直な話し方は少しも気にならない。それどころか、新鮮で心地よいくらいだ。亡き老王がここにいたら、あの船長を気に入ったにちがいない。カマヴォールの獅子《しし》は、不確かな要素や疑いに直面しても果断に行動しろ、とよく言っていた。

スープを探しに階段を下りようとすると、大檣《たいしょう》の上で見張りが叫び声をあげた。まっすぐ前方を指さしている。カリスタは階段を二段飛ばしに下りて中央甲板へと走り、水兵たちのあいだを縫って右舷側へと走った。

「これを頼む」驚いている雑用係に槍を預け、索具を登りはじめる。帆柱の上は風が強く、船のあらゆる動きがはるかに大きく感じられた。波が盛りあがっては落ちるたびに吐き気が込みあげたが、ひたすら交互に手を動かし続け、ようやく細い板を渡した見張り台に達した。そこにいる水兵がカリスタを見てぎょっとした顔になった。

「何が見える?」カリスタはかまわず尋ねた。

「殿下の目でご覧ください」見張りが細い銀色の筒を差しだす。

見張り台はふたりで立つには狭すぎる。カリスタは索具に片脚を引っかけて体を固定し、落とさぬようにしっかり遠眼鏡《とおめがね》を掴むと、筒に近づけた目を細め、先端をひねりながら焦点を合わせた。

「どこを見ればいい？」

「まっすぐ前方の水平線です」

カリスタはレンズを調整し、さらに調整して顔をしかめた。「水平線など見えないが」

「そのとおりです」水兵がうなずいた。

彼らの前方には、白い霧が巨大な城壁のごとくそびえていた。高さ数十メートル。どこで霧が終わり、どこから空が始まるのか正確に見極めるのは不可能だから、もっと高いかもしれない。

こんなに突然立ち込める霧など、見たことも聞いたこともなかった。この霧はあまりにも不自然だ。まるで固体のように、〈ダガーホーク〉を前進させている風にはなんの影響も受けず、散りもしない。

〈ダガーホーク〉はそれに向かって突き進んでいた。

「霧まで百メートル！」一等航海士が叫ぶ。

船長はカリスタの横で腕を組み、唇にうっすらと笑みを浮かべて前方に目を据えていた。いや、いや、いや、いや、いや、どうやらこれを楽しんでいるらしい。

「こんな霧を見たことがあるか？」

船長はにっと笑って牙を閃かせた。「一度もないね。こいつは楽しめそうだ」

「五十メートル！」

前進の慣性を保ちながら徐々に速度を落とすため、〈ダガーホーク〉は複数の帆を下ろしていた。

ヴェニックスは美しい真鍮《しんちゅう》の羅針盤を手にして、頻繁にそれに目をやっている。「この針路を保て！」

「アイ、船長！」

「二十メートル！」

いまや視界のすべてを霧の壁が占めていた。無のなかへと入っていくような錯覚に襲われ、カリスタは息を止めて関節が白くなるほど強く手すりを握りしめた。あの大きな白い塊にぶつかって、いまにも船体がばらばらになるのではないか。だが、案に相違して、〈ダガーホーク〉はするりと霧のなかに入った。

雨雲の下を通過しているかのように気温が下がり、湿った空気が彼らを包んだ。太陽がまったく見えず、霧のなかは完全な無風状態とあって、帆はくたっと垂れている。海面を見ると、湖と見紛《みまが》うほど凪いでいた。聞こえるのは船体やロープがきしむ音、ぴりぴりした水兵たちが足を踏み替える音だけだ。

船長が目を閉じ、深く息を吸い込んだ。「古《いにしえ》の魔法を感じる。ものすごく……いい気持ちだ」

この霧が太古の魔法だと言われても、カリスタはとくに驚かなかった。論理的な説明はそれしかない。船長が満ち足りた吐息を漏らし、目を開けた。両眼に奇妙な光が宿り、淡いオーラが全身を包んでいる。

「体が……光っている」カリスタはつぶやいた。

ヴェニックスがにっと笑った。「ヴァスタヤ人は太古の魔法から生まれたんだよ。この霧は……まるでそのころに戻ったみたいだ」

カリスタは船長の肩越しに彫刻入りの羅針盤を見た。針は静止したままだ。「まだ針路はさっきのままか？」

「ああ、変わってない」船長がうなずく。「もっとも、すぐにどこかにたどり着ける見込みはなさそうだね」垂れた帆を見上げて付け加え、声を張りあげた。「よし、みんな。櫂を下ろせ！　ぐずぐずするんじゃないよ！」

水兵たちが手際よく長い金色の櫂を下ろし、不自然なほど静止した水のなかに入れる。彼らは一等航海士の号令に合わせ、揃って漕《こ》ぎはじめた。〈ダガーホーク〉が滑るように進んでいく。

水兵たちは不気味に静まり返った霧のなかを、長いこと漕ぎ続けた。何時間も経《た》った気がするが、太陽が見えないせいで時間の経過がまるでわからない。船長が手にしている羅針盤によれば、さきほどの針路を維持しているようだ。が、この霧のなかで島を見つけるのは不可能に思えた。霧の先には何もないのではないか？　あるいは、このまま魔法のなかに閉じ込められ、どれだけ漕いでも霧から出られないのではないか？

頭上で何かが動くのが見えたときは、安堵《あんど》のあまり思わず大きな声が出た。「鳥だ！」カリスタは叫びながら指さした。

「これは驚いた！」ヴェニックスも叫んだ。「鳥がいるなら、島もあるってことだよ」船長はカリスタを振り向き、しぶしぶうなずいた。「あんたの伝説の島は、結局のところ伝説じゃなかったみたいだね、王女様」

「でも、どこにある？」

「いい質問だ」

ふたりがじっと前方に目を据えていると、船首楼から声が降ってきた。「前方に何か見えますよ、船長！」

カリスタにもすぐにそれが見えた――黒い……塊か？　胸のなかで息が止まった。伝説のブレスドアイルを見つけたのだろうか？

彼らはそれからすぐに霧の外に出た。突然戻った風と波に〈ダガーホーク〉が揺れはじめる。だが、目の前には海があるだけで島などひとつもない。

船長が鋭く毒づいた。「元の場所に戻ってる！」そう叫び、大きな声でまた卑猥《ひわい》な言葉を吐いた。

「でも、羅針盤は……」

船長はそれを差しだした。針がぐるぐる回っている。しだいにその回転が遅くなり……船が霧に入るまえの方位を指し示した。

「つまり、私たちはここで霧のなかに入ったのか?」

「ほぼ同じ場所でね。どうやら伝説の島はよそ者が嫌いらしい」


〈ダガーホーク〉はそれから三度霧のなかに入ったが、その都度外に押しだされた。そのたびに異なる方法を用いたが、どれもうまくいかなかった。

一度は霧に入るとすぐに右舷に舵《かじ》を取り、霧の大きさを測ろうとそこから外れるぎりぎりのところをぐるりと回った。だが、どこかで百八十度針路が変わり、真逆の方向に漕いでいたらしく、しばらくするといきなり霧から出て、やはり出発地点に戻っていた。二度目はそのほうが島に出くわす確率が高いかもしれないと、霧のなかに入ってからジグザグに進んでみたが、うまくいかなかった。最後は霧に入ったあと百八十度旋回し、ばかげていると思いながらも来た場所を目指して漕いだのだが、なぜかなかなか霧の外に出られず、それまでより長く霧のなかに留《とど》まるはめになった。今度こそ、船をはねつける魔法を出し抜くことができたかもしれない。そう思いはじめたとき、虹色に光る海獺《ラッコ》が数頭、ガラスのように静かな海面から頭を出すのが見えた。ヴェニックス船長にとてもよく似ている。

「言うんじゃないよ」ヴェニックスが唸《うな》るように釘《くぎ》を刺す。

「何を?」

「あんたが考えてることをさ。いいから黙ってな」

海獺がいるのは島がすぐ近くにある証拠だ。けれど、ブレスドアイルはまたしても彼らの前に姿を現すことを拒んだ。前方の霧が薄れるのを見て、彼らは必死に針路を変えよう、霧のなかに留まろうとしたが、その甲斐《かい》もなく〈ダガーホーク〉はまたしても何もない海に戻っていた。

そして即座に激しい風と雨をともなう暗闇に呑《の》み込まれた。霧は相変わらず淡い光を放っているが、そのなかにいるあいだに霧の外では夜が訪れていたようだ。夜明けまであと三、四時間というとき、雲が消え、激しい雨がやんで、ようやく星空から現在地を割りだすことができた。

彼らは元の場所から何日も西に来ていた。

「ここからだと、カマヴォールよりサーペントアイルの四番目の島のほうが近い」船長が言った。「カマヴォールに帰るには、何日かかけてあの腹立たしい霧を回り込むしかないね。さもなきゃ、どこに吐き出されるかわからない危険をおかしてもう一度突っ切るか」

「まだ帰国するわけにはいかない。ヴィエゴの言ったとおりだった。ブレスドアイルは間違いなく霧のなかにある！」カリスタは壁のようにそそり立つ霧を示した。

「だけど、行くことができなきゃ、銀の月にあるのと同じことさ」ヴェニックスが言い返す。

カリスタは両手を固く握った。すぐ近くにあるとわかっていながらたどり着けないのは、見つからないよりも苛立たしい。「とにかく、手ぶらでは帰れない」

「王妃がまだ持ちこたえているかどうかさえ、わからないのに？」

それはカリスタを責め苛む不安でもあったが、考えても詮無いことだ。「あの霧を通過する方法が、何かあるはずだ」

「悪いけど、あたしは少し横になる。どうしたいか決まったら起こしとくれ」

カリスタも狭い船室に戻った。船長は、「なんたって、あんたは王女様だから」と、船長室を明け渡そうとしたのだが、辞退したのだ。水兵たちはほとんどがハンモックに揺られ、すでにいびきをかいていたが、カリスタはとても眠れそうになかった。船体の肋《ろく》材に打ち付けてあるフックに掛かったランタンを灯《とも》し、油を塗った革袋のなかを探ってからハンモックによじのぼった。

〈ダガーホーク〉の動きにつれて静かに揺れ、船体を洗う波の音を聞きながら、ヌニョがくれた手書きのメモや資料の束に目を通す。あの老助言者は急いで集めた学者たち数人と、夜を徹してヴィエゴが見つけた情報を確認し、役に立ちそうな記述を書き写してくれたのだ。なんでもいい、何か手掛かりはないかと目を走らせたが、突飛で奇抜な空想としか思えない記述ばかりだ。

余白に走り書きしてある小さな文字に気づいたときには、すでに夜が明けていた。もちろん、それを読むのはこれが初めてではない。だが、実際に霧に出くわすまでは目に留まらなかったのだ。疲れた目をしばたたき、カリスタはその紙を横向きにしてランタンの光にかざした。そこにはヌニョの達筆な字でこう書かれていた。

〝旅の最終行程の始まりと終わりを星図で確認した結果も、およそ十日かかったことを示している〟

カリスタは覚書のあるページの記述を読み直した。ブレスドアイルの訪問に関するイカシア人ジリアンの冗長な旅行記を、翻訳書から抜粋したものだ。朝食に何を食べたかという些末《さまつ》な事柄から、時の経過への驚き、島から見える星座について、など実に細かく書き込まれている。島にたどり着く助けになりそうな具体的な情報はひとつもないが、それはあまり重要ではないのかもしれない。ヌニョは何かに気づいて……。

カリスタはハンモックから下り、周囲の水兵からあがる不満や抗議のうめきを無視して船室を走りでると、扉を叩《たた》きもせずに船長室に飛び込んだ。

ぐっすり眠っていた船長は闖入者《ちんにゅうしゃ》に目をしばたたき、早朝の光を背にした姿に目を細めた。シーツに隠れているのは体の一部だけとあって、何ひとつ身に着けずに寝ているのは明らかだ。

「一緒に寝たいのかい、王女様？」ヴェニックスは裸体を隠そうともせず、にやっと笑って眠そうな声で言った。

いきなり飛び込んできた相手に、きまりの悪い思いをさせるためのこの冗談は、意図したとおりの効果をあげ、カリスタは真っ赤になって目をそらした。

「申し出はありがたいが、遠慮する。ここから十日の距離には、いくつ港がある？　数百年まえにもあった港が」

「そんなことを訊《き》きたくて起こしたのかい？　まったく、若さを保つためには睡眠が欠かせないのに」

「重要なことなの」

ヴェニックスは起きあがった。今度も裸体を隠そうとしない。カリスタは背中を向け、壁を見つめた。ヴェニックス船長はずいぶんと自分の体に自信があるらしい。それにとんでもない恥知らずだ。とはいえ、何事にもおおらかな点は好ましかった。ヴェニックスは、王族であるカリスタには望むべくもないほど自由に生きているようだ。

「十日？　それだけあればアマランティン海岸まで行けるけど、あそこには大した港はない。ハレルポートは遠すぎるし、反対側にあるホワイトスパイアも確実に無理だ。ここから十日で行けるのは、ぎりぎりブールぐらいなもんだね」

「ブールというと」カリスタはつぶやいた。「サーペントアイルにある港か」

「そうさ。興味深い連中が住んでる。ずいぶん昔からいるよ。誰も彼も腕のいい船乗りにして、素晴らしい航海士。おまけに怖いもの知らずときてる。たいていの船乗りは、暗い海の底に棲息《せいそく》するものを避けたがるもんだが、ブールの連中はわざわざ探しに行き、毎晩のように怪物を狩っている。イカれたやつらさ。もうこっちを向いてもいいよ、王女様」

船長は脚に張り付く革のズボンに腿《もも》まで届くブーツ、フリルがたくさん付いた派手なシャツと床につくほど長いビロードのコートという、呆《あき》れるほどのごた混ぜ衣装で、芝居がかったポーズを取った。「どう？」

「案内人を探しに、サーペントアイルに向かう用意ができたように見える」

「それだけ？　張り合いのない王女様だね」ヴェニックスは笑いながら船長室の扉を開け、カリスタと甲板に出た。「まだ故郷へ戻らない理由を水兵たちにどう説明するか考えるから、なんでブールへ行くのかもっと詳しく話しとくれ」

11

サーペントアイルの港　ブール

カリスタは怒りのあまり顔を紅潮させ、琥珀色《こはくいろ》のビーズを連ねたカーテンを乱暴に押しやって石の玄関から外に出た。大きさは犬くらい、体の一部に羽がはえた動物がよたよたと通りすぎ、それを蹴り飛ばしたい衝動をこらえるのに苦労した。

頭上の岩に彫り込まれたバルコニーでは、キチン質の殻でできた暗赤色の服を着た逞《たくま》しいブールの男が、刺青《いれずみ》を入れた丸太のような腕を組み、立ち去るカリスタを見下ろしていた。長身のカリスタに追いつこうと、ヴェニックス船長が小走りについてくる。陸に上がるなら武器は船に置いてこいと要求されたため、ふたりとも丸腰だった。ブール人は、この決まりを徹底して守らせているようだ。

「もう少しうまくいくと思ったんだが」ヴェニックスが言った。

「ここに来たのは、完全に時間の無駄だった！」カリスタは吐き捨てた。

「ブールの連中はよそ者が嫌いだけど、あんな取り付く島もない態度を取るとはね」

ヴェニックスは四日まえに島に着いてから、カリスタの通訳を引き受けていた。

「ここには一度か二度来たことがあるだけだと言わなかった？」ブールの言葉を流暢《りゅうちょう》に話すことにカリスタが驚くと、船長は肩をすくめた。

「ヴァスタヤ人は言葉を覚えるのが早いのさ」

あちこち訪ね、奇妙な霧のなかを進む情報が欲しい、そのための案内人を雇いたいと要請したのだが、どちらの要望も曖昧な答えと礼儀正しい言葉ですするりとかわされた。しつこく粘ると、誰もが長老に訊かなくてはと答える。仕方なく、果てしない交渉を経てようやく長老である司祭に目通りしたのだが、わずか数分で追いだされた。司祭はカリスタの懇願をみなまで聞かずに遮り、きっぱり協力を拒んだのだ。

カリスタは頭から湯気が出るほど腹を立てていた。「口では否定しているが、さっきの蟹《かに》みたいな司祭は、ブレスドアイルのことを何か知っているにちがいない。なぜ手を貸してくれないのだろう？」

ヴェニックスは首を振った。「さあね。宗教的な禁忌かもしれない。悪かったね、王女様、空《むな》しい期待を抱かせたみたいで」

ふたりは司祭の寺院と住まいがある岩の塔の、鑿《のみ》で削られたでこぼこの石段を下りていった。途中で何人も護衛のそばを通りすぎた。みな棘《とげ》のある蟹の殻製の真紅の鎧《よろい》を着て、けばけばしい色で神が描かれている壁沿いを歩いている。彼らの神は背中に大きな火山を載せた、こぶりの島ほどもある蟹だった。ヴェニックスの説明では、崇拝者はこの蟹が太古にサーペントアイルを創造したと信じているらしい。もっとも、壁画を見るかぎり、あまり慈悲深い神ではなく、大いなる創造ばかりか破壊も好むようだ。

ブール人が崇拝している神は蟹だけではなかった。一対の空飛ぶ鮫《さめ》の背に立つ、燃えるような髪の若い女性——太陽の女神だろうか——も重要な神のひとりだ。とぐろを巻く無数の触角として描かれている神は、波の下から上がってくるだけでなく、天からも下りてくる。カマヴォールの先祖崇拝とは大きく異なる神々は、とても興味深った。

石段が終わる少し手前で、ふたりのそばをあざやかな色のオウムが飛びすぎた。眼下の密林では、手足が六本ある猿が枝から枝へと飛び移っている。湿気を含んだ重い空気は、見えない獣が騒々しく呼び合う声や鳴き声に満ちていた。この湿気も、乾燥したカマヴォールとはまるで違う。急ぐ旅でなければ、サーペントアイルを探検するのはさぞ楽しいことだろう。だが、いまは一日も早くブレストアイルを見つけなくてはならないのだ。しかも、ブールはよそ者の滞在を短期間しか許さない。カリスタと船長はすでにその期限を超えようとしていた。

海に目をやると、遠くに〈ダガーホーク〉が見えた。港のなかの水深は、石の埠頭《ふとう》に何十隻も係留されているブールの船には十分だが、カマヴォールの船には少し足りないとあって、港のすぐ外に錨《いかり》を下ろしているのだ。〈ダガーホーク〉の近くには、ほかの国の船も停泊していた。帆柱が生きている木に見える優美なアイオニアのスループや、鷲頭《わしあたま》の戦士の巨大な黄金像を船尾に飾ったガレー船。後者はおそらく西の砂漠から来たのだろう。見たことのない形の船も何隻か混じっていた。

密林のあちこちから突きだしている石の尖塔《せんとう》には、どれもとぐろを巻く触角が彫り込まれ、穴のような戸口や窓が無数にある。眼下には、半分緑の木々に隠れた村が広がっていた。

「ここの連中が乗り気じゃないのは、ほんとに残念だ」階段を下りながらヴェニックスが言った。

「ブールの船乗りは、ほかの誰よりも海を知ってるのに。まるで海と会話ができるみたいに、海のことならなんでもわかる。あたしも部下の水兵もカマヴォールじゃ誰にも負けないが、彼らに比べりゃ素人《しろうと》も同然さ」

「ずいぶん謙虚だこと」カリスタは皮肉を言った。

「ほんとのことだからね。で、これからどうする？」

カリスタは首にとまった虫を叩きつぶした。地元の住人が窓や戸口からこちらを見ている。あからさまな敵意を示しているわけではないが、威嚇されているような気がした。ブールでは織物士や画家ばかりか司祭すら戦士のように逞しい。

「さあ」カリスタは途方に暮れた。「ここに来たのはまったくの無駄足だった。このあとどこへ行けばいいのか……」

「いい知らせもあるよ」ようやく階段を下りると、ヴェニックスが言った。「〈ダガーホーク〉は食料や水を積みおえたし、水兵たちは満足している。温かい食事ほど士気を上げるもんはないからね」

塔の上と違って、島民が日々の営みに勤《いそ》しんでいる地上はにぎやかだった。漁師は獲《と》れた魚を大声で売りさばき、子どもたちが笑いながら走っていく。この村はカリスタが最初に思ったよりもはるかに大きいようだ。それにカマヴォールの漁村と同じくらい活気がある。

「村で造ってる酒を二、三樽《たる》、安く仕入れることもできたし」ヴェニックスはフラスクを取りだし、栓を抜いて一気にあおると、満足そうなため息をついた。「これは間違いなくみんなを大いに幸せにしてくれる」

ヴェニックスが差しだしたフラスクのにおいを嗅いだとたん、目が潤んだ。「一体全体、それはなんだ？」

ヴェニックスが笑った。「この村の特産物さ。飲めば胸に毛がはえてくる」

「私は胸に毛なんか――」カリスタは柔毛に覆われた顔を見て、言葉を切った。「いや、なんでもない」

ヴェニックスは唸りを漏らして強い酒の残りを飲みほすと、カリスタの肩を叩いた。「行くよ。埠頭のそばに、どこよりもうまい蟹を食わせてくれる店があるんだ。夕食はそこでとるとしよう。そうすりゃ、あんたが次の手を考えるあいだに、少なくとも空腹を満たせる」

船長の言うとおり、その店の蟹はとても美味《おい》しかったが、失望がカリスタの心に重くのしかかっていた。

ふたりは海を見下ろす席で、太陽が沈み、ブールの漁船が一斉に漁の準備にかかるのを眺めながら食事をとった。漁師はまるで戦場に赴くような厳しい顔で、銛《もり》や棘のある槍《やり》を積み込み、埠頭で家族や恋人に別れを告げている。闇に紛れて海中から姿を現す海蛇や怪物を獲りに行くとなれば、厳しい表情なのもうなずける。奇妙なことに、彼らはみな船に乗るまえに何かを海に投げ込んでいた。

「あの漁師たちは、何をしているの？」カリスタはつぶやいた。ふたりは長いテーブルで半分に減った料理の皿を前にしていた。〈ダガーホーク〉の水兵たちも何人か一緒だった。残りのテーブルを囲んでいるのは村人や、湾に停泊したほかの船の水夫たちとあって、店内には様々な言語が飛び交っている。この店は島の住民だけでなく、外国の訪問者にも人気があるようだ。

「母なる蛇に捧《ささ》げ物をしているのさ」

船長が地元で造られる強い酒をまたしても飲みほすのを見て、カリスタはまだ半分残っているカップを見下ろした。自分もカップを空にすべきだろうか？　味はひどいが、飲んだあと体がかっと熱くなる感じは悪くはない。迷っていると、ヴェニックスが手を伸ばし、カップを摑んでひと息にあおった。

「何だい？」ヴェニックスはカリスタが驚くのを見て笑った。「さっきから一時間も、見てるだけで飲もうとしなかったくせに！」

カリスタも笑いながら、呆れて首を振った。

「よかった！」船長が嬉しそうに叫ぶ。「今夜初めて、しかめ面が消えたよ！」

カリスタはたちまち顔をくもらせた。自分が止めそこねた刃《やいば》の毒で王妃が死にかけているのに、楽しむ資格などない。「私は〈ダガーホーク〉に戻ったほうがいいかもしれない。いまの私は一緒にいても、楽しい相手ではないと……」

「もう少しだけ待っておくれ。みんな一緒に引きあげるから」ヴェニックスはそう言って椅子の背にゆったりと背中を預け、周囲のテーブルに目をやった。

　地元の客はカリスタたちのことをとくに気にしていなかったが、他国の船の水夫のなかには、恐《こわ》い顔でにらみつけてくる者もいた。そういえば、自分たちが店に入ったときに、何人かが低い声でつぶやいていた。戦好きのカマヴォールの悪評は、この遠く離れた島まで届いているようだ。〈ダガーホーク〉は他国を偵察するための船で、次に征服する獲物を物色中だと思われたのかもしれない。カリスタは戦士の直感で争いが起こりそうな気配をいち早く察知した。こうなると、上陸するよそ者に武器の携帯を禁じるブールの法律が急にありがたく思えてくる。

「そろそろ全員で店を出たほうがよさそうだ」カリスタは低い声で言った。

「とんでもない」ヴェニックスが笑みを浮かべて言い返す。「これからお楽しみが始まるってのに」

　まるでこの言葉を待っていたように、他国の水夫が勢いよくカマヴォールの水兵にぶつかり、水兵が手にしていた飲み物がこぼれた。ふたりが鼻を突き合わせてにらみ合うと、争いが始まったら加勢しようと、ほかの男たちも立ちあがる。特別大きな地元の男がふたり割って入ろうとしたが、ヴェニックスのほうが早かった。

「ほらほら、おふたりさん。事を荒立てなくてもいいだろうが」船長は宥《なだ》めるように両手を上げた。声は明るいが、目に危険な光がある。それを見て何が起こるか察し、カリスタもゆっくり腰を上げた。

　砂漠から来た水夫が、自分の胸までしかない船長を見下ろし、愚かにも、よけいな口出しをするなと吐き捨てた。あれでは火に油を注ぐようなものだ。カリスタは舌打ちしたくなるのをこらえた。

　案の定、ヴェニックスは問答無用で腰をひねり、体重を乗せた一発を相手の喉に食らわした。水夫が声もなく仰向けに倒れ、店内がたちまち騒然となる。さらに多くの水夫や水兵がわめきながら立ちあがり、手当たりしだいに近くにいる者を殴りはじめた。ひとりが椅子を相手に叩きつけ、べつの男は飛んできた皿を側頭部に食らって倒れた。ヴェニックスが弾《はじ》けるような笑い声をあげ、大ぶりのパンチを潜《くぐ》って、重いアッパーカットを相手の顎に決める。

カリスタは腕を組んで乱闘を見守った。地元の男たちは、殴り合うよそ者を遠巻きにして見物している。さきほどけんかを防ごうとした店の用心棒らしき男たちは、せせら笑いを浮かべていた。

砂漠から来た水夫が壊れた椅子の脚を手にして、千鳥足でカリスタに向かってきた。

「よせ」カリスタは警告したが、その水夫は聞かずに突進してくる。仕方なく水夫が振りあげた脚を摑み、それをひねって彼をひざまずかせた。肩の関節がはずれた水夫が、悲鳴をあげながら間に合わせの武器を落とす。軍をまとめる立場にあるカリスタは、非番の水兵が酔って暴れるのに賛成するわけにはいかないが、わめく水夫を蹴り飛ばしたあと、地元の男たちが感心したようにうなずくのを見ると、悪い気はしなかった。

まもなく小柄な老婆が大声で叫びながら厨房《ちゅうぼう》から飛びだしてきて、用心棒のふたりがようやく止めに入った。ひとりが取っ組み合っているふたりをひとりずつ大きな手で摑《つか》み、持ちあげて引き離す。もうひとりは拳を繰りだしている水夫のズボンとシャツを摑んで、そのまま海に投げ込んだ。

「わかった、わかったよ！」大男のひとりに前を塞がれ、船長は笑いながら両手を上げて降参した。そしてまだ戦おうとする部下を引っ張り、乱闘の跡をそのままに外の暗がりに逃れた。

「カマヴォールの王に代わって謝罪する」最後に残ったカリスタはそう言って軽く頭を下げたが、理解できる者はひとりもいないようだった。いまやすべての目がカリスタに注がれていた。その多くがまだ暴れたそうな顔をしている。

誰もがわかる言語はひとつだけだ。カリスタはカマヴォールの銀貨をひと摑み取りだした。店に与えた損害のほぼ二倍に当たるその銀貨を全員に見えるように掲げてから、まだ残っているテーブルのひとつに積み重ねる。そして全員の目がそれに注がれているのを確認し、すばやく店を出てヴェニックスたちのあとを追った。

水兵たちのほとんどが怪我《けが》をしていたが、楽しそうに笑いながら埠頭に歩いていく。まあ、怪我と言ってもせいぜいあばらが折れるか、目の周りにあざができた程度で、深刻なものはなさそうだ。

「で、あれはなんだったの?」カリスタは船長に並びかけて尋ねた。

「少しばかりガス抜きをしただけさ。楽しかっただろ?」

カリスタは呆れて首を振ったものの、気がつくと口元が緩んでいた。

怪我と戦いぶりを自慢し合いながら、水兵たちが次々に小舟に乗り込む。カリスタも続こうとすると、男がひとり近づいてきた。まだ何か不満なのか? カリスタはいぶかしげに男に目をやった。地元の人間でないことは暗がりでも見てとれる。さきほどの乱闘の仕返しに来たのだろうか? カリスタは一瞬体をこわばらせたが、ひとりでカマヴォールの水兵全員を相手にするのは、どう考えても無謀だ。何かほかに理由があるのだろう。

男はカリスタには理解できない、喉にからむような言葉で話しかけてきた。ヴェニックスが同じ耳障りな言葉で怒鳴り返す。

「この男の言葉も話せるのか?」カリスタは驚いてヴェニックスを見た。

「言ったはずだよ、ヴァスタヤ人は言語が得意だって」

「で、なんだって?」

ヴェニックスは男と話しはじめた。まるで言い争っているかのように、ふたりとも大声で怒鳴り合っている。だが、怒っているわけではなさそうだ。しばらくすると船長はカリスタに顔を戻した。

「あたしらが探している答えは、ブールの長老からは得られないとさ。答えをくれる相手に心当たりがあるから、よかったらそこに案内すると言ってる。もちろん、相応の報酬が欲しいそうだ。こいつはあんたがカマヴォールの王女だってことも知ってる。最低でも相場の二倍は吹っかけられるよ」

　カリスタは見知らぬ男を測るように見た。鋼の歯をきらめかせて、男がにやりと笑う。気に入らない笑みだ。

　が、ほかには何のあてもないのだ。

「ほんとにいいのかい？」ヴェニックスは念を押した。

〈ダガーホーク〉は広い湾に錨を下ろしていた。すぐそばにサーペントアイル一大きな島が見える。案内を申しでた男と取引したあと、彼らはブールの港から丸一日かけてここにやってきたのだった。カリスタは船尾の端にロープと滑車で吊るされているボートに乗り込んだ。「確信はないが、ほかにあてはないから……」

　ヴェニックスを通じて昨夜《ゆうべ》声をかけてきたのは、ラズ・フェロスという男であることをカリスタは知った。本人いわく「貿易の合間に探検もするし、時には情報や入手困難なものも調達する」という。フェロスは西の細い地峡にあるオシュラ・ヴァ＝ゾウンという港町の出身だった。この名前には、かすかに覚えがあった。数年まえに、交易を求めてカマヴォールに代表団を送ってきた都市国家で、たしか祖父の前王は、この申し出を拒否したはずだ。

「あの男に見えてるのは金だけだよ」

「それはわかっている」カリスタはうなずいた。「だからと言って、私が求める答えを得られないということにはならない」

〈ダガーホーク〉の近くに錨を下ろしているフェロスの船〈プログレス〉は、カリスタがこれまで見た船とはまるで違っていた。頑丈な造りで横幅が広く、こけら板の屋根にガラス入りの窓や煙突まで備えた〝豪邸〟が、船首と船尾に造られている。船尾の〝豪邸〟の正面には巨大な時計が嵌《は》め込《こ》まれ、それが一時間ごとに鳴って時を知らせるたびに、ずらりと並んだ小さな扉が開き、小さな人形たちが出てくる。

「時なんぞ、太陽を見れば測れるのに」ヴェニックスはその船を見てつぶやいた。

「あれには魔法はまったく使われていないの？」カリスタが尋ねると、フェロスが鋼の歯をきらめかせ、勢い込んで説明した。

「魔法は使ってないそうだよ。隠れた機械で動いてるんだとさ。オシュラ・ヴァ＝ゾウンの職人が造ったそうだ。自慢たらたらの部分は省かせてもらうよ。造るにはえらい費用がかかるとかなんとか。こっちの観心を買おうとしてるようだね。あたしに言わせりゃ、こんなもんを造るのは金の無駄使いだ」

ヴェニックスはフェロスの船の実用性に批判的なようだが、カリスタはその独創性に感銘を受けた。

「あの男の話を鵜《う》呑《の》みにするのは、いい考えだとは思えない」ヴェニックスはボートに乗り込んだカリスタに言った。「けど、あたしも付き合うよ」そして指を鳴らし、船長付き雑用係の娘の注意を引いた。「ジェイダを持っておいで」言われた娘が甲板の下へ駆けおりていく。

「ジェイダ？」

「あたしのいちばんの恋人。これでも結構もてるんだよ」ヴェニックスが答える。「もちろん、〈ダガーホーク〉は別格さ。あたしの心は常にこの娘のもんだ」

ジェイダとは、とぐろを巻いた蛇のような形の美しいクロスガードがついた、見るからに重そうな偃月刀《シミター》だった。

「長さがあなたの背丈と同じくらいありそうだ」

ヴェニックスは鞘《さや》に収めた剣を背中につけた。「この娘《こ》は決して期待を裏切らない。これまでで最高の関係だよ」ヴェニックスは船を見上げ、声を張りあげた。「よし、ボートを下ろせ！」

ロープが解かれ、緩められて、手漕ぎボートが凪いだ海に下ろされていく。〈ダガーホーク〉の水兵のうち四人がカリスタとヴェニックスに同行し、櫂を手にして海岸へと漕ぎはじめた。この湾は島のほかの部分とは孤立し、自然のまま残されているようだ。民家はひとつも見えず、前方には瑞々《みずみず》しい緑に彩られた巨大な岩山がそびえていた。岩肌を幾筋もの細い滝が流れ落ちている。

「あの男が言った占い師は、なんだってこんなところにいるんだい？」ヴェニックスが熱帯雨林を見つめながら呆れた声をあげた。「こんな不便な場所じゃ、ふつうの客はつかないだろうに」

「それが狙いなのかもしれない」

「あるいは、静かでひと気のない場所にあんたを誘いだして、お宝をそっくり頂戴するつもりか」

「その可能性もある。これも一種のガス抜きだと思ったらどうかな？」

ヴェニックスは顔をしかめた。「酒場で酔っ払った水兵と殴り合うほうが、よっぽどすかっとするよ」

「なるほど」

浜に近づくと、カリスタも腰まである水のなかに飛び込み、砂浜にボートを引き揚げるのを手伝った。温かい海水がひと泳ぎしろと誘ってくるが、〈ダガーホーク〉と砂浜のあいだに、ひれと鱗《うろこ》のある生物がうようよしているのを見たあとでは、必要以上に長く海中にいる気にはなれない。

ひとりで浜に立っていたラズ・フェロスが、近づいてくる一行を満面の笑みで迎えた。彼はカリスタにお辞儀をして、ヴェニックスに何か言った。

ヴェニックスがせせら笑う。

「なんだって？」

「思ったとおり、早速、金の話だよ」

「で、その占い師とやらがいる場所は？」

ヴェニックスの問いに、フェロスが木立のほうに顎をしゃくった。「占い師がいるのは密林の奥だそうだが、わざと説明をぼかしている。急げば陽《ひ》が沈むころにはたどり着けるだろう、とさ。金を貰《もら》うまでは最低限の情報しか与えたくないんだろうよ」

フェロスが何か言いながら自分を示し、それからカリスタとその連れを示した。

「自分は必ず約束を守る。こっちを信頼している証《あかし》に護衛を連れずにひとりで案内する。だが、金はいますぐ支払ってもらいたい、と言ってる」

「いいだろう」カリスタは袋を取りだし、高く掲げた。「これには約束した金の三分の一が入っている。残りは私たちが占い師に会い、無事に戻ってから渡す」そう言って投げた袋を、フェロスが巧みに受けとった。「私を裏切るな、フェロス」指を突きつけ、付け加える。「裏切ったら、悔やむことになるぞ」

ヴェニックスが通訳すると、フェロスは笑って首を振った。彼が口にした言葉のなかで、〝カマヴォール人〟という言葉だけはカリスタにもわかった。

「何を笑っているの？」カリスタは尋ねた。

「あたしらのことだよ」ヴェニックスが鼻を鳴らす。「誰もがカマヴォール人ほど冷酷でもなければ、欲に駆られてもいない、だと。まったく嫌なやつだ」

「とにかく、先を急ごう」カリスタは促した。

フェロスがお辞儀し、密林を示す。

カリスタは歩きながらヴェニックスに身を寄せた。「後ろに目を光らせておこう。尾行されないように」

12

焼けつくような陽射《ひざ》しのもと、一行は密林のなかを歩きだした。まもなく、頭上の崖と尖がった岩の上に黒雲が集まってきた。海上で稲妻が光り、雷鳴が波を渡ってきたかと思うと、土砂降りの雨が降りだし、大量の水が流れる音以外は何も聞こえなくなった。

彼らはずぶ濡《ぬ》れで、さらに足元の悪くなった小道を、ぬかるみに足を取られながら一列になって歩き続けた。カリスタは槍を杖《つえ》代わりに使った。ヴェニックスだけはこの豪雨が少しも気にならぬ様子だった。雨は油を塗ったマントのように水を弾く毛の上を流れ落ちていく。鋭い目は片時もラズ・フエロスの背を離れなかった。

「この一時間で、カマヴォールの一年分以上の雨が降ったにちがいない！」カリスタはそびえる崖を見上げながら言った。

「なんだって？」ヴェニックスが叫ぶ。

「いや、べつに」

「なんだって？」

「なんでもない！」

「あたしが太ったって？」ヴェニックスが怒って訊き返す。

「いや、そんな――」慌てて弁解しようとして、ヴェニックスの目がいたずらっぽく光っているのに気づいた。うんざりして首を振るカリスタを見て船長がおかしそうに笑う。

「ちゃんと聞こえてるよ！」ヴェニックスが叫んだ。「言っとくけど、太ったっていうのは、ヴァスタヤ人にとっちゃ褒め言葉だから！」

岩の割れ目や亀裂のなかは暗かった。場所によっては、体を押し込むようにして通らねばならない。かと思えば、すごい勢いで流れ落ちてくる雨で膝まで溜まった水のなかを進まなくてはならない場所もあった。目的の場所に近づくころには雨がやみ、雲が切れて、渓谷の細い空に、ときおり真紅に輝く夕陽と湾の対岸の景色が見えた。

地面を揺るがす轟音《ごうおん》に、一行は大きな滝に到着したことを知った。その滝は、密林のなかにある巨大なすり鉢状の穴へと注いでいる。滝の上には、水飛沫《みずしぶき》が作りだす巨大な虹が、沈むまえの最後の陽射しを反射してきらめいていた。

カリスタは穴を覗《のぞ》き込んだ。「占い師がいるのはこの下？」フェロスがうなずくのを見て、ため息が出た。「そんなことだと思った」

穴の底に達したときには、すでに夜の帳《とばり》が下りていた。船長たちを穴の縁に残し、カリスタはひとりで下りた。フェロスが、占い師はひとりで来なければ会わないと言ったからだ。

空には星が瞬《またた》き、滝が作る深く大きな淵《ふち》がそのきらめきを映している。穴の底の地面は大葉の植物や蔓《つる》植物、あざやかな色の花に覆われていた。滝の轟《とどろ》きが周囲にこだまし、渦巻く飛沫に白く霞《かす》んでいる。底は思ったよりもずっと広く、まるで洞窟のように見えた。張り出している縁から覗いてもわからないが、滝の水を湛《たた》えた大きな淵は岩肌をえぐり、端が見えないほど奥へと伸びている。

傾斜のきつい岩壁に張りつくように、細い地面が滝の裏側へと続いていた。占い師はそこにいると見当をつけ、生い茂る葉を掻《か》きわけて、濡れて滑りやすい岩の上を慎重に横切り、滝を回り込むと、やがて岩のひとつに立っているすらりとした姿が目に入った。あまりにも動かないので最初は彫像だと思ったが、近づいていくと頭が動き、こちらを向いた。水煙で霞んで見えるが、これまでカリスタが会ったことのあるどの種族とも明らかに違う。

「美しいでしょう?」占い師が言った。

奇妙に実体のないその声は女性のもので、不思議なことにまったく訛《なま》りがない。しかも、どこの言語とも知れないのに、なぜか一語残らず理解できる。カリスタは相手をもっとよく見ようと、用心しながらさらに近づいた。

「この湾も、密林も、滝も」占い師はゆっくりと周囲を示した。「何もかも自然のまま、少しも人の手に汚されていない、無垢《むく》なまま。でも、永遠にその状態には留まれない。やがてここにも、自然を蝕む潰瘍のように都市ができるでしょう。そして嘘《うそ》や暴力がはびこる。それを思うと……悲しくなります」

「これから起こることを、まるでその目で見たように語るのだな」

「見たのですよ、カマヴォールのカリスタ・ヴォル・カラ・ヘイガーリ」占い師は言った。「お待ちしておりました」

「あなたの名は?」

一陣の風がふたりのあいだにある霧を払い、カリスタは目を見開いた。黄昏《たそがれ》のような淡い紫色の肌に関節が逆向きになった長い脚、その先はひずめで終わり、額の中央には先の反った角が月の光にきらめいている。

「これまで多くの種族に、様々な名で呼ばれてきましたが、私は星の子《スターチャイルド》です。よろしければソラカと呼んでください」

ソラカは滝の裏にある、あまり奥行きのない自然の洞窟へカリスタをともなった。光の点が星のように天井を覆い、房になった菌類が優しい光で洞窟をかすかに青く照らしている。

ゆったりと優雅に動くこの占い師は、深い落ち着きを湛えていた。ソラカは両脚をきちんと体の下にたたんで低い岩棚に座り、カリスタにも座るよう勧めた。先端に三日月を飾った長い杖が、近くに立てかけてある。小さなお茶のポットとカップがふたつ、平らな岩の上に置いてあった。ここが占い師の住居であることを示すものはそれだけだが、カリスタはソラカがここに住んでいると感じた。

「お茶をいかがですか?」

カリスタはありがたくうなずいてカップのひとつを手に取り、それが熱いのを知って驚いた。芳《かぐわ》しい薬草の香りが立ち上ってくる。「私が来ることがなぜわかった? そもそもなぜ私の名前を知っている?」

空の彼方《かなた》の星や天体を映しているような、不思議な瞳がカリスタを捉えた。「ここまで足を運ばれたのは、それを訊くためではないはずですが、お答えしましょう。どちらの質問の答えも同じ、星が教えてくれたのです」

「なるほど」カリスタはそう言ったものの、実際はさっぱりわからなかった。まあ、占い師は得てして謎めいた話し方をするものだ。

ソラカが低い声で笑った。「疑っているようですが、怒りはしませんよ」

カリスタは続けて尋ねた。「あなたの言うことが真実なら、私がここに来た理由もわかっているはずだ」

ソラカは微笑した。が、その微笑は悲しみで翳《かげ》っていた。まるで悔いに満ちているかのように……。「知っています。できるかぎりお答えしますが、あなたはべつの質問をすることもできるのですよ。たとえば……このまま立ち去ったらどうなるのか。重荷を放りだし、心から愛する人と故郷を離れたらどうなるのか、と」

カリスタは不意を衝《つ》かれ、身を固くした。この占い師は心の底に閉じ込めた思いと願いを読みとることができるのか？　「で、私がそう尋ねたら、どう答えるのかな？」

「あなたは幸せになり、長い、満ち足りた人生を送ることができるでしょう。子をなし、その子らも子をなして、ついに終わりを迎えたときには、愛する人々に囲まれ、そよ風のように穏やかに逝けるでしょう」ソラカの笑みが消えた。「でも、その道が何をもたらすか知っても、あなたがその道を歩むことはありますまい」

「だったら、なぜそれを告げる？」

ソラカはため息をついた。「長く悲しみに満ちた道を、避けてほしいからでしょうか。少しの幸せでも味わってほしいからでしょうか。人の寿命はとても短いのですから」

「すると、私たちの運命はすでに決まっているのか？　すでに定まり、選択の余地があるというのは錯覚にすぎない、と？」

「いいえ」ソラカは首を振った。「あなたの未来はあなた自身のもの。どの道を行くか選ぶのはあなたです。私に見えるのは可能性だけ。行く手に待つ無数の可能な未来から選びとるのは、常にあなたなのです」

カリスタはお茶を一口飲んだ。「それで、私の未来には何が見える？」

「闇が見えます」ソラカが囁《ささや》いた。影がひとつ顔に落ちる。おそらく光の加減だろうが、地衣類の放つ光と星のきらめきが翳ったように見えた。

「それは……励みになる」カリスタは皮肉った。

ソラカが低い声で笑い、影が消えた。「炎が消え、すべてが失われたように見えても、灰のなかには熾火《おきび》が隠れているかもしれない。そのすべてが消えないかぎり、世界の闇を消すことはできる。その熾火が燃えているあいだは希望があります」

「何を言っているか、よくわからないが」

「ええ」ソラカが悲しそうにうなずく。「わからずにすむかもしれません。さきほど言ったように、未来は定まっていないのですから」

「いまの予言は……とても興味深いが、私はここに来たのは特定の答えを得るため。よもやま話をしている時間が惜しい」

「あなたは現実的な方ですね、カマヴォールのカリスタ・ヴォル・カラ・ヘイガーリ。未来を知っていると主張する者に、あまり信を置かないのは賢明なことです。そういう予言のほとんどは偽りですから」

「でも、あなたの予言は本物？　ほかの者は嘘つきだが、あなたは違うという根拠は？」

「私の言葉を信じるかどうかは、大した問題ではありません」ソラカは言った。「この世の最後の日まで陽は昇っては沈む。真実は誰が信じなくても真実。ただ……そうなのです」

「もっと確かな、わかりやすい例を挙げてほしい。そうすれば信じる」

ソラカが微笑《ほほえ》んだ。「私は自分の力を証明する必要はありませんが、こう言えば信じますか？　あなたは霧のなかに隠された島を探しておられる。それを見つけないほうがあなたにとっては幸せです。しかし、いずれにしろ探しに行かれるでしょうから……お教えします。海の金色の乙女《おとめ》がそこに導いてくれるでしょう」

「海の金色の乙女か」カリスタは力なく繰り返した。「で、その乙女は、どこの誰だ？」

ソラカは黙ってお茶のカップを口に運び、予言はなされた、もう話すことはない、と態度で示した。カリスタは呆れて天井を仰ぎ、立ちあがって周囲を歩きはじめた。

「なぜ謎々のような言い方をする？　なぜもっとわかりやすく言わない？」

「私は見えるものを告げるだけです。残念ながらそれ以上はできません」

「それだけ？　それが私の求めていた答えか？　ブレスドアイルに導いてくれる金色の乙女を見つけ

ろ、というのが？」

ソラカは気の毒そうな顔をした。「それ以上は言えません」

カリスタは腹を立て、謎めいたことしか言わない占い師をにらんだ。ここに来たのは間違いだった。ソラカがもっと多くを知っているのは明らかだが、それをわかりやすい言葉で告げる気はないのだ。「お茶をありがとう」カリスタはカップを岩棚に置き、軽く頭を下げてきびすを返した。

ソラカがふいに言った。「この淵は深く、湾に通じています」

けげんな顔で振り返ったが、占い師はカリスタと目を合わせようとはせず、憂いに満ちた眼差しを月の光に向けていた。

ひょっとして、正気ではないのか？

カリスタはふと湧いた疑問を払うように首を振り、洞窟を立ち去った。


すり鉢状の穴の縁へと戻りながら、占い師の予言を何度も考えたが、やはりまったく意味がわからない。

険しい顔で、息を切らしながら細く突きだしている縁にたどり着くと、自分を狙っている複数の弩《いしゆみ》が目に入った。

「動かないでもらおう」訛りの強いカマヴォール語が聞こえた。「体中に矢を射られ、船長の喉を掻っ切られたくなければ、その槍を縁から穴に投げ捨てろ」

カリスタは低い声で毒づいた。あの男はカマヴォール語を話せるのか。フェロスはヴェニックスを自分の前にひざまずかせ、ナイフを喉に当てていた。他国の水夫が五人、弩を構えてその後ろに控えている。あの水夫たちはどこから湧いてでたのか？

先回りして、待ち伏せていたのだ。それに気づくと、カリスタは再び毒づいた。こうなる可能性も考慮しておくべきだった。占い師に会いたいと気が逸《はや》るあまり、必要な用心を怠ったのが悔やまれる。フェロスの護衛のうち少なくとも五人は倒れていたが、カリスタが連れてきた四人の水兵も殺されていた。船長自身も血を流し、片方の目が腫れて塞がっている。

カリスタはフェロスをにらみつけた。ヴェニックスが喉を切り裂かれるまえに、あの男を殺すことはできる。だが、手下が矢を放つのを止める手立てはない。

「こいつを殺しとくれ！」ヴェニックスが獰猛《どうもう》な声で叫んだ。

「ぴくりとでも動いてみろ」フェロスがナイフを持つ手に力をこめた。喉に血が滲み、ヴェニックスが怒りの声を漏らす。

カリスタはまたしても弩をちらっと見て、距離を測った。あの男たちの矢をすべてかわせるだろうか？　この距離では、どう考えても無理だ。「わかった」カリスタは吐きだすように言った。

「ゆ、っ、、くりやれよ」フェロスが促す。

怒りをたぎらせてフェロスをにらみつけながらも、カリスタはゆっくり腕を横に伸ばし、愛用の槍を穴に落とした。渦巻く霧があっという間にそれを呑《の》み込《こ》む。「どれほど報酬を貰うのか知らないが、こんな真似《まね》は割に合わないぞ」

フェロスはヴェニックスを前に突き飛ばした。「こいつの手を縛れ」手下のひとりがヴェニックスの腕を後ろに回し、すばやく手首を縛る。「あの女もだ」

今度はふたりが用心深く前に出てきて、にらむだけで逆らおうとはしないカリスタの腕を荒々しく後ろにひねり上げ、縄で縛った。

「で、次はどうするのだ、裏切り者？」ヴェニックスのそばに引き立てられ、無理やりひざまずかされながらカリスタは言った。

「裏切り者とはひどい言い方だな。言っておくが、俺は雇われているわけではない。だが、カマヴォールは王位継承者を無事に取り戻したいはずだ」

「私を人質に取り、身代金をせしめるつもりか？　身代金を手にするどころか、オシュラ・ヴァ＝ゾウンの民を女子どもまで皆殺しにされるのが落ちだ。きさまはその責任を負いたいのか？」

「カマヴォール人は血を流すのが好きだからな。〝人質〟や〝身代金〟は、どの言語でもあまり響きのよくない言葉だ。あんたは俺の客人になるのさ。王女に相応《ふさわ》しいもてなしを受け、美しい街でのんびり過ごす。俺の望みは、カマヴォールがフェロス一族と交易を行うことだけだ。それさえ聞き届けられれば、あんたはカマヴォールに戻れる。それが望みならな」

「愚かな。後悔することになるぞ」

フェロスはにやっと笑った。「そいつはどうかな。あんたはすでに一度俺を読み違えた。その読みもはずれるかもしれんぞ」

カリスタはヴェニックスと目を見交わした。

「すまない、王女様」船長がつぶやいた。「何人かは仕留めたが、悔しいことにあの銀歯の悪党は殺せなかった。せめてあいつを殺していれば、こんな御託を聞かずにすんだものを」

カリスタは、すばやく状況を検討した。ヴェニックスも自分も手を縛られ、ひざまずかされている。逃げようにも、左右も前もフェロスの部下が塞いでいた。残った逃げ道は崖っ縁だけだ。

「この淵は深く、湾に通じている」ぼそりとつぶやく。

「なんだって？」

「占い師がそう言っていた」カリスタは囁き返した。

フェロスはふたりから目を離し、護衛のひとりに何か命じている。カリスタはヴェニックスを見て、崖に向かってうなずいた。「高さは怖くないだろう？」

「ちょっ、まさか――」

カリスタはすでに立ちあがり、穴へと走っていた。両手を背中で縛られているせいで走りにくいが、それでもかなりの速度で縁を目指す。意表を衝かれた男たちが後ろで叫び、矢が一本、唸《うな》りをあげて首のすぐ横を通過した。

次の瞬間には縁に達し、ためらわずに地を蹴っていた。

空中で体をひねると、ヴェニックスが数歩遅れてあとに続くのが見えた。肩に矢を受けてよろめいたものの、半分跳びながら進み、倒れ込むように縁を越えてきた。

崖の壁がすごい勢いで流れ去り、突然、滝の冷たい飛沫に包まれて視界が真っ白になった。なんという奇妙な感覚だろう。空を飛ぶのもこんな感じなのだろうか？

次の瞬間には水に叩《たた》きつけられ、淵に沈んでいた。肺から絞りだされた空気の泡と渦巻く水に取り巻かれ、何も見えない。方向感覚が失われ、どちらが上かわからなくなる。つかの間、溺れると確信し、夢中でもがき、両脚で水を蹴った。

どうにかパニックを押し戻し、いったん動きを止める。すると泡が少なくなり、周りが見えてきた。淵の底の岩が薄《う》っすらと見え、頭上できらめく月の光もわかった。肺が焼けそうになるのをこらえて光に向かって水を蹴り、ようやく水面に達して、震えながら息を吸い込んだ。

ヴェニックスも近くに顔を出し、笑いながら水を吐きだした。「正気の沙汰じゃないね」

「安心するのはまだ早い」カリスタはヴェニックスの肩から突きだしている矢を見た。「大丈夫か？」

ヴェニックスは無造作に肩をすくめ、痛みにたじろいだ。「なんとか」

「腰に短剣がある。急げ」

ふたりとも立ち泳ぎしながら、ヴェニックスが縛られた手で短剣を摑める位置に動いた。

「よし、摑んだ」

「落とすなよ」

「わかってるさ」船長が答える。「おっと……」

「船長！」

「冗談さ。すぐに……切れた！」ヴェニックスはまず自分の縄を切り、次いでカリスタの手首を縛っている縄も切った。「で、これからどうする？」

「占い師はこの淵が湾に通じていると言っていた。矢を刺したままでも泳げそうか？」

「足手まといにはならないよ。だけど、そのまえに……」

船長は淵に潜った。片腕しか使えなくても、両脚で水を蹴り、波のように体をくねらせて底を目指していく。カリスタは立ち泳ぎのままその場に留《とど》まったが、一分、二分と過ぎてもヴェニックスは浮かんでこない。心配になりはじめたとき、ようやく水中から頭を出した。

「ほら」ヴェニックスはカリスタに槍を差しだした。

「どうやって……？」

「あたしの目はあんたより鋭いのさ。湾に出る場所も見つけた。こっちだよ。たぶんジェイダも見つけた」

カリスタは水を吐き、咳《せ》き込《こ》みながら海面から頭を出した。指が切れるのもかまわず鋭く尖《とが》った先端にしがみつき、岩をよじ登る。鈍い音を立て波がぶつかっても、しがみつき続けた。その手が緩みはじめたとき、ヴェニックスが鎧《よろい》の紐《ひも》を摑んで、驚くほど強い力で体を引き揚げてくれた。

ようやく助かった。仰《あお》向《む》けに横たわり、あえぐように息をしながら暗い海に目をやる。ふたりがついさっきまでいたあたりを、鋭く尖ったひれが、ぎょっとするほど大量に旋回していた。

「危ないところだった」

「あとは船に戻るだけだね」

岩をよじ登って越え、ボートをつけた細い入り江に向かう。その足元を、蟹《かに》や触角のある生物が逃げていく。足の下が砂地に変わると、ふたりは崖の陰に向かって走り、ボートを引っ張りだした。フェロスのボートもまだそこにある。少なくとも、今回は彼を出し抜いたのだ。

ふたりとも無駄なく動き、ボートを水際へと引きずっていった。「音がする。彼らが来るよ」片腕で必死にボートを引っ張りながら、ヴェニックスが唸る。

密林のなかにたいまつの炎が見えた。こちらに気づいて叫び声があがる。ふたりして声をあげながら渾身《こんしん》の力でボートを波打ち際へ引っ張ると、ようやく船底が海に滑り込んだ。

「待って」カリスタはフェロスのボートへと走り、櫂《かい》を引きだして、一本ずつできるだけ遠くに投げた。波のなかから鋭い歯を持つ口が飛びだし、櫂をくわえて、まるで小枝を折るように真っ二つにした。

カリスタはボートに駆け戻り、縁をまたいで櫂を摑んだ。「行こう！」

「占い師から必要な情報を貰えたんだろうね」ヴェニックスがつぶやいた。


「あの悪党の船を沈めなくていいのかい？」

船長に訊《き》かれ、カリスタは湾に目をやった。フェロスの船を沈めたいのは山々だが……。「その危険をおかす価値はない。それに主人の強欲のせいで、手下が死ぬのは気の毒だ」

矢の先が抜ける瞬間、ヴェニックスは苦痛の声を漏らした。「すると、ここに来たのは骨折り損か」

「残念ながら」カリスタは苦い声で認めた。「占い師は、はっきりした答えをくれなかった」

「で、このあとは？」

カリスタはため息をついた。「カマヴォールに戻る」

島の探索は失敗に終わったのだ。

13

永遠なる海

「船が見える！」

　カリスタは物思いから覚め、立ちあがった。激しい雨に打たれて骨の髄まで冷えていたが、甲板を立ち去る気になれずに船縁《ふなべり》から脚を垂らし、ぼんやりと海を見つめていたのだった。海水の飛沫が入らないように目を細めて遠くに目を凝らしたが、何も見えない。雨のカーテンがすべてをぼかし、灰色に塗り込めていた。

「こっちに向かってくるのか？」ヴェニックスが見張りを見上げて叫ぶ。

「いえ、船長。あの船は……攻撃されてます！」

　カリスタは甲板を横切って船長の隣に立った。たしかに嵐のなかに何かが見える――ぼんやりした黒い影が。しかも思ったよりずっと近かった。三百メートルか四百メートルしか離れていない。「攻撃しているのは？」カリスタは帆柱を見上げて尋ねた。

　ヴェニックスが低い声で毒づいた。「クリムズン戦士軍団だ！」

　雨のカーテンが分かれ、カリスタにも海上で船を取り巻くものが見えた。その一部が舷側をよじ登っている。危険なほど片側に傾いている原因は、考えるだけで恐ろしい。

「クリムズン戦士軍団？」

だが、ヴェニックスはすでに向きを変え、大声で命令を発していた。

「取り舵《とりかじ》いっぱい！　取り舵いっぱい！　総帆を張れ！　全力でここから離れるよ！」

「待て！」カリスタは大声で叫んだ。「船にいる人々を助けなくては！」

ヴェニックスがぱっと振り向き、食ってかかった。「船長はあたしだよ」

「でも、あなたは王に忠誠を誓っている！」カリスタは引きさがらなかった。

「あの船の連中は、もう死んだも同然さ！」ヴェニックスが鋭く言い返す。「クリムズン戦士軍団の鋭鱗《えいりん》の狩人《かりゅうど》は、ヴァスタヤ人の天敵なんだよ！　いますぐ逃げないと、こっちも皆殺しにされちまう！」

真っ赤なひれと冠毛を持つ青緑色のものが尖った嘴《くちばし》に武器をくわえ、蛇のように長い尻尾《しっぽ》をくねらせて傾いた甲板へとよじ登っていく。残りは海中から黒い銛《もり》を投げ、甲板にいる船員を殺していた。

「このままでは、彼らは全滅する！」カリスタは叫んだ。「助けなくては！」

「危険すぎる！」ヴェニックスは激しく首を振った。「あんたにはわかってないんだ。あいつらは海の殺し屋だよ！」

「恥を知れ！」カリスタは怒りに燃えて叫んだ。「危険にさらされている人々に背を向けるのか！」

ヴェニックスは毒づいて両手を握りしめた。水兵たちは緊張した面持ちで、言い争う船長と王女を見守っている。「いいだろう。ただし、こいつはあんたの責任だよ」

ヴェニックスは鬼のような顔で新たな命令を出した。〈ダガーホーク〉が襲われている船に船首を向け、水兵たちが武器を集めはじめる。弓矢を背に斜め掛けにして索具によじ登る者もいれば、網留めピンや剣を摑む者もいた。

「親玉を探すんだよ」ヴェニックスが言った。「親玉をやっちまえば、勝てる見込みはある」

カリスタはカマヴォールの水兵を従えて船縁を蹴り、大きく揺れる甲板に飛び移った。

骸骨のように痩せた背の高い鋭鱗の狩人が、まだらな尻尾を振ってぱっと振り向く。とたんに潮と腐りかけた肉の臭いが鼻をついた。そいつは、何十という腐食したフックや金属の輪を背骨とひれに飾り、赤い海藻を編んだ〝紐〟を骨に編み込んで、手首やくるぶし、首に巻きつけている。白く光る目に獣の知性を宿したその狩人が、鋭く尖った銛を構えて突進してきた。

カリスタは甲板を転がりながら振りだされた銛の下を潜ると、片膝を立てて起きあがり、鞘から短剣を引き抜いて相手の脚の裏側に斧《おの》のように叩きつけた。狩人が怒りの咆哮《ほうこう》を放ち、またしても銛を振るう。カリスタは再び甲板を転がって避《よ》け、今度は中央の帆柱の横で起きあがった。その柱には、さきほど〈ダガーホーク〉からカリスタが投げた槍《やり》でべつの鋭鱗の狩人が串刺しにされていた。槍を引き抜き、ふくらはぎから血を流している敵の次の一撃を、体を回して避けながら、その頭に六尺棒のように槍を振りおろす。同時に両脚を払い、ひっくり返った狩人を槍で貫いて怒声を断ち切った。

カリスタがいる甲板では、少なくとも十人の狩人が銛を振るっていた。太い釘《くぎ》を打ちつけながら、さらに多くが船体をよじ登ってくる。少数を除けば、倒れているのは人間ばかりだ。〈ダガーホーク〉からは、水兵たちが放つ矢が雨を切って飛んでくるが、倒れて動かなくなったのはひとりだけだった。残りは唾を飛ばし、恐ろしい声を放ちながら戦い続けている。

カマヴォールの水兵の首に鋭い棘《とげ》付きの鞭《むち》が絡みつくのが見えた。カリスタは網留めピンを落とす水兵のもとに走ったが、たどり着くまえにその水兵は渦巻く海中へと引き込まれた。カリスタは、鞭を振るった鋭鱗の狩人が甲板に這《は》いあがってきたところを、槍で突き刺した。

「さあ来い、塩辛い悪党め！」ヴェニックス船長がわめきながら太い偃月刀、ジェイダを振りまわし、狩人のひとりに鋭く切りつけて、痙攣《けいれん》している相手を海に蹴り落とした。乱闘を挟んでカリスタと目が合うと、船長はにっと笑って次の敵へと突進していった。

「後ろ!」誰かが叫んだ。

急いで振り向いたカリスタに、槍を手にした敵が死角から飛びかかってきた。だが、その槍がカリスタに達するまえに、甲板の向こうから紫色の球が火花を散らしながら飛んできて、敵を吹き飛ばした。

いったい……?

驚いて振り向くと、ローブ姿の若い男が見えた。手と前腕の皮膚の下で紫のルーンが燃えている。それがひときわ明るく燃えて腕を這いあがり、若者は苦痛の悲鳴をあげて甲板に膝をついた。甲板の若者が触れた箇所がたちまち焦げてくすぶり、紫の炎をあげはじめた。

同じローブ姿の年配の男が、その後ろで叱るように何か言いながら、若者に向かっててのひらを突きだした。首にかけた紋章付きのペンダントがまばゆく光り、男のてのひらから白い光が迸る。すると紫の呪文が即座に薄れ、大量の水をかけられたように炎も消えた。

狩人のひとりがその男に後ろから近づき、鋭い銛を突きだすのを見て、カリスタは警告を発した。あの男は丸腰だ。

だが、心配する必要はまったくなかった。まばゆい光が瞬時に男を包み、銛とそれを手にしていた狩人を灰にした。

急に船が鋭く右舷に傾き、カリスタはとっさに腰を落として手すりを摑《つか》んだ。敵も味方も踏ん張りきれずに滑り、転がっていく。不気味なきしみ音とともに船体がさらに傾いた。船を右舷に傾けているものが見えたとたん、カリスタは恐怖に目を見開いた。

この船の全長の半分はありそうな巨大な生物が、甲板に体を引きあげようとしているのだ。青緑色の体から、海水が滝のように流れ落ちている。手足の数は少なくとも六本。いちばん下の一対は先端が巨大な水かきだが、上の一対は不気味なほど人間の腕に似ていた。大きく膨れた顔の大半を占める巨大な口を、短剣ほどもある鋸《のこぎり》状の牙が満たし、顎の下の触角が獲物を探してうごめいている。体に比べると極端に小さい、針穴のような瞳孔を持つ白い目が、逃げまどう水兵たちを上からにらみつける。それが唾を飛ばし、海藻の臭いを甲板に撒《ま》き散らしながら咆哮をあげると、喉の奥にも何本も触角が見えた。耳をつんざくような咆哮が鼓膜を震わせ、鋭い苦痛と心臓を鷲掴《わしづか》みするような恐怖をもたらす。

怪獣は上半身と首を鎖と鱗に覆われた革の装具で守り、肩に鋭鱗の狩人を乗せていた。赤い昆布と骨を編んだ頭飾りを被《かぶ》り、光るインクで胸に渦の刺青《いれずみ》を入れたその狩人が、トーテムや呪物を付けた三叉《さんさ》を頭上に振りあげ、鬨《とき》の声《こえ》をあげる。

あれが親玉だ。

それがわかっても、カリスタはまだ恐怖で動けなかった。だが、カマヴォールの水兵が怪獣の巨大な手に摑まれ、甲板に叩きつけられるのを見たとたん麻痺《まひ》が解け、唸《うな》り声をあげながら巨大な獣に向かって走りだした。狩人の首領が怪獣の頭に片手を置き、身を乗りだしてわめく。そのてのひらから脈打つエネルギーが迸り、怪獣の目が虚ろになった。首領は鋭く命令を発しながら、手にした三叉をローブ姿の年配の男に向けた。鱗に覆われた怪獣もそちらに向きを変え、またしても船体が危険なほど傾いた。

カリスタは突きだされる剣を避けながら、首領に目を据えて走り続けた。ヴェニックスが援護にまわり、べつの敵に突進する。両手で振るう偃月刀が、カリスタを狙おうとした敵を首から胸骨まで切り裂いた。

「あいつを殺せ！」ヴェニックスが叫ぶ。

カリスタは甲板を疾走した。怪獣と首領は目の前の獲物に気を取られ、彼女の動きに気づいていない。さきほどの若者が、両手のあいだで再びエネルギーの火花を散らしながら、年配の男の制止を無視して前に出た。だが、それを放つまえに怪獣に強打され、下の甲板に落ちていった。

カリスタは細い手すりに飛び乗り、その上を走って化け物の背に飛び移った。背中の分厚い皮にびっしり張りついたフジツボのおかげで、足場には困らない。すばやく肩の近くに達すると、両手で槍を振りあげ、首領に襲いかかった。

首領がこの攻撃に気づいたときには、すでに手遅れだった。反撃しようとてのひらから光を放ち、化け物の注意を引いたものの、カリスタの槍を避けることはできず、鋭い穂先が首領の胸に深々と突き刺さった。

主人を殺された怪獣が、かん高い咆哮を放ちながらカリスタを振り落とし、近くにいた鋭鱗の狩人を真っ二つに噛《か》みちぎる。その尻尾に当たった不運なカマヴォールの水兵が、中央の帆柱に叩きつけられて甲板に倒れ、動かなくなった。

カリスタは苦痛にうめきながらも、どうにか片膝をついた。さきほどまで奇妙に虚ろだった目を細め、怪獣は怒りをたぎらせて、人間によく似た造りの巨大な手でべつの狩人の体を引き裂いた。狩りの笛が鳴り響き、襲撃者たちが手すりを越えて次々に海に飛び込む。巨大な海の怪獣は遠吠《とおぼ》えのような声を発しながら甲板を横切り、またしても船体を危険なほど傾けながら、自分を奴隷《どれい》にしていた者たちを追って海に滑り込んだ。

戦いは終わった。


「よくやった」カリスタが立ちあがるのに手を貸しながら、ヴェニックスが労《ねぎら》った。

至るところに死者や怪我《けが》人が倒れている。「こちらの死傷者は?」

「気に入らないほど多いが、恐れていたよりは少なかった。この船の被害のほうがずっとひどい」

カリスタはうなずいた。見たところ、襲われた船は乗組員の半分以上を殺されたようだ。ヴェニックスは、自分の反対を押し切り、カリスタがこの戦いに助勢したことに腹を立てているのではないか。「船長――」

「この船を助けたのは正しい決断だった」ヴェニックスが遮った。「さっさと逃げようとした自分が恥ずかしいよ」

「あなたは乗組員の安全を第一に考えた。恥じることは何もない」カリスタはそう言って、助けた船の乗組員を示した。「どこの人たちだろう？」

「さあ」ヴェニックスは声を落とした。「船自体はシュリーマの三段櫂船に似た造りだが、あれは海洋航海ができない。それに、砂漠の連中でもないね。けど、誰なのかはすぐにわかるんじゃないか？」

　ヴェニックスは近づいてくるふたりの男のほうに顎をしゃくった。さきほど魔法を使ったふたりだ。

「ごきげんよう！」年配の男が、ほとんど訛りのないカマヴォール語で言った。「危ないところを助けていただき、心から感謝します！」手入れの行き届いた顎髭《あごひげ》には白いものが混じり、鋭い眼差しにはこちらを推し量るような色がある。灰色のローブや全体の印象からすると学者に見えるが、逞《たくま》しい体と日に焼けた顔は一日の大半を戸外で過ごす兵士のものだ。年齢は……中年にさしかかったところだろうか？　三角形を重ねた真ん中に丸い石が嵌《は》まっている紋章の光は消えていた。「あなた方の助勢がなければ、皆殺しにされていたにちがいない。大きな借りができました」

「いえ、こちらこそ。もっと早く駆けつけられなくて……」カリスタは甲板を見回した。「ひどくやられたね。乗組員の多くが祖先のもとに召されてしまった」

「あなた方の助けがなければ、はるかに甚大な被害が出ていました！　いや、名も名乗らずに、失礼。私は探索者《シーカー＝アデプト》タイラスと申します。この若者は弟子のライズです」

　カリスタはまだ腕が痛むらしい若者に目をやり、十代の後半だと見当をつけた。頭の両側を剃《そ》り、中央の髪を長く伸ばして編んでいる。師匠と同じ灰色のローブを着ているが、日に焼けた硬そうな胸筋が見えるほど胸元を開けていた。なめらかな頰《ほお》に生意気そうな笑みを浮かべた、少し崩れた感じの美男子で、本人も自分の魅力を十分承知しているのが見てとれた。

「私はカリスタ」タイラスと名乗った男に目を戻し、自分も名乗った。「この人は〈ダガーホーク〉のヴェニックス船長だ」

「お会いできて光栄です」タイラスは頭を下げた。

「流暢なカマヴォール語を話すのだな」

「世界のことを学んでおりますから」

「その訛りはどこのものかな。失礼だが、ご出身は？」

「私が生まれたのは、北西にあるアイアンウォーターというところです」

「そこは、なんて言うんだっけ？　ええと……山羊《やぎ》、そう山羊で有名な村ですよ」タイラスほど達者ではないが、ライズもカマヴォール語で口を挟み、カリスタに魅力的な微笑を閃《ひらめ》かせた。タイラスが苦笑を漏らす。

「まったく、若い者は傲慢で困る。私の弟子はおしゃべりでしてね。まだ習得していない言語を恥ずかしげもなく使いたがるのです。しかも、目上の者や位が上の人々に適切な敬意を――」

「位が上の人々？」ライズはくるりと目を回した。「それって――」

「いい加減にしないか」タイラスがぴしゃりと言った。「向こうで船医の手伝いをしなさい。私もすぐに行く」

タイラスの弟子はカリスタにはわからない言語でぶつぶつ言いながら、足音も荒く離れていった。

タイラスがため息をつく。「失礼しました。あの弟子には苛々《いらいら》させられ通しなのですよ。凡人とは比べ物にならないほど素晴らしい才能に恵まれているのに、衝動的で、無謀で、無作法で――」

「そういう若者は、私も知っている」カリスタは口元を緩めた。「でも、さきほど死なずにすんだのは、彼のおかげよ」

「ああいう技は、まだ使うべきではないんです」タイラスは首を振った。「ライズは大きな魔力を引きだせるが、余分な魔力を安全に散らす知識も、うまく導く知識もほとんどないために、加減ができないのです。いろいろと教えてやりたいのですが、分別と責任感に欠けていて……」

少し離れたところで誰かが苦痛に満ちた叫び声をあげ、ライズが倒れている水兵のそばに駆けていくのが見えた。

「失礼します、私も必要とされているようだ」

「どうぞ。私たちもしばらく留まって手伝うとしよう。手当てに使う薬草なども少しは持ち合わせがある」

「それはありがたい。お言葉に甘えさせていただきます」タイラスは頭を下げ、離れていった。

カリスタが振り向くと、ヴェニックスがけげんな顔で手すりから身を乗りだしていた。「どうした、船長？」

「サーペントアイルの占い師は……黄金の何に従え、と言ったのかい？」

「正確には、〝金色の乙女が導いてくれる〟だが、それが何か？」

ヴェニックスが口の片端を上げ、船首のほうを指さす。カリスタは指の先を目で追った。

「何も見えないが――」カリスタは目を見開いた。「ああ、あれか！」この船の船首像は猛々《たけだけ》しい顔で海をにらんでいる金色の女性だった。両腕を広げて後ろに伸ばし、まるでいまにも飛び立たんばかりに海上に身を乗りだしている。

「どうやら金色の乙女を見つけたようだね、王女様」

「北西にある町の出身だと言われかな？　アイアンウォーター、だったか？」

カリスタは船室で実だくさんのスープとパンの食事をとっていた。ヴェニックスが〈ダガーホーク〉に戻り、若い弟子も雑用を言いつけられたため、タイラスとふたりだった。

タイラスは謙虚な笑みを浮かべた。「町と呼べるほどの規模はないんです。ライズが小さな村と言ったのは私への当てつけだが、アイアンウォーターは実際、片田舎《かたいなか》の村なのですよ」

「でも、あなたは村人には見えない。ええ、まるで違う。学者だろうか？　それとも司祭？」

「司祭？　いえ、とんでもない」タイラスは低い声で笑い、葡萄《ぶどう》酒の入った錫《すず》製の蓋付容器を傾けた。「私が信じているのは科学技術だけです。その観点からすれば、学者のほうが相応しい呼び方でしょうか」

「で、学者がなんのために危険をおかして永遠なる海を航海している？」

「私は世界の最も貴重な資源は知識だと考えています。実際、知識には黄金よりもはるかに価値がある。ですから、知識を集め、保管することにこの身を捧《ささ》げているのです」タイラスは肩をすくめた。「今後も研究する価値のある遺物や書物を手に入れるために、ときには大半の学者が避けるような場所にも足を運び続けますよ」

「つまり、ほかの国に出かけていき、自分のものではない遺物を持ち帰るわけか。あなたは立派なカマヴォール人になれそうだ」

タイラスは苦笑した。「たしかにカマヴォールにも、私の同僚である学者たちが欲しがりそうな多くの優れた遺物や書物がありますね。もっとも、貴重な宝を手に入れる私の方法は、カマヴォールほど……攻撃的ではないと思いたいが」

カリスタは笑った。「で、その知識をどこに運ぶのかな、善良なるマスター・タイラス？　あなたの〝同僚の学者〟はどこにいる？」

「さして重要ではない、世界の片隅に。名を告げるほどの価値もないところです」

「でも、そこには快適な船で学者たちを世界のあちこちに送れるだけの富がある」カリスタは明らかな事実を指摘した。食事に使われている皿は極上の陶器、銀製のナイフやフォークも凝った造りだ。実際、タイラスの船〈金色の大学者《オーリアト・サヴァン》〉のすべてが、有り余る富を物語っている。

「カマヴォールの王女が、なぜ名もない学者の団体に関心を持たれるのです？」タイラスが言い返す。「私たちに加わりたいのですか？　学者の暮らしは、アロヴェドラの王宮に住むほど興味深いものではありませんよ。とても退屈なものです」

「私のことを知っているのか？」

「知らないとしたら、私はへぼ学者でしょうね」

「では、率直に言おう」カリスタは身を乗りだした。「私はあなたの所属する組織の本拠地、ブレスドアイルを探している」

タイラスは何を考えているのかまったく読めない視線をカリスタに向けた。「ブレスドアイルは神話ですよ」

「それが真実と異なることは、あなたも承知のはず。ブレスドアイルがこの海の中心にある霧のなかに隠されていることも。実は、その霧を越えようとして、何度も魔法の力で引き戻された」

「私の知るかぎりでは、カマヴォールの探索は血と暴力で終わることが多い。伝説の島を探して、征服するつもりですか？」

「いいえ」カリスタは即座に否定した。「祖国の遺物を探索する文化は大昔に堕落し、唾棄すべきことに侵略を正当化する口実に使われてきた。私がブレスドアイルを探しているのは、正しい目的のため。カマヴォールの王妃は死にかけている。毒刃にやられ、カマヴォールで最も腕のよい治療師さえ毒の侵食を止めることができない。ブレスドアイルを探しているのは王妃を救うためだ」

タイラスは絹のナプキンで口を拭いた。「できればお手伝いしたいとは思うが、私には――」

「どうか、お願い。カマヴォールの王である私の若い叔父《おじ》は心から王妃を愛している。もしも王妃がこの毒に負けるようなことがあれば――」

「王はその死を悼むでしょう。私たちみなが、愛する者を失ったときにするように」

「おそらくそれだけではすまない。叔父は王妃の死を責める相手を探すにちがいない。そしてカマヴォール軍を放ち、その相手に死と破壊をもたらす。しかも、叔父の怒りと苦痛は簡単に癒えるとは思えない」

「まるで脅しのように聞こえますね。私から無理やり、伝説の島に関する知識を聞きだすつもりですか？」

カリスタはため息をついた。「あなたが助力を拒んだとしても、この件は他言しないと約束する。王が海の真ん中にある学者の島を攻撃することはない。王の怒りは、おそらくカマヴォールの近隣諸国に向けられる。そして、そのすべてを滅ぼしたあとは、自分の王国に。それもみな私のせいなのだ」

「あなたの？」

「私は毒を塗った刃《やいば》を防ぐことができた。防ぐべきだった。それに失敗したことが、ずっと頭から離れない」カリスタは痛恨の思いを込めて打ち明けた。「あなたと出会ったのは、偶然ではないんだ！星を読むという角のある占い師に、海の金色の乙女が、私をブレスドアイルに導くと言われた。占い師が言ったのは、この船のことにちがいない。予言など信じたことはなかったけれど、その占い師が言ったことはひとつ残らず実現した。あなたとは出会う運命にあったのだ」

タイラスは眉をひそめた。「角のある占い師というと、スターチャイルドですか？」

「本人はソラカと名乗った」

タイラスは椅子に背を戻し、顎をこすった。「〝星を読む一角の占い師〟は、多くの文化で語られている伝説です。その占い師に実際に会った、と言うんですか？」

「その人が私をあなたのもとへ導いてくれたのだ」カリスタはタイラスの手を取った。「祖先にかけて、ブレスドアイルの真実を決してほかには漏らさないと誓う。必要なら、私を生涯島に幽閉してもかまわない。もしも王妃を助ける手立てがあるなら、それを教えてくれないか。黄金、遺物、古代の書物、アロヴェドラの図書館にしかない知識——なんでも望むものを差しあげる。私に借りができたと本当に思っているなら、どうか力を貸してほしい」

タイラスは何も言わない。カリスタはひたと彼を見つめ、心のなかで懇願し続けた。

やがて彼はうなずき、静かに言った。「助けると確約はできないが、あなたのことを信じます。ブレスドアイルにお連れしましょう」

14

シーカー＝アデプト・タイラスは、〈オーリアト・サヴァン〉の舳先《へさき》、金色の船首像のすぐ後ろに立ち、精巧な線が彫り込まれた、かすかに光る丸い石を掲げている。カリスタは少し離れたところから、彼が首にかけた紋章からその石をはずすのを見ていた。掲げられた石の前で白い霧が分かれ、自分たちの前に道が開けるのを。

〈ダガーホーク〉は霧の外に残っている。タイラスはカリスタをブレスドアイルに同行することは承知したものの、カマヴォールの船を通すのは拒んだ。カリスタがひとりで行くことを案じてヴェニックスが難色を示したが、選択の余地はなかった。

「百年試しても、キーストーンがなければブレスドアイルには近づけないよ」すぐ後ろで声がした。振り向くと、タイラスの若い弟子、ライズが手すりに寄りかかっていた。

「では、あなた方と出会えてよかった」カリスタはそう言ってタイラスに目を戻した。

船はガラスのように凪《な》いだ海面を滑っていく。聞こえるのは三十本近い櫂が一定のリズムで水を掻《か》く音だけだ。鋭鱗の狩人の攻撃でほぼ半数の乗組員が殺されるか怪我をしたはずだが、船はかなりの速度で進んでいた。

「強力な古代の魔法が島を守ってるんだ。でなきゃ、〈光の交わり〉《フェローシップ・オブ・ライト》は奇襲者や侵略者の格好の的になる」

カリスタはライズが秘匿されてきた島に関する情報をあっさり口にしていることに驚いたが、すぐにこの若者は自慢しているのだと気づいた。まあ、師のタイラスが隠していることをライズが話したいなら、こちらに否やはない。

「優れた防御だ」カリスタは霧が左右に分かれるのを見ながら言った。まるでトンネルのように、船首の十メートルほど前で分かれ、通り抜けると閉じていく。船が通れるだけの幅はあるが、櫂の先は霧に呑み込まれて見えない。〈オーリアト・サヴァン〉は、甲板のかすかな振動がなければ止まっていると錯覚するほどなめらかに進んでいた。「城壁や軍隊よりもはるかに効果的だな。あの石がなければ、誰も通過できないのか？」

「うん、誰ひとり通れない」ライズがうなずく。

「島で暮らす人々は、みなああいう石を持っているのか？　そなたも？」

ライズは警戒するようにカリスタを見た。「いや。どうしてそんなことを知りたがるんだ？」

「興味を持っただけだ」カリスタは肩をすくめた。

「いつかカマヴォールに行ってみたいな」ライズはしばらくして言った。「カマヴォールなら才能を正しく評価し、敬ってくれそうだ」ライズはタイラスのほうへ顎をしゃくった。「あの人みたいに、〝指導〟の名目で縛りつけるんじゃなく。もしも実現したら、街を案内してくれる？」

「そうだな」

「あなたの戦いぶりは見事だね。俺が生まれた村の剣の乙女《おとめ》たちみたいだ。世界中を探したって、剣の乙女ほど強い戦士はどこにもいない」

「それはブレスドアイルにある村？」

ライズがおかしそうに笑った。「まさか。あの島には、あなたや俺にみたいに戦士の魂を持つ人間なんかひとりもいないよ。俺は北の荒地にあるコムという村で生まれたんだ」

「どんな経緯で、ブレスドアイルの学者に加わったのかな？」

ライズは肩をすくめた。「村の暮らしが物足りなくなったのさ。あの村は俺には狭すぎた。だからひとりで旅に出た」おそらく村を出たのは、それなりの事情があったからだろう。だが、カリスタはよけいな口を挟まず、若者の話に黙って耳を傾けた。「で、一年か二年あちこち見て歩きながら、戦い方や狩りの仕方、ひとりで生きる術《すべ》を身に付けた。アンバー・ホーク団に加わっていたこともあるよ。あの団を知ってる?」

「いや」

「そう。まあ、とにかく、そこじゃ、たいした手当は貰《もら》えなかった。そのうち、俺には特別な能力があることがわかったんだ。入っちゃまずい場所に入れる能力が。おかげでぐんと実入りが増えた」

「泥棒になったのか」

「生きてくためさ」ライズはあっさりうなずいた。「で、ある日ベル＝ジュンの埠頭《ふとう》に新しい船が停泊しているのに気づいた。地元の船じゃないのはひと目でわかったよ。何から何まで高価なものばかりだったから」

「それが〈オーリアト・サヴァン〉だった」

ライズはにっこり笑ってうなずいた。「けど、タイラスに見つかって、船室の隅に追い詰められた。そのとき初めて、自分の能力を見出《みいだ》したのさ」ライズが片方の拳を掲げると、皮膚の下で紫のルーンが燃えはじめた。ライズはちらっとタイラスのほうを見てからてのひらを開き、ルーンを消した。「それに感心したタイラスが弟子にしてくれた。だから彼が砂漠の国を立ち去るとき、一緒に行くことにしたんだ」

それまで機嫌よく話していたライズの表情が翳《かげ》った。「しばらくは順調だったよ。みんなが、俺には才能があると言ってくれたし。でも、いまじゃ厄介の種だとみなされてる」

「どうしてかな」

カリスタの皮肉に、ライズはまたにやっと笑った。「タイラスの弟子になったときは、嬉《うれ》しかったな。何しろ彼はシーカーだからね。学者のほとんどはヘリアで退屈な人生を送ってるけど、シーカーは魔力を持つ遺物を探して世界中を旅する。新しい場所を見られるし、タイラスも俺の能力に磨きをかける手伝いをすると約束してくれた」

「でも、その約束は果たされなかった？」

「タイラスは救いがたいほどの暴君なんだ」ライズは師をこき下ろした。「それに何も教えてくれない。魔法の理論を頭に入れろと言うばかりで、実際に力を使わせてくれないんだ。準備ができるまではだめだ、の一点張りでさ。準備ならもう何年もできてるのに！　きっと俺がものすごく簡単に力を使えるのが、妬ましいんだ。自分も魔法を使えるけど、力を引きだすにはあの紋章がいる。だけど、俺は何もいらない。それが羨ましくて、邪魔《じゃま》ばかりする。自分が一番でいたいのさ」

カリスタは同情するようにうなずいたものの、内心では呆《あき》れていた。自分は特別だと自惚《うぬぼ》れている若者のぐちは、そろそろ聞き飽きてきた。

「タイラスには俺の潜在能力がわかっていないんだ」ライズは苦い声で言った。「ほかのみんなにも」

「ブレスドアイルの街のことは、よく知っているのか？」カリスタはさりげなく話題を変えた。

「誰よりもよく知ってるよ」ライズは得意満面で答えた。「最初のころは、ほかの弟子たちが眠ってるあいだにあちこち歩きまわったから。島の実権を握る少数のお偉方にしか入れない場所だって、自由に出入りできる」

「すると、命を与える魔法の話が本当かどうかも知っているわけだ」

ライズが横目でちらっと見た。「生命の水のこと？　あんたはそれを探してるの？」

「ええ」

「だったら、いますぐカマヴォールに帰ったほうがいいよ。時間の無駄だから」ライズは笑いながら言った。「あれは御伽噺《おとぎばなし》だ！　どんなふうに始まったか誰にもわかりゃしない。きっと〈光の交わり〉ができたばかりのころに、老いぼれ医者が溺れかけた水夫でも救ったんだ。蒸留酒を飲ませてさ。

で、無知な愚か者がそれを生命の水だと思い込み、地元に戻って酔うたびに大げさに吹聴《ふいちょう》した。それが永遠の命を与える水だったというばかげた話は、俺も聞いたことがある。そもそも、老マスターたちが何百年も生きていたら、周りの人々が気づくはずじゃないか」

「生命の水は本当にあるが、あなたはまだその知識を授けられる資格を持っていないだけかもしれない」カリスタは言った。「ただの弟子だから」

ライズが嘲るように鼻を鳴らした。「生命の水がほんとにあるなら、俺がとっくに見つけてる。あんたをそんな任務に送りだしたのが誰にしろ、とんでもない愚か者だな」

カリスタは顔をこわばらせた。「言葉に気をつけろ」

「でも、そうとしか言いようがないだろ！」カリスタの表情が変わったことに気づかないのか、ライズが叫んだ。「それか自虐的なユーモアの持ち主だ。その命令が冗談じゃないのはたしかなの？」

ライズは面白い冗談を聞いたように、にやっと笑った。本人は魅力的な笑顔のつもりだろうが、カリスタには苛立《いらだ》たしいだけだった。

カリスタは瞬《まばた》きもせずにライズを見た。「そんな命令を出したやつと、その命令に黙って従うやつ。どっちがばかだか――」

「もうひと言でも不敬な言葉を吐いたら、痛い目を見ることになるぞ」

カリスタはすばやく若者の手首を摑み、鋭くひねった。ライズが悲鳴をあげ、甲板に膝をつく。体を低くして逃れようとしたが、カリスタはかまわず力をこめた。

「警告したぞ。愚かなのはどちらだ」

カリスタが突き放すようにライズを放すと、彼は手首をさすりながら怒ってにらみつけた。何か言い返したそうだったが、思い直したらしく勢いよくきびすを返し、足音も荒く立ち去った。

カリスタはその後ろ姿を見送り、ぽつりとつぶやいた。「やれやれ、これでは友人ができないのも当たり前だな」

ブレスドアイルの首都　ヘリア

アーロック・グラエル管理長は、ヘリアの地下深くにある天井の低い、狭い自室で机に向かっていた。

四方を壁に囲まれた部屋や闇に閉ざされた地下通路にいるのを、苦痛だと感じる管理人もなかにはいる。彼らはなんとも言えない息苦しさと、周囲の壁が迫ってくるような恐怖を感じるらしいが、グラエルは違う。彼にとって地下の小部屋は唯一くつろげる場所だった。ここでは彼がすべてを支配している。

部屋のあらゆる壁や戸棚が、図と地図、几帳面《きちょうめん》な文字で書かれた引用に覆われていた。床や机どころか、寝台にまで何十枚もの紙、開いた書籍が広げられている。ほかの人間がこの部屋を覗《のぞ》いたら、散らかっているとしか思わないだろう。だが、グラエルにはどこに何があるかわかっていた。

机の真ん中にあるのは、ブレスドアイルの中心に隠された秘密、すなわち伝説の生命の水が湧く〈古の泉《ウェル・オブ・エイジズ》〉と呼ばれる場所の詳細を記した古代の書籍だった。マスターたちがこの驚嘆すべき水を独り占めしていると思うと、激しい怒りが込みあげてくる。

この数週間、グラエルは憑《つ》かれたように〈古の泉〉に入る方法を求めてきた。〈輝ける塔〉の下にあることはわかっているが、直接泉に至る道を使うことはできない。その通路を付き添いなしに出入りできるのはごく限られた重鎮だけで、グラエルが入ろうとすれば、塔に近づきもしないうちに止められ、地位と特権を剥奪《はくだつ》されてしまうだろう。

だが、かつては都市の地下にある収納室から聖なる水へと至る通路が存在したはずだ。地下通路は四方八方に伸び、あらゆるくぼみや亀裂の下を通っている。

最古の通路は、とうに使われなくなったか忘れ去られた。長い年月のあいだに天井や壁が崩れて埋まった通路もある。そうした崩壊の大半は何らかの事故が原因で引き起こされたものだが、必要がなくなり、そのまま放置するのは危険すぎるという判断で、意図的に塞がれた通路もある。

それらの古い通路のどれかが〈古の泉〉に繋《つな》がっていたに違いない。〈光の交わり〉の創設時には、おそらく生命の水はいまほど極秘にされてはいなかった。その後、自分たちだけで独占すべきだと決めた連中が、泉に至る地下通路をすべて塞いだにちがいない。そこでグラエルは、泉に至る古いトンネルを突きとめたいと願って、〈古の泉〉の設計図を参照しながら、地下の収納室を網羅する大きな地図を作成していた。どうやら、ようやくその努力が報われそうだ。

グラエルはごく薄い紙をランタンの光に掲げ、目を凝らした。ほとんど透けて見えるその紙には、小さな点からなる大量の交差線が描き込まれていた。彼は同様の図を、階ごとに何十枚も描いた。どれもみな、十枚あまりのほかの地図から得た情報を丹念に突き合わせて作ったものだ。点線は岩に彫り込まれた排水溝や煙突を表している。はるか上から食料や水、伝言や指示などを送るため、あるいは煙を地下から無害に排出するために、岩のなかを垂直に通っている縦穴もあれば、雨水や地下水を海に放出する排水溝もある。そうした水をそのまま放置しておくと、岩壁から湿気が滲《にじ》みだし、長い年月のあいだに貴重な遺物や書物がひどく傷む。そのためヘリアの地下には、驚くべき英知の賜物《たまもの》である一連の排水溝や水門、水路が網羅されていた。大半は鼠《ねずみ》がかろうじて通れる程度の幅しかないが、すべてがそうではない。

グラエルは足を置く場所に細心の注意を払いながら部屋の中央まで移動し、手にした薄紙を〈古の泉〉に近い、収納室のある階の地図に重ねた。両手と両膝をつき、様々な点線をたどると……ついに探していたものが見つかった。

「そこにあったか」囁《ささや》いた口元に、邪《よこしま》な笑みが浮かぶ。

収納室と通路に並行に走っているか、垂直に交わっているほとんどの点線は、どれも説明がつく。だが、ひとつだけ説明のつかない線があった。古い通路に繋がっているが……どこにも行きつかない。その点線は彼の地図の、通路が一本もない大きな空白のなかに、まっすぐ入り込んでいた。その空白が〈古の泉〉のある場所だ。たったいま、そこに入る通路が明らかになった。

しゃがれた勝利の笑い声をあげながら跳ねるように立ちあがると、グラエルは興奮に震えながら部屋のなかを歩きまわった。自分を遠ざけ、見くびった者、自分の邪魔をし続けてきた者たちに対する荒々しい報復の思いが込みあげてくる。

それから足を止め、自分に言い聞かせた。「一度にひとつずつだ」〈古の泉〉に至る道は見つかったが、そこに近づくには、迂回《うかい》しなければならない障害や区画がいくつもある。

グラエルは寝台の上の小さな棚に目をやった。そこにはずっと昔に死んだマスターの紋章から手に入れた、三角柱の形をした石が置かれていた。どんな高価な宝石よりも貴重な、厳重に守られているキーストーンが。それを手に取り、机の前に戻って腰を下ろした。古い書物をめくり、〈古の泉〉を守る金箔《きんぱく》を施した大扉の設計図のページを開く。そこにこの石の絵を見つけたときは、どれほど心が躍ったことか。金色の扉は、ふたつのルーンの鍵で封印されている。その鍵を開けるには、それぞれ、マスターのキーストーンが必要だ。

しかし、グラエルの手元にあるキーストーンはひとつだけ。したがって、もうひとつ手に入れる方法を考えねばならないが、希望は失っていなかった。〈古の泉〉には、必ず入る。彼は心の底からそう確信していた。そしてマスターたちがどれほど欺瞞《ぎまん》に満ちた偽善者かを暴き、彼らを破滅させてやる。

机に置いたランタンの光がちらつき、消えたが、グラエルは再びつけようとはしなかった。彼は闇のなかにじっと座り、マスターたちの凋落《ちょうらく》を想像し続けた。

それを目にしたときの痛快さを。

15

ブレスドアイルの首都　ヘリア

霧のなかに入ってから一時間も経《た》たぬうちに、船はそこを抜けていた。もっとも、距離にしてどれくらい進んだのかは見当もつかない。わずか半海里だったかもしれないし、何百海里も進んだ可能性もある。

巨大なカーテンがさっと引かれたようにいきなり視界が開け、明るい陽光を浴びた伝説のブレスドアイルが現れた。黒ずんだ崖に囲まれた大小様々な島はどれもみな、瑞々《みずみず》しい緑に覆われている。大きな島には建物があるが、密集しているわけではなく、散在する白い建物のあいだに、幾何学的な形の放牧地や塀で囲まれた畑、注意深く計算して植樹された林があった。羊やほかの家畜が草を食《は》み、作物のそばに膝をついている人々や、装具をつけた角獣で畑を耕している農民たちの姿が見える。

船が岬を回ると、陽光にきらめく都市が姿を現した。「あれがヘリア、知識と学問の街です」タイラスがそう言いながら、ライズがキーストーンと呼んだ線の刻まれた淡い丸石をポケットに滑り込ませた。

ヘリアは目の届くかぎりどこまでも広がっていた。ほとんどが金箔で装飾された白い石造りの建物だ。塔や階段状の劇場やドーム屋根の建造物は、ほかの国であれば壮大な王宮に匹敵するほど大きい。手入れの行き届いた階段状の庭園が適所に配されているため、全体に開放的な印象を受ける。すべてが緻密な設計のもとに造られており、この街を見ていると、カマヴォールの首都が行き当たりばったりに築かれたように思えてくる。縦横に交差する通りや、弧を描いて島を結ぶ橋は完璧な左右対称で、きれいな四分円とその動径がはっきりとわかる。おそらくどの幾何学模様にも意味があるのだろうが、その意味はカリスタには見当もつかない。わかるのはきわめて正確な設計だということだけだ。

階段状のテラスの上には、ひときわ高い塔がそびえている。カリスタがそれを見つめていると、タイラスが言った。「あれは〈輝ける塔〉といって、評議会の会議場がある、いわばヘリアの心臓部です。評議会に対するあなたの要請も、おそらくあの塔で行うことになるでしょう」

カリスタは船溜《ふなだ》まりに目を戻した。港のちょうど真ん中には、ところどころ欠けた円形の埠頭が二重に配置され、そこから放射状に伸びた桟橋の周囲には、何十隻という船が錨《いかり》を下ろしていた。大きな船――ほとんどが三段櫂船《かいせん》――は、円の外側に錨を下ろし、小型の漁船や平底船が内側を行き交っている。完璧に左右対称の橋がそれぞれの埠頭を繋ぎ、それよりも大きな橋がふたつ、港と街を繋いでいた。驚くばかりの建設技術だ。魔法を使ったのでなければ、いったいどうやってあれほどのものが造れたのか。

とはいえ、カリスタが何よりも驚いたのは、この街がまったく無防備だということだった。ここには街の周囲に巡らされた高い外壁も、砦《とりで》も、落とし格子も、戦って敵を食いとめる場所も、何ひとつない。港を守る投石器もなければ大型の弩砲《どほう》もなく、兵士や大砲を積んだ船も一隻も目に入らなかった。将軍の目で見たヘリアは、ごく小規模の軍隊で征服できる街。ひと握りの船に数百の優れた兵士を乗せて押し寄せれば、瞬く間に落とせる街だった。

「どうです、驚嘆すべき都市でしょう？」タイラスが言った。「ここは危険に満ちた荒涼たる世界における、美しい安息の地です」

「たしかに、これまで見たことのない都市だ」カリスタは曖昧に応じた。

「今後も見ることはないでしょう。戦争や蛮行を恐れずに学問の追究に没頭できる場所など、ほかのどこにもありません」

たしかに。王妃を癒やす手立てが見つかる場所があるとすれば、この場所にちがいない。

〈オーリアト・サヴァン〉は波立つ海を滑るように進み、珍しい円形の埠頭に近づいていく。まもなくほかの船の水夫たちから声がかかり、笑い声や悪意のないひやかしが飛び交いはじめた。船が速度を落とし、港長の指示で輪の外側の空いている停泊位置へと向かう。すべての櫂が引き入れられ、埠頭で待ち構えている男たちへと係留ロープが投げられた。彼らが即座にロープで輪を作り、光る杭《くい》にロープを巻きつけるのを見て、軍人のカリスタは、その手際のよさ、迅速さに感心せずにはいられなかった。

カリスタが波止場の硬い石の上に降り立つと、〈オーリアト・サヴァン〉を迎えた人々が好奇心もあらわに首を伸ばし、荷を運ぶ男たちや漁師がじろじろ見ながら指を差してきた。

「他国からの訪問者は、少ないようだな」カリスタはつぶやいた。

「おっしゃるとおりです」タイラスがうなずく。「もちろん、街には様々な文化の出身者が住んでいます。多様な思索は、多様な経験と意見から生まれるのですから。しかし、外国から見知らぬ人間が訪れるのはごくまれで、私のように聖なる霧を通過できる者が連れてくる人々だけです」

「では、ここに来て嘆願できるのを感謝しなくては」

荷おろしの作業も迅速かつ整然と行われている。タイラスは最後にいくつか指示を与えると、あとは乗組員に任せて、カリスタとともに波止場を繋ぐ橋と大きな橋を渡ってヘリアの中心へと向かった。タイラスの若い弟子が、不機嫌な顔でふたりのあとについてくる。カリスタは気にしていないが、カマヴォールの王を侮辱して痛い目にあってから、この若者はずっとカリスタを避けていた。庭園に挟まれた通りを歩き、幅の広い大理石の階段を上がりながら、タイラスはひときわ目を引く周囲の建物や公共建造物を指さして説明してくれた。彼らは広い並木通りを進み、一列に並んだ柱や彫像、広場などを次々に通過した。

「この〈学者通り〉《スカラーズ・ウェイ》は、埠頭から〈輝ける塔〉へとまっすぐ上っているのですよ」

アロヴェドラの王宮で育ったカリスタは、富にも豪華さにも慣れている。だが、ヘリアは街全体がカマヴォールの王宮のように壮麗だった。あらゆる建物が精巧で美しく、広場には台座付きの彫像や装飾的な大理石の噴水、三角のプリズムのなかに金色の目がある彫刻などが飾られ、大理石で四角く囲まれた地面には手入れの行き届いた木が枝を広げている。

ヘリアの人々も同じくらい印象的だった。タイラスは地味な灰色のローブを着ているが、市民のほとんどが、街を飾っている幾何学形の布を何十枚も重ねた明るい色の衣装に身を包み、開きかけの花びらを模した頭覆いを着けている。彼らはみな、金や銀、貴石、銅で作られた、複雑なデザインの左右対称のペンダントを誇らしげに胸元に下げていた。

「あのペンダントは、持ち主の所属する学び舎《まな や》と地位を示しているんです」タイラスが説明した。

カリスタが手にしている槍《やり》のような実戦用の武器は、この街にはほとんどないようだ。街のあちこちには、白い簡易鎧《よろい》と奇妙にのっぺりした兜《かぶと》を被《かぶ》った男女が鉾槍《ほこ》を手にして立っているが、彼らの槍は実戦用というよりも儀式用に見える。カリスタを見つめる目も通過したあとの囁きも増えるばかりだが、とくに気にならなかった。市民に見られるのは慣れている。

「物乞いの姿が見えない」カリスタはつぶやいた。「貧乏人もいないようだが、どこかほかにいて、ここには入れないとか？」

「いや、ここにはそういう人間自体がいないのですよ」タイラスが言った。「幸運なことに、ヘリアには誰ひとり極貧の暮らしをせずにすむだけの富と収入がある。助けが必要な人々に手を差し伸べるのは当たり前です」

「たしかに」

そのあとも幅の広い階段をいくつか上がると、やがて通りにかかった壮大なアーチ――タイラスによれば〈悟りのアーチ《エンライトンメント》〉――が見えてきた。そこにも白い鎧姿の歩哨《ほしょう》が立っている。近くで見ると、アーチの石には驚くほど複雑な幾何学模様が刻まれていた。おそらく多くの情報を伝えているのだろうが、それを理解できるのはこの模様を解釈できる者だけだ。アーチの向こうには大きな広場があり、広場の突き当たりにさきほどの塔がそびえていた。

〈輝ける塔〉は、近くで見るとさらに壮麗だった。どこを見ても大きな建物ばかりの街のなかでさえ、ひときわ大きく、高さもアロヴェドラの王宮のゆうに二倍はある。塔の中央に設置された重なり合う三角形のなかから、巨大な金色の目が街を見下ろし、そのすぐ下から水が流れ落ちて段々滝となり、長方形の池へと注いでいた。

「失礼して、あなたの訴えを聞いてもらえるよう評議会に話をしてきます」広場を横切ると、タイラスが言った。「先に連絡しておきましたから、滞在していただく部屋の準備はできているはずです。弟子のライズがご案内します。ヘリアには王宮はありませんが、すべてにご満足いただけることを願っていますよ」

「私の必要なものはごくわずかだ」カリスタは答えた。「ただ、すぐに申し出を聞いてもらえるとありがたい。王妃の容態は重篤だから、できるだけ早く戻りたい」実際、イゾルデがまだ生きているかどうかさえわからないのだ。

「もちろん急ぐ必要があることを強調します」タイラスはうなずいた。「入浴と食事をすませ、休んでいてください。評議会がいつ開かれるか、わかりしだいご連絡します」タイラスは頭を下げ、警備員の前を通りすぎてアーチを潜《くぐ》り、広場を横切っていった。

「こっちだよ」ライズが目を合わせようともせずに言うと、向きを変えて、カリスタが従ってくるかどうか確かめもせずに歩きだした。

ライズが黙っているので、カリスタは存分に周囲を観察することができた。屋根も壁もない階段式の野外教室では、若い男女がベンチに座り、年配の学者の話に耳を傾けている。公園に設置された大理石の盤で、真剣に戦略ゲームに興じている人々もいた。様々な建物のあいだを学者たちが急ぎ足で行き交っているが、大きな広場と手入れの行き届いた芝生《しばふ》、まったく同じ形に刈り込まれ、等間隔に植えられた樹木の周りは静かだ。

ヘリアは整然として美しい。だが、何かが欠けている気がした。これと名指しはできないが、それが欠けているせいで、何千、何万もの人々が住んでいるにちがいないのに、実際に人が生活しているようには見えない。歓迎されている気もしなかった。青い空には太陽が輝き、街には明るい陽射《ひざ》しが降り注いでいる。しかし、ヘリア全体がどこか冷え冷えとしていた。完璧かもしれないが温かみがない、そんな印象を受けるのは、欠点がひとつもないせいだろうか。

人間は完璧ではない。そして街というものは、そこに住む人々を映す鏡だ。だからヘリアのように完璧に設計された街には、何か裏があるのではないか、不快な面が隠されているのではないか、とつい勘繰ってしまう。

だが、そう思うのは、カマヴォールの王宮という陰謀渦巻く毒蛇の巣で育ったせいで、知らず知らずのうちに皮肉な考え方が身に付いてしまったせいかもしれない。

ライズはカリスタを部屋に案内すると、口もきかずに立ち去った。そこは豪華という表現が控えめに思えるほど、贅《ぜい》を尽くした続き部屋だった。どこもかしこもぴかぴかで、非の打ち所がない。カリスタはひと通り見てまわりながら、気がつくと欠点を探していた。壁のひびや床のわずかなへこみを。だが、ひとつも見つからなかった。

贅沢にも一棟をそっくり使った入浴場には、温度の異なる大きな浴槽《よくそう》が三つあった。廊下を逆方向へ行くと何千という革製の本を備えた図書室と、海を見下ろす明るいバルコニーに出る。床に半分埋まった円形寝台のある天井の高い、大きな寝室には、大理石の花壇と幾何学形の噴水がある、蔦《つた》と花に覆われたテラスまで付いていた。

「ヘリアの住まいは、みなこんなに豪華なの？」カリスタは果汁を入れた水をグラスに注いでいる、青白い顔の男の召使いに尋ねた。「それとも、ここは特別豪華な部屋なの？」

召使いはカマヴォール語がわからないらしく、にっこり笑い、お辞儀をして出ていった。

カリスタは用意してくれた水を一口飲んだが、甘すぎた。お風呂に入り、香油と塩で香りをつけた湯にゆっくり浸《つ》かり、その贅沢さを堪能してから、温められたタオルで体を拭いた。部屋に戻ると、寝台の上に様式の異なる服が三セット用意されていた。上等の絹と、極上の綿に左右対称の刺繡《ししゅう》が入った服は、どれも美しく、着心地がよさそうだったが、カリスタは着古した鎧と革を身に着けた。こちらも入浴しているあいだに汚れが落とされ、油まで塗られている。アロヴェドラの王宮でも召使いが同じことをしたに違いないが、見知らぬ街で見知らぬ人間が自分のものに触ったと思うと、なんとなくいやな気分だった。兜の黒い羽根も、もつれやこびりついた海の塩がブラシで落とされ、腿《もも》まで届く長靴もぴかぴかに磨かれている。ありがたいことに、槍には手を触れた形跡がなかった。

食堂のテーブルには、たくさんの料理が並んでいた。砂糖菓子、ビーフと羊肉の切り身、海の幸、スープ、炒《いた》めた野菜、チーズ、果物の薄切り。焼きたてのパンも籠いっぱいある。カリスタは急に空腹を覚えて皿を山盛りにすると、それを持ってバルコニーに出た。

二度目のお代わりをきれいに平らげたころ、伝言が届いた。燃える本の上に目が描かれた封を破り、羊皮紙を開くと、正確で美しい手書きの文字で待ちかねた知らせがしたためられていた。カリスタはすばやく目を通し、それからもう一度ゆっくりと読んだ。

明日。タイラスに付き添われ、明日評議会の面々に会うことになった。カリスタは溜《た》めていた息を吐いた。明日の会合にすべてがかかっている。

カリスタは王妃の命がまだ尽きていないことを祈った。

グラエル管理長はランタンを消して、真っ暗な闇のなかで足を止め、首を傾けて耳を澄ました。ほら、また聞こえた。かすかに響いてくる足音が。誰だか知らないが、ずいぶん静かに移動している。しかし、ここは彼の縄張りだ。ほかの管理人ならおそらく聞き逃すだろう。鼠がうろついているか、上の階の音が反響しているのだと思うかもしれない。だが、グラエルは地下の迷路を誰よりもよく知っている。あれは侵入者だ。忍び足で歩いているところをみると、自分がここにいるべきではないことを知っている者に違いない。邪な目的があってこそこそ動きまわっている、そういう人間は危険だった。捕まれば重い罰を受けることがわかっているから、侵入したことがばれないように万全を期している。

このまま向きを変え、戻ることもできた。地下の通路で音がどう伝わるか承知しているグラエルには、侵入者がいる位置も正確にわかる。だから、出くわさないようにするのは簡単だが、きびすを返すつもりはなかった。地下の収納室を守るという誓いを立てているからではない。誓いなど喜んで唾を吐きかけてやる。あんな約束には、なんの意味もない。この十五年裏切られてきたことを思えば、守る義理などこれっぽっちもなかった。

グラエルは不法侵入者が立てる音のほうへと歩きだした。ここでは彼が捕食者だ。ここそこ迂回して、相手を避けるなどとんでもない。侵入者こそ、彼を避けるべきなのだ。だが、こうして彼の縄張りに足を踏み入れたからには、あの侵入者は彼のものだ。グラエルは期待にぞくぞくしながら冷酷な笑みを浮かべ、ローブのポケットから曲がった刃の鎌を取りだした。侵入者が誰にしろ、ここに来たことを後悔させてやる。

グラエルはそうとは知らず獲物となった愚か者を狩るために、闇のなかを音もなく進みはじめた。

どこかで何かが聞こえたような気がして、ライズは足を止めた。

ただの鼠だ。自分にそう言い聞かせ、収納室が並ぶ迷路のような地下通路を再び歩きだした。灯り《あか》が遠くまで届かないよう、念のため手にしたランタンの覆いを半分下ろす。こんな時間に、自分以外の人間が地下通路をうろついているとは思えないが、惨めなスレッシュのひとりに出くわしても、逃げおおせる自信はあった。

こんな苦労をするのもタイラスのせいだ。あの師は、きみの血管には神秘的な魔法《ルーニック・マジック》が流れているが、まだそれを制御するだけの知識がない、やたらに使うのは危険だ、と偉そうに決めつけ、何も教えようとしない。〈光の交わり《メイズ》〉が自分の力を育ててくれると思った時期もあったが、とんでもない間違いだった。使うことを許されなければ、どうやって制御する術《すべ》を身に付けるのか？　いまごろは、偉大なルーンの魔導師が残した書物から必要な知識を吸収し、実践に役立てているべきなのに。ライズはタイラスの言葉の端々から地下にある収納室にその種の書物があることを知り、閲覧できる許可を得てほしいと頼んだのだが、そっけなく断られた。だからこうして大図書館のはるか下を、ケチな泥棒のようにこっそり嗅ぎまわらなくてはならないのだ。

まあ、俺は泥棒だが。ライズは闇のなかに声のない笑いをこぼした。少なくとも、かつてはそうだった。タイラスの弟子になり、ヘリアの霧を通り抜けてここに来るまでは。

そのころと同じように、いまもまた、入ってはいけない場所に忍び込んでいる。ライズは次の鍵のかかった扉の前で膝をつき、ランタンを床に置いた。巻物型の革の道具入れを取りだし、紐《ひも》を解《ほど》いてすばやく広げる。どの道具も必要に合わせて自分で曲げ、尖《とが》らせた、使い勝手のよいものばかりだ。目の前の頑丈な南京錠《なんきんじょう》をじっくり見てから、針のように細いピックを摑《つか》み、鍵穴に差し込むと、すぐになかのピンに触れた。ピンを正しい場所に押し込み、動かぬようにピックで押さえて、べつのピックを慎重に鍵穴に挿入する。

探している本は、なかなか見つからなかった。一年まえに初めてここに来たときは、収納室のあまりの多さに、一生探し続けても目当ての書物を見つけるのは無理かもしれないと、がっくりきたものだ。だが、タイラスに対する反発も相まって、いまでは真夜中の探索は一種のゲーム、楽しい暇つぶしになっていた。ヘリアにいるときは、こうして地下の収納室をひとつずつ確認する。管理人に出くわす危険が、この探索をいっそう楽しいものにしてくれた。

よし。カチリというかすかな音のあと慎重にピックをひねると、南京錠が開いた。ライズはピックをもとの場所に戻して、革の道具入れを巻き、ランタンを手に通路の左右をもう一度確認してから収納室に入った。

以前の彼なら、金色の遺物を手当たり次第にポケットに突っ込んでいただろうが、そういうものには目もくれなかった。本当に値打ちのあるものは、もっと厳重に守られている。ライズは奥の壁際に寄せてある大きな箱に歩み寄った。

「今度こそ当たりかな」つぶやいて両手で表面を撫《な》でる。箱の古い守りが指先をくすぐり、期待を掻《か》きたてた。いい徴候だ。魔法の封印は裸眼では見えないが、ライズはそれを感じることができた。挿し込んだピックの先に、鍵のなかのピンを感じるのと同じだ。この守りはだいぶ古そうだから、解くには少し時間がかかるかもしれない。舌なめずりしながら箱の前に膝をつき、両手をこすり合わせた。

目を閉じて指で守りの形をなぞる。それを頭のなかに描き、ゆっくり回転させながら解く方法を確認し、ひとつずつ解きはじめた。まもなくカチリという音がして、チェストの差し錠がはずれた。よし！　自然と口元がほころぶ。

それから、心臓がどくんと打ち、うなじの毛が逆立った。すぐ後ろで鎖が触れ合う音がしたのだ。さっきの物音は鼠じゃなかったのか！

恐怖に駆られ、ランタンを摑んで振り向くと、収納室のなかに男が立っていた。青白い顔に邪悪な笑みを張りつけ、彼を見ている。ライズは悲鳴をあげながら魔力を集めたが、それを放つまえに生霊のような男がすばやく前に出た。

何かが側頭部に当たり、ものすごい速さで床が近づいてきた。

16

「そういうわけで、サンクティティが認めたカマヴォールの王、ヴィエゴ・サンティアラル・モラク・ヴォル・カラ・ヘイガーリの名において、あなた方の支援を要請しに来たのです」カリスタはそう結ぶと、長い羽根を飾った兜を脇に抱えて顔を高く上げ、背筋をぴんと伸ばして答えを待った。

評議会の面々は、階段状の議場の数段上からカリスタを見下ろしていた。全部で十七人、〈輝ける塔〉の大きな金色のドームの下で、半円を描くように席についている。彫刻を施した書見台の手すりから身を乗りだしている者もちらほらいるが、倦《う》んでいることを隠そうともしない者が多い。

カリスタはタイラスも評議員のひとりだとばかり思っていた。だが、彼はいまでは見慣れた笑顔で、自分はマスターの地位のはるか下に位置するただのアデプトにすぎない、と答えた。それでもカリスタに付き添って会議場に入り、後ろの影のなかに静かに退くまえに、彼女は名誉を重んじる女性で、自分はこの願いが真摯なものだと信じる、と評議員たちに請け合ってくれた。

カリスタは、光が一点に集まるように角度を付けた数枚の鏡の真下に立っていた。まばゆい反射光のなかにいるとあって、影に沈む評議員たちの表情どころかその姿すらよく見えない。議長を務めるバルテクという老人の求めに応じて、言葉を飾らず、できるだけ明解かつ率直に具体的な要請を述べたあと、カリスタは長いこと不動の姿勢で評議員たちの答えを待った。小声で言葉を交わしている者、まるで裁くようにカリスタを見下ろし、にらみつけている者もいる。

「カマヴォールの王妃は、王国一の治療師や司祭が見たこともない毒で死にかけているのです」長引く沈黙に苛立ち、カリスタは言い募った。「生命の水に関する物語が真実であれば、あなた方には王妃を助けることができる。どうか手を差し伸べてください」

それでも、まだなんの反応もない。カリスタは当惑して評議員たちに目をやった。彼らはなぜ答えようとしないのか？　タイラスを探して背後の影に目をやったが、彼の姿も見えなかった。

「誰も答えてくれないのですか？」正面に目を戻し、再びマスターたちに訴える。「王妃を救うのに手を貸してくれた方への恩を、王は永遠に忘れないでしょう。カマヴォールはみなさんを守ることもできます」

返ってきたのは、やはり沈黙だけだった。

「報酬が必要なら……」カリスタは我慢できずに申し出た。「それがなんであれ、私はあなた方の望みに同意する権限を託されています。カマヴォールには、ヘリアの〈光の交わり〉が長年欲してきた多くの遺物が――」

「評議会は買収には応じない。遠回しであれなんであれ、脅しにも屈しないぞ、カマヴォール人」影のなかでマスターのひとりが吐き捨てた。カリスタはその相手を見ようと目を凝らした。

「脅すつもりも買収するつもりもありません」額に手をかざしてぎらつく光を遮り、唸《うな》るように言い返す。「善意で応えてもらえると信じ、助けを請いに来ただけです」

だが、評議員たちはそれでも黙っている。両手を握りしめ、再び口を開こうとすると、不幸なほど蟇蛙《ひきがえる》に似た議長が片手を上げた。「カマヴォールのカリスタ王女、評議会はあなたの訴えに耳を傾けた。これにて散会とし、その件を話し合うことにする。答えが出るのを待たれよ」

カリスタは顔をしかめた。「何を話し合うのです？　毒に苦しむ女性を助けるか死なせるか、答えはふたつにひとつ！　王妃を救う手立てがあるならば、どうかそれを教えてください！」

「答えが出るのを待たれよ」


まばゆい光が上から彼を照らしていた。頭が割れそうに痛み、左目は腫れあがってほとんど何も見えない。高いところから落ちたのか？　いったい何が……。

「気がついたようだな」

その声を聞いたとたん、冷水を浴びせられたように完全に記憶が戻った。恐ろしいことに、両腕が横に伸ばされ、左右の壁に取り付けられた鎖で固定されている。

「ここはどこだ？」

「大声で叫んでも、誰にも聞こえないほど地下深くにある部屋だ」

ライズは目を焼く光から逃れようと身をよじった。「あんたは誰だ？」

「きさまがうろつくべきでない場所にいるのを見つけた男だ。きさまの命をこの手に握っている男でもある」

目を細め、ぎらつく光の先にいる男を見定めようとしたが、ぼんやりとした影しか見えなかった。

だが、殴られて気絶するまえに、この男の姿は一瞬だけ見ている。青白い顔と邪悪な笑み、男が着ているローブと鉄の輪から下がっている鍵を。この男は地下の管理人だ。

「ただのスレッシュのくせに」ライズは吐き捨てた。

影のような男が、ぴたりと動きを止めた。その静止している姿から、煮えたぎる怒りが放たれる。

ライズは男をにらみつけた。怖がっていることを悟られ、こいつを喜ばせてたまるか。

「思わせぶりな態度はよせよ。さっさと番人に引き渡せばいいだろ！　島を追放になってもかまうもんか。そうなればなったで、もう空約束やつまらない説教を聞かずにすむ」

光の向こうで管理人がせせら笑った。「番人に引き渡すだと？　なぜ私がそうすると思うのだ？」

ライズは黙っていた。

「ここに閉じ込めておきたいだけかもしれないぞ」男は続けた。「その生意気な鼻っ柱をへし折るのは面白そうだ。苦痛を与え、じわじわ精神を破壊していくのもな。おしまいには、きさまはひたすら慈悲を懇願したくなるにちがいない」

恐怖を隠そうとしながら、ライズはごくりと唾を呑み込んだ。

「きさまがここにいるのを、誰か知っているのか？」

男の声に冷ややかな嘲笑を聞きとって、ライズはにらんでいた目を伏せた。

管理人が笑った。ひどく耳障りな、憎悪に満ちた無慈悲な笑い声だ。「どうやら厄介な状況だとわかってきたようだな。地上にいるときは、スレッシュなど唾棄すべき軽蔑の対象だとしか思わず、自惚れたっぷりに歩きまわっているのだろう。だが、地下は私の縄張りだ。ここでは、きさまの富も影響力もコネの力もなんの役にも立たない。私の規則を破る者をどうするかは、私が決める。私が力を振るう。私が王だからな。きさまは私のものを盗みに来た泥棒だ」

目の前の管理人は、すべてを焼き尽くすような毒を含んだ声で一気にまくし立てた。そのあとの沈黙のなかに、荒い息遣いが響く。

「俺はそういう連中のひとりじゃないよ」ライズは低い声で抗議した。「あんたと同じくらい、彼らを憎んでる」

管理人は吼《ほ》えるような笑い声をあげた。「そうかな。胸に着けているのは弟子の紋章だろうが。それだけで十分、彼らのひとりだとも。さもなければ、その紋章を与えられるはずがない。私のように地下に落とされているはずだ」

「あんたは誤解してる」ライズは怒って言い返した。「俺は特権階級の出じゃない。その反対だ。貧乏人の息子さ。俺のマスターは、永遠に俺をその状態に留《とど》めるつもりなんだ。俺の活躍で自分の影が薄くなるのが怖くて、重要なことは何ひとつ教えようとしない」

管理人は黙っている。ふいにランタンの覆いが向きを変え、目を射ていた光が逸れた。瞬きして残像を払うと、自分を捕えている相手が見えた。

青白い顔の、痩せた長身の男だ。驚くほど冷たい、生気のない鮫《さめ》のような目でライズを見据えている。そこには思いやりの欠片《かけら》もなく、片手に構えている鎌の刃は、不安なほど鋭く見えた。

「きさまは真実を言っているのかもしれんが、嘘《うそ》をついている可能性もある。いずれにせよ、何ひとつ変わらんな」

この男は何かが壊れている。胸のなかで恐怖がこぶのように硬くなり、ライズは鋭く息を吸い込んで、体のなかに魔力を集めはじめた。両手が紫色に光りはじめる。魔力が彼のなかで燃え、彼を満たしていく……だが、両手首を鎖で壁に固定された状態では、その魔法を操るのに必要なルーンを描けない。せっかく集めた魔力も、焦点を持たないまま火花を散らして薄れ、消えた。

「ルーンの魔導師か？」管理人が猫なで声で言った。「ふむ、そいつは面白い」

消えていく魔法の名残で紫色に染まった視界のなか、ライズは男を見上げた。「面白いって、どういう意味だ？」

「あの箱の鍵をどうやってはずした？　私が見つけたときに開けていたチェストだ。あれは古代の魔法で守られていたはずだが」

「そうさ。でも、とくに強力な魔法じゃなかった。あの程度の鍵ならいつでも開けられる」

「面白い」管理人は繰り返し、ライズに背を向けて部屋のなかを行きつ戻りつしはじめた。どうやら迷っているらしい。ややあって急に足を止めると、ライズを見た。「きさまのマスターは誰だ？」

「シーカー＝アデプトのタイラスだ」

「ヘレスモールのタイラスか？」

「そうだよ」

「それはそれは」管理人が笑いだし、首を振りながらつぶやく。「タイラスか。まさかタイラスとは」

「マスターを知ってるのか？」

「ああ。タイラスは正当に私のものである地位を盗んだ男だ。最も優秀な学生は私だったのに、彼らはあの男を選んだ。彼にすべてを与え、私を地下に投げ込んだ。闇のなかで朽ち果てろとな」

ライズは管理人と目を合わせた。「マスターは俺に力の使い方を教えると約束して、〈光の交わり〉に引き入れた。俺には優れた賜物があるんだ。でも、持ってる力を存分に使うには、もっとルーンの種類を学ぶ必要がある。マスターはそれを手伝うと約束したのに、何ひとつ教えてくれない。まだ準備ができていないと言うばかりで、ずるずる先延ばしにして必要な知識を隠している。何も教えてもらえないのに、どうすれば準備ができるんだ？」

「で、タイラスに腹を立て、地下に潜り込んでその知識を探していたわけか？」

ライズは管理人をまっすぐに見て答えた。「そうだよ」

管理人は顎を撫でながら、また背を向けた。ライズが不安をこらえて黙っていると、ややあって振り向いた。「鼠よろしく地下の収納室を何百年走りまわっても、目当てのものは見つからないぞ、小僧。だが、私はそれがどこにあるか知っている。手に入れてやることもできる」

「そんなことをして、あんたにどんな得がある？」

管理人は瞬きをしない死人のような目でライズをじっと見た。「どうやってここに来た？　きさまの持っている小道具では、番人の目を潜り抜けるどころか、閾域《スレッシュホールド》の入り口も、響きの間《チャンバー・オブ・エコー》も越えられなかったはずだ。どうやってそれを迂回した？」

「歓迎されない場所に出入りするのは、昔から得意なのさ」

管理人は冷たい目をしたまま口元を緩めた。「どうやら私たちは、お互いの役に立ちそうだ」


カリスタは檻《おり》に閉じ込められた猛獣のように、部屋のなかを歩きまわっていた。

「気持ちはわかります」タイラスが落ち着いた声で宥めた。「でも、評議会はこうやって結論を出すのですよ。評議員が全員一致の決断に達するまで議論を戦わせ、慎重にあらゆる可能性を測るんです」

カリスタは彼をにらみつけた。「これは慎重を期す必要のある決断とは違う。ヘリアの人々は賢明だとあなたは言ったが、死にかけている女性を助けるか否かを何時間もかけて議論しなくては結論を出せない社会なら、その意見は再検討すべきだ」

タイラスは疲れたように目をこすり、慎重に答えた。「他国の政治や問題には介入するのは、ヘリアの方針に反するのです。それに、こう言っては失礼だが、カマヴォールは戦いに彩られた好戦的な国だ。そのせいで、カマヴォールの王女の到着に評議会が少々神経質になるのは仕方がないでしょう」

「私は新たに征服する国を探しに来たわけではない」カリスタは言い返した。「誠意を認めてもらうのに必要なら、どんな約束でもする用意がある」

「ええ。私はそれを信じたから、あなたをここにお連れした。しかし、それが間違いだったと感じているマスターが多いのです」

カリスタは足を止めた。「あなたに迷惑がかかるのか？」

「ひょっとすると」タイラスは肩をすくめた。「しかし、私は制裁を受けてもかまいません。正しいことをしたのですから」

「あなたが私をここに伴ったのは、王妃を助ける手立てがあると思ったからだろう？」カリスタは言った。「つまり、生命の水の話は本当だということになる。それを水差し一杯でも分けてくれれば、私はそれを持ってカマヴォールに戻る。イゾルデの命がかかっているんだ！」

「評議会はきっと正しい決断を下します。苛立《いらだ》たしいでしょうが、それを待ってください」

カリスタはため息をついた。「努力はするけれど、座して待つのは性に合わない」

「わかりますよ。あなたは戦士だ。行動の人です。しかし、これまで一日も休まず王妃を助ける手立てを探し続けてきたのでしょう？　ちょうどいい機会だと思って、少し休まれてはどうです？　本を読むとか、散歩をするとか。そして、近いうちに評議会の結論が出ることを願いましょう」

「前王である祖父は、死ねばいくらでも休める、とよく言ったものだ」

「たしかにカマヴォールの獅子《しし》は、怠惰ではありませんでしたね」タイラスの声に皮肉が混じった。

「生涯に征服した国家は、たしか……十三でしたか？」

「反乱を起こして潰された国を数に入れれば、厳密には十八か国」

「跡を継ぐ者にとっては重い遺産ですね」タイラスは考え込むように言った。「しかし、話が逸れました。失礼して、要請を聞き入れてくれるよう何人か説得してみます」

「ありがとう、タイラス。あなたは誠実な人だ。私を信頼してくれたことも併せて感謝する」

「礼を言うのは、妃が救われてからにしてください」

アーロック・グラエルは胸の前で腕を組み、扉の前に立ってライズの作業を見守っていた。まだ独房から出したわけではないが、鎖ははずしてやった。愚かな真似《まね》をしないように、予防策も講じてある。

「きさまの名前と地位を記し、地下室に収められている貴重な遺物を盗もうとしていたことを書いて、目につくように机に置いてきた」若者にそう釘《くぎ》を刺したのだった。

「なんだよ、それじゃ約束と違うじゃないか！」

グラエルは片手を上げ、若者を黙らせた。「きさまは私の部屋がどこにあるか知らないが、番人たちは知っている。鎖をはずしたときに妙な真似をしたら、番人がその手紙を見つけるぞ。そうなったら、きさまは終わりだ。〈光の交わり〉から蹴りだされても平気だというのはただの強がりだろうが。いいか、この件を誰かに話し、私を裏切れば、必ず破滅させてやる」

「そんな心配はいらないのに」

「このちょっとした仕事をしてくれたら、きさまが探している知識を渡し、その手紙を燃やすとしよう」

ライズは約束を守り、自由に動けるようになってもおかしな真似はしなかった。そしていま、床にあぐらをかき、古代の魔法で封じられた金庫の前で目を閉じている。金庫には強力な鍵がかかっているが、ふつうの鍵穴はひとつもない。マスターの持つキーストーンをはめるくぼみがひとつあるだけだ。キーストーンはどれもみな万能鍵の役目を果たす。ヘリアの最も貴重な秘密を守っている魔法の鍵を開けることができるのだ。キーストーンでどの鍵が開くかは、その石の所有者であるマスターの地位により異なる。自分のキーストーンをこの金庫で試し、開錠できたときは、大いに喜んだものだ。

キーストーンを持たないライズは、静かに唇を動かし、両手で一連の複雑な模様と形を描きはじめた。一瞬後、小さな音を立てて金庫の鍵が開く。「こんなの朝飯前だ」ライズは指の関節を鳴らして自慢した。

「大したものだ」グラエルは感銘を受けた。生意気で自惚《うぬぼ》れの強い小僧だが、魔法の守りを解く能力は見事というほかない。グラエルは感心していることをおくびにも出さず、この事実がもたらす可能性について考えを巡らせはじめた。

「で、これはどういうことなんだ？」ライズが尋ねた。「あんたが開けるのに苦労している魔法の鍵がいくつかあるのか？　だったら、持ってこいよ。あっという間に開けてやる」

ライズの手助けが必要なのは、実に腹立たしいことだった。できることなら、暗がりのなかに閉じ込め、自惚れた鼻をへし折って、こいつが恐怖に震えるところを見たい。苦痛と絶望の叫び声をたっぷり――

「ねえ、管理人？」

グラエルは心をそそる白昼夢を無理やり押しやった。「何か言ったか？」

「約束の報酬が、協力するだけの価値があるものかどうか俺にはわからないよね？」

小憎らしい若者をひとにらみして、グラエルは丸めた羊皮紙を入れた革の箱をベルトから外し、それを投げてやった。

「なんだよ」

「開けてみろ」

ライズは留め金を外し、巻いてある羊皮紙を取りだした。古い書物からちぎったページだ。顔を近づけ、角の多い文字に目を凝らす。「イカシアの楔形《くさびがた》文字か」何行か読んだあと、驚きを浮かべて顔を上げた。「これは……？」

「ああ、そうとも」

ライズは手にしたページに目を戻し、すばやく指でなぞりながら、古代の書物特有の右から左へと書かれた文を読んでいく。半分まで読むと、また顔を上げた。

「俺が探していた本だ」ため息とともにつぶやく。

「私のために鍵をひとつ開けてくれたら、一冊そっくりくれてやる」

ライズは嬉《うれ》しそうに笑った。「よし、取引成立だ。で、その鍵はどこにあるんだい？」

若者が餌に食いついたのを見て、グラエルは獰猛《どうもう》な笑みを浮かべた。「〈古の泉《ウェル・オブ・エイジズ》〉について何か知っているか？」

17

ヘリアで時間を過ごせば過ごすほど、カリスタはこの街が嫌いになった。

外観は申し分なく美しい。ここを理想郷だとみなす者もいることだろう。だが、この街が温かみに欠けるという最初の印象は、強くなるばかりだった。どこもかしこもあまりに清潔で、面白みに欠け、冷たすぎる。陽光を浴びて輝く建造物が、真実を隠すための仮面のように思えて仕方がない。

滞在している続き部屋も広くて豪華だが、少しも落ち着けなかった。待たされるのはほんの数時間、遅くても翌日には結論が出るだろうと予測していたのだが、一日が終わり、次の日が終わっても、まだなんの知らせもこなかった。三日目にタイラスから、〝まだ結論に達していない〟という伝言が届いた。

そこで四日目に当たるこの日は、槍を手に街を探索することにした。

彫刻が施された階段を上がり、博物館のように見える巨大な建物の前に立つと、ヘリアの手厚いもてなしの限界が明らかになった。警備員が建物に入ろうとしたカリスタの行く手を塞ぎ、穏やかだがきっぱりとした口調で何か告げた。が、この島の言語を理解できないカリスタには、わかるはずもない。

カリスタはふたりの戦闘能力を瞬時に測り、問題なく倒せると確信したものの、謝罪の言葉をつぶやいて引きさがった。街中どこへ行っても同じ、建物に入ろうとするたびに行く手を阻まれる。場所によっては庭園にすら入ることができなかった。この街ではよそ者の行動範囲は厳しく制限されている。それがわかると、いっそう疑いが深まった。

言葉もわからぬ見知らぬ街で独りぼっちとあって、ホスト軍の気のおけない仲間たちが懐かしく思い出された。ヴィエゴのことさえ恋しくなってくる。婚約者のヘカリムに会いたいとはとくに思わないが、レドロスがそばにいないことが、自分でも驚くほど寂しいと感じた。彼のことを考えるのは辛《つら》かった。出発を数時間後に控えた夜明け前の、気まずいやりとりを思い出すからだ。そのたびに胸が苦しくなり、急いでほかのことを考えた。

何時間もあてどなく街を歩きまわったあと、無数にある公園のひとつで海に面した大理石のベンチを見つけ、腰を下ろした。晴れていれば必ず見えるはずの水平線と港のあいだに霧がそびえている。霧は巨大な壁のように島を囲んでいた。だが、その事実に安心できるどころか、閉塞感に息が詰まりそうだ。

ひょっとして、マスターたちは私をここから出さないつもりだろうか？　彼らは明らかに、ブレスドアイルの存在を神話か伝説に留めておきたがっている。だとすれば、カリスタを故郷に帰したくないと願うのは理に適《かな》っていた。霧の外で待っている〈ダガーホーク〉の船長は、二週間後には、食料を調達するためどこかの港へ向かう必要がある、と言っていた。カリスタがヘリアを出ることを評議会が拒めば、ヴェニックスはいつカリスタが戻らないことに気づくだろう？

不快な想像にとらわれていたカリスタは、話しかけられるまで、褐色の肌の小柄な女性が近づいてきたことに気づかなかった。

「あの霧は驚異よね」その女性は華奢《きゃしゃ》な外見からは想像もつかないほど低い、深みのある声で言った。「霧のなかにある魔法は古代のもので、もう誰も完全には理解できないの。マスターたちは決して認めないでしょうけどね」銀糸の縁取りがあるゆったりとした黒いローブに黒い細身のズボン、尖《とが》った頭巾が細面の顔と豊かな白い髪を縁取っている。全体の印象は地味だが、大らかな表情と温かい笑み、気さくな態度が彩りを添えていた。「話しかけてはいけなかったかしら？　ああいうものから逃げだして考え事をするために、私もよくここに来るの」そう言って、指輪だらけの指を後ろの街に向かって振る。

「いや。実は、私もあのすべてから逃げだす必要があったんだ」カリスタは同じ仕草をしてみせた。

女性は心地よい声で笑った。「ヘリアは、人をそういう気持ちにさせる街よね」

「よかったらどうぞ」カリスタはそう言って隣を示した。街の人々はみな礼儀正しいが、この女性のような本物の親しみを示す者は少ない。「私はカリスタという」

「ええ、知ってる」新しい話し相手は隣に腰を下ろした。「学者はみんな噂話《うわさばなし》が大好きだもの。あなたはカマヴォールの王女様。今朝、大図書館に入ろうとしたでしょ？」

「そうだったかな？」

「あそこは、学者でも入れない人がいるのよ。毎回、申請書を提出して、マスターから入館許可証をもらわなくてはならないの。しかも、その許可はめったに下りない。まあ、スレッシュは、もちろん地下の通路から入れるけど。彼らは数のうちに入らないから、誰も気にしない。あなたが入ろうとしたことは、すぐに笑い話になったのよ！」

　カリスタは口元を緩めた。この女性が言うと、ばかにされている気がしない。少なくとも、王宮の廷臣たちが好む意地の悪い皮肉とは大違いだ。「そう……笑いの種になることができてよかった」

「私は技術者《アーティファイサー》のジェンダ・カヤ。お会いできて嬉しいわ」

「こちらこそ」

「ヘリアの評議会でここに来た用件を話したそうね。結果はどうだった？」

「重大な頼み事をしたのだけれど……四日経《た》ってもまだ答えを貰《もら》えない」

「意外とは言えないわね。マスターの地位にふんぞり返っている能無しばかりで、頭にくるほど心の狭い、特権意識のかたまりなんだから」

　カリスタはジェンダ・カヤの正直な発言に少し驚いた。

「ほんとよ！」ジェンダ・カヤは叫んだ。「頭にあるのは、自分たちの利益を守ることだけ。少数とはいえ、そこそこまともなマスターもいるから、その人たちがあなたを助けるよう、ほかの評議員を説得してくれるといいわね」

「そうなるといいけれど」ふたりは少しのあいだ、上昇気流に乗って空を舞う鳥を眺めていた。「ここでは、どんな仕事を？　あなたはほかの人たちとは……少し違う気がする」

「褒め言葉と受けとっておくわね。ほとんどの人には、変わり者だと言われてるの。それも彼らが機嫌のいいときよ。意地悪な気分のときは、危険分子だとか、むやみやたらに人を煽《あお》るろくでなしだとこき下ろされる。私は光の番人《センチネル・オブ・ライト》の技術者アデプト」

「光の番人？」

「大げさな響きだけど、大したことはないのよ。少なくとも、いままではもう」

「私も一部のカマヴォール人には、むやみに人を煽るはぐれ者だと思われている」カリスタは正直に打ち明けた。「実際、そう思っている者はかなりの数にのぼるだろうな。貴族たちや騎士団のほとんどが、胡乱《うろん》な目で見てくるから」

「王女様なのに？　足元に薔薇《ばら》の花びらをまかれ、みんながあなたの口にするあらゆる言葉に一喜一憂するんじゃないの？」

ジェンダ・カヤの目がいたずらっぽくきらめくのを見て、カリスタは笑った。「どうかな。彼らは特定の案件に関する私の考え方に……不安を感じているんだ」

「どうして？」

「私が現状を変えたがっているから」

「まあ！　だったらあなたも変わり者ね！」ジェンダ・カヤは嬉しそうに叫んで、石造りのベンチの肘掛けをピシャリと叩《たた》いた。「あなたの話からすると、カマヴォールとヘリアの政治はよく似ているみたい。おそらく世界中どこへ行っても同じなんでしょうね。権力を手にしている者たちは常に、変化は自分たちの地位を脅かすと考える」

カリスタはうなずいた。「でも、政治の話はもう十分。どういう技術の開発に携わっているのか、訊《き》いてもかまわないかな？」

ジェンダ・カヤが内緒話でもするように、カリスタの耳元に顔を近づける。「私の仕事は、武器を作ることよ」

カリスタはこの言葉に興味をそそられた。さらに突っ込んだことを訊こうとすると、近くの塔で鐘が鳴り、ジェンダ・カヤが興奮した子どものようにぱっと立ちあがった。

「たいへん！」ジェンダ・カヤは叫んだ。「今日も遅刻だわ！」

そして街の中心に向かって走りだしたが、三十歩ばかり進んだところで急に立ち止まり、振り返った。「私の仕事が見たい？」

「ええ、ぜひ！」

「だったら、明日の日没にまたここで会いましょう。それまでには、新しく開発した武器の欠陥が修正できているはずよ」

「できれば、そのまえに評議会の答えを貰ってカマヴォールへ戻りたいけれど」カリスタは応じた。「それが叶《かな》わない場合は、ここで会おう！」

ローブを着たふたりのアデプトが非難がましい目をこちらに向け、ひそひそ話している。それに気づいたジェンダ・カヤが吐き捨てた。「ふん、退屈な年寄りが！　さっさと行きなさいよ！」激しい口調に驚き、学者たちは逃げるように離れていった。カマヴォール語を使ったところをみると、あれはカリスタのために言ってくれたのだろう。うっかり踏まないように黒いロープの裾をたくし上げて走り去るまえに、ジェンダ・カヤがにやっと笑い、この推測を裏付けた。

カリスタはあっけにとられ、遠ざかる後ろ姿を見送った。


グラエルは暗くなった広場の影のなかで、歯ぎしりしながら待っていた。すでに真夜中を過ぎている。風はなく、夜気はひんやりとしていた。地上にいるのは嫌いだった。長いこと地下の狭い通路や収納室で過ごしてきたせいで、壁も低い天井もない場所ではどうにも心が落ち着かない。

「あいつはどこだ？」自分は裏切られたのだろうか？　あの若者を解放したのは間違いだったのか？

「ここだよ」いきなり左手から声がした。

グラエルはびくっと体を揺らして唸りながら振り返った。襟を摑んで声の主を建物の外壁に押しつけ……ライズだと気づいて乱暴に突き飛ばした。「遅かったな」

「タイラスが部屋に引きとるのを待たなきゃならなかったんだ」ライズはローブの襟を直し、グラエルをにらんだ。「最近、疑ってるみたいで」

グラエルは監視の目を探して広場の影のあいだに目を走らせた。誰もいない。「行くぞ」彼は低い声で告げ、歩きだした。

巨大な一枚岩の獣のように、黒々とそびえる大図書館の裏へと回り込む。目に見える地上階だけでも王宮のように大きいが、地下の部分——閾域の管理人が巡回し、警備している迷路のような通路や膨大な数の収納室、秘密の部屋、洞窟など——は、それよりもはるかに広大だった。グラエルは大図書館の二棟に挟まれた路地を進み、狭い螺旋《らせん》階段を下りて、管理人のしるしが刻まれた門の前に立った。その門を手持ちの鍵で開け、ライズをなかに入れて施錠する。

「まだ信じられないよ」ライズが囁《ささや》いた。「〈古の泉〉や生命の水がほんとにあるなんて」

「マスターたちは、ただの噂だ、神話だという話をでっちあげ、長年隠し続けているんだ」

「最低のやつらだ！」

「そのとおり。だが、静かにしろ。まもなく入り口に着く」

グラエルはしだいに細くなっていく通路を進み、階段を下りていった。管理人が地上にいる者たちの足の下をこっそり移動できるように、ここは上に架かっている歩道橋や陸橋から見えない造りになっている。やがて彼らは厳重に閉ざされた扉にたどり着いた。

「顔を覆え」

ライズが指示にしたがい、フードを目深に被《かぶ》る。それを確認し、グラエルは分厚い樫《かし》の扉を拳で叩いた。細い窓の覆いが滑るように開き、疲れた目が彼を捉えた。

「扉を開けろ」グラエルは管理長の紋章を掲げて命じた。門番がライズを見た。「新たな管理人だ」グラエルは続けた。「さっさと開けないと、判事に言ってべつの部署に移動させるぞ」

不満そうな声が聞こえたものの、差し錠がはずれる音に続き、扉がきしみながら開く。グラエルは番人には目もくれずに脇をすり抜けた。ライズは目を伏せ、急ぎ足でついてくる。

地下の迷路に至る入り口は全部で十二か所あった。どの入り口も、扉の上の横木に幾何学模様のシンボルが刻まれている。閾域の管理人が使えるのはそのうちの七か所。グラエルたちがこれから向かうのは、管理人が地下の収納室に入るときに使う七つの門のなかでは最も小さく、使われる回数もいちばん少ない。それがそこを選んだ理由だった。

足早に鉄の扉をいくつか通りすぎ、目当ての門扉に達した。こちらを見ている番人の視線を背中で感じながら、グラエルは唇を舐《な》め、大きな鉄の輪のひとつに下がっている鍵をひとつひとつ見ていった。どれがこの扉の鍵なのか？　両手が汗ばんでくる。これか？　ひとつの鍵で手を止めたが、確信を持てず、残りを調べ続けた。この輪にあるのは、管理長だったマクシムの部屋に隠してあった、本来ならあの男が持っているべきではない鍵ばかりだ。元管理長が不正な手段で自分のものではない鍵束を手に入れていたことは、驚きでもなんでもなかった。グラエルが地下深くの独房に鎖で繋《つな》いでほんの少し痛めつけただけで、マクシムは浅ましい秘密のすべてを吐いた。あの男はまだ同じ独房に繋いであるが、いまではすっかり面変わりしているから、マクシムだと気づく者はあまりいないだろう。いたぶるたびに深い愉悦を与えてくれるとあって、まだしばらくは生かしておくつもりだ。

「門番がずっとこっちを見てる」ライズが囁いた。「ほんとにここの鍵を持っているんだろうな」

「うるさい」

「ひとりがこっちに来るぞ」

グラエルは顔を上げたい衝動をこらえ、さきほどためらった鍵に戻ってそれを鍵穴に差し込んだ。ありがたいことに鍵が回り、彼は扉を押し開けた。前方の闇のなかを狭い階段が下に伸びている。グラエルは近づいてくる番人をじろりとにらんでから、手近な火鉢の火でゆっくりランタンに火を灯《とも》し、薄闇のなかに足を踏み入れて叩きつけるように扉を閉めた。

受け持ち区域から目的の場所に行くこともできるのだが、その場合は曲がりくねった通路を何日も歩かねばならない。しかも、途中で十人を超える管理人や管理長の縄張りを通ることになる。管理長になったおかげで、以前よりはるかに大きな力を振るえるとはいえ、ほかの管理人の通路をうろついていれば、不要な注意を引くのは避けられない。

言うまでもなく、地上から〈輝ける塔〉に入り、そのなかを下りていくことができれば、最短距離で泉に達する。だが、塔の入り口は厳重に守られているとあって、この方法は考慮の余地すらなかった。塔から泉に行くには、武装した軍隊が必要だ。

下へ、下へ、闇の奥深くへと、彼らは下りていった。泉までの道筋は、注意深く練ってある。そのルートでも三人の管理人が受け持つ区域を通過しなくてはならないが、広い地下迷路のなかでそのうちのひとりに出くわす可能性はごくわずかだ。それに、実行の日時は、管理長の特権を行使して、ルートにある区域から提出された巡回予定に目を通し、それも考慮に入れて決めたのだ。むろん、人間的な要素――管理人たちは、提出した経路をそのときの気分で変えることが多い――はいかんともしがたいが、その点を除けば、彼の設定したルートは最も危険が少ない。仮に誰かに出くわしたら？ そのときは、鎌が役に立ってくれるはずだ。

「急ぐぞ」グラエルは嚙《か》みつくように言った。「まだまだ先は長い」

ヘリアの下に広がる闇のなかでは、時間の経過がわからなくなる。ライズはもう何日も歩き続けているような気がした。

時の経過だけでなく、方向感覚も失われるから、前を行く頭のおかしな管理人が闇のなかに自分を置き去りにしようと決めたら、ここから出る道を見つけるのはまず不可能だ。飢えか渇きで死ぬまで地下の迷路をさまようか、ところどころに設けられているぎょっとするほど深い裂け目の縁をうっかり越えるはめになるだろう。そういう穴の底からは、ときどき岩にぶつかって砕ける波のような音が聞こえてきた。

　ライズは不安でたまらなかった。昔から権威には反抗したくなるたちだったが、ここまで深みにはまったのは初めてだ。グラエル管理長が何をするつもりか、タイラスに話したほうがよかっただろうか？　実は、グラエルと取引したあと何度もそう思ったのだが、タイラスにすべてを打ち明ければ、ライズ自身も追放を免れないだろう。たとえ裏切られたグラエルには脅しどおりライズを追放する力などなかったとしても、規則を遵守するタイラスが弟子の逸脱を許すとは思えない。

　それに、マスターたちに対するグラエルの怒りには共感できるところもあった。生命の水が実在するなら、マスターたちはなぜ、そんな素晴らしいものを隠し、その恩恵を独占しているのか？　とはいえ、彼らの欺瞞《ぎまん》を暴くのは島のみんなのためだ、といくら自分に言い聞かせても、それが言い訳にすぎないこともわかっている。グラエルに加担している本当の理由は、薄気味悪い管理人が約束した本を手に入れるためだ。

　こんなことになったのはタイラスのせいだ。あの男が約束どおり手助けをしてくれていたら、ほかからその知識を求める必要などなかったのだから。

　あれこれ考えながら歩いていると、グラエルのランタンがいきなり消えた。たちまち目の前で振った指すら見えない漆黒の闇に包まれ、パニックが込みあげてくる。探るように伸ばした手が、すぐ前で静止しているグラエルにぶつかった。

「動くな！」グラエルが押し殺した声で叱る。

　ライズは闇のなかにうずくまり、呼吸を鎮めようとした。しばらくそのままじっとしていたが、とうとうしびれを切らし、なぜ止まっているのか訊こうと口を開いたとき、少し離れたところで音がした。コツコツコツと木で石を叩くような音が壁に跳ね返ってくる。その音は少しずつ大きくなり、まもなく同じリズムでべつの音が加わった。足音だ。

冷たい手が、いきなりライズを通路の横へ押しやった。とっさに突きだした手に壁の浅いくぼみに触れる。踏みした足の下で細かい石か何かがかすかな音を立て、ライズは、たじろぎながらくぼみに張りついた。グラエル自身は亡霊のように、不気味なほどなんの音も立てない。

数分後、自分のすぐ前でやはり横壁のくぼみに張りついているグラエルの輪郭が薄《う》っすら見えてきた。それが何を意味するかに気づいたとたん、心臓が早鐘のように打ちはじめた。近くに光源があるのだ。コツコツと叩くような音と足音が着実に大きくなっていく。ふたりがいるくぼみのほんの数メートル先では、三本の通路が交わっていた。足音の主はそこに近づいてくる。

周囲がさらに明るくなり、足音と叩く音も恐ろしいほど大きくなった。巡回中の管理人が交差地点に達したとみえて、足音がやみ、ランタンの灯《あか》りが三本の通路の先を照らす。ライズは息を止め、くぼみの壁に溶け込もうと背中を押しつけた。ランタンを持っている男に聞こえそうなほど、耳のなかで鼓動が激しく打っている。あの管理人がこちらの通路を進んでくれば、ふたりともたちまち見つかってしまう。

同じ結論に達したのだろう。グラエルが懐から鎌を取りだした。ライズは目を見開いて、やめろ！と口を動かし、手を振り、首を振った。グラエルはちらりと彼を見ただけで、冷たい目を通路が交わる場所に戻した。

〈光の交わり《フェローシップ・オブ・ライト》〉の同僚を殺すことなど、計画に入っていない。同意するつもりもなかった。どんな罰を受けようと、くぼみを飛びだして警告しようと決めたとき、木で石を叩く音がまた始まった。くぼみからわずかに乗りだすと、フードを被った管理人の姿が見えた。ライズたちが隠れているのとはべつの通路を遠ざかっていく。コツコツと響いていたのは、ランタン付きの杖《つえ》代わりの長い棒が石の床を打つ音だった。

しばらくのあいだ、ふたりとも身じろぎもせず、ひと言もしゃべらずにくぼみに留まっていた。目の前の黒い影が再び完全に闇に溶けたが、それでもじっと動かずにいた。グラエルが火打ち石の火花でランタンを灯し、鎌をローブのなかに戻したのは、コツコツという音が消えて、だいぶ経ってからだった。

「あんた、あの男を殺す気だったな」ライズは鋭くなじった。

「いや、われわれはあの男を殺す気だった、と言うべきだぞ。私たちは一蓮托生《いちれんたくしょう》だ」

グラエルの答えに、ライズは冷水を浴びせられたような気がした。恐ろしい男だ。危険なほど心が歪《ゆが》んでいる。それはすでにわかっていたが、いまのいままで、自分が共犯者だという意識はまったくなかったのだ。地下で何かが起これば、自分もその責任を問われるとは思いもしなかった。

〝全部やめだ、どうせ骨折り損になるに決まってる〟ライズはそうわめきたい衝動に駆られた。だが、さきほどあの冷たい目には殺意が浮かんでいた。グラエルはあの管理人が、こちらの通路に来ることを望んでいたのだ。

この状況から無事に抜けだすには、グラエルが欲しがっているものを手に入れるしかない。

それに、あの古書のこともある。自分の持つ力を解き放つにはあれが必要だ。

そこでライズは黙って不安を呑《の》み込《こ》み、迷路のさらに奥へと進むグラエル管理長のあとに従った。

18

「ここだ」グラエルはつぶやいて足を止めた。

そこはこれまで通ってきたのと同じような通路のなかほどだった。違っているのは中央に浅い溝が走り、そこをちょろちょろと水が流れていることくらいだ。これほど奥に来たのはグラエルも初めてだが、似たような溝が地下にはあちこちにある。

「あれが……聖なる水？」ライズがそう言って、溝を流れている水を指した。

グラエルはばかげた質問に笑った。「飲んで、確かめてみたらどうだ？」

ライズはこの嘲りを無視し、疑いもあらわに通路を見回した。「ほんとにここで合ってるのか？」

グラエルは不機嫌な顔で言い返した。「もちろんだ」

「わかったよ、怒らなくてもいいだろ」

「これを持ってろ」グラエルはライズにランタンを預けると、何千という同じ大きさの石を組み合わせた壁と向き合い、埃《ほこり》や汚れを無視して表面を撫ではじめた。たちまち指先とてのひらが埃まみれになったが、かまわずにしばらくその作業を続けたあと、けげんな顔で壁から離れた。「そこにいてくれ」そう言ってランタンをひったくるように取り、小声でつぶやきながら最後に曲がった角まで大股で戻った。

そこで足を止め、きびすを返して、同じ歩幅を保って数えながら歩く。今度はさきほどと違い、ふつうよりも歩幅を狭くした。百四十四――〈光の交わり〉では古《いにしえ》より強い力を持つとみなされている数字――まで数えると、再び壁に向き合った。ライズが立っているのは、二十歩ほど先だった。グラエルは急いでライズを手招きした。

今度は探していたものが見つかった。「歩幅が狭かったのだな」

「なんだって？」

「設計した男が小柄だったんだ」グラエルは機嫌よく説明した。

彼は壁に頬《ほお》を押しつけ、片方の目をつぶって壁沿いを見た。石のひとつがほかの石よりもほんの少しだけ突きだしている。何を見つけるか予《あらかじ》めわかっていなければ気づかないほどの違いだ。注意深くその石を押すと、出ている分だけ引っ込み、何かがカチリと音を立て、時計が時を刻むような音が始まった。音の間隔がしだいに狭まっていく。

「なんだか嫌な予感がする」ライズが言った。

「スイッチはもうひとつある」グラエルは落ち着いた声で告げた。「前もって決められた時間内にそちらも起動しないと、〈輝ける塔〉のなかで警報が鳴りだす。そして番人どもがここに押し寄せてくる」

ライズは目を見開き、慌てて周りを見た。「こんなところで見つかったら困るだろ！　もうひとつのスイッチってどこだよ？」

「落ち着け」グラエルはカチカチという音が速くなっても、とくに急ぐ様子もなく狭い歩幅で七歩戻り、反対側の壁と向き合った。そして石の数を数え、探していた石を見つけた。実によくできた仕掛けだ。感心しながら、なんの変哲もないその石に目を凝らす。どこにあるかわかっていなければ、絶対に見つからない。カチカチという音はいまやひと連なりの唸《うな》りになっていた。

「どこにあるか知らないんだろ。ここを離れなきゃ！」ライズが叫ぶ。

グラエルは若者をじろりと見て、目の前の石を押した。石が引っ込み、カチカチという音が止まる。続いて臼を挽《ひ》くような音とともに、床と接している壁の小さな板石が、わずかに開いた。「おまえは自分の気持ちを抑える術《すべ》を学ぶべきだな」

「タイラスみたいな口ぶりだな」ライズがつぶやく。「スイッチがある場所が、どうやってわかったんだ？」

「綿密な調査でわからぬものはない」

「ほんと、タイラスそっくりだ」

グラエルは若者のぐちを無視して、膝をつき、唸りを漏らしながら渾身《こんしん》の力で板石を押した。石が内側に滑り、次いで向こう側に半分持ちあがったが、こすれるような音を立ててそこで止まった。グラエルは汚れた床にうつぶせになり、腕を差し込んで板石を完全に押しあげた。金属がこすれる耳障りな音に、ライズがたじろぐ。新たにできた暗い穴の向こうには、真っ暗な長方形のトンネルが見えた。人がひとり、かろうじて体を押し込める大きさしかない。

ライズが疑わしげにそれを見る。「俺たち、ここに潜り込むのか？」

「潜り込むのはきみだけだ」冷ややかな笑みを浮かべ、グラエルは訂正した。

ライズが顔をしかめる。「あんたは来ないの？」

「私がこの穴に入れると思うか？」

ライズは顔をしかめた。「俺だって、入れるかどうかわからないよ」

「入れるとも」

「ほんとに番人はこの入り口を知らないんだな？」

「これは洪水のとき余分な水を流すために造られた排水路だ。もう一世紀以上使われていない」

「だからって、向こう側に番人がいないとはかぎらないだろ」

「まあな」グラエルはうなずいた。「それも私ではなく、おまえが行く理由のひとつだ」

「どうかな。途中が崩れてたら？　さもなきゃ、煉瓦《れんが》の壁で塞がれてたら？」

「その答えを知る方法はひとつしかない。貴重な本を手に入れたければ、ここに入るんだ」

ライズは壁の穴を見つめた。四《よ》つん這《ば》いになれるだけの高さもない。うつぶせで這い進むしかないだろう。

毒づきながらも、胸に斜めにかけた幅広の革帯をはずし、フード付きの長上着を脱いで上半身裸になった。水を入れる空っぽの革袋と一緒に腰に留めた革袋の中身を確かめ、長靴の外側に小型ナイフを差し込む。それから半球レンズが付いた自分の小さなランタンを摑《つか》んで、狭くて暗い通路の前に膝をついた。

「待て」グラエルはローブのポケットから巻いた革を取りだした。「これが必要になる」

ライズが柔らかい革を広げると、キーストーンが現れた。「どうしてあんたがこれを持っているんだ？」

「そんなことはどうでもいい。大事なのはこれで何ができるかだ」

ライズは肩をすくめ、キーストーンを元通り革に巻き込んで、腰に付けた袋に滑り込ませた。

「上の階の守りは厳重だ」グラエルは言葉を続けた。「だが、この通路を進めばほとんどの番人と管理人を迂回《うかい》し、合の間《ホール・オブ・コンジャンクション》の真下に出られる。〈古の泉〉に至る入り口は見ればわかる。鍵はふたつ。ひとつはこの石で開く。もうひとつは自分で開けるんだ」

ライズはうなずいた。「ちゃんと待ってるだろうな。どこにも行くなよ」

「私はここにいる。しかし、おまえが捕まっても、助けることはできんぞ」

「くそ、何が一蓮托生だよ」ライズは低い声でぼやきながら穴に頭を突っ込み、またしても毒づいた。腹這いになって暗がりのなかを肘で進みはじめたとたん、左右の石に両肩がこすれた。うめきながら、両足で床を蹴り、擦り傷をつくって穴に入っていく。まるで何かに丸ごと呑み込まれていくような気がした。

「急げ。だが、できるだけ音を立てるなよ」グラエルはトンネルのなかに囁くと、手を伸ばして板石を摑んだ。
「よせ、閉めるな！」石がこすれる音にライズが抗議の声をあげたが、グラエルは気にせずにカチリと音がするまで板石をおろし、若者の退路を断った。

板石が背後で完全に閉まり、排水路のなかが真っ暗になると、恐怖が込みあげてきた。呼吸が浅く、速くなり、左右の壁に引っかかって前にも後ろにも動けない。どのみち、後退《あとずさ》ることはもうできないが……。

体をひねったり、くねらせたりして、必死に進もうとしたが、どうにもならない。くそ、このまま身動きできずに、山のような石に挟まれ、狭い排水路で死ぬのか。完全に光を遮断された闇のなかでは、何も見えなかった。出口まで十メートルなのか、千メートルなのかもわからない。〝板石を上げ、俺を引っ張り出してくれ！〟と大声で叫びたかったが、そんなことをしても無駄だ。あのスレッシュが助けてくれる望みはない。叫びはじめたが最後、鎌のようなナイフで殺されるのがおちだ。

絶望に陥りそうになったとき、タイラスの声が聞こえた。過剰な魔力で死にかけたときに話しかけ、落ち着かせてくれたときの声が。
「俺はてのひらに砂粒を感じる」再びパニックに呑まれそうになり、ライズは必死でつぶやいた。
「俺はてのひらに砂粒を感じる」

あれはライズが自分の魔力を発見したばかりで、何も知らずに使おうとしたときのことだった。タイラスが眠ったのをいいことに、少しだけ魔力を引きだそうとしたのだ。危険をもたらすほどではなく、ほんの少し試すつもりだった。が、たちまち荒々しい力が体に満ちて制御できなくなり、体のあらゆる神経線維に生のままの魔力が注ぎ込まれた。体のなかで紫のルーンが燃え、ライズは地面から浮きあがった。タイラスが目を覚まして助けに来てくれなければ、膨大な魔力を散らすルーンも放出するルーンも知らないライズは、体の内側から焼かれ、黒い殻になっていただろう。そのとき、痛みを鎮める香油のように、タイラスの声が苦痛にもだえるライズの耳に届いたのだった。

「きみはあぐらをかいて砂の上に座っている。砂は温かい。とても気持ちがよくて、柔らかい。てのひらに砂粒を感じる。太陽が沈み、黄昏《たそがれ》が訪れようとしているが、まだ陽射《ひざ》しを肌に感じる。風が鳥の鳴き声を運んでくる。砂漠の花のかすかな香りが鼻孔をくすぐる。ほかに何を感じる？　何が匂う？　何が聞こえる？　何が見える？」

「てのひらに砂粒を感じる。鍋のなかで煮立ってるレウィシア茶の匂いがする」ライズは囁いた。「燃えている小枝がはぜる音が聞こえる。水に浮いた油の渦みたいに、橙色《だいだいいろ》から紫、濃紺に変わりながら、空に舞いあがる火の粉が見える。一番星が見える。てのひらに砂粒を感じる」

かつてライズを破滅の瀬戸際から引き戻してくれたこの素朴な描写が、いまもパニックを鎮めてくれた。呼吸がふつうに戻り、鼓動が安定し、落ち着きが戻った。

彼は体をひねって前に進みはじめた。

大昔の排水路は長かった。幅は一度も広くならないが、ありがたいことに塞がれてもいなければ、石の破片もない。やがて前方に光が見えてきた。ライズは速度を落とし、できるだけ静かに前進した。すると、恐ろしいことに出口は塞がれていた。

「くそ、くそ、くそ、くそ、くそ」毒づきながら、音がするのもかまわず速度を上げ、出口に近づく。トンネルの終わりに達すると、行く手を塞いでいる石格子を両手で包むように摑んだ。

格子の向こうは、冷たい人工の光に照らされた広い円形の部屋だった。古代の幾何学模様を描く線が床を縦横に走り、壁に張られた大理石の板には様々な記号や図形が刻まれている。中央には幅の広い螺旋階段がある。金色の両開き扉が付いたアーチ型の戸口もあった。その扉自体も記号や図像に覆われている。

ライズが石の格子を力まかせに外そうとすると、扉のひとつがきしみながら開いた。低い声が聞こえ、番人を両脇に従えたローブ姿のマスターがふたり、扉から出てくる。四人ともフードを被っていた。ライズは耳をそばだてたが、話の内容までは聞きとれなかった。扉が彼らの背後で閉まり、歯車やレバーが作動する音がして、扉の上の横木の周りに青い光が波打った。扉にルーンの守りがかかったのだ。

ふたりのマスターはまだ低い声で話しながら番人を従えて螺旋階段を上がり、ライズの視界から消えた。数秒後、石の階段全体が上昇し、螺旋を描きながらたたまれていく。まもなく扇状に広がったトランプのカードが集まるように、すべてが天井の幾何学模様のなかにぴたりと収まった。

円形の部屋が闇に沈み、静かになった。ライズは念のためにしばらく待ってから、手探りで石格子を調べた。全体がひとつの石だ。周りに指先を走らせてモルタルの剝《は》がれた箇所を調べ、どうにか左の長靴からナイフを抜いて、格子の端を削りはじめた。無理な姿勢のせいで作業はなかなか進まず、おまけに目や口に削った石の欠片《かけら》が入った。

角が削れると、格子を片手で持ち、もう片方のてのひらを隅のひとつに叩きつけられる体勢を取った。トンネルが狭いため全体重をかけるのは難しかったが、できるだけ強く叩く。格子がわずかに動いたことに励まされ、何度も繰り返すうちに、ようやく石格子がはずれた。そっと床に下ろし、穴の外に出て、背中を伸ばしながら首を回す。それから火打ち石でランタンをつけ、光が一筋の細い線になるように覆いを調節した。

ライズは石格子を戻し、巨大なアーチへと部屋を横切った。金色の扉には取っ手も鍵穴もない。念入りに探したが、よほど精巧に造られているとみえて、ぴたりと合わさった扉のあいだにもまったく隙間がなかった。表面を覆っている幾何学模様の交差線や図形に導かれ、ライズは中央にある、炎に囲まれた片目を見つめた。キーストーンを手にしたときと同じ、くすぐられるような感覚が頭の奥に生まれる。片目のシンボルが容赦なく彼を引き込んでいくようだ。

てのひらを燃える目の上に置くと、いきなり脈打つ魔力が全身を貫いた。息を呑み、慌てて手を引っ込める。仕掛けが動くひと続きの音がして、一瞬後、扉に描かれた目の両側に、三角形の穴が現れた。ふたつともグラエルに預けられたキーストーンと同じ大きさで、穴の内側には線が彫り込まれている。磁石に引っ張られるような感覚が強くなり、彼は三角形の鍵穴に引き寄せられた。

腰の袋から急いでキーストーンを取りだし、それを鍵穴の前に掲げた。鉄に張りつこうとする磁石のように、石が左側の鍵穴へと引っ張られていく。「わかったよ、慌てるなって」ライズはつぶやきながらキーストーンをその穴に嵌《は》め込《こ》んだ。ぴたりと嵌まったとたん、脈打つ青い光が石を照らした。

もちろん、扉はまだ開かない。鍵はふたつある、とグラエルは言ったのだ。

またしても引っ張られるような感覚に襲われ、まるで自分の意志があるかのように、右手がもうひとつの穴へと動いていく。手が鍵穴に近づくと、紫のルーンが皮膚の下で閃《ひらめ》き、波打って前腕を這いあがった。驚いて手を引っ込めると同時に、ルーンも薄れた。

ライズは慎重に鍵穴へと右手を戻した。皮膚の下で再びルーンがあざやかな光を放つ。目を閉じて鍵穴のすぐ上で手を動かし、鍵の形を読みとっていく。これまで開けたどの鍵よりも複雑な形だ。信じられないほど入り組んでいる。十個以上の鍵がひとつになったように複数の模様が重なっているのだ。

苛立《いらだ》ちと、少なからぬ畏敬の念のこもった唸りを漏らし、ライズは再び右手を鍵から遠ざけた。この魔法の守りを迂回できるだけの力が自分にあるとは思えなかった。少なくとも、これまでと同じ方法では開錠できない。どうすればいいのか？　唇を噛みながら、選択肢を考慮していると、またしても鍵穴が彼を呼ぶのを感じた。「くそ、命までは取られないだろ」ライズは覚悟を決め、引き寄せられるままに片手を鍵穴に突っ込んだ。

何も起こらない。ライズは首を振り、自分の単純さに呆《あき》れた。当たり前だ、手が鍵の代わりになるわけがない。そう思ったとき、何かがすごい力で手首を掴み、ライズは体ごと扉に叩きつけられた。右腕が穴のなかに引き込まれ、凄まじい苦痛が腕を駆け上る。すでに肺の空気を吐きだしていなければ、悲鳴をあげていたにちがいない。

恐ろしいほどの痛みだった。まるで燃え盛る火鉢に腕を突っ込んだようだ。ライズはがっくり片膝をついたが、片腕を扉に摑まれていては逃れることもできない。紫のルーンは肩まで這いあがり、自由になろうともがく獣のように魔力が体のなかで暴れ回る。視界まで菫色《すみれいろ》に染まり、魔法の蒸気が両眼、両耳、口から漏れはじめた。こんな状態になったのは、これまで一度だけだ。

「俺はてのひらに砂粒を感じる」ライズは苦痛をこらえて囁いた。「てのひらに砂粒を感じる」目を固く閉じ、いまにも自分を引き裂かんばかりに荒れ狂う魔力を鎮めようとした。おびただしい汗が噴きだす。「てのひらに砂粒を感じる！」

苦痛がわずかに弱まり、ライズはあえぐように息を吸い込んだ。体内で暴れている魔力もほんの少し鎮まったらしく、鍵穴のなかの模様を感じ、それが同じ形の鍵を欲しているのを感じることができた。ほかのルーンの鍵を解くときと似た感触だが、驚くほど強い。ライズは目を固く閉じたまま、連動するルーンのパターンを頭のなかに描いていった。それは絶えず位置を変え、回転しては、滑るように離れていくが、ライズは根気よくたどった。すると、いきなり全体の配列がはっきりと見えた。青く光りながら脈打っている。

ピックを使って鍵を開けるのと同じ要領で、ライズは押す必要があるピンを見つけ、それを下げて、次に進んだ。

空いているほうの手で空中に最初のルーン文字を描き、次のルーンに取りかかる。ひとつずつ順番に描いては解いていくと、やがて最後の光が脈打ち、腕をしめつけていた力が消えた。

ライズはすぐさま腕を引き抜いた。肉が黒焦げになり、骨が見えるのを覚悟していたが、右腕には焦げ跡ひとつ、傷ひとつ残っていなかった。皮膚の下でルーンが光っている。頭に思い浮かべたのと同じパターンだ。それはすぐに消え、ライズはあざひとつないことに驚嘆しながら指を開閉させた。痛みも完全に消え、腕まで鍵穴に引き込まれ、締めつけられていた名残は、少しばかりぎこちない指の動きだけになった。

仕掛けが作動する音がひとしきり続き、扉が勢いよく開いた。その向こうには白い霧が漂っている。キーストーンをはずして回収すると、ライズはおそるおそるなかに入った。

「これが〈古の泉《ウエル・オブ・エイジズ》〉か」

そこは泉というより、贅《ぜい》を尽くした大浴場のようだった。手にしたランタンの光が届かないほど奥行きがあり、部屋の大部分が濃い霧に霞《かす》んでいる。見えるのは白い大理石と金箔《きんぱく》の装飾、古の図や模様だけだ。精巧な彫刻を施した柱が霧に溶け、部屋の端に巡らされた段は水のなかに消えている。澄みきった水面は完全に静止していた。ガラスのような面に反射しているランタンの光で、かろうじてそこに水があることがわかる。

ライズは息を止めるようにして水槽《すいそう》の縁に近づいた。水にいちばん近い段まで下りてそこに膝をつくと、白い霧が優美な蔓《つる》のように体にまとわりついてきた。ぐずぐずしている余裕はない。いつマスターたちが入ってくるかわからないのだ。ライズは腰の革袋を摑み、栓をはずして――ためらった。

この聖なる水槽から水を盗むのは、犯してはならぬ罪のような気がする。だが、ほかにどうすればいいのか？　人を殺すことに暗い悦《よろこ》びを感じる恐ろしいスレッシュのもとに、手ぶらで戻るのか？　番人に自首するのか？　ためらいを押しやり、ライズはさざなみを立てながら革袋を水のなかに潜らせた。ふつうの水となんら変わらないひんやりとした感触だ。ふと、命を与える魔法の水という話はただの誇張かもしれない、と思った。

だが、これがただの水なら、こんなふうに隠す理由がどこにある？

革袋がいっぱいになると、ライズはそれを泉から取りだして目の前に掲げ、袋から水が滴るのを見守った。

「味見しても、いいよな？」にやっと笑い、袋を唇に近づけてたっぷり飲み、手の甲で口を拭く。これまで飲んだどこの水よりも甘くてうまい。だが、それ以上の特性があるとしても、その効用はすぐ現れなかった。ライズは改めて水を満たし、栓をして、革袋を腰に戻した。

部屋を出ようと立ちあがると、水槽の真ん中から立ち上ってくるぼんやりした光が目に留まった。いままで見えなかったのはどういうわけだ？　奇妙な光をもっとよく見ようとぐるりと水の縁を回る。縁から少し遠すぎるのと、光の大半が水のなかに隠れているせいで、どうしてもはっきり見えない。だが、水のなかに光源があるのは感じた。それが水と霧、ライズが呼吸している空気を、ぼうっと光らせている。

自分が起こしたさざなみが消えかけている水のなかを、もう一度覗《のぞ》き込《こ》んだ。さざなみが完全に消え、水の下にある何か――まばゆいものが見えた瞬間、心臓がどくんと打った。

ライズは全身でそれを感じた。頭のなかで羽虫のような音を立て、それは魂に囁きかけてくる。強大な力を持つ、古代の何かが。人類が誕生するよりもまえに存在していた古の魔法《ルーン》が。どうしてそう思ったのかはわからないが、この直感に誤りはなかった。水のなかの光は古の魔力、混とんから秩序を作りだした本源の力が形を取ったものだ。

驚嘆すべき発見に打たれていると、誰かの視線を感じた。

振り返ったライズの目に、影のような黒っぽい姿が見えた。ほんの数メートルしか離れていない水際にじっと立っている。顔は黒っぽいフードのなかに隠れて見えない。いや、見えないのではなく、目も鼻もないのだ。ほかの部分同様、ただ黒っぽいだけ。とはいえ、間違いなくライズを見ている。

黒い影の視線が皮膚の上を這っていくのを感じた。恐怖に駆られたライズの目に、影の向こう側が映った。あれは透けている。血と肉でできたものではない。

亡霊だ。過去のこだま《エコー》だ。

影はライズを指さした。その動きに霧が弾《はじ》け、不気味な緑がかった青い光が腕の周りにちらついた。影がライズに一歩近づくと、邪悪《じゃあく》で恐ろしい光が腕だけでなく全身を縁取った。

ライズは悲鳴をあげ、きびすを返して逃げた。走りながら、影はひとつではなく、部屋の端をぐるりと取り巻いていることに気づいた。どれもみな、ローブ姿で暗がりに立っている。霧のないところに、ぼうっと輪郭だけが浮かんでいる。そのすべてがライズへと向きを変え、何もない顔で彼を見つめてきた。

ライズは部屋を飛びだし、金色の扉を閉めるのも忘れて、排水路だったトンネルを目指した。ちらっと振り向くと、影が扉を通過してくるのが見えた。鬼火のようにちらつき、ぼうっと光っている何もない顔が、勢いよくライズに向けられる。

毒づきながらランタンを取り落とし、ひと声わめいて石格子を横に放ると、ライズは狭い排水路に頭を突っ込んだ。擦り傷やあざができるのもかまわず、荒い息をつきながら体をひねって必死に這い進む。

一度だけ振り返ると、捨ててきたランタンの光で背後のがらんとした部屋が見えた。だが、見えるのはそれだけだ。

ほっと息を吐いたとき、顔のない光る影がかがみ、穴のなかを覗いた。

ライズは急いで前に顔を戻し、手足を動かした。だが、いくら進んでも出口にたどり着けない。いまにも亡霊の冷たい指がくるぶしを摑むにちがいない！　だが、ついに頭が板石にぶつかった。ライズは夢中でそれを叩いた。「開けろ！　早く開けろ！」

板石がきしみながら開き、ライズはトンネルを這いだした。グラエルが獲物を捕まえた猫のような顔で問いただす。「見つけたのか？　持ってきたか？」

ライズは大声で叫んだ。「パネルを閉めろ、急げ！」そして驚いて瞬《まばた》きするグラエルに毒づき、血の滲む膝をついて板石で排水路の入り口を塞いだ。

「私の質問に答えろ！」グラエルがライズを掴み、引き立たせた。「〈古の泉〉を見つけたのか？」

答える代わりに腰の革袋をはずし、ライズは震える手でそれを突きだし、かすれた声で言った。

「受けとれよ。俺はもう関わるのはごめんだ」

19

カリスタは早朝に目を覚まし、部屋を見回してため息をついた。

またしてもヘリアで朝を迎えた。今日もまた、評議会の答えを待たねばならない。この一日の違いにイゾルデを救えるかどうかがかかっているかもしれないと思うと、苛立ちでどうにかなりそうだ。一日を争う任務だというのに、悠長《ゆうちょう》に議論するマスターたちを急《せ》かす手立てが見つからない。これまで武力で他国を征服してきたカマヴォールの歴史が、評議会の疑いを招いているのだろう。

今日は日没に、ジェンダ・カヤと名乗った興味深い技術者と会う約束をしているが、それまでは何もすることがなかった。それまで苛々《いらいら》しながらこの部屋で過ごす気にはとてもなれず、手早く鎧《よろい》を着けると、槍《やり》を手にして夜明け間近な暗がりのなかへ出た。

カマヴォールの王女ではあるが、軍人でもあるカリスタは、長年の習慣で陽《ひ》の出まえには目が覚める。ヘリアのやわな学者たちがまだ安眠を貪っていると思うと、少しだけ優越感を覚えた。この島の学者たちは総じて気骨に欠けるようだ。白い霧という幸運に恵まれていなければ、とうの昔にどこかの軍に侵略され、皆殺しにされていただろう。ひょっとすると、カリスタ自身の祖先が攻め入っていたかもしれない。

とくに行くあてもなく人通りのない通りを歩いているうちに、空が白みはじめた。街のなかで過ごしたくないという気持ちが無意識に働いたのか、太陽が昇ったときには街はずれに達していた。ヘリアはあまりに管理が行き届きすぎていて、息が詰まる。郊外の新鮮な空気や、木々、生垣、広々とした瑞々《みずみず》しい畑は、いい気分転換になった。

この日最初に出会ったのは、羊の番をしている牧夫だった。白く長い毛に黒い顔と脚の羊は、下顎からいくつも角が突きだしている。角は鋭いがおとなしい気性らしく、首に付けられた小さな鈴を鳴らしながら草を食《は》んでいた。牧夫は挨拶代わりにカリスタに向かって片手を上げると、何度か鋭い口笛を吹き、吠《ほ》えたてて誘導する番犬に助けられて、羊の群れを小川のほとりへと導いていった。

高いところから周囲を眺めようと、カリスタは白い石が敷き詰められた道路を逸れて、木製の踏み段を使って石を積んだだけの低い塀を越え、丘の斜面のぬかるんだ道を登りはじめた。丘の頂に一本だけ立っている木の枝には、子どものブランコが下がっていた。小高い丘の上に立つと、島全体を見渡すことができた。南の方角にはヘリアが朝陽のなかで美しく輝き、西を向けば宝石のようにきらめく青い海が見える。北と東は大部分が緩やかにうねる緑の丘陵と牧草地で、木立の密集する森がいくつかあった。そのなかに点在する村の煙突から細い煙が立ち上り、去勢牛の列が引く荷車が蛇行する道をゆっくり進んでいく。緑の丘陵に散っている白い塊は、草を食む家畜の群れだろう。

谷間の陰にある最寄りの村までは、それほど遠くなかった。二十戸ほどしかない小さな村だが、あばら家が一軒もないことにカリスタは感銘を受けた。白っぽい石と暗褐色の木材で造られた家はどれも、ヘリアのはるかに大きな建物の幾何学的な外見と特徴の多くを共有している。村に入る手前の屋根付きの小さな橋ですら注意深く設計され、三角形とダイヤモンド形を複雑に組み合わせた木工部分には、図形や交差する線が彫り込んである。黒っぽい土壌と緑の畑のなかに、仕事に精を出す農民や村人の衣装が明るい色を散らしていた。

　素朴な農民ですら快適な暮らしを送り、カマヴォールを含むほかの国々の貧しい人々が抱く絶望とは無縁に見える。これはヘリアの社会のよいところだろう。街で暮らす甘やかされた学者たちがワインや贅沢《ぜいたく》な食事をほしいままにする一方で、街の外でその暮らしを支える農民たちは倹《つま》しい暮らしを強いられているのかと思ったが、そういう暗い秘密は隠されていないようだ。少なくとも、カリスタの目に見えるところにはなかった。

　もちろん、この島のすべてが完璧ではない。評議会の審議が遅々として進まないことからも明白なように、ヘリアでも政治的な駆け引きと権威主義が幅を利かせているのだ。だが、真に完璧な社会など、おそらくどこにも存在しない。人間はどこまでも人間なのだから。

　カリスタは丘の風下側を下り、森のなかに入った。銀の羊歯《しだ》類や白と青の野花の絨毯《じゅうたん》のなかを奥へと進むうち、そこが小さな森ではなく、大きな森の一部であることに気づいた。どの木も見上げるほど高く、こぶだらけの太い幹は苔《こけ》や地衣類に覆われている。すぐ先では、まるでカリスタを転ばせたいかのように、苔むした石をぐるりと囲んでいる太い根っこがねじれ、交差していた。はるか上にある木の葉の天蓋が陽射しを遮っているため、孤立したこの部分はまるで黄昏のように薄暗い。枝の下の影のなかを、かすかに光る小さなものが飛びまわっているが、あれは何なのか？　近づこうとするとさっと遠ざかるか消えてしまうため、はっきりとはわからないが、焦《じ》らすようなその動きから、ただの昆虫ではないような気がする。無邪気な笑い声が聞こえたような気がしたが、木の葉がざわめく音か、風のいたずらかもしれない。

樹齢を経た巨大な木々が、互いに言葉を交わしているようにきしみ、うめくような音を立てる。カリスタは自分が見られているのを感じた。悪意は感じられないものの、とくに歓迎しているようでもない。それはただカリスタを見ている。この古い森は、人間がブレスドアイルに来るはるか以前から存在していたにちがいない。島の人々も森の古さと森の魔法を感じて、人の手を入れず、自然のまま残してあるのだろう。この森の古さに比べると、たかだか数十年の寿命しかない人間など、羽虫にすらおよばないちっぽけな存在でしかない。自分の悩みや心配事も、同じように些末《さまつ》なもの。あらゆる嫉妬、裏切りが、世界という壮大なタペストリーのなかでは取るに足りないものだ。戦争ですら例外ではない。この森は人間が誕生するはるか昔からここに存在し、人間が去ったあともここにあるのだと思うと、なぜか心が慰められた。

カリスタはこれまで味わったことのない安らぎに満たされ、心を残しながら森を離れて、ヘリアの街へと戻りはじめた。

途中でふと振り返ると、木のひとつが動いたのが見えた。それはとりわけねじれた古い巨木だったが、精気に満ちているとみえて、緑の葉に覆われ、若木に囲まれている。背を向ける前と、位置が変わっているようだ。そう感じるのは気のせいだろうか？　幹の節や年輪のなかからこちらを見ている年老いた顔が、容易に想像できた。

カリスタは久しぶりに落ち着きを取り戻し、考えに沈みながら街へ戻る道を歩いていった。

滞在している建物に戻ったときには、すでに夕方近くなっていた。建物の入り口で子どもの笑い声が聞こえ、カリスタは足を止めた。からっぽな自分の部屋に戻るより、子どもが遊ぶのを見ているほうがいい。

楽しそうな声をたどり、回廊を進むと、まもなく手入れの行き届いた灌木《かんぼく》とひと続きのアーチの戸口に囲まれた、小さな中庭に出た。そっくりな顔の縮れ毛の少女ふたりと、それより幼い男の子が、かん高い声をあげて、頭を低く下げ、のっそり歩くローブを着た大人が伸ばす手を避けて走りまわっている。大人のほうも心得たもので、額の両側に両手で角を作り、獣の声を真似《まね》てのっしのっしと歩き、逃げまわる子どもたちを喜ばせていた。その大人がタイラスだと気づくと、カリスタは顔をほころばせ、腕組みをしてアーチに寄りかかった。

しばらくして観客がいることに気づいたタイラスが、急いで体を起こし、いつもの謹厳な学者の顔を張りつけた。が、カリスタが片方の眉を上げるのを見て、恥ずかしそうに咳払《せきばら》いをした。

「みんな、エルヌックの狩りはこれでおしまいにしよう。そろそろ部屋に戻る時間だ」タイラスがそう言ったとたん、落胆と不満の声があがった。

教師がふたり進みでて、子どもたちをそれぞれの部屋へと戻しはじめた。双子の少女がまるで新しい遊びのようにキャーキャー言いながらばらばらに逃げ、少年がタイラスの脚にしがみつく。

「また明日だよ、トル」タイラスはやさしくそう言って、少してこずりながらも少年の腕を解《ほど》き、カリスタのところにやってきた。「せっかく学者らしい威厳を保っていたのに、これで台無しですね」

「ええ、すっかり」カリスタは笑った。「でも、雄のエルヌックにそっくりだった」

タイラスは軽く頭を下げた。「どうせやるなら、最善を尽くさなくては」

「あなたのお子さんたち？」

「いえ、違います」タイラスは首を振った。「一応、保護者のつもりですが。悲しいことに、あんな小さいのに三人とも悲劇を経験しているんですよ。親の代わりには到底なれませんが、少なくともここにいれば必要な世話ときちんとした教育は受けられますから。評議会からは、まだ連絡がないんですか？」

カリスタは顔をしかめた。「ない。そろそろ忍耐が擦りきれそうだ」

タイラスはうなずいた。「こんなに長くかかっていることを、本当に申し訳なく思います。あなたをここへお連れしたときは、もっと迅速な対応をしてもらえると思っていたんですが。よろしければ、今夜は私たちと一緒に食事をしませんか？」

「ありがたいが、今夜は光の番人《センチネル・オブ・ライト》のアデプトと先約がある。新作を見せてくれるとか」

「ほう、ジェンダ・カヤに会われたんですか？　彼女と一緒だと退屈しないでしょう？」

「たしかに……活発な女性のようだな」

タイラスは、評議会の審議を少しでも早めるよう努力すると約束して別れを告げた。カリスタは少しのあいだ中庭に留《とど》まり、三人の孤児が忍耐強い教師たちに集められ、夕食をとるために連れていかれるのを見守った。双子のひとりが通りすぎながら舌を出すと、真似をして舌を出し、その少女を笑わせた。

空から光が薄れはじめている。入浴して軽い食事をすませれば、ちょうどジェンダ・カヤと待ち合わせた時間になるだろう。額から角をはやしてエルナックを演じていたタイラスの姿が目に浮かび、カリスタは笑いながら部屋へ戻った。

地下の暗がりから、何かがあとをつけてきた気がする。

タイラスの住まいにある自分の部屋に入るまで、ライズは顔のない亡霊がいるのではないかと怯《おび》えながら、絶えず肩越しに振り返らずにはいられなかった。実際には何もいなかったが、あれに見られている、何か邪悪なものが視界のすぐ外にいるという気がしてならない。

陽が昇ればこの不気味な感覚が消えるかもしれない。そう思ったが、翌日、太陽が中天に上っても、まだ視界の端に影がちらつき、邪悪な存在を感じた。なじるように自分を指さした亡霊の姿が脳裏に焼きついている。さもなければかがみ込んでトンネルの向こう端から自分を見ていた何もない顔が。

「魂は、死んだあともこの世に残れるのかな」ライズはタイラスに尋ねた。師から渡されたひと組の書物を読まなくてはならないのだが、北の凍土の口述史をまとめた本は退屈で、つい思いが逸《そ》れ、昨夜《ゆうべ》見たものに戻ってしまう。

タイラスは妙な質問に眉をひそめた。「なぜそんなことを訊《き》く？　口述史を記録した歴史家の誰かが、死者の亡霊について取りあげていた記憶はないぞ」

「ただ……なんとなく亡霊のことを考えてて……」

「読んでいるものに集中しなさい。きみはもっと関心の的を絞る必要があるぞ」

そうしようと努めたが、うまくいかなかった。ようやく一節読みおえても、少しも内容を理解できず、節の初めに戻って読み直さねばならない。午後の太陽が西に傾くのを見ていると、恐怖が込みあげてきた。影が長くなるにつれ、見られているという感じも強くなっていく。

夕食の時間になっても、まったく食欲が湧かなかった。さいわい、小さな鼻眼鏡《めがね》をかけ、よれよれの古書を読みながら食事をしているタイラスは、皿を突《つつ》くばかりで食べようとしない弟子の様子にまるで気づいていないようだ。

と、乱暴に扉を叩《たた》く音がして、ライズはびくっと身を震わせた。タイラスが眼鏡の上からライズをちらっと見て、本に目を戻す。「誰が来たのか見てきてくれないか」

ライズはごくりと唾を呑み込み、おそるおそる扉に向かった。ノックに怯えるなんてばかだ。ノックしたのが誰にせよ、血肉のあるものだ。自分につきまとうためにやってきた邪悪な亡霊であるはずがない。そう自分に言い聞かせ、思い切って扉を開けると、そこにはにやけ笑いを浮かべたグラエルが立っていた。亡霊ではないとわかっても、不安は少しも収まらなかった。

「やあ、小僧」グラエルが言った。

ライズはちらっとタイラスを振り返り、廊下に出てドアを閉めた。「こんなところで何をしてるんだ？」焦って囁《ささや》く。

「見せたいものがあるんだ。非常に興味深いものだ。それに、約束した報酬も渡す必要がある」

「ここに来られちゃ困るよ！」

扉の向こうから足音が近づいてきた。グラエルが目を細め、ぎょっとするほど顔を近づけて、ライズの鼻孔を埃と黴《かび》のにおいで満たした。「何か口実を作って部屋を出ろ。外で待っている」

ライズの後ろでドアが開き、タイラスがけげんな顔を覗かせた。「管理人か？　何か問題でも？」

グラエルのにやけ笑いが苦笑に変わる。「タイラス」

タイラスは眉間のしわを深くして、眼鏡をはずした。「会ったことがあるかな？」

「ああ。ずいぶん昔だが」グラエルの苦笑は、いまやしかめ面に近くなっていた。

こうしてふたりが並ぶと、管理長の惨めさがいやでも目立った。清潔なローブ姿のタイラスは、見るからに健康そのもの、彫りの深い顔は小麦色に焼けている。ところがグラエルは骸骨のように痩せ、ローブもあちこち擦り切れて、陽に当たらぬ肌は病的に青白い。ライズは内心たじろいだ。グラエルはタイラスが自分の人生を台無しにしたと言っていた。それなのに、タイラスは目の前にいるのがグラエルだと気づきもしないのか？

「グラエル？」タイラスは目を細め、つぶやいた。「アーロック・グラエル、きみなのか？」

「ああ、正真正銘の本人だ」

「驚いたな、きみと会うのは――」

「選択の日以来だな」グラエルが言いよどむタイラスのあとを引きとる。「きみが最初に選ばれ、私が閾域《スレッシュホールド》に投げ込まれた日以来だ」

「私が……」タイラスは口ごもった。「ああ、そうだな。あれは選択の日だった。ずいぶん昔の話だ」

「一生分もの時が経《た》ったように思えることもあるが」グラエルは同意してから、こう付け足した。「つい昨日のような気がすることもある。きみは順調に出世しているようだな」グラエルはタイラスの肩越しに贅沢な部屋に目を走らせた。

タイラスは気まずそうに足を踏みかえた。「きみも管理長になったのだな?」グラエルが首から下げている紋章に向かってうなずいた。

「ああ、それ以上でも以下でもない」

「何の用かな、グラエル? 何か問題でも?」

「いや、問題は何ひとつない。万事順調だよ、シーカー＝アデプト」グラエルは答えた。「部屋を間違えただけだ。では、失礼する。ふたりとも、ご機嫌よう」グラエルはライズに目をやり、きびすを返してゆったりと歩み去った。

「あの男は、昔から変わっていた」タイラスはそうつぶやき、肩をすくめて部屋に戻った。

カリスタは約束どおり、湾を見下ろす小さな公園でジェンダ・カヤと落ち合った。小柄な女性技術者は早口でしゃべりながら、カリスタをヘリアの美しい建物のひとつに導いた。

今度も白い鎧姿の警備員が乱暴にカリスタの入館を止めようとしたが、ジェンダ・カヤがその男に指を突きつけ、叱責するように何か言った。警備員は即座に態度を改めたものの、カリスタが手にしている槍を指さし、完全に引きさがるのを渋った。ジェンダ・カヤはため息をついてカリスタに向き直った。

「私が責任を持つと言ったら、なかへ入るのはかまわないそうよ。でも、武器を持ち込むのはだめですって」

カリスタはしぶしぶ槍を壁に立てかけ、ジェンダ・カヤと連れ立って建物に入った。大理石と金がふんだんに使われた玄関ホールは、驚くほど広かった。何十人という学者が本や巻物を抱えて、ホールから伸びている何本もの通路や階段のあいだを急ぎ足で歩いている。

「ここにも、入ろうとしたような気がする」カリスタは周囲を見回しながら言った。「入館を拒まれた場所が多すぎて、はっきり覚えていないけれど……」

「マスターたちは、他国の人間が付き添いなしにヘリアを歩きまわるのを嫌うの。でも、今日は私が一緒だから大丈夫よ」ジェンダ・カヤはそう言って片目をつぶった。

作業場へ行く途中、カリスタはヘリアの図書室をいくつか見学させてもらった。アロヴェドラにある王室の図書館も大きいと思ったが、そこの書物をそっくり持ち込んでも、ここにある図書室の片隅に収まってしまうだろう。しかも、ジェンダ・カヤの話では、ほかの建物にもこういう図書室がたくさんあるという。ヘリアの所蔵する本と知識の膨大さには、驚くばかりだ。

「ここも図書室。こっちもそう。それとここは……またしても図書室」ジェンダ・カヤはうんざりした声で言い、廊下を曲がるたびに大まかな方向に手を振った。「そろそろ感じが摑めた？　要するにどこもかしこも図書室なの。おっと、ここは違った。筆写室だわ。これも無数にある部屋のひとつよ。たいして興味深いものじゃないわ」

カリスタは目を見開き、足を止めた。カマヴォールの筆写者は、王宮全体でもたぶん十人ぐらいしかいない。だが、目の前の部屋では百人をくだらない人々が机につき、手にした羽根ペンの先をインク壺《つぼ》に浸しては、鼠《ねずみ》の群れが壁を這《は》うような音をさせて羊皮紙にせっせと何かを写していた。

「彼らは何を写しているの？」

「あら、わかるでしょ」ジェンダ・カヤは肩をすくめた。「すべてよ」

「すべて？」

「保管者《キーパー》の目標のひとつは、世界中の価値ある書物をすべて筆写し、少なくとも一冊はヘリアの図書館に置くことなの」

「そんなことが……できるの？　こうしているあいだにも、常に新しい本が書かれているのに」

「ええ、そういう本をすべてここに運ぶことを考えると悪夢のような話だけれど、論理的には可能よ。十分な数の筆写者と翻訳者がいて、新しい本や古代の書物をせっせと持ち帰る、あなたの友人のタイラスみたいなシーカーがたくさんいればね。もちろん、達成するには何百年もかかるでしょうけど」

「ずいぶん……野心的な目標だこと」

「野心的というより愚かね」ジェンダ・カヤはあっさり断言して、さっさと廊下を曲がった。小柄な女性だが足が速く、カリスタはともすれば置いていかれそうになる。「〈光の交わり《フェローシップ・オブ・ライト》〉は収集した知識と知恵を、なんらかの形で世界に役立てるべきよ。せめて、失われ、忘れられた知識を、本来の文化に返すべきだわ。でも、私たちは集めて書き写すばかり。それが終わると〈光の交わり〉以外は誰の目にも触れない、図書室や地下の収納室に鍵をかけてしまい込む。ひどいでしょう？　私たちは知識を集め、所蔵することにかまけて、それを有効に使おうとしない集団になってしまったの」

「〈光の交わり〉が書物好きなことはたしかだ」

「書物だけじゃないの。古代の遺物や奥義、難解な秘密、ほかにもたくさんのことに興味を抱いている。その対象が珍しければ珍しいほど、強力であればあるほど、その興味を募らせるの。それらはすべて地下に収められ、実際に使いたいと申し出ようものなら、ものすごく渋い顔をされる」

「カマヴォールの貴族や騎士団がそれを知ったら、さぞへリアの地下に入りたがるだろう」カリスタはつぶやいた。

「ええ、カマヴォールが魔力を持つ遺物に目がないことは、よく知られているわね。評議会の審議がこれほど長くかかっているのは、たぶんそのせいよ」ジェンダ・カヤは考え込むような顔になった。

「正直に言うと、タイラスがあなたをここに連れてきたときは、びっくりしたのよ。よほどあなたという人に魅力を感じたんでしょうね。彼の決断のせいで、お偉方は蜂の巣を突いたような騒ぎ。実は、ちょっと彼を見直したの。タイラスにそんな勇気があるとは思いもしなかった」

「彼は善人に見える」

「ええ、疑わしいほどいい人。あんなに善良な人間なんているかしら？　何か後ろめたいことがあるんじゃないかと思いたくなるくらい」ジェンダ・カヤの目がいたずらっぽくきらめいているところを見ると、これは冗談だろう。「でも、タイラスはシーカーよ。シーカーは他国の人々を子どもように見なす傾向があるの。まあ、これは〈光の交わり〉全体に言えることで、シーカーだけにその責任があるわけではないけれど。外の世界では、みなお互いを、さもなければ世界を滅ぼしかねない、自分たちの理解がおよばない危険な玩具《おもちゃ》を無鉄砲な子どものようにもてあそんでいる。〈光の交わり〉には、そういう世界を管理する責任がある。彼らはそう思っているの」

「なんだって？」カリスタは笑った。「それは……少し独善的すぎないか」

「少しどころではないわ……」ジェンダ・カヤは雄弁に肩をすくめた。「でも、それがタイラスのようなシーカーの仕事なの。他国のもとに置いておくには強力すぎるから、彼らは魔力を持つ遺物のすべてを集めている。そしてここに持ち帰り、誰の目にも触れない、害をなさない場所にしまい込む。私はそういう古い素材を使って、新しいものを開発したいんだけど、それは〈光の交わり〉の理念に反するの。〈光の交わり〉はもっぱら知識を集め、分類するだけで、それを活用する気はまったくないんだから」

「で、この建物全体がその革新部門なの？」

「そうだったら、どんなにいいか！　いいえ、これは土魔法科学を扱う人たちが使っている建物。そのなかで光の番人が占める位置はほんの申し訳程度よ。私たちの作業場があるのは、ほかの部門の邪魔にならない地下の片隅なの。そこを使えるのだって、たんにマスターたちが私たちを忘れているからだと思うこともあるくらい」

ジェンダ・カヤは広い大理石の階段をどんどん下りていき、やがてほとんど人影のない、倉庫のような場所に行きついた。

「〈光の交わり〉の創設時には、光の番人は要職のひとつで、誇りと特権を意味していたの。でも、現在はほとんど無用だと思われている。誰も鼻をひっかけないから、いまいるのは私と四人の助手だけ」ジェンダ・カヤは苦笑いをこぼした。「ほとんどのマスターがこの部門を閉鎖し、その予算をほかに回したがっているわ。まあ、ヘリアのマスターは大部分が愚か者だから……」

ふたりは開いた本の上で片目がこちらを見つめている、光の番人を表す紋章入りの扉に到着した。ヘリア以外の場所なら、これは申し分なく立派な扉だろう。だが、カリスタがヘリアでこれまで見てきた豪華な調度や装飾と比べると、たしかに街の繁栄から置き去りにされているように見える。

「着いたわ」ジェンダ・カヤが、芝居がかった身振りでその扉を勢いよく開けた。「私の仕事場にようこそ！」

カリスタは驚いて目の前の部屋を見つめた。そこは、鍛冶屋《かじ》と錬金術師の実験室と武器庫を組み合わせたような場所だった。ヘリアは何もかもが入念に構築され、美しく飾られ、整然としているが、この部屋は雑然としていた。火のないかまどが片隅を占領し、金床、樽《たる》、使い込まれた鍛冶屋の道具があちこちに散らばっている。使い道のわからない奇妙な古代の装置があるかと思えば、棚には光る液体や結晶が入った興味深いガラスの器や瓶が溢《あふ》れんばかり。書棚やテーブルの上は山のような本や巻物に埋めつくされ、開いた本のページには絵図や覚書が書き込まれている。そうかと思うと、何段にもなった棚には、あらゆる形状の武器がぎっしり置かれていた。

カリスタとジェンダ・カヤが入っていくと、ローブを着た弟子ふたりが顔を上げた。そのうちのひとり、分厚い革の前掛けをした、肩幅の広い、前腕に火傷《やけど》の痕が斜めに走っている男は、そっけなくうなずいただけで、作業台で組み立てている装置に目を戻した。もうひとりの、見るからに本が好きそうな雰囲気のスキンヘッドのほっそりした若い女性は、愛想のよい笑顔を見せた。

「こんばんは、ボス！」彼女がまったく訛《なま》りのないカマヴォール語で挨拶するのを聞いて、カリスタは軽いショックを受けた。ヘリアでは、ずいぶん多くの人々がカマヴォール語を話す。

「この美しい助手たちは、ピオトルとアーイラよ。例によって残業中」ジェンダ・カヤが言った。

「ふたりとも、そろそろ帰りなさい！　何か好きなことをして過ごしたら？　人生は勉強や探究だけじゃないのよ」

「あんなこと言ってますけど、ボスはしょっちゅうここに泊まるんですよ」アーイラが内緒話でもするように声を落とした。

「ぼくが生まれた部族には、鍋に薬缶《やかん》という諺《ことわざ》があったな」ピオトルが作業から目を上げずにつぶやく。「カマヴォール語で言って意味が伝わるかはわからないが」

「言いたいことはわかる。つまり似た者同士ということだな」カリスタは微笑《ほほえ》んだ。

「だめよ、このふたりを調子に乗せないで！」ジェンダ・カヤが叫ぶ。

「あの新製品をテストするんですか？」アーイラが尋ねた。

「ええ、そのつもり」

カリスタは部屋にある様々な武器に目をやった。剣に斧《おの》、竿《さお》状の武器、弩《いしゆみ》、短剣、大槌《おおづち》、棍棒《こんぼう》、投石器。名前がわからないものもかなりある。ここはまさしく武器庫だ。

「ここには、ヘリア全体よりたくさんの武器がありそうだ」カリスタはつぶやいた。

「たぶんね！」ジェンダ・カヤが得意そうに答える。「残念ながら、私の同僚たちは武器にあまり関心がないけど。ほら、これを見て」

ジェンダ・カヤは細長い淡い色の石を差しだした。長方形を半分潰したような形で、先端が鋭く曲がっている。長さはカリスタの前腕ほどあり、両側面に幾何学模様が刻まれ、縁は丸く、なめらかだった。古い石であることはひと目見てわかった。とても古い石だ。

「創設時の光の番人は、ヘリアをこの石で守ったの」

「彼らは石で島を守ったの？」

ジェンダ・カヤが鼻を鳴らした。「そういう言い方をすると、ばかげて聞こえるわね。でも、これは魔力を持った石なのよ。人類が誕生するはるか昔からある石の一部」ジェンダ・カヤの声が敬うように厳かになった。「霊界の魔力が滲《し》み込んでいるの。驚くほど安定した、強い力よ。とんでもなく珍しい」

「武器としてはどんなふうに機能するんだろう？」カリスタは手にした奇妙な石を、ためつすがめつ眺めながら尋ねた。

「現在はほとんど機能しないわね。あなたはカマヴォール人だから知っているでしょうけど、魔力を持つ遺物にはたいてい、ひとつの特化された役割があって、それに関して大きな力を発揮する。つまり、特定の目的のために造られた道具ね。病や怪我《けが》を癒やすとか、稲妻を放つとか、害するものから守るとか。でも、こういう古代の石は、文字通り何にでも使えるの。そこがふつうの遺物とまるで違うところ。いわば導管として働くわけ。簡単に言うと、霊界から魔力を吸いあげて安定した形で石のなかに蓄えるの。その魔力は様々な目的に利用できる。たとえば、あなたがここに来るとき見たように、聖なる霧のなかを島へ導くためにも使えるし、ヘリアの最も貴重なものを収めた部屋の鍵にもなる。ほかにも無数の使い道があるわ。灯台の動力源にもなっているのよ」

カリスタは混乱した。「待ってくれ。石の魔力を引きだす霊界というのは、カマヴォールが祖先の間と呼ぶ、私たちがこの世界を離れたあとに行く場所のことだろうか？」

「ええ、国によって呼び名は違うけど基本的には同じ。あなた方が祖先の間と呼ぶ領域は、霊魂が安らぎを得る、実体のない場所でしょう？　そこは、見えない幕か壁でこの世界と隔てられているけれど、私たちの周りにあって、この世界と一部が重なっているの。そして霊界には魔力があり、特定の人間はそれを引きだせる。この世界の魔法は、ほとんどが霊界の魔力を使っているのよ。霊界の魔力は荒々しく、制御するのが難しいことが多いけど、こういう石に蓄えられると、それが安定するわけ」

カリスタはうなずいた。「なるほど」

ジェンダ・カヤは説明しながら、挿絵の多い分厚い本をめくり、目当てのページを開いてカリスタに向け、ひとつの絵を指さした。簡略化したローブ姿の人間が岩だらけの海岸に立ち、遺石を摑《つか》んだ腕を伸ばしている。その石から光が迸《ほとばし》り、戦闘斧や楯《たて》を手にした襲撃者の船が燃えていた。

「初期の光の番人は偉大な戦士魔導師だったそうよ。石のなかの魔力を解き放ち、凄まじい破壊をもたらすことができた。でも、そういう力の強い魔導師は、このブレスドアイルにもほとんどいない。だから、必要とあれば、誰でもヘリアを守れるように、私はこういう石を武器として使う方法を見つけたかったの。そのために何年も試行錯誤して、ようやく成功に漕《こ》ぎつけた」

ジェンダ・カヤはカリスタに見せた書物を元の場所に戻し、武器を置いた棚へと向かった。カリスタが手にした石から目を離すと、ジェンダ・カヤはべつの武器を差しだした。カリスタが知っている武器とはまるで違う形状だ。片方の端が小型の弩の握りのような形をしたその武器の真ん中に、幾何学模様に巻いた金の帯で長方形の遺石が縛りつけてある。

カリスタは偏菱形《へんりょうけい》の石を返し、美しい造形を愛《め》でながら、差しだされた武器を手に取った。金属部分は新しく見えるが、石はさきほどの遺石と同じように古さを感じさせる。

だが、いったいどうやって使うのか？　その武器を何度も裏や表に返してみたが、まったく見当がつかない。離れた場所にいる敵を倒すための武器らしいが、弩のような臂《ひ》はどこにもなく、太矢や矢をつがえる部分も引き金もないのだ。

「これはどうやって使うんだ？」カリスタはしばらくして尋ねた。

「教えてあげる」ジェンダ・カヤはにっこり笑うと、カリスタをがらんとした奥行きのある広い部屋に伴った。アーイラがついてきた。

「楽しんでもらえるはずよ」ジェンダ・カヤが告げる。

ぐるりと見回すと、どの壁もところどころ穴が空き、黒ずんでいた。いちばん遠い壁がとくにひどい。石の欠片《かけら》が飛び散る床には、様々な距離に的が設置されている。

「あれを撃ちましょうか」ジェンダ・カヤはそう言うと、木製の台に下がっている傷とへこみだらけの鉄の胸板から、二十メートルほど離れた場所に走っていった。アーイラが壁にもたれ、腕を組む。

カリスタは奇妙な武器を手にしてジェンダ・カヤのあとを追った。

「取っ手をしっかり握って。ええ、それでいいわ。もう片方の手でここを支えるの」ジェンダ・カヤはカリスタの握り方を調整した。「武器を持っている腕を伸ばし、石沿いに的を狙って」

ジェンダ・カヤの指示で、カリスタは両足の位置や、肩の力の抜き加減、膝を少し曲げるなど、戸惑いながらも細かい調節をいくつも行った。「でも、引き金は？」

「引き金はいらないの」

「いらない？　発射するときは……？」

「意思の力を使うのよ」ジェンダ・カヤはそう言ってにっこり笑った。

カリスタは眉をひそめた。「それはどういう……」

「的に集中し、その武器に的を撃てと頼むの」

武器の先端を鉄の胸板に向けたまま、カリスタはジェンダ・カヤを振り返った。「私をからかっているの？」

「違うわ！　いいからやってみて！」

悪ふざけを疑って助手に目をやると、アーイラが励ますようにうなずいた。「起動するのに少し時間がかかりますが、ちゃんと撃てますよ」

カリスタは愚かしく思いながら、石沿いに的を狙い、「撃て！」と叫んだ。何も起こらない。

ジェンダ・カヤが笑ったが、楽しんでいるだけで悪意や嘲りは感じられなかった。「声に出して命じる必要はないわ。もう一度やってみて！」

カリスタは目を細め、手にした武器に的を撃てと心のなかで命じた。が、やはり何も起こらなかった。

「お手本を見せてあげる」ジェンダ・カヤがカリスタから武器を受けとり、的に向けた。いきなり石の先端から稲妻のような白い光が迸り、幾何学模様の跡を残しながら一直線に飛び、凄《すさ》まじい勢いで胸板に当たった。胸板と台が持ちあがり、怒れる軍馬に蹴られたように十メートルも後ろに吹き飛ぶ。ジェンダ・カヤは呆然《ぼうぜん》と目を見開くカリスタに、片目をつぶってみせた。

カリスタは煙を上げている胸板に向かい、その前に膝をついた。鉄が溶け、親指が入るほどの大きな穴が空いている。その周りはまだ熱かった。

「〈光の交わり〉は、何百年もまえに聖なる霧が十分な守りになると判断し、光の番人が造った武器は必要ないと決定したの。そして魔力を持った石はほかの用途に使われるようになった」ジェンダ・カヤがカリスタの横に来て言った。「私は目先のことしか考えていない、傲慢な決定だったと思ってるわ」

「ほとんどの国が、街を守るために世界一高い壁を築いても、万一に備えて剣を造り、それを使える者を育てるのに」

「万一に備えるのは大事なことよね」ジェンダ・カヤがうなずく。

カリスタは技術者が手にしている強力な武器を見つめた。中心にある遺石が薄《う》っすらと光っている。閃光《せんこう》が迸った先端がいちばん光っているが、いくらも経たぬうちに光は完全に消えた。

「素敵な武器でしょ?」ジェンダ・カヤが言った。

カリスタはうなずいた。「もう一度試してみたい」


ライズは大図書館へと向かうスレッシュのあとに黙って従った。グラエルのなかで煮えたぎる怒りを警戒し、それとなく彼の様子をうかがいながら地下へと階段を下りていく。

そのあいだもずっと、暗がりのなかを亡霊が追ってくるのを感じ、前方の闇を探り、頻繁に後ろを振り返りながら、グラエルとちらつくランタンのそばからできるだけ離れないようにした。

ようやくグラエルが、自室とおぼしき扉の前で足を止めた。そこはひどいところだった。壁のあいだがとても狭くて、天井も低い。おまけに骨まで凍るほど寒かった。存在していることを忘れたい相手を閉じ込めるにはもってこいの、忌むべき地下牢《ちかろう》のようだ。タイラスの贅沢な住まいに比べると、痛ましいほど狭くてみすぼらしい。この男が憎悪と怒りをたぎらせるのも無理はない、ライズは密《ひそ》かにそう思った。

だが、同情はしても、必要以上に長居をする気にはなれない。報酬を貰ったら、すぐさま立ち去るとしよう。もう二度とアーロック・グラエルに会えなくても、寂しいとは思わない。

ライズは細かいところまで目に留めながら、部屋のなかを見回した。見るからに硬そうな寝床と擦り切れた毛布、壁のフックとそこに掛けてある鎖と鍵。傾《かし》いだ棚には書物が整然と積まれ、戸口の横にランタンが並んでいる。ひとつの隅を占領している粗末な木製の机には、古い本や紙束、インク壺、羽根ペンのほかに、小瓶を並べたラックがあった。ライズは床の赤茶色のしみと、下からじわじわと壁を侵食していく黒い黴にも気づき、不安に駆られた。この部屋のすべてが威嚇するような雰囲気を放っている。

音を立てて扉が閉まると、ライズは飛びあがった。続いて差し錠が掛かる音がした。

「見せたいものって?」

グラエルは長い、骨ばった人差し指を振った。「非常に興味深いものだ。手を出してみろ」

「なんだって?」

「いいから手を出せ!」

おそるおそる片手を差しだす。グラエルは手首を摑んでその手を乱暴に引き寄せ、もう一方の手でナイフを取りだすと、いきなりてのひらを斜めに切った。

ライズは驚きと痛みに悲鳴をあげ、管理長の手を振り払った。ざっくり切れた傷口からは、すでに血が床に滴っている。紫のルーンが皮膚の下で燃え、危険を仄めかしたが、管理長はにやっと笑っただけだった。

「あんたはイカれてる」ライズは食ってかかった。

「落ち着け」グラエルはナイフを置いた。「ほら、こっちに来て、切れた手をよこせ。面白いものが見られるぞ」

グラエルが背中を向け、机の上のラックから小瓶に手を伸ばす。いまなら反撃される恐れなしに、この男を倒せる。ライズはそうしたかったが……しなかった。代わりに、てのひらから血を滴らせながらグラエルに近づいた。

グラエルがちらっと振り向いた。「いま、私を殺そうと思っただろう」ライズが黙っていると、鼻で笑った。透明な液体が入った小さなスポイトを大事そうに持っている。

「その中身は例の水?」てのひらの傷がひどく痛むせいで、自然と不機嫌な声になる。

「そうとも。さあ、その手を出してみろ」

ライズがためらうと、グラエルはため息をついて向きを変えようとした。「いやなら、いいぞ。私はどちらでもかまわん」

「待てよ」ライズが言うと、グラエルは満足そうに向き直った。「やってくれ」

おっかなびっくり開いたてのひらに、グラエルがスポイトで水を垂らした。ライズは痛みにたじろぎ、反射的に握りしめた。

「どれくらいかかる？」

「自分で見てみろ」グラエルが布を差しだした。

それをひったくるように取って、血を拭い……驚いててのひらを見つめた。切り傷が完全に消えている。「すごい。どうしてこれを秘密にしておくんだ？」ライズは切られたほうの手を握ったり開いたりしながらつぶやいた。

「力を独占するためだな」グラエルが苦い声で言う。「そして支配するためだ。彼らは自分たちのことしか考えていないのだ」

「ほかにも理由があるんじゃないか？　これがあれば病気を根絶し、苦しみや痛みを全部癒やせるのに」ライズは顔をしかめ、声をひそめた。「王女が探してるのはこれか」

「王女だと？　誰のことだ？」

「カマヴォールの王女が、タイラスの客人として来ているんだ。死にかけている王妃を救う手立てを探してる」

グラエルが思いがけない情報に目をしばたたいているのを見て、ライズは急に不安になった。よけいなことを言うんじゃなかった。

ややあって、グラエルが言った。「この水には、病を癒やすよりもはるかに興味深い効能がある」

「興味深い効能？」

「おまえが見たという亡霊のことを考えてみたのだ」

ライズはどういう話になるか察して、ごくりと唾を呑んだ。「あれには関わらないほうがいいよ」

グラエルは嘲るように鼻を鳴らし、引き出しのひとつを開けた。尻尾《しっぽ》を掴んで死んだ鼠を取り出し、びしゃっと音を立てて机に置く。「私は最初、おまえに対する判断を誤っていた。だが、われわれは似た者同士だな、おまえと私は。ふたりとも欺かれた。それに真価を認めてもらえない」

ライズは死んだ鼠から目が離せなかった。上向きになった前足が丸まり、小さなピンクの舌が口の端から垂れている。

「私は手を貸してやれるぞ。あの尊大で気取り屋のタイラスが渡そうとしないものを、何でも手に入れてやれる。われわれは互いに助け合える」グラエルは言った。「さて、よく見ていろよ」

彼がスポイトで生命の水を死んだ鼠に数滴垂らすと、ライズは怖いもの見たさににじり寄った。最初は何も起こらなかったが、少し経つと死んだ鼠がかすかに動いた。いや、鼠そのものではない。鼠の死骸が動いたわけではなく、死骸の周りで影が震え、青緑色の光がちらついたのだ。ライズは恐怖に目を見開いた。

グラエルがにやっと笑う。「どうだ、面白いだろう」

ライズは〝面白い〟とは思わなかった。鼠の形をした影、煙と同じで実体のない、邪悪《じゃあく》な光に縁取られた影が、勢いよく死骸から離れ、頭を上げ、口を動かして声のない悲鳴をあげ、苦悶《くもん》するように痙攣《けいれん》しはじめた。

ライズはぎょっとして飛びのいた。鼠の影はもう一度声のない悲鳴をあげると、断続的に頭を動かし、それから死骸のなかに戻って消えた。

「水の効果はすぐに消えてしまうが」グラエルがつぶやく。「ほんの数滴垂らしただけだからな」

ライズは首を振りながら戸口へと後退《あとずさ》り、かすれた声で抗議した。「俺はこんなことに加担するのはごめんだ」

グラエルは口の端が耳まで届くような笑みを浮かべた。獰猛《どうもう》な笑みだ。「手を引くにはもう遅いぞ、私の若き弟子よ」

「頼まれたことはやった」

「地下の収納室はとてつもなく多い。私はそのすべてを開けられる。今後も手を貸してくれれば、なんでも手に入るぞ」

「約束した本だけでいいよ」

「ばかなことを言うな。おまえも言ったではないか、生命の水は秘匿すべきではない。病や怪我を消し去り、死ですら克服できるのだ！　われわれふたりが手を組めば、マスターたちの欺瞞《ぎまん》を暴露し、これまでの責任を追及できる！」

ライズはグラエルを見つめた。これほど興奮していても、冷たい目にはまったく生気がない。こいつは嘘《うそ》をついている。このイカれた管理人は、島の人々に癒やしをもたらしたいわけではない。不当に取りあげられたと思い込んでいる権力を手に入れ、自分を苦しめた者たちに復讐《ふくしゅう》したいだけだ。長いこと恨みを抱え、煮えたぎる憎悪を募らせると、人はこうなるのか。

「俺たちは取引した」ライズは言った。「約束の報酬をくれよ。あんたは好きなようにすればいい。俺は手を引く」

グラエルはライズをにらみつけ、大股で部屋を横切った。荒々しく本箱を横にずらし、その後ろの壁の一部を取り外して、秘密の隠し場所から革の本を取りだすと、ライズに向かって放った。「私はほかのやつらとは違う。約束は守る」

ライズはグラエルから目を離さずにその本を脇に挟み、ドアの差し錠をひとつずつはずした。

グラエルが唇を舐《な》める。「これは間違いだぞ」

「唯一の間違いは、最初にこれに同意したことだ」ライズは最後の差し錠をはずし、扉を開け放った。

「私はおまえを滅ぼすこともできる」

「そのときは俺だって黙っちゃいない」ライズは言い返し、戸柱のそばにあるランタンのひとつを荒々しく摑んだ。「だから、お互いに黙っているのが身のためだ」

ライズは暗い通路に出た。地上に戻る道はたぶん覚えている。ちらっと振り返ると、グラエルがにらみつけていた。

「言っとくけど、俺たちは似た者同士じゃないぞ」ライズは捨《す》て台詞《ぜりふ》を吐いた。「マスターたちの判断は正しかった。あんたには地下がお似合いだ」

20

荒い息をつきながら、ライズは月明かりに照らされた中庭を走っていた。地下の息苦しい闇から解放されたのはありがたいが、またしても影が追ってくる。彼はそれがじりじり距離を詰め、しだいに近づいてくるのを感じた。後ろを振り向くと何もいないが、間違いなく近づいている。ライズはパニックに襲われた。

土魔法科学が使っている大きな建物の角でひと息入れ、いま走ってきた道を振り返った。たったいま通ってきた手入れの行き届いた芝生《しばふ》には、五本の玉石を敷いた小道が交差している。広い芝生を囲み、様々な施設へと至るアーチ道は、どれも闇に沈んでいた。ライズはその暗がりから暗がりへと目を凝らした。妙なものは何も見えない。どうやら思い過ごしだったようだ。〈古の泉《ウェル・オブ・エイジズ》〉にいた影が何にせよ、あそこに留まっているにちがいない。

だが、向きを変え、再び歩きだそうとすると、それが見えた。

ちらつく影が前方に立って、行く手を塞いでいる。このまえと同じように、ローブを着た輪郭の向こうが透けて見えた。顔のないそれが青緑色の淡い光に縁取られた手を上げてライズを指さし、生命の水を持ちだしたことをなじるように近づいてきた。

ライズはよろめきながら後退り、走りだした。

カリスタは知らぬ間にずいぶん時間が経ったことに驚きながら、ジェンダ・カヤと並んで暗くなった廊下を歩いていた。宿泊先まで送ってもらう必要はないと遠慮したのだが、小柄な技術者は送ると言って聞かなかった。

「最近は遅くまで仕事するの。少し歩いて気分転換したほうが能率も上がるわ」

ふたりは静かな廊下を何度も曲がり、やがて外に出た。カリスタは入り口に立っている警備の女性に会釈し、槍《やり》を受けとった。街は静まり返っている。アロヴェドラと違って、夜更けに屋根伝いに響いてくる耳障りな叫びや笑い声は、まったく聞こえない。

「評議会が明日もまだあなたを待たせるようなら、試作中のほかの古代の武器もいくつか見せてあげる」暗い通りを歩きながら、ジェンダ・カヤが申し出た。

「ええ、ぜひ見たい」カリスタは即座に答えた。「ああいう武器を造っているのがあなたひとりだとは、まだ信じられない。マスターたちが大いに興味を持ちそうなものだけれど」

「あなたはカマヴォール人で、軍人だからそう思うのよ。マスターたちは、私の仕事にまったく意義を見出《みいだ》していないの。聖なる霧でしっかりと守られているのに、どうして武器が必要なのか、とね」

「たしかにあの霧は何より効果的な防御だが」カリスタはうなずいた。「もしも誰かがあれを通過してきたらどうなる?」

「でしょう?　だけど、あの霧の壁がヘリアを包んでから何百年も経つけど、勝手に通過してきたよそ者はひとりもいない。だから、その可能性は考慮する価値もない、と思っているの」

「愚かな判断だ」

「ええ。ただ、ブレスドアイルを守るのに必要な軍隊を持ち、維持していくには途方もない費用がかかるわ。もちろん、〈光の交わり〉には潤沢な資金があるけど、それを軍事費に使うのは全員が反対。軍隊を持つとなれば、彼らを乗せる船も、外敵を防ぐ高い壁も、砦《とりで》も造らなきゃならない。たくさんの兵士も必要よ。だから、決して実現しないでしょうね。でも、私の古代の武器がその代わりになると思う。莫大《ばくだい》な予算を組んで軍隊を持たなくても、あの武器ならふつうの市民がブレスドアイルを守れるもの。光の番人はかつて島を守っていたのよ。私たちも同じことができるはず。実は、もっと大きな武器を作るための設計もしているの。街を見下ろす塔や船にそれを据えつければ……」ジェンダ・カヤはため息をついた。「だけど、そのためにはいま使えるよりも、はるかに多くの予算が必要よ。評議会は絶対に許可しないでしょうね。武器なんかいらないと、頭から決めてかかってるんだから。それに――」いきなり建物の角から誰かが飛びだしてきて、ジェンダ・カヤの言葉が途切れた。

カリスタはとっさに槍を構えたが、知り合いだと気づいて槍を下ろした。「ライズ？」今夜のライズはいつもの生意気な自惚《うぬぼ》れ屋には見えなかった。何かをひどく怖がっているようだ。

「逃げろ！」ライズはわめきながら全速力で近づいてきた。「あれが来る！」

「何が来るの？」

ライズが走りながらちらっと肩越しに振り返った。「あれだよ！」

その後ろの角から影がひとつ出てくるのを見て、カリスタは再び槍を構えた。「あれはなんだ？」驚いたことに、〝あれ〟の向こうが透けて見えた。ローブを着た人間の形をしているが、顔があるべきところには何もない。影は容赦なくこちらに向かってきた。動くたびに、不気味な魔力の光が邪悪な姿を内側から照らしだす。

カリスタはためらわずに槍を投げた。槍は喉があるはずの場所を貫いたが、薄気味の悪い火花を散らしただけで影を通過し、建物の壁に当たった。実体のないものが、驚きを浮かべて見つめているカリスタへと向きを変える。

「走れ！」ライズがカリスタの腕を引っ張った。「早く！」

そのとき、灼熱《しゃくねつ》の光が閃《ひらめ》き、黒い影の胸に当たって波打ちながら全身に広がった。影が手足を泳がせて後ろによろめく。胸の半分がばらばらになり、煙のように消えた。まばゆい白い光が当たった瞬間、ただの影だった顔が苦痛と驚きに歪《ゆが》む老人の顔に変わった。

だが、影はまだ倒れていない。胸に大きなぎざぎざの穴が空いたというのに、むしろさきほどより活気づき、きびきびと動いている。ジェンダ・カヤが再び古代の武器を構え、今度は頭を撃った。またしてもほんの一瞬、安堵《あんど》のような表情を浮かべた老人の顔が見えた。それから今度こそばらばらになり、全身が霞《かすみ》となって完全に消滅した。

カリスタは小柄な技術者を見た。ジェンダ・カヤもほかのふたりと同じ驚きを浮かべ、手のなかで光る古代の武器を見ている。それからぼそりとつぶやいた。

「すごい」


夜明けの最初の光が闇を追い払うころ、カリスタはライズとジェンダ・カヤの三人で宿舎のテーブルを囲み、自分たちが見たものを理解しようと努めていた。

「あれがどこから来たか本当に知らないのか？　なぜ追われたかも？」カリスタは尋ねた。

ライズはため息をつき、目をこすった。「ええ、まったく」ライズはいつもよりはるかに礼儀正しく答えると、分厚い革の本を大事そうに抱えて立ちあがった。「とにかく、おふたりに出会えてよかった。その武器のおかげで命拾いしました」

三人は申し合わせたように、テーブルに置かれた古代の武器を見た。石の輝きはとうの昔に消えている。

「タイラスに起こされるまえに、少し眠ることにします」ライズはふたりに会釈し、静かに扉を閉めて立ち去った。

カリスタは疲れた目をこすった。自分も少し眠ったほうがよさそうだ。「あの若者は何か隠している」

「ええ、絶対何か隠してるわね」ジェンダ・カヤがうなずく。「それにあの本は何？　まるで赤ん坊みたいに大切に抱えていたくせに、ひと言も触れなかった」

「さっき見たものが出現したという話は、本当に聞いたことがないのか？」

「死者の亡霊がヘリアの通りをさまよっているって？　つい数時間まえまでは、そんなことを言う人がいても、笑って相手にしなかったでしょうね。ええ、私が知るかぎり、あれが現れたのは初めてのことよ。最後かどうかはわからないけど」

思案顔を見合わせたとき、誰かがカリスタの部屋をノックした。扉を開けると、廊下にはふたりの男が立っていた。彼らが黙って差しだした伝言を、カリスタは急いで読んだ。

「ようやく！」

「いい知らせ？」

「それはまだわからない。でも、評議会の結論が出たそうだ」

「いよいよね」ジェンダ・カヤが言った。「幸運を祈ってるわ」


評議会の決定が頭に染み込むと、カリスタは目をしばたたき、怒りに燃える低い声で糾弾した。

「あなた方は、死にかけた女性を救うことを拒否するというのか？」

〈輝ける塔〉の洞窟のような会議場で、上段からカリスタを見下ろしている十七人のマスターは身じろぎひとつしない。やがてひとりがこう言った。「伝説の生命の水など存在しない。あなたが誤った情報に導かれたことは遺憾である」

「その答えを出すのに、これほど長くかかったのはどういうわけだ？」

フードを目深に被《かぶ》ったべつのマスターが応じた。「カマヴォールの王妃の助けになれるかどうかを判断するのに、必要な数日でした。その結果、助けにはなれないという決断に達したのです。王妃をここに伴っていれば、何かできることがあったかもしれませんが」

カリスタは怒りを滲ませ、食いしばった歯のあいだから言葉を押しだした。「死の床にある王妃を、ここに連れてこられるはずがない。ヘリアが自らの特権をしっかりと抱え込み、世界から隠れているとあっては、なおのこと」

「しかし、あなたはここに来る方法を見つけた」

そう言った男にさっと顔を向けると、相手は急いで目をそらした。ささやかな満足を感じながら、カリスタは集まったマスターたちを険しい顔で見た。「あなた方はひとり残らず自分を恥じるべきだ」

この言葉に、マスターたちがひとしきり怒りや不満、非難の声をあげる。

老バルテクが片手を上げて同僚を制すると、厳かに言い渡した。「すみやかに退去してもらいたい。番人が部屋に同行し、ヘリアを立ち去る準備に手を貸したあと、埠頭《ふとう》に付き添う。そこには聖なる霧を通過するための船が待っている。霧の外に待機中のカマヴォールの船には、使いを出しておいた。彼らはあなたが速やかに戻るのを待っているはずだ。あなたのヘリアにおける滞在は終わった。二度とここに戻ってはならない」それから思い出したように付け足した。「王妃の迅速なる回復を願っている」

カリスタは最後にもう一度、軽蔑をこめて評議会の面々をにらみ、きびすを返して会議場をあとにした。

前にふたり、後ろにふたりの番人に付き添われたカリスタは、頭を高く上げ、長い羽根をなびかせて港に向かった。

荷造りはすぐに終わった。いつでも発《た》てるように、槍と短剣を含めてほとんどがすでにまとめてあったのだ。

風変わりな円形の埠頭に近づくと、後ろから誰かが呼んだ。「カリスタ！」

カリスタは足を止めた。武器を携えた付き添いも仕方なく止まる。彼らの横を走り抜けてくるジェンダ・カヤを見て、カリスタは笑みを浮かべた。だが、いきなり抱きしめられると、ぎこちなく小柄な技術者の背中を叩《たた》いた。こういう愛情表現には不慣れなのだ。

「私の言ったとおりでしょ」しばらくして抱擁を解くと、ジェンダ・カヤはマスターたちを罵った。「傲慢な愚か者ばかり。こんな結果になってとても残念だわ」

番人のひとりが何か言い、ジェンダ・カヤを怒らせた。

「下がりなさい！　急《せ》かす必要はないわ！」

カリスタは微笑んだ。「あなたとの付き合いはとても短かったけれど、友人になれたことはとても嬉《うれ》しかった。もっと長く一緒にいられればよかったのに」

「評議会がなんと言おうと、あなたとはまた会える気がする」

「この島に愛想が尽きたら、アロヴェドラに来るといい。あなたの能力は、カマヴォールでは高く評価されるはずだ」

「ええ、そうするかも」ジェンダ・カヤはいたずらっぽい笑みを浮かべた。

「さようなら」

埠頭で待っていたのは、ヘリアに来たときと同じ〈オーリアト・サヴァン〉だった。甲板にいるのがタイラス自身であることも、相応《ふさわ》しい幕切れだという気がした。

長身のシーカー＝アデプトは、疲れた顔に失望を浮かべていた。「本当に残念です、レディ・カリスタ」驚いたことに、彼はカリスタの前に片膝をついて頭《こうべ》を垂れた。「ここにお連れするするのが正しい行動だと信じ、ヘリアが必要な助けを与えてくれると信じていたのですが。そうでなければ、お連れしませんでした」

カリスタはタイラスの手を引いて彼を立たせた。「あなたが謝ることはない。あの決定は評議会が下したもの。あなたは厚意で私をここに連れてきてくれた。それはありがたいと思っている」

「恐れ入ります」

「ヘリアのマスターたちは秘密主義で疑《うたぐ》り深《ぶか》い。でも、永遠に世界から自分たちを切り離しておけるとは思わないことだ」

「あの決定は私にとっても不本意なものでしたが、彼らが外の世界に対して用心深いのには、もっともな理由があるのです」タイラスはマスターたちをかばった。「ただ、不毛な結論のために何日も無駄にお待たせしたことは、本当に申し訳なく思います」

「あなたはよい人だ」カリスタは言った。「縁があれば、またいつかどこかで会おう」

タイラスは微笑した。「ぜひ、お会いしたいものです」

「弟子の姿が見えないが？」カリスタは甲板を見渡した。

「いつものように遅れていますが、まもなく来るでしょう」タイラスは咳払《せきばら》いをして続けた。「実は、出発のまえに、殿下とふたりで話したいという者がこの下で待っているのです」

カリスタはけげんな顔でタイラスを見た。「ふたりだけで話したい者？」

タイラスは顔をしかめた。「私がはるか昔ともに学んだ男です。闞域《スレッシュホールド》の管理人で、変わり者ですが、気の毒な境遇でもあるのです。ぜひ、あなたと話す許可が欲しいと懇願されて……正直に言うと、私にはその願いを叶《かな》える義務があるような気がしたのです。長くはかからないとお約束します」

「私と話したい理由は？」

「カマヴォールに関して、学問的な興味があるようです」タイラス自身も戸惑っているようだった。「個人的なお願いで恐縮ですが、会っていただけませんか？　そうしてくださると、たいへんありがたいのですが」

「この下にいるのだな？」

「ええ、下で待っています」

カリスタは半信半疑で甲板を下りた。薄闇に目が慣れるのに少しかかったが、まもなく灰色のローブを着たひょろりと背の高い男が見えた。腰の周りと胸に斜めに鎖を掛け、その鎖から鍵を束ねた大きな鉄の輪がいくつも下がっている。男は微笑したが、温かい笑みではなかった。

「あなたは?」カリスタは用心深く近づいた。

「アーロック・グラエルと申します。閾域の管理長です」

「スレッシュか、ヘリアではそう呼ばれているのだろう?」

グラエルの笑みがこわばった。「たしかにそう呼ぶ者もおりますな。それはともかく、評議会のひどい仕打ちを耳にしました。彼らは愚か者です。それに嘘つきでもある」

グラエルはローブのなかから、透明の液体が入った小さなガラスの器を取りだした。

「生命の水は実在します」彼はそう言ってカリスタに器を差しだした。「カマヴォールの医師と魔導師なら、それを実証できるでしょう」

カリスタは器を受けとり、そのなかの水を見つめた。

「私が持ちだせたのはそれだけでした」グラエルが言った。「残念ながら、それだけでは王妃を救うことはできますまい。しかし、ヘリアに友が、味方がいることをカマヴォールの王に知っていただきたいのです。その友が、必要なだけ生命の水を手に入れるお手伝いをいたします」

カリスタは目の前の男を見つめた。痩せた顔には胸がざわつくような表情が浮かんでいる。「どうやって?」

グラエルはローブからべつの何かを取りだした。精巧な線を彫り込んだ球形の石。タイラスが霧を分かつために使ったのとよく似たキーストーンだ。

「その顔からすると、これがなんだかご存じのようですな」

「ええ」この男は信用できない、カリスタは密かにそう思った。「でも、ヘリアに関する私の理解が正しければ、これは闘域の管理人が所有できるものではないはずだが」

「われわれ管理人はこの島の真の番人なのです。あらゆる秘密を解く鍵を手にしております」

「その石を私に差しだす理由は？」

「お力になりたいからです」

到底それだけだとは思えない。「どうして？」

グラエルの笑みが広がった。「私は評議会の連中が嫌いでしてね。カマヴォールの王が引き立ててくださるなら、喜んで従います」

「つまり？　具体的にはどうしろ、と」

「重篤の王妃をこちらにお連れください。この石があれば霧は分かれます。評議会はヘリアに現れたカマヴォールの王を拒否することはできない。そして王妃が全快したら、私をお連れください。カマヴォールの王宮における地位と称号、それが私の望む見返りです」

カリスタがキーストーンに手を伸ばすと、グラエルはそれを遠ざけ、にやっと笑ってから、顔をしかめたカリスタの手に無造作に落とした。まるでなんの価値もないものを投げるように。

「タイラスにも彼の弟子にも、このことはお話にならないように」グラエルはカリスタの横を大股で通りすぎながら言った。「これはふたりだけの小さな秘密です。まもなく再会できるのを楽しみにしております」鎖と鍵の音をさせて、闘域の管理人は甲板へと階段を上がっていった。

彼の姿が消えた直後、水夫たちが叫ぶ声とロープをはずす音がして船が動きだした。

カリスタは水の入った容器とキーストーンを見下ろした。これはカマヴォールを発って以来、ずっと探していたものだ。が、胸のなかには不安が渦巻いていた。あの男の言うとおりにすれば、タイラスと彼の厚意を裏切ることになる。グラエルの申し出を彼に秘密にするのは、考えるだけでもいやになる恥ずべき行為だった。だが、これには王妃の命がかかっているのだ。イゾルデを救う唯一の望みかもしれない申し出に、背を向けることなどできるはずがない。

タイラスが様子を見に下りてくると、カリスタはすばやく器と石をポケットに入れ、彼の視界から隠した。

「何か問題でも?」

「いえ、べつに」カリスタはそう答えていた。


〈ダガーホーク〉に戻ったカリスタは、甲板に立ち、〈オーリアト・サヴァン〉を見送り、いまそこにいたと思った船が、一瞬のうちに霧に包まれるのを見守った。

「探していたものは手に入ったのかい、王女様」ヴェニックス船長が尋ねた。

カリスタはすぐには答えず、船が消えたあとも長いこと白い霧を見つめていた。後味の悪い管理人との出会い、あの男から受けとったもののことが頭に浮かぶ。

「たぶん」

「で、次はどこに向かう?」

「故郷に」カリスタは答えた。「カマヴォールに戻る」

第三部

権力を持った愚か者ほど危険なものはない。そしてわれわれが生きているこの世界には、愚か者と権力が満ち溢《あふ》れている。

——『ヘリアの光の入門書』からの抜粋

イゾルデ王妃の日記より

私にはもうわずかな時しか残されていない。これを書くことができるのは、ヴィエゴがそばを離れているときだけ。

死んだ家族がすぐそばにいる。視界の端に潜み、私を連れていこうと待っている。誰もいないのに、誰かがそばで動いているような気がして仕方がない。高熱のせいで幻が見え、ありもしない音が聞こえるのだろうか。うとうとしていると、狼《おおかみ》が苛立《いらだ》たしげに寝台の周りを回っているような足音が聞こえる。一度など、青白く光るものが窓台に蹲《うずくま》っているのがたしかに見えた。狼の頭を被り、羊の頭を隠した子羊が。

それでも、生きたいと欲するあいだは——ああ、どれほど生きたいことか！——死の恐怖を感じない。死を恐れる必要がどこにある？　彼方《かなた》の世界には苦痛も恐れもないと言われているのに。飽くほど聞かされた、まだ見ぬ先祖の頼もしい女性たちと会えるのに。恐れを知らぬ女家長として一族を守り、治めていた伯母《おば》や大伯母たちと。私自身があちらに行くときが来たら、光のなかでみんなとひとつになれる、そう思うと心が安らぐ。

だから、私の身に起こることは何も恐れていないけれど……あとに残していく人々のことが心配でたまらない。

人の希望や夢はなんともろく、はかないものか！　未来の道はなんと危ういバランスの上に成り立っていることか。偶然の出来事や不運により、いとも簡単に崩壊してしまう。未来を好きなように形作れると信じるなんて、私たちはなんと自惚れが強いことか。なんと高慢なことか！

それも、ただの田舎《いなか》娘、お針子の身で、王国を変えられると思うなんて！　ええ、運命は腹を抱えて笑っていたにちがいない。私は本気でヴィエゴとともにカマヴォールに新たな時代をもたらせると信じていたのだから。カマヴォールの土台である欲まみれの虐殺と征服の歴史に、幕を引くことができる、と。しかも、もう少しでこの望みが叶うところだった！　私が死んだあとも、ヴィエゴはこの崇高な道を歩み続けてくれるだろうか？　残念ながらそうは思えない。ヴィエゴは周囲の人々の甘言に、あまりに容易《たやす》く動かされ、私の助言がなければ、自分自身の些細《ささい》な気まぐれや衝動に支配されてしまう。ほら、また私の自惚れが顔を出した！　でも、正直に言えば、カマヴォールの在り方を変えるのは、最初から私の夢であって彼の夢ではなかった。

ヴィエゴの心には優しさがある。それは本当。彼のそういう優しさは、私が恋に落ちた資質のひとつだった。でも、時が経《た》つにつれて、その優しさはどんどんなくなっていく。冷酷と無関心と特権という最悪の組み合わせのなかで育ったせいで、ヴィエゴは心に多くの傷を負ってしまった。ときどき彼は、自分自身と闘っているように見える。あらゆる特権を与えられて育ち、自分が所有も支配もできないものの存在に激怒する傲慢な少年と、決して得られない愛と尊敬と同意を必死に求める、自信のない、不安を抱えた若者が戦っているのだ。出会ったときは、お互いの愛がその闇から彼を救う助けになると思った。でも……運命にはほかの考えがあるようだ。

あの黒い刃《やいば》が私に触れるまえから、ヴィエゴは私を最初のころとは違う目で見るようになっていた。私は彼の対等な配偶者というより、彼が勝ち取った勲章のようなものになった。生身の人間には到底なりえない女神のような、理想の存在とみなすこともあった。ヴィエゴは私を溺愛し、贈り物や賛辞を惜しみなく注ぎ、私は完璧だと囁《ささや》く。でも私が、自分の理想とする妻にそぐわないことを口にしたとたん、彼の目は輝きを失い、笑みがこわばる。私が死にかけているいまもそう。

ヴィエゴは私がじりじり死に近づいていることを、頑として受け入れようとしない。自分の望みを否定されたとき彼がどんな反応を示すか、間近で何度も目にしてきた私は、私が死んだあとのことを思うと恐ろしくてたまらない。ヴィエゴの怒りと悲しみがカマヴォールをこれまでよりはるかに暗い、血まみれの道へと導くことになりはしないか。

それを思うと、ともすれば絶望に呑《の》み込《こ》まれそうになる。でも、いまの私に何ができる？　どうすれば恐ろしい未来を避けられる？　私の希望は愛するカリスタだけ。カリスタは強いだけでなく、とても賢い人だ。敵に対しては容赦しないが、正義を愛するとても優しい人でもある。ヴィエゴは——少なくともカリスタ自身には——決して認めないだろうが、年上の姪《めい》に認められたい、自分の価値を証明したいと心から願っている。彼はよく子ども時代の話をするが、そこにはいつも傷ついたときや悪夢にうなされたときに慰めてくれたカリスタが出てくる。なんの見返りも期待せずにヴィエゴに愛情を注いだのは、カリスタだけだった。生まれたときに母親を失い、父親も最期まで関心を示そうとしなかったヴィエゴのことを、心から気にかけていたのはカリスタだけ。カリスタは必要なときに導きと助言を与え、悪さをしたヴィエゴをその場で叱ってきた。侵略に次ぐ侵略で、カリスタがヴィエゴの子ども時代の大半を王宮から遠く離れた戦場で過ごさねばならなかったのは、本当に残念なことだ。もしもヴィエゴがもっとカリスタのそばにいられたら、いまよりもよい人間になっていたでしょうに。でも、いまさらそれを嘆いても何ひとつ変わらない。ひとつだけ確かなのは、私がこの世を去ったあと、真にヴィエゴを導けるのはカリスタだけだということ。

とても疲れた。羽根ペンを握ることがままならない。心と同じようにまぶたが重い。狼の熱い息がうなじにかかる。すぐ近くに来ているのだ。それに身をゆだね、苦痛と恐怖のない場所へと連れ去ってもらえたら、どんなに楽だろう。でも、だめ。最後の最後までこの生にしがみつかなくては。私が死んだあと、狂気に呑み込まれたヴィエゴの怒りに触れる、すべての人々のために。

少し眠らなくては。

21

カマヴォールの首都　アロヴェドラ

「服喪を表す黒い旗はないね。弔いの鐘も鳴ってない」ヴェニックス船長がつぶやいた。「これは吉兆だろ?」

黒旗が風に翻っていないのは、たしかによいしるしだ。港の埠頭へと滑るように近づいていく〈ダガーホーク〉の甲板で、カリスタはイゾルデの日記をポケットに入れながらうなずいた。希望が込みあげてくるが、その希望も不安を払拭してはくれなかった。カリスタがカマヴォールを発つとき、王妃はすでに死にかけていた。奇跡が起こっていないかぎり、まだ生きているとは思えない。とはいえ、もしも王妃が逝去していれば、王宮の上には黒い旗が翻っているはずだ。王族が息を引きとったその日から一年と一日のあいだは黒い旗を掲げるのが習わしなのだから。

カリスタが旅を始めたのは夏の盛りだったが、すでにかなり日が短くなっている。だが、海から見たかぎりでは、街は離れるまえと同じように見える。

ところが、岸に上がったとたんに、この印象は一変した。

カマヴォールの通りには昔から物乞いや酔漢、貧しい者の姿が絶えたことがないが、これほど多くを目にしたことは一度もなかった。波止場の周りには、少しでも雨風を防ごうと、汚ない毛布や朽ちた帆、かき集めた木切れで、建物の横に粗末な差し掛け小屋が作られていた。汚れた顔の子どもたちが走りまわって通行人に硬貨や食べ物をねだり、間に合わせの屋根の下からは、虚ろな目の男女がこちらを見ている。通過する店のほとんどは閉まり、扉や窓に板が打ち付けてあった。この地区でまだ商売を続けているのは、みすぼらしい居酒屋や売春宿ぐらいのようだ。通りのあちこちに、前夜飲みすぎて意識をなくした男たちが倒れていて、カリスタは王宮に向かう途中、何度も彼らをまたがねばならなかった。

どこを見ても、警備にあたる兵士たちが目につく。波止場から王宮までの道にはバリケードが築かれ、荷車や樽《たる》で間に合わせの検問所が設けられていた。検問所を守っているのはカリスタが率いるホスト軍の兵士たちだが、どうやらアロヴェドラの警備隊の指揮下に入っているようだ。街に入ろうとする者をすべて確認しているため、検問所の前には苛立つ人々と食料品を山積みした幌《ほろ》馬車の長い列ができていた。

突然叫び声があがり、自暴自棄《じぼうじき》になった市民が荷を積んだ幌馬車に襲いかかって、酒壺《さかつぼ》や穀物の袋を下で待ちかまえている人々に投げはじめた。大きな荷箱が通りに落ちて、乾燥いちじくや豆、高級素材が入った小箱が散乱する。たちまち群衆がいなごのように群がり、夢中で抱えられるだけ抱えると、兵士に追いかけられながら、路地や脇道に逃げ込んだ。槍と身に着けた鎧《よろい》を見て近づいてはまずいと思ったのか、死に物狂いの人々は、石の周りで渦巻く急流のようにカリスタを避《よ》けて通過していった。

ひとりの兵士が——ありがたいことに、ホスト軍の兵士ではない——やせこけた男を打ち据えるのを見て、カリスタは思わず大声をあげた。「やめなさい！」そして道に倒れた男が逃げられるように、首根っこを摑《つか》んで警備兵を引き戻した。

兵士が激怒して振り向く。「きさま——」だが、カリスタを見たとたん青くなって目を伏せ、後退りしながら深く腰を折った。「失礼しました、殿下」

兵士たちは急いでカリスタの通る道を作った。検問所に近づくと、ホスト軍の兵士が直立不動でカリスタを迎えた。

「ヴィヴァス軍曹、この検問はなんのためだ？」

「王命です、将軍」女軍曹が答える。「現在、アロヴェドラには戒厳令が敷かれております」

カリスタは眉をひそめた。「でも、王妃は、まだ生きているのだな？」

「おそらく。王宮まで護衛させていただけますか？　街では暴動や騒動が起きております。護衛なしで歩かれるのは安全とは言えません」

カリスタは軍曹の申し出をありがたく受け、まもなく十二人のホスト軍兵士に伴われて王宮へ向かった。途中で目に入る街の惨状は、驚きを通りこして衝撃をもたらした。

ほぼすべての家や店の扉や窓が板張りされていた。火事で焼けた家や店も少なくない。通りには叩き壊された荷箱や樽が散らばり、棍棒《こんぼう》や鉈《なた》鎌や包丁で武装した市民の群れがその残骸をあさっている。兵士が近づいてくるのを見るとみな身を縮め、後退った。

「他国が攻めてきたのか？」カリスタは尋ねた。

「いいえ、将軍。街のなかで暴動が起きているのです。穀物倉が閉ざされたものですから」

彼らは暗い顔で黙々と歩いた。驚いたことに、王宮の門のすぐ外に処刑台が造られている。嘆きの王女と呼ばれる尊い祖先セサの像が、その処刑台を見下ろしていた。

いったい、どういうこと？

この広場に溢れんばかりの人々が、覇剣であるサンクティティを高々と掲げて〈裁きの聖所《サンクタム・オブ・ジャッジメント》〉から歩いてきたヴィエゴを歓喜に満ちて迎えたのは、それほどまえのことではない。だが、いまその広場はがらんとして、黒い処刑台がまがまがしい姿をさらしていた。台の染みを見るかぎり、頻繁に使われているようだ。王宮の門の上にずらりと並ぶ首が、この予想を裏付けた。

無事にその門のなかに入ると、カリスタは護衛の兵士を解散させ、深々と下げられる頭も丁寧なお辞儀も無視して敷地を横切った。足早に広い階段へと進み、建物のなかに入る。謁見室の扉の前にはなぜか近衛兵《このえへい》の姿が見当たらず、カリスタは自分で扉を押し開けた。

謁見室は空っぽだった。数段高くなった台の上に、きらめく玉座が武器のように立っている。そこにヴィエゴがいないのを見て、眉をひそめたとき、左手の影のなかで誰かが動いた。カリスタはすばやく振り返って槍を構えた。

「王はここにはおられません」そう言ったのは、王の助言者であるヌニョだった。槍を突きつけられても顔色ひとつ変えない。カリスタは槍を下ろし、急いで老人に近づいた。「王は殿下が発たれてから、居室にこもりきりなのです」

ヌニョは昔から老いて見えたが、カリスタが留守にしているあいだに十歳も年を取ったようだった。疲れ切って意気消沈し、記憶にあるよりも背が丸まっている。

「どうなっているの、ヌニョ？　街は戦場のようよ」

「王は……取り乱しておられるのです」

「でも、イゾルデはまだ生きているのね？」

老人は肩を落としてため息をつき、片手で顔をこすった。「それは殿下ご自身の目でお確かめください」


だが、王と王妃の寝室のずっと手前で、カリスタは制止された。王の居室がある棟全体が封鎖されていたのだ。しかも、行く手に立ち塞がったのは、近衛兵ではなく鉄血騎士団《アイアン・オーダー》の騎士たちだった。重い胸板と鉄の拳を刺繍《ししゅう》したマント姿の逞《たくま》しい男ふたりが、手甲をつけた手を無造作に剣の柄《つか》に置き、カリスタの前に立ちはだかった。

「そこをどけ」カリスタは唸《うな》るように言い、年上の騎士を見上げた。

騎士がカリスタを見下ろす。「誰も通すなという命令を受けている」

「私は王位継承者であり、カマヴォールの獅子《しし》の孫娘にして、ホスト軍の将軍だ」カリスタは鋭く言い返した。「この王宮は私の家でもある。そこをどけ」

「私に命令できるのは〈カリム団長だけだ」


カリスタが槍を持つ手に力をこめると、ヌニョが急いで前に進みでた。

「しかし、そなたが婚約者を怒らせたら、団長は喜ぶかな？」ヌニョは騎士の腕甲に手を置いた。「王女殿下をお通ししなさい。王も〈カリム卿《きょう》もそれを望まれるはずだ」

冷ややかな顔で、騎士がしぶしぶ脇に寄る。カリスタは一瞥《いちべつ》もせずにその前を通りすぎた。

「いつから騎士団が王宮を支配しているの？　そんなことは違法のはずよ」カリスタはヌニョに言った。

「違法ですが、王が法を無視しているため混乱が生じておるのです。国境の諸侯が公然と反旗を翻し、多くの血が流されております。ここに来る途中でご覧になったとおり、アロヴェドラでも、あちこちで暴動が起きているありさま――」

「反旗を翻した？」

「タスカロス領がカマヴォールからの独立を宣言し、ポレミアは燃えております。ペイル騎士団はカマヴォールへの誓いを破って氏族間の血の復讐を再燃させ、ドレイケン城を包囲して引こうとしません。同じようなことが各地で起こっております」

「ホスト軍はどうしているの？」

「首都が攻撃された場合に備え、街の城壁で守りについています。殿下が戻られてほっといたしました。殿下のお姿を見れば、王も正気を取り戻されるかもしれませぬ。もっと早く戻っていただければ、なおよかったのですが。そもそもアロヴェドラを離れずにいてくだされば――」

「これでも、できるかぎり早く戻ったのよ」カリスタは言った。「王妃を救う手立てが見つかったと思う」

　ヌニョはこの朗報にはまったく反応を示さず、黙って王の寝室を目指していく。廊下の両側にある部屋は汚れ放題、散らかり放題だった。泥だらけの敷物があちこちにかたまり、椅子が倒れ、燭台《しょくだい》の溶けた蠟燭《ろうそく》がテーブルを流れて、床にかたまっている。放置された食べ残しが腐り、真っ黒に蠅《はえ》がたかっている部屋もあれば、お厠《かわ》がひどいにおいを放っている部屋もあった。カリスタは吐きそうになり、片手で鼻を覆った。

「王が暗殺を恐れ、召使いを近づけようとしないのです」ヌニョがつぶやく。

「まさか、王宮の召使いをすべて遠ざけた、と？」

「運のよい者は、遠ざけられました」

　王宮の外で見た首の列が目に浮かんだ。「なんという……ヴィエゴは正気を失ったの？」

「それは私が申しあげることではございませぬ」ヌニョは声を落とした。「しかし、殿下、どうかご用心ください。王は……このところ、予測がつきません」

「カリスタ、やっと戻ったか！」

寝室の扉が勢いよく開き、ヴィエゴが裸足《はだし》のまま出てきた。身に着けているのは、細身のズボンと前をはだけたビロードのローブだけ。黒いローブの裾を引きずっていた。長い髪はもつれ放題、陽《ひ》に当たらぬ肌は蒼ざめて、到底正気とは思えぬ光を宿す目の周りを黒いクマが縁取り、子どものころからどちらかと言えば細かった体がいっそう細くなっている。

ヴィエゴは満面の笑みを浮かべ、カリスタに駆け寄ってひしと抱きしめた。まるで熱があるように体が熱い。「ありがたい、戻ってきてくれたか」ヴィエゴはきつく抱きしめて囁いた。「信頼できる者が、あまりにも少なくて……」

ヴィエゴの肩越しに、歩哨《ほしょう》のように寝室の外に立つレドロスの大きな体が見えた。深い感情のこもった黒い目がカリスタを見つめる。一瞬、鼓動が止まり、カリスタはぎこちなく微笑《ほほえ》んだ。レドロスもかすかな笑みを浮かべて、小さくうなずく。

カリスタは抱擁を解き、気遣うようにヴィエゴを見た。「イゾルデは？」

「休んでいる。なんとか持ちこたえているよ。彼女は見かけより強いんだ。それに決してあきらめない。ぼくもだ」ヴィエゴが期待をこめて問いかけるようにカリスタを見た。「それで？　ブレスドアイルは見つかったのか？」

カリスタはうなずき、静かに答えた。「見つかった」

「きみなら見つけてくれると思っていた！」ヴィエゴは両手を高々と上げて叫んだ。「イゾルデを救ってくれると。来てくれ、この素晴らしい知らせをイゾルデにも告げなくては！」

ヴィエゴは踵《きびす》を返し、はしゃぐ子犬のように弾む足取りで寝室に戻っていく。だが、レドロスもヌニョも、カリスタと目を合わせようとしなかった。

何かがとてつもなくおかしい。

最初に気づいたのは臭いだった。寝室には香が焚《た》きしめられていたが、それすら、吐き気を催すにおいをごまかすことはできなかった。これは死臭だ。

「入ってくれ、一緒に朗報を告げよう」ヴィエゴに呼ばれるまま、カリスタは恐怖に胸を締めつけられ、顔をこわばらせて寝台に近づいた。

寝台の周囲に垂らされた薄絹でイゾルデの姿ははっきり見えないが、横たわった体の輪郭は見てとれた。

「愛《いと》しい人」ヴィエゴが薄絹を引き、囁く。そのなかはまだよく見えない。「イゾルデ、目を覚ましておくれ！　素晴らしい知らせがあるんだ！」

ヴィエゴは身をかがめて王妃の額に口づけし、カリスタを振り返りながら首を振った。

「ぐっすり眠っている！」ヴィエゴは妻に顔を戻し、そっと頬《ほお》を撫でた。「このまま眠らせておいてやろうか。きみの成功を知らせるのはあとにしよう」

薄絹の隙間から、イゾルデがまとっている伝統的なカマヴォールの衣装が見えた。これは奇妙だ。イゾルデは自分の出自を誇りにして、いつも幾重にも布を重ねた流れるような衣装を着ていた。

カリスタはにじり寄って薄絹を押しやり、ようやくイゾルデを見下ろした。

カマヴォールの王妃は完全に死んでいた。

22

カリスタは遺体を見下ろし、絶望のうめきをもらした。

王妃の顔はすでに土色に変わっていた。げっそりと肉が落ち、唇も紫を通り越し、黒くなりはじめている。この状態からすると、息を引きとったのは最近、おそらく先週のどこかだろう。それに気づいたとたん、鋭い痛みが胸を貫いた。あと数日早く戻っていれば、イゾルデを救うことができたかもしれない。だが、死んでいるのは疑いようのない事実だ。胸が上下していないのは息をしていない証拠。何よりも、王妃には深い眠りすらもたらせない静けさがある。

それでも確かめる必要があった。カリスタは手を伸ばし、人差し指をそっとイゾルデの喉に当てた。

「起こしてはだめだよ」ヴィエゴがつぶやく。

イゾルデの喉は冷たく、カリスタの指の下でまったく動かない。鼓動も感じられない。

「ああ、ヴィエゴ」カリスタは吐息のように言った。「王妃はもう私たちのそばを離れたのよ。安らぎを得て、祖先とともにいるの。祖先のところへ迷わず行けるように、額に血で三叉《さんさ》を描いてあげなくては」

頬のこけた叔父《おじ》の顔に傷ついたような表情が浮かび、それから戸惑いが、次いで怒りが浮かんだ。

ヴィエゴは険悪な顔でカリスタの手をイゾルデから払い落とした。「王妃から離れろ。なぜそんなひどいことを言う？」

カリスタは宥めるようにてのひらをヴィエゴに向け、後退《あとずさ》った。「辛《つら》い気持ちはよくわかるけれど、イゾルデをきちんと埋葬しなくては」

「きみもほかの連中と同じだ。ぼくらの仲を裂き、イゾルデをぼくから取りあげるつもりだな。そんなことをさせるもんか」

「ヴィエゴ」弟のように愛してきた若い叔父が、最愛の妻の死にどれほど苦しみ、悲しんだかを思うと、胸が引き裂かれるようだ。カリスタはヴィエゴに近づき、手を差し伸べた。

寝室のよどんだ空気が突然乱れ、巨大な剣がヴィエゴの手に現れた。

「イゾルデを奪えるものなら奪ってみろ」

いつの間に寝室に入ってきたのか、ヌニョがふいに横に立ち、立ち尽くすカリスタを扉へと引き戻した。「王よ、少しお休みになられませ」老助言者は優しい声で言った。「長い一日でしたからな」

ヴィエゴは白昼夢から覚めたように目をしばたたき、首を振って、けげんそうに手にした剣を見た。「そうだな」ようやく答えて剣を放す。サンクティティは床に落ちるまえに消えた。「そうするよ、ヌニョ、おまえの言うとおりだ。ひどく疲れた。横にならないと。レドロス、眠っているあいだ見張りを頼めるか？」

「畏《かしこ》まりました、陛下」カリスタの後ろの影のなかから、レドロスが即座に答える。

「頼む」ヴィエゴは言った。「おまえがいてくれると思うと、安心できる」

カリスタはレドロスの腕甲に触れ、憂いに満ちた優しい目を見上げた。「時間ができたら話そう」

大男がうなずき、手甲を付けた大きな手をカリスタの肩に置いた。

振り返ると、ヴィエゴがイゾルデのそばに膝をつき、枕に頭を置くところだった。カリスタはため息を漏らし、ヌニョに引かれるままに部屋を出た。両開きの扉がその後ろで閉まる。

連れ立って王の居室がある荒れ放題の棟をあとにしながら、カリスタは小声で尋ねた。「王妃はいつ亡くなったの？」

「王が治療師すら部屋に入れなくなったため、正確にはわかりませんが、殿下が出発されてから二、三週間ほど過ぎたころでしょう。殿下にお知らせしようにも、その方法がなく……」

カリスタは驚いてヌニョを見た。「そんなまえに？　でも、あの遺体は……」

「〈ミカエルの杯〉、あれが腐敗の速度を緩めているのです」

「なんという……」カリスタは打ちひしがれた。「まるで悪夢ね」

「まさしく」ヌニョがため息をつく。「しかし、問題はそれだけではございません」

カリスタはみぞおちに痛みを覚えながら足を止めた。「ほかにもまだあるの？」


警備兵を下がらせると、ヌニョは宝物殿の重い鉄の扉を大きく開き、横に寄った。カリスタは燃える松明《たいまつ》を掲げ、なかに入った。天井が低く、弧を描いていることを除けば、宝物殿は王宮の地下墓所によく似た、広い洞窟のような場所だった。久しぶりとあって気づくのが遅れたが、記憶にあるより広いと感じたのは、そこがほとんど空っぽだったからだ。このまえここに来たときは、どこを見ても宝物の入った箱や金庫が天井まで積まれていた。何百年もの征服と貢物と税で蓄えたカマヴォールの富は、無限のように思えたものだ。

「ヴィエゴが使ったの？」カリスタは愕然《がくぜん》として見回した。「このすべてを？」

「ここにあるものだけならまだしも、王はない金まで使われました。カマヴォールは途方もない借財を抱えております。返済するには何十年もかかることでしょう」

「でも、どうすればそんなことが……？」想像もしていなかった成り行きに言葉が続かず、カリスタは空っぽの部屋を歩きまわった。

「奇跡の癒やしを見つけようと、ありとあらゆる治療師や魔術師、司祭、錬金術師に金貨を投げ与えたのです。やがて噂《うわさ》が広まり、おこぼれに与《あずか》ろうと毎日得体の知れぬ輩《やから》が、王宮の門の前に押し寄せてくるようになりましてな」

「どれほど大勢押しかけようと、それだけでここが空になるはずがない」カリスタは片手で周囲を示しながら言い返した。

「王妃を助ける手立てを請い、王は何十という国に貢物を贈られたのです。宝物を山積みにした船や幌馬車隊が、毎日のようにアロヴェドラを発っていきました。むろん、その多くが途中で襲われるか、護衛たちに盗まれるか、たんに消え失《う》せてしまい、そのため再び贈らざるをえず……王は、代々王家に受け継がれてきた値のつけられぬほど貴重な宝物や遺物を、詐欺師や偽医者の空約束と引き換えになされた。わずか数か月のうちに、王家がこれまで蓄えてきたものは、これこのとおり、消え失せました」

「なんとか止める手立てはなかったの？」

「お止めしようといたしました」ヌニョはうなだれた。「あれ以上言い募っておれば、首を落とされていたでしょう」

カリスタは目をこすった。「穀物の店が閉まっているのはなぜ？　街の人々が飢えているのに」

「首都が包囲された場合に備え、ホスト軍や街の警備隊、騎士団の食糧を確保しなければなりませぬゆえ。間の悪いことに、飢饉《ききん》が王国を脅かしております。雨がまったく降らず、作物が実りませぬ」

「このままではカマヴォールは滅びてしまう」

「おっしゃるとおりです、殿下。王国の未来はナイフの刃の上でぐらついております」

「ヘカリム卿はどこにいるの？　警備している騎士たちは見たけれど、彼の姿はまだ見ていない。街の平和を維持する手助けをしているの？」

「殿下の婚約者殿は、騎士団の一部を王宮に残し、漆黒の角騎士団《ホーンズ・オブ・エボン》やほかの騎士団とともに東へ行軍中です」

「東へ行軍中？」

「ポート・タカンをすでに攻め落とし、最新の報告では内陸の独立都市国家、アルシャラヤに向かって移動中だと報告が入っております」

「なんですって」カリスタは耳を疑った。「ヘカリム卿には、国の外で無意味な戦いをするのではなく、ここにいてもらう必要があるのに！　いったい何を考えているの？」

「私もそう思います。ですが王命には逆らえませぬ。ヴィエゴは暗殺を企てた責を負わせる相手を探しているのです。ポート・タカンは明白な標的でした。おそらくあそこが最後ではありますまい」

カリスタは呆然《ぼうぜん》と空っぽの箱に座り込んだ。

偉大な文明の末期に生きる者には、その文明が崩壊する兆しが、様々な綻びが見えるのだろうか？　そして恐怖に目を見開き、すべてが周囲で崩れ去るのをなす術《すべ》もなく目撃することになるのか？　あるいは何も気づかずに、些細な悩みや心配にかまけて最後まで安穏と日々の営みを続けるのか？　そのうちよくなると必死に言い聞かせながら生きるのか？　沈みかけている船の水を手桶《ておけ》で掻《か》いだすようなものだとわかっていても、避けられない終わりを少しでも先に延ばそうとあがくのか？

カリスタはよくそんなことを考えたものだが、それがいま、実際に起こっているのだろうか。この王国はついに末期に差しかかり、断末魔の苦しみにあえいでいるのか？

「失礼して、御前を下がらせていただきます」ヌニョが言った。「日々、歎願《たんがん》者や請求者が押しかけてまいりますでな。王は彼らに耳を傾けられる状態ではありませんが、歎願を無視すれば、暴動を煽《あお》るようなもの。私に対処できることはたいしてなくとも、陽が沈むまでは苦情や訴えを聞いてやりませんと。そのあとでまた話しましょう」

ヌニョが立ち去ると、カリスタは両手に顔を埋《うず》めて泣いた。

レドロスと話すことができたのは、戻ってから二日後のことだった。

そのあいだは王宮に届く公文書や様々な報告に目を通し、ヌニョにあれこれ問いただし、現在の惨《さん》憺《たん》たる状況を少しでも緩和する方法を見定めるため、息をつく暇もないくらい忙しかった。何より優先すべきなのは、街の貧しい地域で暮らす人々の飢えを少しでも緩和し、暴徒を鎮め、最悪の状態にある治安を多少なりとも回復することだ。しかし、どちらも一朝一夕に解決できる問題ではなかった。

夜遅く、カリスタは銃眼のある城壁の上にひとりで立っていた。闇に包まれた街から、わめき声や剣のぶつかる音が響いてくる。燃えている地区もいくつかあった。アロヴェドラがわれとわが身を引き裂いている。それを思うと胸がよじれるようだ。

「将軍」後ろからレドロスが声をかけてきた。この低く優しい声がどれほど恋しかったことか。レドロスは大きな体に似合わず、驚くほど静かに動く。

カリスタは笑みを浮かべて振り向き、彼を見上げた。いまでは貴族だというのに、レドロスは目を合わせようとしなかった。彼が以前の気安い態度に戻ってくれないことが、辛くてたまらない。旅のあいだは毎日レドロスのことを思い、再会したらなんと言おうか考えていたのに、いざ本人を目の前にすると何ひとつ言葉が出てこなかった。

「レドロス」カリスタはようやく言った。「会えて……嬉《うれ》しい」

「無事に戻られ、恐悦至極に存じます」レドロスは検閲を受けてでもいるかのように緊張し、不動の姿勢を取っている。

「私を見て」

レドロスはのろのろと顔を上げ、カリスタと目を合わせた。すぐにまた伏せてしまったが、ちらっと目が合っただけでも、彼が抱えている混乱と苦痛と重圧が見てとれた。

「大丈夫?」

「はい」だが、そう答えた声には力がなかった。「将軍は?」

「変わりない」カリスタは再び街に目を戻した。しばらく沈黙が続き、やがて根負けしたカリスタが、ため息をついてレドロスに向き直った。「こんなのばかげている」

レドロスはけげんな顔になった。「将軍?」

「これのこと! 私たちのこと! このやりとりのことよ!」

レドロスはわけがわからないという顔で、ぎこちなく足を踏み替えた。カリスタは手袋をはめた大きな手のひとつを取り、レドロスが体をこわばらせるのもかまわず、その手をもうひとつの手で包んだ。

「私たちは親しい友人、同じ軍に属する仲間だ」カリスタは言った。「私が王族でなく、婚約もしていなければ、もっと違うものになっていたと思う。でも、これが私たちの生きている世界。どれほど王族でなければよかったと願っても、私が王女で、ほかの男と婚約していることは変わらない」

レドロスのいかつい顔は石のように無表情だった。

カリスタは再びため息をつき、レドロスの手を放した。眼下の庭園と中庭では、鉄血騎士団の騎士たちが冗談を言い、大声で笑っている。カリスタは苦い顔になった。「鉄血騎士団は、いつからわがもの顔で王宮を闊歩《かっぽ》しているの?」

「将軍がカマヴォールを発った二日後からです」

「ヴィエゴの命令で?」

レドロスはためらったものの、うなずいた。

「まだ言わずにいることがあるようね。さっさと話して。昔から私には何ひとつ隠し通せたことがなかったでしょうに」

レドロスは肩の力を抜き、かつての口調に戻った。「命令したのはたしかに王だ。しかし、実際は、王がうわの空なのをいいことに、騎士団の団長が執行令状に署名させたんだ」

カリスタは水平線に目をやった。「そしていまやヘカリム卿は同盟を結んでいる都市国家を略奪している」カリスタは苦い声で吐き捨てた。「その命令もうまくヴィエゴを操ってせしめたもの?」

レドロスは答えなかったが、何も言わないこと自体が明確な答えだ。

「心憎いほど手際がいいこと」カリスタはつぶやいた。

「ほかにもある」レドロスはためらいがちに言った。「これも知っておいたほうがいいと思う」

「話して」

「噂を聞いた。ヘカリムが鉄血騎士団の団長になった経緯についてだ」

カリスタは顔をしかめた。「どんな噂?」

「ヘカリムは前の団長を救うこともできた。その気になれば守れたが、守らぬことを選んだ、と」

カリスタは目をしばたたいた。「ヘカリムが前の団長を見殺しにした、と?」

「俺はそう聞いた」レドロスは太い声で言い、海へと目をそらした。

「どこで?　誰から?　証拠はあるの?」

レドロスは顎をこわばらせ、銃眼付きの胸壁の向こうを見つめた。「ありえることだ。あいつは権力を手に入れるためなら何でもやる。道徳心の欠片《かけら》もない冷酷な男だ」レドロスはようやくカリスタと目を合わせた。「あんな男と結婚してはだめだ、カル」

「私に指図をするつもり?」

「いや、そんなつもりでは……」

「たしかにヘカリムは野心家で、頑固でもある。でも、平気で前団長を見殺しにするような男だろうか?」カリスタには信じられなかった。

「あんたは人を信じすぎる!」レドロスが食ってかかった。こんな言い方をするのは初めてだ。「常に人の好《よ》い面を見るのは得難い長所だが、最悪の面を見ようとしない!　なかには芯まで腐ってる悪党もいるんだ。あいつはそのひとりだ」

レドロスは胸を波打たせ、両手を握りしめて叫んだあと、すぐに自分の癇癪《かんしゃく》がどれほど不適切だったかに気づいたらしく目を伏せた。

「私にこの結婚をやめてほしいと望むのは、私のため？」カリスタは冷たい声で尋ねた。「それとも自分のため？」

レドロスは紅潮した顔を上げ、怒りと苦痛の浮かぶ目でカリスタをにらんだ。「あの男を信じるな」

「嫉妬は醜いものだぞ、司令官」カリスタはそう言い捨て、きびすを返して歩み去った。

戦士の本能が警告を発したのか、カリスタは突然目を覚ました。部屋のなかに誰かがいる。短剣を摑みながら寝台を飛びおり、賊を探して部屋を見回すと、隅にある椅子に腰を下ろしている影に目が留まった。「レドロス？」

とっさにそう思ったのは、レドロスに投げつけた言葉を悔やみながら横になったからだった。仲直りの機会を与えるために彼が訪れてくれたのなら、こんな嬉しいことはない。だが、立ちあがった影はレドロスほど大きくなかった。

黒い影が近づき、白い月明かりに照らされると、ヴィエゴの蒼ざめた細い顔が見えた。「イゾルデが恋しいよ、カル。もうずいぶん長いこと、彼女の笑い声を聞いていない。彼女の微笑みを見ていない」

カリスタは短剣を下ろし、鞘《さや》に戻してテーブルの上に放った。激しい鼓動を鎮めようと努めながら、溜《た》めていた息を吐きだす。「辛いときにそばにいてやれなくてごめんなさい。間に合うように戻れなくて本当に残念だ」

「まるで悪い夢を見ているようだ」ヴィエゴは寝台に腰を下ろした。疲れ果て、気力も体力も尽きたように、ぼんやりと床に目を落としている。「イゾルデがここにいて、助けてくれればいいのに」

カリスタはそっと隣に座った。「私も心からそう思う。でも、少なくともいまは私がいる。これを乗り越える助けになるよ」

「何もかもひどい状態なんだ、カル」そう言ってカリスタに向けた目には、涙がきらめいていた。「ただ、以前のような毎日を取り戻したいだけなのに」

「わかっている」カリスタはヴィエゴの手を取った。ヴィエゴはカリスタの肩に頭を預けた。「本当に残念でならない」

ふたりはしばらくのあいだ、悲しみを抱えて互いにしがみついていた。やがてヴィエゴが沈黙を破った。

「でも、これからはよくなる。そうだろう?」彼は体を起こし、涙を拭った。「きみはブレスドアイルを見つけた!　イゾルデは回復する。そしてすべてが元に戻る!　きみはイゾルデを救ったんだよ、カル!」

「ヴィエゴ」カリスタは首を振った。ついさっきは、正気に立ち返ったように見えたのに。「ブレスドアイルはなんの役にも立たない。イゾルデは逝ってしまったの。何をしようと、もう戻ってこない」

ヴィエゴの顔がこわばり、氷のように冷たくなった。「イゾルデを気にかけているように見えたが、あれはたんなる演技だったんだな?　きみもほかのみんなと同じだ。イゾルデに死んでほしいんだ」

「なんてことを。本気で言っているの、ヴィエゴ?」カリスタは立ちあがった。「この私に?　たったひとり残された家族に?　私はイゾルデのことは心から愛していた。本当の妹のように思っていたわ。あなたのことも愛している。なんとかして、この絶望を乗り越える助けになりたいだけ」

ヴィエゴがのろのろと立ちあがった。やつれた顔に影が落ちる。「何を見つけたのか教えてくれ。

どうすれば霧のなかを通過できるんだ?」

不気味な管理人がくれたキーストーンと水の入ったガラスの小瓶は、化粧台の引き出しに入っている。だが、そちらに目をやりたい衝動をこらえ、カリスタは若い叔父を見つめた。

「いいえ」きっぱりと断る。「それを教えても、よいことは何もない」

「だったら、きみはもう用済みだ」ヴィエゴはくるりと背を向けた。「入れ!」

四人の逞しい騎士が部屋になだれ込んできて、剣の柄に手をかけ、カリスタを取り囲んだ。鉄血騎士団の男たちだ。兜《かぶと》の面頬を下ろし、顔を隠している。自分たちのしていることを恥じているからか? カリスタはそうであることを願った。

「ヴィエゴ、どうか。こんなことはやめて」

「王女を連れていけ」ヴィエゴは背を向けたまま命じた。「地下牢《ちかろう》に放り込め」

手甲を付けた手に掴まれ、カリスタは反射的に体をこわばらせ、抵抗した。だが、相手は四人、こちらはひとりだ。振り切れるはずもなく、部屋から引きずりだされた。廊下には、さらに多くの騎士が控えていた。

「部屋を捜索しろ!」カリスタのあとから部屋を出ながらヴィエゴが叫ぶ。

カリスタは必死に身をよじり、騎士の手から逃れようとしながら王の護衛を探した。レドロスの姿はどこにも見えない。たとえこの場にいたとしても、彼にできることは何もなかった。そもそも、あんな言葉を投げつけたカリスタを助ける理由など、彼にはないのだ。

そう思うと抗《あらが》う気力も失せ、カリスタは騎士たちに引き立てられるまま、地下牢へと連れ去られた。

23

カリスタがもつれた黒髪が顔に張り付くのもかまわず、鼻が曲がるほど臭い独房の床に汗を滴らせながら、拳をついて腕立て伏せを繰り返していた。と、通路の先にある扉が蝶番《ちょうつがい》をきしませて勢いよく開いた。

鉄が触れ合う音と重い足音が近づいてくる。カリスタは顔を上げなかった。自分がいる牢のすぐ外でその足音が止まっても、腕立て伏せを続けた。どうせ看守のひとりだ。

息を吸い込みながらゆっくり床に体を近づけ、鋭く息を吐きながら体を元の位置に持ちあげる。尖《とが》った石が指の関節にくい込むものかまわず二百回それを繰り返してから、ようやく膝をついてひと息入れ、牢の扉に背を向けたまま立ちあがった。外で待っているのが誰だか知らないが、その男のために急ぐつもりはない。

汚れた体を覆っているのは、目の粗い袋布で造られた囚人服。手も足も土と埃《ほこり》で黒ずみ、空っぽの胃が怒った熊のような音をあげる。まだ荒い呼吸をしながら顔に張り付いた髪を押しやり、縁の欠けた陶器のカップから汚い水を口に含んだ。あまりにひどい味に吐きそうになるのをこらえ、カップをゆっくり床に戻す。それから、ようやく自分を訪れた者を見るために向きを変えた。

鉄格子の向こうに立っているのはヘカリムだった。哀れみと苦痛の入り混じった表情を浮かべている。鎧は傷だらけ、濃い灰色のマントもあちこち破れ、埃だらけだ。疲れた顔には、額の真ん中から眉を切り裂き、頬まで達する新しい傷ができていた。波打つ暗褐色の髪も記憶にあるより長く、汚れて、伸び放題の不精髭《ぶしょうひげ》が顎を覆っている。それでも、この汗と口にするのも憚《はばか》られるものが臭う惨めな地下牢では、とんでもなく場違いに見えた。

「こんなところに何週間も放置したままとは。あまりに……ひどすぎる」ヘカリムは低い声で言った。「殿下……大丈夫ですか？」

カリスタは多少とも威厳を保とうと、背筋を伸ばした。「私は見てのとおりよ」

「いくら王でも、殿下をこんなところに閉じ込めるなど狂気の沙汰だ」

「王国全体が狂気に陥ってしまった」カリスタは唇を歪《ゆが》め、ヘカリムを見上げた。「で、同盟国の攻略はうまく行ったの？　誰かに片目を奪われそうになったようだけれど」

ヘカリムはため息をついて目を伏せた。「東への攻撃を率いたのは、不名誉なことだと思っているのだな。気持ちはわかる」

「でも、私は間違っている？」

ヘカリムはこれには答えず、鉄格子のそばに椅子を引いてきて、唸るような声を漏らしながら腰を下ろした。カリスタは背筋を伸ばしたまま立っていた。

「ここに残っていればよかったと私も思う。私がカマヴォールを発ったときは、ここまでひどい状態ではなかった。街の至るところで暴動も起こっていなかった」

「では、なぜ街を離れたの？」

「ヴィエゴがそうしろと言い張ったからだ。その理由も、まったくの見当はずれというわけではなかった。若い王が刺客に襲われたという噂はたちまち近隣諸国に広まった。どこかを叩《たた》かなければ、敵だけでなく味方にまでカマヴォールが弱体化したように見えただろう。南の国境付近では小競り合いが増し、服従を誓った地域で反乱が起きていた。王国の力を誇示する必要があったのだ」

「でも、ポート・タカンはカマヴォールの同盟国だった。ヴィエゴを殺しても、彼らには何ひとつ得るものなどなかった！」カリスタはやり場のない怒りを持て余し、牢のなかを歩きまわりながら鋭く言い返した。

ヘカリムはその怒りを避けるように片手を上げた。「彼らがあの企ての背後にいるかどうかは関係なかった。王が、いると信じたのだ。それに従って行動するほかに、何ができる？　シオドナが疑惑を口にしたあと、ヴィエゴはどう説得しても聞かず、ポート・タカンを攻めろ、の一点張りで……」

カリスタは足を止め、嫌悪もあらわにヘカリムを見下ろした。「あなたも以前からポート・タカンを手に入れたがっていた」

「たしかに」ヘカリムは潔く認めた。「こういう理由で攻め入ることになるとは思わなかったが……ポート・タカンの貴族は、長年、カマヴォールとその敵の双方を手玉に取り、肥え太ってきた。私はもう長いこと、ポート・タカンはわが王国に併合すべきだと思っていた。そうすればカマヴォールが強くなる、と」

「そして鉄血騎士団の懐も温かくなる」カリスタは言い返した。「しかも、タカンを征服しただけでなく、あの港街を焼いてさらに東へ進んだ。ほかにもいくつ同盟国を攻めたことか」

「私が攻めたのは、すでに反旗を翻したところだけだ。いずれもポート・タカンと強い結びつきを持っている国ばかり。一丸となって国境に押し寄せるまえに、叩いておくべきだと判断したのだ」

非情きわまりない理屈ではあるが、ヘカリムの言い分にも一理あった。ポート・タカンの東に連なる要塞都市や領地は、みな経済的にタカンの貴族に依存している。タカンが滅ぼされたいま、彼らがカマヴォールとの繋《つな》がりを断つのは明らかだ。

「それに、すでに知っていると思うが、カマヴォールは火の車だ」ヘカリムは声を落とした。「ヴィエゴは愚かにも王国の金庫を空にし、敵の懐を肥やした。いまやカマヴォールには兵士に払う金も、飢えた民のために穀物を買う金もない。私がポート・タカンとその東の地域を征服したことで、一時的にせよ息がつける」

「で、その富はどこにあるの？　鉄血騎士団の金庫のなか？」

「ヴィエゴに渡し、投げ捨てられるよりはましだろう?」ヘカリムは厳しい顔で立ちあがった。「この惨めな状況から利益を得るつもりは毛頭ない。すでに、買い求めた穀物を出荷し、ホスト軍の兵士たちに遅延していた手当を渡す手はずは整えた。いちばん必要なときに、持ち場を捨てられては困るからな」

「ホスト軍の忠誠は、何があっても揺らがない」カリスタは鋭く言い返した。「脱走する兵士などひとりもいるものですか」

「自暴自棄《じぼうじき》になった兵士は、信じられないような行動を取るものだ」ヘカリムは肩をすくめた。「しかし、ここに来たのは言い争うためではない」

「では、なんのため?」

「あなたは私の婚約者だ」ヘカリムは真剣な顔でふたりを隔てている鉄格子に近づいた。「とにかく会って、まともな扱いを受けているかどうかを確認したかった。無事に戻ったという知らせを受けるとすぐに、馬に飛び乗り、駆け戻ったのだ。ヴィエゴに投獄されたことは聞いたが、王宮のどこかに閉じ込められたのだとばかり……いくら正気を失っているにせよ、あれほど尽くしたあなたを地下牢に投獄するとは。到底、許容できることではない」

「何もかも私のせいだ」カリスタはつぶやくように言って、寝台代わりの低い石棚に腰を下ろした。ここに投げ込まれてから必死に抑えてきた絶望が込みあげ、深い疲れにともすれば呑《の》み込《こ》まれそうになる。「危機に陥っていた国を離れたのが間違いだった。ここに、ヴィエゴのそばにいるべきだった」

「だが、見つけたんだな?」ヘカリムは身を乗りだした。「ブレスドアイルを? あの島はただの伝説ではなく、実在しているんだな?」

「ええ。でも、それが何になるの? 王妃には何の役にも立たない。私があの島の土を踏んだときには、すでに王妃は亡くなっていたのよ」

「すべてが伝説の通りだったのか？」

ヘカリムの声に滲む何かが引っかかり、カリスタはぱっと顔を上げて目を細めた。いまの声には、これまでは気づかなかった……飢えがある。「そんなことは関係ない」おのずと声が冷ややかになる。「私は王妃を救う旅に出たが、救えなかった。重要なのはそれだけよ」

ヘカリムが体を起こした。端整な顔には悔いと悲しみが浮かんでいる。卑しい下心を見たと思ったのは、錯覚だったのだろうか？　満足な食事もとれず、よく眠れないせいで、体力が落ち、勘が鈍っているのかもしれない。

「あなたはできるかぎりの手を尽くした。王に感謝されればこそ、こんな仕打ちをされるいわれはない。そもそも、あなたがいなければ王は毒刃に倒れていたのだ」

「ヴィエゴを責めないで」カリスタは若い叔父をかばった。「イゾルデは彼の宝だった。その宝を失ったせいで取り乱しているの。でも、きっと立ち直る。邪な人間ではないのだもの。この闇から出る方法を見つけさえすれば……」

ヘカリムが苦笑を漏らした。「こんな扱いを受けても、まだ彼を弁護するのか」

「ヴィエゴは家族よ。ただひとりの家族」

「あなたは勇猛なだけでなく、思いやりも深いのだな。道理で、ホスト軍があれほど忠実なわけだ」

ヘカリムが出口へと向きを変えた。「王と話してこよう。私の名誉にかけて、あなたをここから出すよう説き伏せる」

ヘカリムが立ち去ったあとも、カリスタは長いこと厳しい表情で考え込んでいた。

ブレスドアイルの首都　ヘリア郊外

街のすぐ外にある草地であぐらをかき、ライズは革で装丁された本を夢中で読んでいた。そよ風が優しく頭上の枝葉を揺らすたびに、まだらな木漏れ陽が黄ばんだページの上で躍る。

ここにいるのは、師であるタイラスの目を逃れるためだったが、彼はひとりではなかった。光の番人《センチネル・オブ・ライト》の技術者ジェンダ・カヤが、少し離れた草の上に仰向《あおむ》けになり、目を閉じている。ジェンダ・カヤと一緒に過ごすのは楽しかった。カマヴォールの王女が立ち去ったいま、しつこく付きまとっていた亡霊のことを話せる相手は、ジェンダ・カヤしかいない。あれの正体はライズ同様、この技術者にもわかっていないが、実際に見た人間と話ができるだけでも恐怖が和らぐ。それにジェンダ・カヤの改良した古代の武器がそばにあると安心できた。〈古の泉《ウェル・オブ・エイジズ》〉にいた亡霊は、一体だけではなかったのだ。

読んでいるページに蝶《ちょう》がとまった。触角を振りながら、虹色にきらめく羽をゆっくり開いては閉じている。指を近づけると、その指に移ってきた。ライズはそっと指を本から離し、蝶に息を吹きかけて、ゆったりと羽を動かしながら飛んでいく蝶を見送り、また指先で楔形《くさびがた》文字をたどりはじめた。すぐ横の草の上には、ほかにも二冊の本が開いたままになっている。難しい言い回しを解読するときの参考にするためだ。どちらもいまや死語であるイカシア語に急に関心を持ったライズのために、タイラスが揃《そろ》えてくれたもの。貴重な資料だ。

この何週間か、ライズは熱心に学んでいた。タイラスの教えに黙って耳を傾け、与えられた課題をこなすかたわら、古代魔法について書かれたこの古書をせっせと読み解いている。執拗《しつよう》に追いかけてきた亡霊の恐ろしさを忘れるには、何かに没頭するのがいちばんだ。

タイラスは、ライズのこの変化に面食らっているようだが、わけを問いただそうとはしなかった。ライズがよくジェンダ・カヤと一緒にいる理由も尋ねてこない。

「異なる分野の知識を取り入れるのはよいことだ。ジェンダ・カヤはよい師だよ」タイラスが言ったのはそれだけだった。

ライズは笑みを浮かべながら、うとうとしているジェンダ・カヤを見た。タイラスがこの〝指導方法〟に同意するとは思えない。

とはいえ、師はついに弟子が勉学に本腰を入れたことを喜んでいるようだ。実際、ライズは生まれて初めて、新しい知識を吸収することを楽しんでいた。

グラエルから手に入れた古書のおかげで、自分の魔力を少し制御できるようになったことも励みになっていた。もちろん、まだその表面をかすめた程度にすぎない。ひとりの著者の知識ではなく、それぞれ何世紀も隔てた時代を生き抜いた十二人の魔導師《メイジ》の経験を集大成したこの本によると、ルーンの形を完全に習得すれば、想像をはるかに超える魔法を使いこなせるようだ。これまでも自分の内にある力を引きだすことはできたが、それを効果的に使うにはルーンの知識が圧倒的に足りなかった。ほかの人々がどう思おうと、ルーンの魔力を完全に使いこなせると自惚《うぬぼ》れるほどライズは傲慢ではない。だが、この古書のおかげで、自分に何ができるかが少しわかるようになった。それに、こちらのほうがたぶん重要だが、何ができないかも理解しはじめている。

ライズはいま読んだところを読み直し、その意味を考えながら唇を動かして古代の言葉を形づくった。本を横に置いて立ちあがり、目を閉じて深く息を吸い込みながら、体の中心に気を集めていく。タイラスに教わった方法で精神を集中し、再び深く息を吸い込みながら、今度は空気だけでなく、生のままの魔力も一緒に吸い込んだ。取り込む魔力が多すぎないように、堰《せき》を塞ぐのが少し難しかった。体内に流れ込むのを許したわずかな量だけでも、溶けた火のように熱く血管を流れていく。

目を開けて、体内の魔力が光を放ち、皮膚の下で一連のルーンがきらめくのを確かめる。よし！この魔力は暴走してはいない。思いどおりに使うことができる。

両眼から太古の蒸気を漏らし、ライズは近くの岩をじっと見た。体のなかで魔力が煮え立ち、解放されたがっている。それを押さえ込み、呼吸を一定に保ったまま、しなやかな筋肉のついた腕を伸ばす。そしてルーンの形を空中に描きながら一歩踏みだし、硬く握った両手を突きだした。

周囲の空気を波打たせ、青白い光が拳から放たれる。稲妻のようなその光は、ルーンの跡を残しながら狙った方向に飛び、大きな音とともに岩に命中した。岩の表面に美しい光の波が走る。

腕から力を抜いたとたん、皮膚の下のまばゆいルーンの光が薄れる。岩に歩み寄ると、ほぼ真ん中からすっぱり割れていた。ライズは低い口笛を吹いた。断裂面から刺激臭のある細い煙が幾筋も上がっているが、手で触れるとひんやりしている。なめらかな岩に沿って走らせた指先が、かすかに残るルーンの魔力でぴりぴりした。

「眠ろうとしていたのに」

ライズはジェンダ・カヤを振り向いた。まだ目を閉じている。「最新の武器に問題があって、それを解決する方法を見つけなきゃならない、って言ってなかった？」

「ややこしい問題を解決するには、ひと眠りするのがいちばんなのよ」ジェンダ・カヤはため息をついてしぶしぶ目を開け、体を起こした。目を細めてくすぶっている岩を見る。「あんたがやったの？」

ライズは胸をそらした。「そうだよ。かっこいい石の武器を使う必要さえなかった」

ジェンダ・カヤは鼻を鳴らした。「始めたばかりにしては、いい線いってるじゃない。で、ほかには何ができるの？」

カマヴォールの**首都**　アロヴェドラ

二日後にヘカリムが地下牢を訪れたときには、カリスタは髪と体を洗い、清潔な囚人服に着替えていた。

彼が来るまえに、相変わらず無言の看守たちが熱いお湯の入ったたらいと石鹸《せっけん》と香油と櫛《くし》を運んできたのだ。彼らは清潔なタオルと服と、粗末な革紐《かわひも》付きサンダルも持ってきて、擦り切れた毛布を二枚の分厚い毛布と交換していった。

いくつもの平皿に載せた料理も運ばれてきた。カリスタは空腹だったが、がつがつ食べないように気をつけた。そんなことをすれば吐いてしまう。そこで少しずつ口に入れ、こってりした料理には手をつけなかった。

「少しは人心地がついたかな？」ヘカリムが尋ねた。

「ええ。あなたのおかげで」

「感謝するのはまだ早い。そこから出してあげられないのだから。しかし、多少は快適に過ごしてもらえるようになったと思う」

「ありがとう」

ヘカリムは真剣な眼差しで鉄格子に顔を近づけた。「彼が望むものを与えれば、一時間以内にそこから出してあげられるのだが」

カリスタは目をそらした。「そんなことをしても無駄よ。イゾルデは戻ってこない」

「ヴィエゴはあなたの部屋にあった水を見つけた。調べさせたところ、癒やしの効果があることが明らかになった。彼はその水が大量にあれば、イゾルデを救えると信じている」

「イゾルデは死んだ！」カリスタは鋭く言い返した。「たとえ生命の水のなかに浸したとしても、なんの役にも立たない」

「ヴィエゴは王妃の死をまだ受け入れようとしない。しかし、深い悲しみがもたらしたこの狂気から立ち戻らせる方法はあると思う」

「どんな方法？」

「ブレスドアイルに連れていくのだ」ヘカリムは片手を上げ、カリスタの抗議を制した。「どうか最後まで聞いてもらいたい。ヴィエゴをブレスドアイルに連れていき、ヘリアのマスターたちに助けを請う。司祭たちや王の医師団、ヌニョとも話したのだが、自ら島に赴き、王妃のためにできることはもう何もないと納得すれば、気持ちの区切りがつき、ヴィエゴに取り憑《つ》いている狂気も消えるかもしれない」

カリスタは何も言わずに眉を寄せ、唇を嚙《か》んだ。

「このままでは、王国はヴィエゴとともに倒れ」ヘカリムは言葉を続けた。「われわれも倒れる。すでに禿鷹《はげたか》がカマヴォールの上空を舞い、肉を突《つつ》こうと待ち構えている。ヘリアはわれわれにとっても、ヴィエゴにとっても、唯一の望みだ」

カリスタはヘカリムに背を向け、目を閉じて鼻梁《びりょう》をつまんだ。死の床にあった祖父の言葉が、いまこの場で聞いているようによみがえった。

〝あの子を導いてくれ。よき相談相手となり、必要なら操ってでもカマヴォールを守るのだ〟

ブレスドアイル行きを勧めるヘカリムの動機は疑わしいが、彼の言うことにも一理あった。何もしなければ、おそらくヴィエゴはカマヴォールを滅ぼす。実際、すでに滅ぼしかけている。それに、ヴィエゴがイゾルデの死と折り合う手助けをする、という亡き王妃との約束もあった。

ヘカリムが正しいのか？　ヴィエゴに妄執を捨てさせる方法はこれしかないのか？

罪悪感と迷いが鋭い爪でカリスタの胸を掻きむしった。

「考えてみてくれ」ヘカリムは向きを変えながら懇願した。「私が望むのはそれだけだ。あなたがどんな決断を下そうと、それを支持する」

カリスタは許しを請う罪人のように玉座の前で膝をついた。

心を決めるには、二日かかった。身に着けているのは清潔だが質素な服だけで、鎧《よろい》と武器は取りあげられたままだ。頭上で輝く玉座にゆったりと座ったヴィエゴは、頬《ほお》のこけた青白い顔に尊大な表情を浮かべていた。サンクティティを膝に置き、たくさんの指輪をはめた細長い手を、脅すように剣の上に置いている。

不動の姿勢でそのかたわらに立つレドロスが、苦痛の滲《にじ》む目で、臣下の礼を取るカリスタを見下ろしていた。

壁際にはヘカリムの騎士たちがずらりと並び、玉座の一段下には、ヴィエゴがまだ多少とも信頼しているヌニョとヘカリムが緊張もあらわに立っている。

「私に話があるそうだな」ヴィエゴはサンクティティの刃に親指を当てて尋ねた。

毒づいてこの場を立ち去りたい衝動をこらえ、カリスタはヘカリムをちらっと見た。彼がそれとわからぬほど、かすかにうなずく。

「陛下をお連れします」カリスタはついにそう言った。「ブレスドアイルにご案内します」

ヴィエゴはぱっと立ちあがり、サンクティティを消して満面の笑みを浮かべた。「そうしてくれると思った！　きみは昔から誰よりも頼りになる親愛なる友であり、味方だった。あらゆる意味で、姉のような存在だ。心から愛している。ほかに方法がなかったとはいえ、ひどい扱いをすることに、どれほど心が痛んだかしれない。だが、きっと私と愛するイゾルデを助けてくれるとわかっていた。さあ、立って。どうか立ってくれ」

カリスタは立ちあがった。ヴィエゴがヌニョに向かって指を鳴らす。

「やることが山ほどあるぞ！」ヴィエゴは叫んだ。「船隊の準備を。王妃を運ぶ輿《こし》もだ。これ以上無駄にする時間はない。今宵《こよい》の引き潮に乗って発《た》つぞ」

「でも、ひとつだけお願いしたいことがあります」カリスタは言った。

「遠慮はいらない、なんでも言ってくれ！」

「カマヴォールの船団が突然港に現れれば、ヘリアのマスターたちの不興を買う恐れがあります。彼らは震えあがり、イゾルデを助ける気にならないかもしれません」

ヴィエゴは少し考え、うなずいた。ヘカリムが片方の眉を上げ、何か言おうとヴィエゴの肩越しに身を乗りだす。だが、カリスタはかまわずに続けた。

「船は一隻だけ、王の警護にはホスト軍があたり、警護の兵士は私が選びます」

「王は鉄血騎士団《アイアン・オーダー》を最も信頼しておられる」ヘカリムが口を挟んだ。「われわれはカマヴォール最強の軍団だ。われわれほどよく王をお守りできる者はいない」

「いまのが私の条件よ、ヴィエゴ」カリスタは言った。「鉄血騎士団は同行しない」

「ばかな」ヘカリムが声を荒らげた。「陛下、王妃のことをお考えください！　王妃の警護には誰が適任かを。陛下の最強の騎士たちですか？　卑しい生まれの屑《くず》どもですか？」

「きみの提案に従うとも、カル」ヴィエゴはヘカリムの懇願を無視した。「船は一隻だけ。警護にはホスト軍の兵士がつく」

「陛下……」ヘカリムが怒りに顔を醜く染め、地を這《は》うような声で警告する。

「これは決定だ」ヴィエゴがぴしゃりと言いわたす。

ヘカリムは憎々しげにカリスタをにらみ、きびすを返して謁見室を出ていった。

「よし、準備にかかろう！」ヴィエゴはぱちんと手を打ち合わせた。「ブレスドアイルに向かうぞ！」

24

　カリスタは埠頭《ふとう》に直立し、王の到着を待っていた。

「王宮の地下牢で、のんびり骨休めをしていたんだって？」すぐ横に並んでいるヴェニックス船長がつぶやいた。「感謝の仕方もいろいろあるもんだ」

「ヴィエゴは王妃を失い、呆然自失しているの」

「失くしたのは王妃だけじゃなさそうだね」

　カリスタはヴァスタヤ人の船長をにらみつけた。

「ほら、お情け深い王様のおでましだよ」ヴェニックスは、埠頭の上を〈ダガーホーク〉に近づいてくる一行に顎をしゃくった。ヴィエゴは馬にまたがり、召使いたちが担ぐ金色の輿と並んで進んでくる。「あたしらは、王妃があのなかで生きているふりをしなきゃならないんだね」船長は付け加えた。「楽しい旅になりそうだ」

「静かに」カリスタは低い声でたしなめ、ちらっと周囲を見回した。「首を落とされたいの？」

　一行が〈ダガーホーク〉に達するまで、カリスタは無表情を保った。輝く黒い鎧と暗灰色のマントをまとった五十人の騎士を従え、大きな軍馬にまたがったヘカリムが先頭を進んでくる。騎士たちはヴィエゴと金色の輿を囲んでいた。ありがたいことに、輿の周囲には厚手の布が垂らされ、王妃の亡《なき》骸《がら》は見送る人々の目から隠されている。

　ヴィエゴは体高のある白い悍馬《かんば》にまたがっていた。王族を表す紫と青の豪華な衣装に、前に三叉槍《さんさやり》をあしらった銀白の王冠をつけている。アロヴェドラの民が腹を空《す》かせ、絶望し、怒りをくすぶらせて見守るなか、彼らの沈黙が何を意味するかにはまるで気づかぬ様子で、笑みを浮かべ手を振っている。見ているだけで胸が痛み、カリスタは歯を食いしばった。王が正気に立ち返ったあと、戻る街が残っていればいいが。

背筋をぴんと伸ばしてヴィエゴの横に従うレドロスは、荷車用の巨大な馬に乗っていた。おそらくホスト軍には、レドロスの体重を支えられる馬がほかにないのだろう。カリスタが知るかぎり、レドロスは鞍《くら》にまたがったことがなく、いまも引きつった顔で前橋《ぜんきょう》にしがみついている。一行のあとからヌニョが小走りについてきた。

ヘカリムが軍馬の手綱を引いてカリスタの前で止まり、脚を踏み鳴らし荒い鼻息を漏らす馬の背から、冷ややかな目を向けてきた。カリスタは背筋を伸ばし、頭を高く上げて彼を見返した。軍馬などに威嚇されてたまるものか。

「団長」

「レディ・カリスタ」ヘカリムがかすかに頭を下げる。

一行が止まり、レドロスが半分落ちるように馬から降りた。カリスタはつい低い笑いを漏らしたが、ヘカリムが目を細めるのを見てすぐさま笑いを引っ込めた。

鉄血騎士団の団長はあぶみから足をはずし、優雅に体を滑らせて石の埠頭に降り立つと、カリスタに目を据えたまま若い見習い騎士を呼んだ。「私のチェストが船に積み込まれるのを見届けろ」

カリスタは体をこわばらせた。「この旅には鉄血騎士団は同行しない。王はそれに同意したはずだ」

「私は鉄血騎士団の団長としてではなく、王の相談相手、友人として同行する。それにもちろん、熱愛する婚約者を守るために」

関節が白くなるほど強く槍を握りしめ、カリスタはかろうじて無表情を保った。どういうつもり？ヘカリムが同行するのは何か大きな企《たくら》みの一部にちがいない。だが、いくら考えても、カリスタにはその企みが読めなかった。

「婚約者に同行されたくない理由が、あなたにあればべつだが？」

カリスタはゆっくり呼吸して不安と怒りを鎮め、氷のような声で吐き捨てた。「もちろん、そんな理由などないあるわけがない」

ヴェニックス船長がふたりを見て、〈ダガーホーク〉の乗船板へと向きを変えながらつぶやいた。

「ほんと、楽しい旅になりそうだ」

永遠なる海

一行は迫る黄昏《たそがれ》の影のなかを出帆した。ひとりで甲板に立ち、カマヴォールが水平線へと遠ざかるのを見ていると、際限なく気が滅入《めい》ってくる。何か月かまえにヘリアを探す旅に出たときは、不安と疑いに苛《さいな》まれていたとはいえ、王妃を救えるかもしれないという一縷《いちる》の望みがあった。だが、その希望はいまや潰《つい》え、深い懸念と恐れが胸を騒がせている。

やがてカマヴォールは完全に見えなくなった。

後部甲板に置かれた王妃の輿の周りには、周囲の視線だけでなく風や雨、塩を含んだ飛沫《しぶき》から輿を守るために、予備の帆が張られていた。

「王妃は寝台から降りられないほど具合が悪い」船に乗ったあと、ヴィエゴは乗組員と警護の兵士たちにそう告げていた。

はっきりとは聞きとれないが、〈ダガーホーク〉の船尾に立つカリスタのところにも、きらびやかな輿のなかで話すヴィエゴの声が聞こえてくる。

周囲で配置につき、不動の姿勢を取るホスト軍の兵士たちにうなずきながら、輿をぐるりと回り込むと、巨大な楯《たて》を左腕につけ、右手を剣の柄《つか》にかけたレドロスが正面を警護していた。カリスタは少し方向を変え、彼に近づいた。

「ヴィエゴは誰かと話しているの？」低い声で尋ねる。

「なかに入った者は誰もおりません、将軍」率直な答えではないが、疑いは確認できた。

「王妃に話しかけているのね。まだ頻繁にそうするの？」

「ときどきです、将軍」

カリスタはため息をついた。この答えにも、レドロスの堅苦しい対応にも、同じくらい気が滅入る。ふたりのあいだには壁ができてしまった……それも、自分のせいで。

「このまえのことは謝る」カリスタはつぶやいた。「あんな言い方は公平ではなかった」

「将軍が謝罪なさることは何もありません」レドロスは居心地が悪そうな顔になった。「自分が立場もわきまえず、出過ぎたことを申しあげたのです。あんなことは二度と起こりません」

ぎこちない沈黙が訪れた。どうやら、声をかけるまえより気まずくなったようだ。レドロスの固い姿勢とこわばった顎を見れば、彼も同じように感じているのは明らかだった。レドロスに敬礼されると、これ以上話すことはないと仄《ほの》めかされたような気がして、カリスタは顔が赤くなるのを感じながら敬礼を返し、その場を離れた。


魔法の霧は、白い絶壁のように〈ダガーホーク〉の前にそそり立っていた。

「興味深い」かたわらのヴィエゴが、畏敬の念を浮かべてつぶやく。

水兵や兵士たちの叫び声や話し声を聞いて、王妃の輿から出てきたのだ。二週間を超える長い航海のあいだ、ヴィエゴが甲板に姿を現したのはほんの数回だけだった。

この二週間、カリスタの神経はずっと張りつめていた。レドロスとは相変わらずぎこちない状態が続き、旅の初めに話したきりほとんど言葉を交わしていない。ヘカリムもひどく冷ややかで、取りつく島もないとあって、ほとんどの時間をひとりで過ごすことになった。ヴェニックス船長すら前回の旅とは違い、神経を尖らせている。

近づく霧を見つめるヴィエゴの顔には、信じがたいものを目にした子どものような驚きが浮かんでいた。カマヴォールに戻って以来目にしてきた取り憑かれたような表情が消え、いまのヴィエゴはほとんどイゾルデを失う以前に戻っているようだ。

「その石がないと、船はあの霧に翻弄され、最後は吐きだされてしまうんだな」

カリスタはうなずいた。「前回の旅では、霧を通過しようと何回も試した。針路が変わらないように、船長が舵輪《だりん》をロープで固定させたこともあった。それでも、完全にどこかで向きが変わり、元の場所に戻ってしまった」

ヴィエゴは驚きに首を振った。「驚嘆すべき防御だ。だが、もちろん、それを無力にする鍵がある。見せてもらえるかな？」

カリスタは淡い色の球状のキーストーンを取りだし、少しためらったあとヴィエゴに差しだした。

「ただの石にしか見えないが」ヴィエゴはつぶやきながら、長い指で石を回した。「これを手に入れた経緯をもう一度聞かせてくれ」

「王に取り入りたいと願っている男がくれたの」

「この石が霧を分けることができたら、望むものを与えてやるとも」

「話しているだけで虫唾《むしず》が走る、不快な男だった」

「王の寵愛《ちょうあい》を求める不快な輩《やから》か。カマヴォールの王宮によくなじみそうだ」ヴィエゴはそう言って笑った。

カリスタも微笑《ほほえ》んだ。「笑い声を聞いたのはずいぶん久しぶり。今日は気分がよさそうね」

「当然だろう？　もうすぐ望みが叶《かな》うんだ！　さあ、この石が働くところを見せてくれ。ヌニョ、ここに来て一緒に見よう！」

カリスタは不安に駆られながらキーストーンを手にした。この石をどう使えば霧が分かれるのか、見当もつかない。

白い霧の壁は、すでに矢を射れば届くところに迫っていた。ヴェニックス船長の指示で〈ダガーホーク〉は最後の帆をたたみ、慣性で海の上を滑っていく。船長がひと声かけると、乗組員はいっせいに櫂《かい》を伸ばし、ぴたりと口をつぐんで次の命令を待った。全員が期待に息を止めている。

「王女様、用意はいいかい？」ヴェニックスから声がかかる。

カリスタは片手を上げ、振り向いて船長にうなずいた。船長が大声で命じる。「漕《こ》ぎ方、用意！」

すべての櫂の先端が水のなかに消えた。

「漕げ！」

〈ダガーホーク〉は律動的なひと掻《か》きごとに前進し、なめらかに霧に向かいはじめた。カリスタは近づく霧の壁を見つめ、深く呼吸して自分を落ち着かせた。

「カモールよ、お導きを」小声でつぶやく。「どうか、うまくいって」そしてタイラスがしていたように、キーストーンを高く掲げた。だが、〈ダガーホーク〉の船首が接触しても、霧は分かれようとしない。船はそのなかに入り、完全に包まれた。あらゆる音がくぐもり、波立っていた海面がすぐさま湖のように凪《な》ぐ。

「うまくいっているのか？」ヴィエゴが尋ねる。

「そうは思えませぬな」ヌニョが小声で答える。

カリスタはふたりを無視し、さらに高く石を掲げながらつぶやいた。「分かれろ！」

「なんだ、期待はずれだな。イゾルデが霧を怖がらないように、そばにいてやるとしよう。頼むぞ、カル。私たちを失望させないでくれよ」ヴィエゴはきびすを返し、ヌニョを残して離れていった。

〈ダガーホーク〉は進み続けていたが、まだ何も起こらない。誰かが近づいてくる足音がした。

「王女様?」ヴェニックスが近づき、耳元で尋ねた。「問題があるのかい?」

「たぶん」カリスタは認めた。

「うまくいかなかったら、王がどんな反応を示すと思う?」

「ひどく不機嫌になるだろうな」

船長は髭《ひげ》を震わせ、うなずいた。「やれやれ、ありがたいこった。あたしたちは、あのままカマヴォールに戻らないほうがよかったんじゃないか? そうすりゃ、いまごろブールの居酒屋で、うまい蟹《かに》を食べながら、ほろ酔い機嫌で陽《ひ》が沈むのを眺めていられただろうに。どう? そう思うのはあたしだけかい?」

「あなただけだ」カリスタは怒ってキーストーンを空中に突きだしたが、まったく効果がなかった。

「その石がうまく働いてくれるといいが。次に何が起こるにしろ、乗組員に準備をさせておかないとね」

カリスタはヌニョとふたりで残された。さりげなく振り向くと、水兵もホスト軍の精鋭も期待を込めてこちらを見ている。カリスタは前方に目を戻し、白い空間をにらみつけた。

ふいに、ジェンダ・カヤに言われた石の武器を発射させる方法が頭に浮かんだ。

〝的に集中し、武器に的を撃てと頼むの〟

ジェンダ・カヤの武器の中心にも、遺石が取り付けられていた。このキーストーンの力を引きだすには、同じように集中する必要があるのかもしれない。

「よし、今度は大丈夫」カリスタは小声で自分を励ました。「霧に集中し、この石にそれを分かてと頼むのよ」

もちろん、あのときは何度試しても光を放つことはできなかった。だが、細かいことは言いっこなしだ。

「私でお役に立つことがありますかな」ヌニョがすぐ近くから申しでた。「そういう遺物とは割合と相性がよいのですよ」

カリスタはちらっとヌニョを見た。好奇心に目を輝かせてキーストーンをじっと見ている。「もう一度だけ試してみる」

「もちろんですとも！」ヌニョは頭を下げ、退いた。

「霧に集中しろ」カリスタはつぶやいて前方に目を向けた。

前にそびえる白い壁を見つめ、再びキーストーンを掲げる。気のせいだろうか、なめらかな石を包んでいるてのひらが、ほんの少しぴりっとしたような気がする。

「分かれろったら！」カリスタは自棄《やけ》になって命じた。

ふいにキーストーンが脈打ち、その脈が腕を伝ってきた。同時に〈ダガーホーク〉の前方で霧が分かれはじめる。水兵が歓声をあげ、船はできたばかりのトンネルを進みはじめた。カリスタは畏怖を浮かべて不可思議な現象を見つめた。

いつの間に来たのかヴェニックスがすぐ横にいて、前によろめくほど強くカリスタの背中を叩いた。ヴァスタヤ人の船長は見るからに力がありそうだが、その見かけよりさらに力が強かった。

「どうやったんだい？」

「わめいたの」

ヴェニックスは肩をすくめた。「まあ、うまくいけばなんでもいいか」

25

ブレスドアイル

〈ダガーホーク〉は夜明けの数時間まえに霧から出た。それまで毛布のように船を包んでいた霧を抜けるのと同時に、まるで誰かが目の前の幕をさっと引いたように島が姿を現した。ヴェニックスはカリスタと相談しておおよその位置関係を摑《つか》むと、櫂を収め、帆を張れと命じた。霧のなかの不自然な静寂とは違い、海には風が吹き、波が立っている。

月のない夜であれば、目視されずに港に入れたかもしれない。だが、雲ひとつない空には銀色の月が低くかかり、海をきらめかせていた。〈ダガーホーク〉が小さな入り江のあいだを切るように進んでいくと、岩だらけの半島の突端に灯《あか》りがついた。最初はひとつだったが、すぐにどの半島の突端にも灯《とも》った。何らかの警告だという可能性もあるが、点々と連らなる灯りは、〈ダガーホーク〉をヘリアへと誘導する役目も果たしてくれた。

最後の岬を回ったとたん、前方にきらめく街が見え、鐘の響きが海を渡ってきた。港の巨大な灯台の光が海上を横切り、暗い海に浮かぶ〈ダガーホーク〉を白い光で捉える。

近づくにつれて叫び声が聞こえ、ローブ姿の男女が月の光に照らされた通りを走ってくるのが見えた。

「美しい街だ」王妃の輿の縁に立ち、ヘリアを見つめてヴィエゴがつぶやく。

「それに、なんの防御手段も持っていない」ヘカリムが指摘する。ヘリアの愚かさに呆《あき》れて首を振るヘカリムの後ろで、カリスタはその背中をにらみつけた。鉄血騎士団が一緒でなくて本当によかった。

「ヘリアは王妃を助けてくれる。そうだな、カル？」ヴィエゴが訴えるようにカリスタを見る。「イゾルデを失うことはできないんだ」

カリスタは聞こえる範囲にいる者たちを意識せずにはいられなかった。こちらを直視している者はおそらくひとりもいないが、全員がこの問いに対するカリスタの答えに耳を澄ましているにちがいない。

「彼らの力がおよぶなら、助けてくれるでしょう」カリスタは答えた。「でも、結果がどうあろうと、イゾルデを失うことはありえない。私たちはみな、この世を去れば祖先に加わるのよ。私たちが彼らの思い出を敬うかぎり、愛する者たちが真に失われることはない」

「イゾルデがこの世を去るときは、ぼくも一緒に逝く」ヴィエゴが虚ろな声で言う。

「何を言うの！」カリスタはぎょっとして若い叔父《おじ》を見た。「イゾルデがそんなことを望むと思っているの！」

ヴィエゴは暗い顔でつぶやいた。「イゾルデがいなければ何もかも空《むな》しいだけだ。ひとりで生きていくことなど、とても耐えられない」

カリスタはヴィエゴの手を取り、寄り添った。「わたしがそばにいる」

ヴィエゴが微笑み、暗い表情が少し和らいだ。「忠実なカル。ぼくの姪《めい》にして、師、ぼくを守る心の姉」だが、笑みはすぐに消え、底に堆積した汚泥で水が濁るように瞳が翳《かげ》った。「イゾルデはきみを愛していた」

「私も王妃を心から愛していた」カリスタは低い声で答えた。亡きイゾルデのことを思うと胸が痛む。だが、その痛みのなかには希望が混じっていた。ヴィエゴは、ようやくイゾルデの死を受け入れようとしているのかもしれない。

ヴィエゴは目を伏せ、肩をすぼめて囁《ささや》いた。「ぼくはよい王ではないな。そうだろう？　みんなを失望させている。きみも、父上も、カマヴォールも、イゾルデも」

「あなたは何代もの王の血を受け継いでいる」カリスタは叱咤《しった》するように言った。「王の剣と魂を結ばれているの！　王の剣はあなたを選んだ。あなたの内にある強さを認めたからよ。どんなに辛《つら》く、悲しくても、きっと乗り越えられる。その手で新たなカマヴォールを造ることができる」

ヴィエゴはカリスタの目を見て、ゆっくりとうなずいた。

「強くあれ。イゾルデのために」

「努力するよ」

〈ダガーホーク〉はナイフのように暗闇を切り裂き、ヘリアの円形の埠頭へと近づいていった。街には煌々《こうこう》と明かりが灯り、警告の鐘や叫び声が水の上に響く。通りはローブ姿のアデプトや学生で埋まっていた。恐怖に駆られて走りまわる者、本や貴重な巻物を抱えている者、あんぐり口を開け近づいてくる船を見ている者もいる。

船は帆をたたんで港に入り、櫂を使って外側にある大きな埠頭のひとつを目指していく。手甲をした手に鉾《ほこ》槍を握った重装備の番人たちが桟橋を走ってきた。埠頭の柱に設置されたむき出しの灯りが放つ冷たい光のなかで、白い鎧がきらめく。

あの番人たちは、これまで本物の軍隊を相手に戦った経験があるのだろうか？　おそらく一度もない。彼らがこれまで処理してきたのは、せいぜい酔っ払った学生や、学者どうしの争い程度だろう。それでも彼らは、近づく〈ダガーホーク〉に備え、長柄の武器を槍のように構えて自分たちの体で壁を築いていた。

「手出しをするな」カリスタは手ずから選んだ精鋭が緊張するのを見てとり、低い声でたしなめた。「必要とあれば王を守るが、ここに来たのは戦うためではない。落ち着け、相手を威嚇するな」

「櫂を収めろ！」ヴェニックスの指示に乗組員が即座に応じ、〈ダガーホーク〉は埠頭までの距離をゆっくり詰めていく。

「兵士はいないと言ったぞ」ヘカリムが指摘した。

「あれは軍人とは違う」カリスタは彼を見もせずに言い返した。「私は軍はないと言ったんだ」ヘカリムが考え込むような顔で口をつぐむ。カリスタはヴィエゴに目をやった。カマヴォールの若い王は、集まってくる番人たちを輿の階段の上から傲然と見下ろしている。剣の柄に手を置いたレドロスが、その一段下に控えていた。ヴィエゴの予測のつかない行動が、すでに緊迫している状況をさらに悪化させるのではないかとカリスタは気が気ではなかった。

ヴェニックスの部下が四、五人、いつでも係留できるようにロープを摑み、番人たちの持つ鉾槍《ちゅうちょ》を警戒するように見た。番人たちが揃って三歩下がり、飛び移る場所を空けても、水兵たちはまだ躊躇していた。

「何を待ってるのさ？　歓迎のキスか？」ヴェニックスが叱りつける。「さっさと埠頭に飛び移って、ロープを杭《くい》に固定させろ！」

船長の怒りのほうが恐ろしいのか、水兵たちは即座に桟橋に飛んだ。ロープが投げられ、太い鉄製の係留杭に手際よく巻きつけられる。〈ダガーホーク〉はさらに速度を落とし、やがて石の埠頭に静かに横づけになった。

楯のように並んだ番人たちの背後に置かれた荷箱の上に、赤ら顔の男、老バルテクがよじ登って、あからさまな侮蔑を浮かべ、こちらをにらみつけた。金色の縁取りがあるローブ姿でも、やはり蟇《ひき》蛙《がえる》そっくりに見える。集まった人々のなかには、ほかのマスターもちらほら混じっていた。

「ここに来た目的を述べよ、カマヴォール人！」老バルテクが大声で怒鳴る。「聖なる霧をどうやって通過したか明らかにせよ！」

「われわれに要求するな、学者！」へカリムが怒鳴り返す。彼は〝学者〟という言葉を蔑称のように口にした。腰に差した剣の柄を握りしめているせいで、脅しにしか聞こえない。カリスタは思わず天を仰ぎ、低い声で毒づいた。

ヌニョが宥めるように団長の腕に手を置き、やんわり脇に押しやって声を張りあげた。「ヘリアのマスターにご挨拶を申し上げる！　ここにおられるのは、ヴィエゴ・サンティアラル・モラク・ヴォル・カラ・ヘイガーリ！　王の剣サンクティティを携える者！　カマヴォールの獅子《しし》の後継者にして大陸東部の覇者、灼熱《しゃくねつ》の平原の勝者である！」

この堂々たる先触れは、沈黙に迎えられた。カリスタはヘリアの人々を見渡した。番人たちは厳しい表情を崩さず、バルテクは少しも感心した様子はない。だが、街の住民の顔には懸念と明らかな恐怖が浮かんでいた。

輿の上でヴィエゴが背筋を伸ばす。すべての目が若き王に向けられるのを見て、カリスタは息を止めた。ヴィエゴの気分によっては、一瞬で状況が悪化しかねない。

「善良なるマスターたち！」ヴィエゴは魅力的な笑みを浮かべ、大きく腕を広げて波止場に集まった人々に呼びかけた。「私がヘリアを訪れたのは、世界に周知されているあなた方の賢明な助言を謙虚に希《こいねが》うためだ！」

カリスタはほっと息をつき、肩の力を少しだけ抜いた。いまのヴィエゴは、懐疑や闇に囚《とら》われた若者ではなく、理性的で謙虚な王に見える。この状態が続くことを祈るしかない。

「善良なるマスターたち！　私の王妃は毒におかされ、苦しんでいる！　どうか王妃を助けてもらいたい！　この願いを聞き届けてくれれば、尊い祖先に誓って、私たちはヘリアをあとにし、二度と戻らない。カマヴォールは永遠にその恩を忘れぬだろう。だが、どうか、善にして聖なるもののすべてにかけて、わが愛する王妃に情けをかけてほしい」

マスターたちが小声で話し合いはじめた。カリスタに気づいたバルテクが、顔をしかめて怒りもあらわに指さした。「カマヴォールの王女カリスタ、われわれは礼儀を尽くしてあなたを遇した。武装した兵士とともにヘリアの岸に現れ、その恩に報いるのがあなたの流儀か？　要請を慎重に考慮したうえで返答した評議会の命令に逆らい、舞い戻るとはどういう了見だ！　恥を知れ！　われわれを信頼しない人間たちの願いを聞くことはできぬ！」

カリスタはたじろいだ。すべてバルテクの言うとおりだ。恥ずかしさに身を焼かれる思いをこらえ、カリスタは声を張りあげた。「あなた方は、王妃をここに連れてくればできることがあったかもしれない、とも言われた。だから王妃を伴ってきたのだ。それでも私たちを拒むつもりか？　あなた方の心には一片の慈悲もないのか？」

「評議会はすでに決定を下した！」バルテクはいきり立って叫んだ。「もう一度尋ねる。聖なる霧をどうやって通過した？　どんなカマヴォールの魔法を、さもなければ邪悪《じゃあく》な仕掛けを使ったのだ？」

「魔法など使っていない」カリスタは言い返した。「邪悪な仕掛けも使っていない。私が使ったのはこれだ」カリスタがキーストーンを掲げると、人々のあいだにざわめきが広がった。「あなた方のひとりがくれたものだ」

バルテクは怒りに顎を震わせ、大声でわめいた。「タイラスか。このような重大な違反を犯すとは。あの男は追放だ！」

「いいえ、シーカー＝アデプト・タイラスではない」カリスタはきっぱり否定した。「タイラスにはなんの責任もない。私が戻ったことに関して、彼はなんの役目も果たしていない」

「ヘリア評議会の名において、ただちにその石を返還するよう要求する」バルテクは唾を飛ばして叫んだ。

「すでにこれの役目はすんだ」カリスタは言った。「喜んでお返しする」

「いや」ヴィエゴが口を挟んだ。

カリスタが振り向くと、ヴィエゴはキーストーンを見つめていた。「ヴィエゴ」カリスタは囁いた。「この石はもう必要ない」

「いや、まだそれを持っているほうがいいと思う。ヌニョに渡すんだ、カル」

「カマヴォール人たちよ、われわれの忍耐力を試さぬほうがよいぞ」バルテクが脅すように催促する。

ヌニョがカリスタに歩み寄った。

「ヴィエゴはどういうつもりなの？」カリスタは声をひそめ、老助言者に尋ねた。

ヌニョは謝るように肩をすくめた。「さあ……なにせ、ヴィエゴですから」

「それをヌニョに渡せ」ヴィエゴが命じた。

すべての目がカリスタに向く。だが、カリスタはヌニョに渡そうとはしなかった。

「善良なるマスター」呼びかけた相手はバルテクだったが、ヴィエゴの声は集まったすべての人々に聞こえるほど大きかった。「私の病める王妃を助けてくれれば、この石はすぐにお返しする。尊い祖先の魂にかけて誓う」彼はカリスタをちらっと見た。「頼む、それをヌニョに渡してくれ」

ヴィエゴの意図がわからぬことが気になったが、みなが見ている前で王の命令に逆らうわけにはいかない。カリスタはキーストーンをヌニョに手渡した。ヌニョがヴィエゴに歩み寄ってそれを差しだす。

「大切に保管しておこう」ヴィエゴはそう言ってキーストーンをポケットに入れた。

「〈光の交わり《フェローシップ・オブ・ライト》〉を脅すつもりか？」バルテクが嘲る。

「違う！　あなた方の慈悲を請うているのだ！」ヴィエゴが言い返す。「どうか、王妃を見て、助ける手立てがあるかどうか判断してほしい」ヴィエゴは膝をつき、両手を上げて懇願の姿勢を取った。

若い叔父の思いがけない謙虚な態度に、カリスタは目を見開いた。ヘカリムが苛立《いらだ》ちをあらわにする。日ごろめったなことでは狼狽《うろた》えないホスト軍の精鋭も、ショックを隠せずに顔を見合わせていた。

「カマヴォールの長く誇り高い歴史において、王がひざまずいたことは一度もない」ヴィエゴは言った。「しかし、私は王としてではなく、ひとりの男として懇願する。どうか妻を、私の美しいイゾルデを助けてほしい」

番人が落ち着きなく足を踏み替え、マスターやアデプト、学生のあいだに囁きが広がる。バルテクとやりとりするあいだに、さらに多くの人々が埠頭に押し寄せ、いまやそこには何百人も集まっていた。

「助けてあげて！」女性が叫んだ。「気の毒じゃないの！」

ジェンダ・カヤの声だ。群衆を見回すと、小柄な技術者の姿はすぐに見つかった。白い髪はとても目立つのだ。ジェンダ・カヤはカリスタと目が合うと、片目をつぶってみせた。

ほかの人々もこれに倣い、やがて集まった人々はみな、助けてやれ、と叫んでいた。バルテクが険しい顔で荷箱を下りる。いや、下ろされたのかもしれない。代わりにべつのマスターが荷箱の上に立った。日除けの付いた虹色に光る高い帽子のつばから、幾何学模様のシンボルが垂れている。やはり老齢のそのマスターは、灰色の長い髪としわ深い顔の女性だった。人生の大部分を笑顔で過ごしてきたのか、目じりのしわが深い。彼女は静粛に、というようにたくさんの指輪が光る小さな手を上げた。

「ヴィエゴ王にご挨拶を申し上げる。私はヒエラルク・マルガーザ、陛下の謙虚さと熱意に心を打たれました。どうか、お立ちください。ヘリアでは誰もひれ伏す必要はありません。王であればなおのことです」

ヴィエゴは立ちあがり、堂々と顔を上げた。

「ヘリアはひとりの声が治める国家ではないのです」マルガーザは言った。「私たちはしばしばここを離れ、評議会を開かねばなりません。しかし、太陽が真上に達するまえに戻るとお約束します。それでよろしいですか、王よ？」

「結構だ」ヴィエゴが胸を張ってうなずく。

「では、善意のしるしとしてそれまで船に留《とど》まり、お待ちください。できるだけ快適に過ごしていただくために、軽食と飲み物を運ばせましょう」

「寛大な申し出、痛み入る。そちらの要請どおり、われわれは船に留まろう」

マスターたちが立ち去り、番人たちが一斉に気をつけの姿勢で鉾槍の刃を天に向けた。港に勢ぞろいしていた番人の半分が街に戻り、残りも港から少し離れた場所まで後退した。警戒を解いたわけではないとはいえ、張りつめていた空気はだいぶ和らいでいる。

成り行きを見守っていた人々は、波止場に残って話をしている者たち以外はみな、引きあげていった。もう一度寝直すか、この出来事を隣人と話すのだろう。ジェンダ・カヤも、カリスタに大きく手を振ってから夜明けまえの暗がりのなかに消えていった。

「あれは誰だい？　えらく威勢のいい女じゃないか」ヴェニックス船長が寄ってきて尋ねた。

「この島に滞在中、友達になった人」

「あたしに隠してたなんて水臭いね、王女様。ああいう友達はぜひとも紹介してもらわなきゃ」

カリスタは口元をほころばせた。「もちろん、機会があれば必ず紹介する」

夜が明け、空が白みはじめていた。不安を抱えたまま眠るのはたぶん無理だろうが、昨夜《ゆうべ》ほとんど寝られなかったことを考えると、少しでも休んでおくべきだ。

「少し横になる。何かあったら起こしてくれないか」ヴェニックスにそう告げると、カリスタは甲板を離れた。

自分の船室に向かうまでは、これほど疲れているとは思わなかった。最初はまっすぐ船室に行くつもりだったが、そのまえに部下の様子を見て、彼らが落ち着き、食事をとるのを確認することにした。それをすませ、すぐにも吊り寝床《ハンモック》に転がり込もうと思いながら船室の扉を開けると、そこではへカリムと背中を丸めたヌニョが何やら熱心に話し込んでいた。カリスタが入っていくと、ふたりは口をつぐんだ。

「何を話していたの？」カリスタは扉を閉め、用心深く尋ねた。

「必要なことを、だ」へカリムが答える。ヌニョは何やら迷っているようだ。

「説明して」カリスタは胸の前で腕を組んだ。

「嘆かわしいことですが、万一に備えて話し合っておくべきだと思いましてな」ヌニョが口を切った。

「万一に備えて？」

「このあと起こる事態に、です。ヴィエゴが望ましくない反応を示した場合、統治能力を完全に失った場合に備えねばなりませぬ。この旅が予定通りの結果をもたらさず、ヴィエゴが王妃の死を受け入れなかった場合は……」

「ヴィエゴは受け入れる」カリスタはそっけなく言った。

「しかし、万一受け入れなかった場合はどうするか、決めておく必要がある」へカリムが声を尖《とが》らせた。

「この旅はあなたの思いつきだった」カリスタは鋭く言い返した。「それなのに、まだ何もわからぬうちに王に見切りをつけるの？」

「ヴィエゴがどんな反応を示すか、われわれの誰にも予測がつきませぬ」ヌニョが口を挟んだ。「殿下はすでにカマヴォールの現状はご覧になられた。わが王国には導く者が必要です。このまま放置すれば、一年と経《た》たずにばらばらになり、歴史のなかで忘れ去られるはめになりましょう。殿下の祖先が営々と築きあげたすべてが塵《ちり》と化すのです」

怒りが込みあげたが、カリスタはそれを抑えた。ヌニョの言うことは正しい。最悪の事態に備えるのは理に適《かな》っている。「どうすればいいと思う？」カリスタは深い絶望に襲われながら尋ねた。

「王が妄執を捨て正気に立ち返ってくだされば、なんの問題もありませぬ」ヌニョは言った。「そしてカマヴォールに戻り、そうあるべく王国を治めてくだされば。むろん、王が再び国の統治のすべてを担えるようになるまでは、殿下に多くを肩代わりしていただくことになりましょう。しかし、王があくまでも真実を受け入れることを拒めば、そのときは……制圧する必要が生じるかもしれませぬ」

「たとえば、国に戻るまで船室に閉じ込めておくとか」ヘカリムが言い添えた。「彼が自分を、あるいはほかの誰かを傷つけるのを防がねばならない」

「で、アロヴェドラに戻ったあとも、ヴィエゴが統治できるような状態でなければ？」

「あなたが統治することになる」

「殿下は王位継承者ですからな。ホスト軍の忠誠を手にしておられるばかりか、民にも慕われておられます」

「鉄血騎士団が後ろ盾になる」ヘカリムが付け加えた。

「殿下は賢明なうえに、生まれながらにして人を導く術《すべ》を心得ておられます」ヌニョは言った。「躊躇せず、必要なことをなせるお方です」

「そういう申し出には、呼び名がある」カリスタは冷ややかに言い捨てた。「反逆よ」

「ヴィエゴがカマヴォールを滅亡させるのを、黙って傍観しているつもりか？」ヘカリムが尋ねた。

「何世紀にもわたる王国の遺産を、心に闇を抱えたひとりの君主が無にするのを？」

「考えるだけでも辛いことですが、考えねばなりませぬぞ、殿下」ヌニョが諭した。「私は特定の個人以前に、王国に忠誠を誓っております。カマヴォールの民、殿下の祖先、殿下の祖父であらせられた獅子王の思い出に」

「でも、現王には誓っていない？」

「その王がすべてを滅ぼすとなれば、誓えませぬ」

「王がカマヴォールよ」カリスタは言い返した。これは祖父が玉座にあったときの口癖だったが、いまは虚しく響いた。

「では、カマヴォールはすでに失われておりますな」ヌニョはうなだれた。

ヘカリムは目を伏せ、落ち着きなく足を踏み替えた。「ほかに方法があればいいのだが、あるとしても私には見えない」

「カマヴォールの歴史には、玉座から引きずりおろされた王は数えるほどしかいない。ヴィエゴを幽閉すれば、私は簒奪者《さんだつ》になるのよ。統治したいなどと思ったこともないのに」

「だからこそ、殿下が玉座に就くのが最善の選択かもしれません」ヌニョが低い声で言った。「殿下ならカマヴォールを救えます」

カリスタはふたりに背を向け、てのひらを目に押し当てた。

「祖先の思し召《おぼめ》しなら、いま話していることは何ひとつ起こらずにすみましょう」ヌニョが祈るように言った。「王のことは、殿下が誰よりもよくご存じです。王が正気に戻られ、われわれの懸念は杞《き》憂《ゆう》に終わる可能性もあります」

「きっとそうなる」カリスタはふたりに背を向けたまま言った。「戻ってもらわなくては」

「殿下が正しいことを、祖先に祈りましょう」

「だが、もしも戻らぬときは、私があなたのそばにいる」ヘカリムはそう言ってカリスタに手を伸ばした。「夫として最善を尽くしてあなたを支え、カマヴォールを治める手助けをすると誓う」

カリスタはとっさに手を引っ込めた。ヘカリムの声の何かが警戒心を呼び起こしたのだ。偽り……そう、いまの声には偽りの響きがある。あるいは、彼の熱意に嘘《うそ》を嗅ぎとったのかもしれない。カリスタはいま初めて見るように、正面からヘカリムと目を合わせた。

思い過ごしではない。ヘカリムの目のなかにそれがあった。隠そうとしても隠しきれない邪《よこしま》な熱が。これまでも何度か気づいたが、たんなる野心だと見逃してきた権力への渇望が。いま、カリスタは、その野心が思ったよりもはるかに大きいのを見てとった。

「あなたは王になりたいのね」カリスタは吐く息に乗せて囁いた。「なんということ。なぜもっと早く見抜けなかったのか？」

ヘカリムは首を振った。「私はカマヴォールにとって最善を望んでいるだけだ」

「すっかり騙《だま》された」カリスタは低い声で言った。

「カリスタ殿下……」ヌニョが警告するように呼んだ。

「ヴィエゴは必ず正気に立ち返る。そしてやがて新たな妃を迎え、多くの子をなす。ヘカリム卿《きょう》、あなたが玉座に近づくことなど絶対にない」

ヘカリムの顔がこわばった。「ひどい言いようだな」

ヌニョが両手を上げた。「どうか、落ち着いてくだされ。あとで悔やむようなことを口にするまえに……」

だが、カリスタはこの助言を無視し、怒りに任せて吐き捨てた。「あなたは、カマヴォールがまだ死なぬうちに死体をあさるような真似《まね》をした。カマヴォールに仇《あだ》をなした」

この言葉に、もう後戻りはできないと知り、ヌニョががっくりと肩を落とす。ヘカリムはしばし呆《ぼう》然《ぜん》とカリスタを見つめ、ややあって憤怒に顔を染めた。

「鉄血騎士団《アイアン・オーダー》を失えば、カマヴォールは死んだも同然だぞ」

「カマヴォールが最も弱っているときにあなたが取った行動は、しっかりと頭に刻んでおく」

「われわれが結婚すれば――」

カリスタは笑った。「ばかなことを！　玉座を狙う男と誰が結婚するものか。最初に同意したのが間違いだった」

「王の護衛となった卑しい生まれの兵士のせいか？　あの情夫の？」ヘカリムが毒を吐いた。「あ、ふたりのことは知っているとも」

カリスタは片方の眉を上げ、鼻で笑った。「情夫？　元婚約者どの、そんなでたらめを報告する密告者はさっさと見限るべきね。レドロスはあなたの何倍もましな男だけれど、私の情夫だったことはない」

「あのまま地下牢《ちかろう》で朽ち果てさせるべきだったな」

「でも、私と結婚しなければ、あなたには玉座に就く資格がない。それで結婚を急いでいたのか。カマヴォールを正式に自分のものにするために。でも、これでその芽は消えた」カリスタは激怒する騎士団長を見据え、船室の扉を開けた。

「あんたは王と同じくらい狂っている！」ヘカリムは両手を拳に握りしめ、叫んだ。

「ついに馬脚を現したな」カリスタは言った。「兵士！　ただちにこれへ！」

数秒後にはカリスタは部下に囲まれ、全員がヘカリムに槍《やり》の穂先を向けていた。ヘカリムが憎悪もあらわに彼らをにらみつける。

「よくもこの私に武器を向けたな、卑しい愚か者どもが！」ヘカリムは剣の柄に手をかけて叫んだ。

「ひとり残らず縛り首にしてやる！」

「生憎《あいにく》だな、あなたにそんな権限はない」カリスタは言い返し、部下に命じた。「この男を連れていけ」

兵士たちがじりじり前に出てくる。ヘカリムは唇を舐《な》めた。優れた剣士でもあるヘカリムのことだ、戦って切り抜けられるかどうか考えているのだろう。

「愚かな真似をなさるな、ヘカリム卿」ヌニョが後ろからたしなめた。

ヘカリムは腐ったものでも口にしたように顔を歪《ゆが》めると、剣の柄から手を放し、両手を横に伸ばして、それ以外の武器は持っていないことを示した。四人の兵士が前に出て彼を摑む。ヘカリムは長身で逞《たくま》しいうえに、重い鎧《よろい》を着けている。彼は兵士たちの手を払いのけようとしたが、兵士たちはしっかり摑んで放さなかった。

「私はあなたのよい面を見たいと思っていた」カリスタは告げた。「野心家であることも、傲慢だということも承知していたけれど、名誉を重んじる人間だと信じたかった。でも、名誉心など欠片《かけら》もないことは明らかかね。あなたは王を裏切り、私を裏切り、カマヴォールを裏切った」

ヌニョが気まずそうな顔で兵士たちを回り込み、扉のそばにいるカリスタににじり寄った。カリスタは老助言者と脇に寄り、部下がヘカリムを船室の外に連れだすのを待った。

「お許しくだされ、殿下」ヌニョは頭を下げた。「万一の備えを話し合うべきだと思ったのはたしかですが、ヘカリム卿の野心の大きさには気づきませなんだ。いいように操られているとも知らず、王の信頼を裏切るとは誠に情けないかぎり」

「あの男に騙されたのは、私も同じよ、ヌニョ」

「ヘカリムをどうなさるおつもりですか？」

だが、この問いに答えようとすると甲板で叫び声があがり、階段の上に女兵士の顔が覗《のぞ》いた。「将軍、ヘリアのマスターたちが戻ってきました！」

カリスタはヘカリムを拘束している部下を見て、自分の船室を示した。「そこに閉じ込め、ふたりの兵士に見張らせろ。どうするかはあとで決める」

26

カリスタはヌニョを伴い、甲板に上がった。〈光の交わり〉の代表が番人に付き添われ、桟橋を歩いてくる。着ているローブの装飾と、愚かしいほど背の高い帽子、胸から下げた精巧な金のペンダントからすると、そのうちふたりはマスターだろう。近くまで来ると、ヒエラルク・マルガーザと老バルテクであることがわかった。残りは治療師やアデプト、ヘリアの高官、司祭だろうか。フード付きの丈の長い黒いローブにすっぽり身を包み、長い杖《つえ》を手にした不気味な雰囲気の男もひとり混じっている。

一行のなかには逞しいタイラスの姿もあった。整った顔に険しい表情を浮かべている。

ヴィエゴに近づくカリスタの横に、ヴェニックスがさりげなく寄ってきて、唇を動かさずに尋ねた。「婚約者殿とけんかでもしたのかい、王女様？」

「あれは裏切り者の豚野郎だとわかった」カリスタは囁き返した。「だから婚約を破棄して、船室に閉じ込めた」

「なかなかやるじゃないか」ヴェニックスが機嫌よくうなずく。

ヴィエゴはヘリアの人々に挨拶するため、輿《こし》の縁に立っている。レドロスがその王の前に立ち、ホストの精鋭がさらにその前、船縁《ふなべり》沿いに並んでヘリアの一行と相対し、不動の姿勢を取った。

カリスタはヴィエゴのそばに立ち、身を乗りだしてレドロスの肩甲に手を置くと、耳元で囁いた。

「これが終わったら話そう。私が愚かだった」

いきなり耳に温かい息を吹き込まれたレドロスが、体をこわばらせながらも、前を見たまま小さくうなずく。カリスタは彼の長いマントのしわをゆっくり撫でつけた。ヌニョのたしなめるような咳払《せきばら》

いに、レドロスが顔を赤らめる。巨人のような男が初めてキスをした少年のように赤くなるのを見

て、カリスタは微笑した。

「何を囁いていた？」ヴィエゴも前方を見たまま尋ねた。

「ずっとまえに認めるべきだったことを告げただけよ」ヴィエゴはカリスタの答えに低い声を漏らし

ただけで、それ以上は詮索しなかった。

ヘリアの一行が埠頭《ふとう》に達し、ヒエラルク・マルガーザが前に進み出た。「お待たせしました、陛下」

並んでいるホスト軍の兵士越しに、低い声が届く。「評議会の決定をお伝えします」

バルテクが腕組みして押し黙っているところをみると、さいわい今回はマルガーザが代表に選ばれ

たようだ。

「さきほどの懇願について話し合った結果、〈光の交わり〉は力のおよぶかぎり王妃の治癒に努める

という決定を下しました」

「ありがたい！」ひと声叫んで体の前で手を打ち合わせると、ヴィエゴは輿を下りた。体を押し込む

ようにして兵士のあいだを通過し、〈ダガーホーク〉の船縁に立つ。「乗船板を下ろせ！　急げ！」

乗組員が船長を見る。カリスタは確認するように振り向いた船長に小さくうなずいた。即座に兵士

たちが分かれ、乗組員が乗船板を前へと滑らせて船と埠頭のあいだに架ける。

ヴィエゴはその上に立ち、マルガーザへと片手を差しだした。「手を貸そう。さあ、こちらに！」

親切そうなマスターがその手を取り、王に引かれて軽やかに〈ダガーホーク〉の甲板に降り立っ

た。「ヘリアの最も優秀な医師たち、外科を学んだアデプトたち、古代の魔法に長《た》けた医師を伴いま

した」マルガーザが告げた。「ほかにもトクシカントの専門家を含め、助けになりそうな者たちを」

「何の専門家だと？」ヴィエゴが聞き直す。

「毒《ポイズン》のことよ」カリスタは小声で説明した。

「そのとおりです」マルガーザがカリスタに向かってうなずく。

「あの男は?」ヴィエゴが黒いローブ姿の男を示す。「墓掘り人のような格好だが」

頭に浮かんだことをそのまま口にするのは昔からヴィエゴの悪い癖だが、たしかに適切な表現だった。遠くから見たときはわからなかったが、男の杖はシャベルに似た形だし、上背こそないが、がっしりしている。首から下げたガラスの容器に透明な液体が入っているのに気づいて、カリスタがそれを見つめると、視線を感じたのか男は容器をローブの下に入れた。

「夕闇の兄弟といって、現世の命と次世の命の境を真に理解している者です。外見は不吉かもしれませんが、夕闇の兄弟団は心優しい者ばかり。彼らは既知世界のどんな薬よりも効果のある薬を調合します」

ヴィエゴは微笑し、マルガーザとその一行を金色の輿へと導いた。「わが愛する王妃は眠っている。できるだけ起こさないようにお願いしたい。とても衰弱しているのだ」

カリスタはヌニョと目を見合わせた。このあとどうなるかですべてが決まる。

「彼らは徹底した治療を行いますが、病人を敬い、できうるかぎり丁重に扱います。それはお約束できますよ、陛下」

「王妃が脅威を覚えないように、ひとりずつ入ってもらえるか?」

「そうしましょう」マルガーザは頭を下げた。

「誰が最初に入る?　そなたか?」ヴィエゴはローブをまとい、つるのない水晶の眼鏡《めがね》をかけた男に尋ねた。「よし、来てくれ!」

鼻眼鏡の男がヴィエゴのあとから輿の階段を上がっていく。万一の場合に備えて、カリスタも一段だけ上がった。次に起こる事態にヴィエゴがどう反応するか、見当もつかない。ヌニョも両手を絞るようにして輿に近づいてくる。

ヴィエゴが垂れ幕を開き、医師が王の腕を潜《くぐ》ってなかに入った。垂れ幕が下ろされ、ふたりは王妃となかに残された。王妃の遺体と――カリスタは頭のなかで言い直した。

一瞬の静寂のあと、くぐもった声がして、その声がすぐにかん高くなった。垂れ幕が押しやられ、医師が怒りもあらわに出てくる。

「これは悪趣味な冗談か？」男は肩越しに叫び、水晶眼鏡を指でつまんではずした。「王妃は死んでいる！　それもしばらくまえからだ！」

「死んでいるだと？」バルテクがぎょっとした顔で叫ぶ。「いったいどういうことだ？」

「たしかなの？」マルガーザが蒼ざめた。

彼らが激怒する理由は、カリスタにも理解できた。だが、マルガーザはまるで恐れているように見える。王妃を助けられなかったらヴィエゴが何をするか、それを恐れているのか？　それとも、恐れる理由がほかにもあるのだろうか？

「ああ、たしかだとも」医師が断言した。「その目で確かめるがいい」彼は全員がなかを見られるように、垂れ幕を押しやった。

ヴィエゴは寝台のそばにひざまずき、王妃の手を取っている。王妃がとうに死んでいることは、少し離れたところにいる者の目にも明らかだった。〈ミカエルの杯〉の魔力をもってしても、王妃の肌は忌むべき灰色に変わり、骨を包む肉が干からびはじめている。カリスタは虚ろな目の王妃の人形に目を留めた。イゾルデはたしかあれを……グウェンと呼んでいたか？　ヴィエゴは枕の上、頭のすぐ横に立てかけてある人形の手を撫でながら、何やら語りかけている。まるでイゾルデに囁くように。

「祖先よ、お慈悲を」カリスタはつぶやいた。

ヘリアの一行がいっせいに息を呑《の》んだ。みな、言葉を失っている。カリスタはさきほどの医師を押しのけ、急いで垂れ幕を閉じたが、すでに手遅れだった。王の狂気が白日のもとにさらされた。少なくともヴィエゴは取り乱してはいないが、これはささやかな慰めにしかならない。

「なぜ戻ってきたのです？」困惑顔のタイラスが、近くからカリスタを見上げていた。「何を願っていたのです？」

「王が真実を受け入れる助けになることを」カリスタはつぶやいた。

「とにかく、私たちにできることは何もありません」マルガーザは隠そうとしているが、まだ何かを恐れているようだ。「お気の毒ですが、王妃のためにできるのは、手厚く埋葬し、悲しむことだけです。王が最愛の王妃の死を受け入れる気持ちになることを願っています」

「私もそれを願っている」カリスタは言った。「ありがとう」

マルガーザは身を乗りだし、カリスタだけに聞こえるように声を落とした。「どうか、この島の人々を危険にさらすつもりがないなら、王を連れて急いでここを離れてください。ぐずぐずしていてよいことはひとつもありません。ここに来るのに使ったキーストーンもいますぐ返してください」

カリスタはヴィエゴがイゾルデの遺体に付き添っている、垂れ幕に囲われた輿に目をやった。

「必ずお返しする。でも、いますぐは無理だと思う。王には王妃の死を悼む時間が必要だ。しばらくすれば王の心も落ち着くはず。少しだけ待ってもらいたい」

マルガーザはためらったものの、ため息をついてしぶしぶうなずいた。「いいでしょう。でも、あれを持ったままここを立ち去ることはできませんよ。ヘリアを離れるまえに返してもらいます」

そう言うと、頭を下げ、船を降りるため一行のもとに戻った。

タイラスが最後にもう一度失望を浮かべてこちらを見たが、カリスタは目を合わせられなかった。

タイラスは肩を落とし、一行とともに立ち去った。

フードを被《かぶ》った僧のようないでたちの男が、ひとりだけ残っていた。「カマヴォール語は、その、流暢《りゅうちょう》ではないが」彼は強い訛《なま》りで言った。「死は恐ろしいものではない。われら……われら……」

「聖なる教団?」カリスタは想像で補った。「夕闇の兄弟団?」

「そう、兄弟団だ」僧は言葉の形を試すようにゆっくり発音した。「兄弟団は、死が誕生と同じ命の一部であり、恐れる必要など何もないことを知っている。しかし、愛する者を死にゆだねるのは辛いものだ。ひょっとすると、私が王を助けられるかもしれない」

カリスタは肩で垂れ幕を押しやり、輿のなかを覗いた。ヴィエゴはイゾルデの肩に頭を預け、目を見開いて宙を見つめている。

「ヴィエゴ?　王妃に会いたいという人が来ているが、どうする?」

「入るがいい」ヴィエゴが虚ろな声で言った。

カリスタは黒いローブ姿の男をなかに導き、男が落ち着いた物腰でヴィエゴとイゾルデに近づくのを見守った。そのまま垂れ幕の内側に留まっていると、男は王妃の額に、次いで頬《ほお》に触れたあと、両手を遺体から少し浮かせて、撫《な》でるように動かしてから黒いフードを取った。

不気味ないでたちに似合わぬ童顔には、優しい笑みが浮かんでいた。「王妃は……安らいでおられる」僧はたどたどしいカマヴォール語でヴィエゴに言った。「苦痛から解放され、苦悩からも解放されて、光のなかにおられる。光そのものになっておられる」僧は誰かの声を聞くように首を傾け、小さく笑った。「誰かを……グウェンを恋しがっているようだね。親しい友か、姉妹かな?」

うなじの毛が逆立つのを感じながら、カリスタは驚いて目を見開いた。ヴィエゴもイゾルデから目を離し、驚きと恐怖の入り混じった眼差《まなざ》しで黒いローブ姿の男を見上げる。

「では、王妃は本当に逝ってしまったのだな?」そう言ったヴィエゴの声が、カリスタの記憶にある悲しそうな少年の声に重なった。

黒いローブの男が思いやりに満ちた笑みを浮かべ、ゆっくりうなずく。「安らいでいる」ヴィエゴは両手に顔を埋《うず》め、泣きはじめた。男は慰めるようにその肩に手を置いてから立ちあがり、カリスタの横を通りすぎながら軽く会釈し、再びフードを被った。

「ありがとう」カリスタは小声で礼を言った。

男が行ってしまうと、カリスタはヴィエゴの横に座り、黙って若い叔父《おじ》を抱きしめた。

ようやくヴィエゴは亡き妻を悼んでいるのだ。

カリスタが輿から出たときには、午後の影がかなり長くなっていた。

波止場には見物人の姿はなく、カマヴォール人が上陸しないよう近くを警備している番人の分隊しか見えない。

甲板では、乗組員たちがヴェニックスの指示に従い、出帆の準備に忙しく動きまわっている。

「王の様子はいかがです?」ヌニョがすぐ横に現れ、訊《き》いてきた。

「やっと悲しんでいる」カリスタは答えた。「王妃が亡くなったことを受け入れたと思う」

「祖先よ、感謝します」

アーロック・グラエルは、地下の闇のなかでヘリアの鐘の音を聞いた。その音は誰もいない迷路のような通路に反響し、地下の通路と遺物や秘密がしまわれている狭い収納室にこだましながら彼の部屋に届いた。

グラエルはあちこちに積み重ねた書物と、広げてある星座の図から目を上げた。ライズの古代魔力の助けが得られないとあって、独力で〈古の泉《ウェル・オブ・エイジズ》〉に入る方法をもう何週間も探っているのだ。時ならぬ鐘の音に、彼はその探索を中止し、夜明けまえの月に照らされた街に忍びでて、目をしばたたいた。

大勢のアデプトや学生が興奮した声で話している。グラエルは彼らを掻《か》き分けるようにして、階段状に造られた〈サブライム数の庭園〉に入った。砂利を踏んで港が一望できる低い壁の一辺に歩み寄ると、たくさんの帆を張った船が見えた。それはいちばん大きな灯台の光のなかを、外側の埠頭のひとつへと近づいてくる。グラエルは顔をほころばせた。あの形の帆船を持つ国はひとつしかない。

だが、海に目を走らせると、笑みが消えた。近づいてくるのはたった一隻だけだ。ほかの船はどこだ？　カマヴォールの誇る船団は？　軍隊はどこだ？　とはいえ、一隻分の血に飢えたカマヴォール兵だけでも、ヘリアを制圧するには十分だろう。マスターたちは、間違いなくカマヴォールの要請を拒む。そして血が流される。この街には外敵に対する備えなどまったくない。ヘリアは無力だ。

興奮に胸を高鳴らせ、グラエルは港へと通りを急いだ。彼らは来た！　計画通りに霧を通過してきた！　すべてが思い通りに運びはじめたのだ。

グラエルはフードを目深に被り、埠頭の近くで船に近づく好機が訪れるのを待った。番人たちが部外者の侵入を阻んでいる。ほどなく、十数年まえにグラエルを地下に追いやった憎むべきマスター、豚のように肥えたバルテクが大声で答えを要求するのが聞こえた。カマヴォールの王自身が船に乗っていることがわかると、グラエルの呼吸は速くなった。

「いいぞ、その調子だ」バルテクがカマヴォールを嘲るのを聞きながら、グラエルは低い声で煽《あお》った。カマヴォール人が好戦的なことは誰でも知っている。彼らは激怒し、襲ってくる。マスターたちがカマヴォール人の手にかかり、血を流すのを見たくてたまらなかった。

残念なことに、カマヴォール人はバルテクの餌に食いつかなかった。バルテクは無様に荷箱から引きずりおろされ、深遠なる幾何学部門を司《つかさど》る狡猾《こうかつ》な性悪女、マルガーザが代わって荷箱に上がった。

マルガーザとカマヴォールの王が話したあと、マスターたちは立ち去った。グラエルはそれでもまだ港に留まっていた。まもなく痛いほどまぶしい太陽が昇ったが、街の地下にある心地よい闇に逃げ戻りたい衝動をこらえた。なんとかして船に近づきたいが、番人の数があまりに多すぎる。

辛抱強く待っていると、マスターたちが再び現れ、立ち去った。なんと、カマヴォール人たちも立ち去る準備をしているようだ。

船の乗組員が蟻《あり》のように動きまわっているのを見て、グラエルの上機嫌は完全に消《き》え失《う》せた。こんな展開になるとは思いもしなかった。これは何かの間違いだ。

船の近くにはまだ何十人も番人がいたが、これ以上ぐずぐずしてはいられない。

グラエルは思い切って埠頭に踏みだした。兜《かぶと》をつけた番人ふたりが行く手に立ち塞がった。

「そこをどけ」彼は怒鳴った。「カマヴォール人に用がある」

「どんな用だ？　誰の許可を得た？」

グラエルは自分の紋章をかざした。「私は管理長だ。閾域《スレッシュホールド》の判事の命令で来た」

「何も聞いていないぞ」番人のひとりが言った。「ここを通りたければ、判事のところへ戻って許可証を貰《もら》ってこい」

「愚か者が。そんな時間はない」グラエルは言い募った。「来た道の半分も戻らぬうちに、あの船は出帆してしまう。判事が激怒するぞ。だが、どうしてもそうしろと言うなら、おまえの名を判事に伝えるとしよう。自分の命令を取り消した男が判事にわかるように」

「いいから、通してやれよ」べつの番人が不機嫌な声で言った。「あの女は性悪だぞ。うっかり怒らせてみろ、運がよくても月給を一か月差し引かれたうえ、地下収納室の巡回に降格になる。スレッシュひとりのことで、そんな危険をおかすのはばかばかしい」

グラエルはいつもの侮蔑に腹を立てたものの、言い返すのを思《おも》い止《とど》まった。この番人には、いや番人全員に、あとで目に物見せてやる。すべてが願いどおりにいけば、こいつらは今日のうちにツケを払うことになるだろう。

「通っていいぞ、スレッシュ」最初の男が脇に寄った。「だが、揉《も》め事《ごと》はごめんだ。すぐに戻ってこいよ」

グラエルは彼らの横を通りすぎ、急いでカマヴォールの船が係留されている場所に近づいた。ほかの番人は誰も彼を止めなかった。彼のほうを見もしない。

ようやくカマヴォールの船にたどり着くと、埠頭の端に立ち声を張りあげた。

「王に取り次いでくれ。話がしたい」

27

埠頭に立っている青白い顔のひょろりとした男を見て、カリスタは小声で毒づいた。あの男だ。

「私たちはまもなく出帆する」軽々と隙間を飛び越えて埠頭に飛び降りると、カリスタは急ぎ足で男に近づきながら告げた。「たとえヘリアでも、もはや王妃のためにできることは何もない。でも、あなたの協力には感謝している。あなたのマスターたちは、あなたが私にキーストーンを渡したことを怒っていたが」

「彼らは私のマスターではない」グラエルはそっけなく言い返した。「王と話がしたい」

「それは聞いたが、王と話すことはできない」

「あなたを助けたあとで、ヘリアに留まることができると思うか？」グラエルは叫んだ。「カマヴォールの王宮で働きたいと言ったはずだぞ」

「それも聞いたけれど」カリスタはうなずいた。「同意をした覚えはない。ヘリアに来た用事はすんだ。ここに来た目的はもう達した」

グラエルはカリスタの腕を摑んで引き寄せ、歯をむき出した。「私はあなたが欲しがっていたものを与えた。その見返りは何も受けとっていないぞ。王と話をさせてもらう」

「王女を放せ。さもないとまずいことになるぞ」気づかぬうちにすぐ近くに来ていたレドロスが、後ろから太い声で言った。

「まずいこととはなんだ?」グラエルがせせら笑いを浮かべてレドロスを見上げる。「平和を破り、私を斬るか?」

「俺は何もしない」レドロスは唸《うな》るように言った。「俺が剣を抜くまえに、きさまは死んでいる」

そう言われて初めて、グラエルは脇腹にカリスタの短剣の切っ先が押しつけられているのに気づいた。彼は嘲るようにそれを見下ろし、王女を放した。ふたりは互いに一歩退いた。グラエルは王女と巨大な男を見比べ、船の甲板に向かって大声で叫んだ。

「王と話がしたい!」

「静かにしろ、愚か者!」王女が小声でたしなめる。

「王と話がしたい! 重大な用件だ!」

輿の垂れ幕がさっと引かれ、ヴィエゴが出てくるのを見てカリスタは毒づいた。

「なんの騒ぎだ?」

「お情け深い王よ!」グラエルはすぐさま怒鳴り声を愛想のよい猫なで声に切り替え、かすかに頭を下げた。「重要な情報があります。王がお聞きになりたい情報です」

カリスタは男の変わり身の早さに、うんざりして唇を歪めた。まるでヘカリムのようだ。

「この男は誰だ?」ヴィエゴが尋ねた。

「蛇のように陰険な男よ」カリスタは鋭く答え、グラエルから目を離さず、レドロスのほうにほんの少し顔を向けた。「この男を追い払え」

大男が近づいてくるのを見て、グラエルは後退《あとずさ》りながら必死にヴィエゴに訴えた。「王よ！　あなたが霧を通過できたのは私がキーストーンを差しあげたからです！　話を聞いてください！」

「待て」ヴィエゴに命じられ、レドロスが足を止める。「その男を連れてこい。話が聞きたい」

グラエルが勝ち誇った笑みを向ける。カリスタは顔をしかめ、急ぎ足に〈ダガーホーク〉の乗船板を渡るグラエルのあとを追った。グラエルが王に近づき、深々と頭を下げるのを見て、カリスタは眉間のしわをさらに深くした。

ヴィエゴは胸の前で腕を組み、王妃の輿の段に立って見下ろしている。「さっさと話せ」

「キーストーンを差しあげたのは私です、偉大なる王よ！　〈古の泉〉で汲《く》んだ癒やしの水を差しあげたのも私です」

ヴィエゴはカリスタを見た。「いまのは本当か？」

「あの水と石をくれたのは、たしかにこの男よ」カリスタがしぶしぶ認める。「でも――」

グラエルはカリスタをさえぎり、早口にまくし立てた。「マスターたちは嘘をついているのです、陛下！　この期におよんでも、彼らは自分たちの秘密をしっかりと抱え込んで、隠そうとしている。しかし、私は真実を知っています」

「で、その真実とは？」

「王妃を取り戻す方法はあります」グラエルは言った。「死のベールの向こうからでさえ」

「この男の言葉に惑わされないで！」カリスタは叫んだ。「これは邪な嘘よ！　いますぐここを離れ、帰国して、イゾルデに相応《ふさわ》しい葬儀を行いましょう！」

「この男にしゃべらせなされ」ヌニョが小声でたしなめる。この発言に驚いたカリスタににらまれ、ヌニョは目をそらした。

「本当か?」ヴィエゴが囁《ささや》くように尋ねた。「王妃を取り戻す方法があるのか?」

「王女がなんと言おうと、私が嘘をつく必要がどこにありますか?」管理人は即座に応じた。「真実ははるかに腹立たしい。私はあなたがここに来られるようにキーストーンを差しあげた。あなたの味方です、偉大なる王よ。私はあなたを助けたい。あなたと愛する王妃が再会できるよう手助けをしたいのです」

「どうやって?」

瞬《まばた》きもせずに管理人を見つめる目に、再び暗い希望が灯《とも》った。

この問いに、グラエルは歯をむき出し鮫《さめ》のような笑みを見せると、ヘリア最大にして最も壮麗な建物を指さした。カリスタが評議会の面々に呼ばれた塔だ。「あの塔の下には、〈古の泉〉がある。その泉に運べば、王妃は命を取り戻すでしょう。お約束します。私がそこにご案内します」

「こんなことはやめて、ヴィエゴ!」カリスタは懇願した。

ふたりは垂れ幕のかかった輿のなかにいた。ヴィエゴがイゾルデの亡骸《なきがら》を抱きあげる。

「イゾルデには王妃に相応しい葬儀を行うべきよ! 頼むから、こんな形で彼女を貶《おとし》めるのはやめて!」

「イゾルデを取り戻す見込みがあるなら、どんなことでもする」

「そんな見込みはない! あの管理人は邪な目的を遂げようとあなたを操っているだけ。あの男は嘘つきだ!」

ヴィエゴはためらった。「せめて試してみなくては。さもないと生きているかぎり悔やむことになる」

「ヴィエゴ、どうか……」カリスタは若い叔父の腕を掴んだ。「こんなことはやめて」

ヴィエゴはその手を見下ろし、目を上げてカリスタと見た。「試してみなくてはならない」

そしてカリスタから離れると、イゾルデの亡骸を抱えて午後の光のなかへと歩みでた。慎重に輿の階段を下りてくる王を見て、管理人はせせら笑いを浮かべた。

恐怖を浮かべ、甲板で自分を見つめている兵士や乗組員を無視して、ヴィエゴは周囲を見回した。

「ヘカリム団長はどこだ?」

「気分が悪く、ふせっております、陛下」ヌニョが答える。

ヴィエゴはけげんな顔をしたものの、肩をすくめ、上機嫌でにやついている管理人を見た。「案内しろ」

管理人が頭を下げ、〈ダガーホーク〉を降りる。ヴィエゴはそのあとに従った。

「われわれはどうすれば……?」レドロスが尋ねる。

「そなたは王の護衛」再びヌニョが答えた。「王の行くところに従うのが務めだ」

埠頭で叫び声があがった。番人たちが騒ぎはじめたのだ。レドロスがためらい、カリスタを見る。ホスト軍の精鋭もカリスタを見ていた。どうすればヴィエゴを止められるのか? もう少しですべて解決し、ヘリアをあとにするところだったのに。

〝ヴィエゴを導け……カマヴォールを守れ〟

祖父の言葉が思い出され、カリスタはため息をついた。「ヴィエゴは私たちの王だ。ひとりで行かせることはできない」

カリスタは大声で乗船板を追加するよう命じた。ホスト軍の精鋭五十人がそれを渡る。

「急げ!　王の周囲を固めろ!」兵士たちが王と管理人を囲む。カリスタはその先頭に立った。レドロスがヴィエゴの前に、ヌニョが王の半歩後ろに従う。

埠頭にいる番人の数は、こちらの兵士よりもはるかに少なかった。青銅の兜を被り、黒い楯《たて》と槍を手に足並みを揃《そろ》えて行進するカマヴォールの兵士たちは、歴戦の強者《つわもの》ばかりだ。島の住民には、彼らが戦いに赴くように見えるだろう。

「私たちは血を流す気はない！」カリスタは大声で叫んだ。番人や見物人だけでなく、自分の部下にも知らせるためだ。「ここに来たのは戦うためではない！」

五、六人の番人が鉾《ほこ》槍を構え、行く手に立ちはだかった。

「彼らが横に寄ろうと寄るまいと、われわれは通過する」ヴィエゴの言葉にカリスタは毒づいた。グラエルが嬉《うれ》しそうに笑う。

「狂気の沙汰だ」カリスタは低くつぶやいた。いまは妄執に囚われていても、時が経てばヴィエゴは理性を取り戻してくれる、ずっとそう信じてきた。自分は間違っていたのだろうか？

だが、いまとなっては、これ以上事態が悪化しないよう目を配り、ヴィエゴが正気に立ち返ってくれるのを祈るしかない。

「ヘリアの人々よ、どうか脇に寄ってもらいたい」カリスタは声を張りあげた。「私たちは街に入るだけだ。暴力を振るうつもりはない。付き添うのはかまわないが、止めようとしないでもらいたい」

「ああ、おとなしく従え。愚かな警備犬どもが」管理人が嘲る。

カリスタは列を離れ、グラエルのせせら笑いを浮かべた顔を拳で殴りつけた。グラエルが折れた鼻を摑み、後ろによろめく。

「カル」ヴィエゴがたしなめるように名を呼ぶ。

「こんなことをして、後悔するぞ」管理人が食ってかかる。

「だとしても、その価値はあった」

カリスタは急いで先頭の列に戻り、番人たちが賢明にも退くのを見てほっとした。一行は隊列を組んで石の埠頭から島の地面に下り、地元の人々が急いで道をあける通りを、まっすぐに〈輝ける塔〉

——管理人によれば、〈古の泉〉があるという、街いちばんの大きな建物——を目指した。埠頭にいた番人たちが周囲に扇状に広がり、通りを歩いている住民を追い払う。

野次馬《やじうま》が集まり、用心深く距離を保ちながら、一行のあとをぞろぞろついてくる。不安な目で彼らを見ながら、カリスタは何事も起こらず、血が流れることがないようにと必死に祈った。さいわい、住民たちはこちらに敵意を抱いているようには見えない。

グラエルの案内で、彼らは塔に近づいていった。たしか〈学者の道〉と呼ばれるこの広い遊歩道は、ヘリアの中心を通り、街で最も高い台地の上に立つ〈輝ける塔〉へと徐々に上がっていく。目的地まであと半分ほどのところで幅の広い大理石の階段に差しかかると、その前に番人が一列に並び、上段にはローブ姿のマスターたちが集まっていた。中央に立っているヒエラルク・マルガーザからは、さきほどの友好的な雰囲気は微塵《みじん》も感じられない。

彼らのなかにシーカー＝アデプト・タイラスの姿を認め、カリスタは新たな罪悪感と羞恥心に胸を衝《つ》かれた。表情こそ消しているが、タイラスは激怒しているにちがいない。彼は王と並んで歩いてくるグラエルを見て、ぎょっとしたように目を見開いた。

カマヴォールの一行に付き添っていた番人たちが急いで仲間に加わり、彼らの前に新たな列を加えた。これで数のうえではほぼ同じになったが、ヘリアの番人が鍛え抜かれた兵士たちに対抗できるとは思えない。この直感を確かめるはめにならないことを祈るしかなかった。

「そこで止まりなさい」マルガーザが言った。「王妃を助ける手立てはないと申しあげたはず。ここには、あなた方の役に立つものは何もありません！　船に戻り、すぐさまこの島から立ち去るのです。二度と戻ってきてはなりません！」

「あの女は嘘をついている」グラエルが憎々しげに吐き捨てた。「生命の水をひとり占めしたいばかりに、その秘密を自分たちだけの胸に秘めているのだ！」

「私を通してくれ」ヴィエゴはマルガーザに訴えた。「王妃を〈古の泉〉へ連れていきたい」

「どうして〈古の泉〉のことを知っているのですか?」マルガーザがそう言って目を細め、カリスタに目をやった。「殿下は偵察のために送られた間諜《かんちょう》でしたか。この島に上陸させたのが間違いだった!」

　カリスタは自分が果たした役割を恥じ、顔を赤らめた。「違う」だが、この否定は自分の耳にすら空《むな》しく響いた。ヴィエゴをここに連れてきたのはカリスタなのだ。

「殿下がヘリアに滞在中、〈古の泉〉に侵入した者がいたのです。あなたがその件に関与していると疑うマスターもいて、それも要請が却下された理由のひとつでした。私は殿下が純粋に助けを求めていると信じて反対したのですが、どうやら騙されていたようですね」

　カリスタは首を振った。「なんのことかわからない。私の与《あずか》り知らぬことだ」

　だが、マルガーザはこの抗議を無視し、カリスタの後ろにいる管理人に向かって目を細めた。「そこに一緒にいるのは誰? スレッシュ? なるほど、殿下はヘリアに滞在中、私たちの仲間をたぶらかしたのね。これで腑《ふ》に落ちた。管理人を味方につけ、〈古の泉〉の守りを迂回《うかい》するとは、姑息《こそく》なことを。カマヴォール人を信用したのが間違いだった!」

　カリスタの後ろでグラエルが姿勢を正した。「そういう蔑称を使うな、傲慢で身勝手な性悪女め。十五年もまえに、私にこの人生を押しつけたのはきさまだぞ」

「アーロック・グラエル、きみは浅はかな愚か者だ!」タイラスが口を挟んだ。「同情した私がばかだった」

「私がこうなったのは、きさまらのせいだ。これはみな、きさまたちが蒔《ま》いた種だ」

「私たちは何年もまえにあなたを追放すべきだった。哀れに思ってここで学ぶことを許したのに。それが間違いだったことは明らかね」

「私を、通して、もらおう」ヴィエゴが食いしばった歯のあいだから言葉を押しだすのを聞いて、カリスタは体をこわばらせた。ヴィエゴは癇癪《かんしゃく》を起こしかけている。

「ヴィエゴ、落ち着いて」カリスタは低い声で制止した。

「陛下はご自分の行動がどんな結果をもたらすか、何もご存じない」マルガーザが言葉を継いだ。「〈古の泉〉の力は、弄んでよいものではないのです。ここを通すことはできません」

「嘘《うそ》だ」グラエルが吐き捨てる。

「嘘ではない」マルガーザが言い返した。「この命に替えても、ヘリアの人々を危険にさらすわけにはいきません」

「では、命を捨てるがいい」ヴィエゴはそう言ってカリスタを見た。「彼らを殺せ」

この命令が示す恐ろしい意味に驚愕《きょうがく》し、その場にいる全員が凍りついた。

カリスタは恐怖に駆られて若い叔父を見た。「ヴィエゴ、いい加減にして！　あなたはそんな人間ではないはずよ。いますぐここを離れ、すべて忘れましょう」

王の顔が怒りに染まった。「悪いのは、ここを通さぬ彼らだ。父上なら問答無用で斬り捨てている。父上の兵士たちなら、命令に従ったはずだ」

「カマヴォールの獅子《しし》が、こんなことに関わるものか！」カリスタは鋭く言い返した。「獅子王は残虐だったけれど、愚かではなかった」

ヴィエゴはカリスタをにらみつけた。「カマヴォールの兵士たちよ、彼らを、殺せ」

「動くな！」カリスタはこの命令を取り消した。

ついにカリスタは、越えてはならない一線を引いた。とうに引くべきだった線を。ヴィエゴがどんな男か、どんな男になり果てたかが、いまやはっきりと見てとれた。

番人が落ち着きなく体を動かす。ホスト軍の兵士が迷っているのをカリスタは感じた。

「私はきさまたちの王だ」ヴィエゴは兜をつけた兵士たちをちらっと見た。「その私が命じたのだ！　前進し、彼らを殺せ！」

「彼らはあなたではなく、私の命令に従う」

ヴィエゴは歯ぎしりした。「レドロス……」

「私は陛下の護衛です」太い声が応じる。「陛下の命を脅かす者は、誰であろうと殺さねばなりません。しかし、そのような脅威はここにはひとつもない」

「私は反逆者に取り巻かれているのか！　いいだろう。私が自分で殺す！」

彼はすぐ後ろにいる兵士に命じた。「そこのふたり！　王妃を抱えていろ。王妃に何かあれば、首を落とすぞ」

イゾルデの亡骸を従順に受けとる兵士たちにまかせ、ヴィエゴはマスターたちと番人に大股で近づいた。サンクティティがその手に現れる。ホストの兵士たちが目を伏せて王の行く手から急いで退く。ヘリアの番人たちは隊列を密にして鉾槍《やり》を構えた。

「やめて」カリスタはヴィエゴの前に立ち塞がった。

「そこをどけ、カル」

「いいえ」カリスタは繰り返した。「こんなことをさせるわけにはいかない」

「きみを傷つけるのは本意ではないが、必要とあれば斬る」

「お願いだから、こんなことはやめて！」カリスタは懇願した。「いまならまだ間に合う。正気に戻って！　お願いよ！」

ヴィエゴは葛藤しているように見えた。若い顔に怒りと苦痛、不安、後悔が次々に浮かぶ。彼は立ち止まったが、サンクティティを構えたままだった。

「頼む、カル。手を貸してくれ。こうしなければならないんだ。きみを殺させないでくれ」

「私は何もさせてはいない」カリスタは答えた。「でも、ここで脇に寄って、罪もない人々が殺されるのを見ているわけにはいかない」

「こうならぬことを願っていたのだが」ヴィエゴはため息をついた。「きみのせいだぞ、カル」

カリスタは覚悟を決め、槍を構えた。だが、ヴィエゴは彼女に向かおうとはせず、ポケットから何かを取りだし、すぐそばにいたヌニョに渡した。

「やれ」ヴィエゴは助言者にうなずいた。

「そろそろ、そうおっしゃるころだと思っておりました、陛下」

ヴィエゴがヌニョに渡したものを見て、カリスタは目を見開いた。キーストーンだ。

「ヌニョ？　何をしているの？」カリスタは恐怖に駆られて叫んだ。

老助言者はちらっとカリスタを見た。「カマヴォールにとって最善のことをしておるのです」そして向きを変え、港とその先にそびえる霧に顔を向けた。

そのとき初めて、カリスタはヌニョの意図に気づいた。裏切りがナイフのように胸を切り裂く。

「天の祖先にかけて、そんなことはやめろ！」カリスタは叫んだ。だが、ヌニョを止めようとすると、ヴィエゴがサンクティティをカリスタにぴたりと突きつけた。

囁くように呪文を紡ぐヌニョの目が光りはじめる。カリスタはなす術《すべ》もなく老助言者を見つめた。ヌニョは海に向かって足を踏みだし、〈ダガーホーク〉の甲板でカリスタがしていたようにキーストーンを高く掲げた。

すると海の彼方《かなた》で、巨大な霧の壁が分かれた。

一隻の船を通す細い隙間ではない。霧は海から空まで大きく切り裂かれ、そのあいだを、この瞬間まで霧のすぐ向こうで待機していたにちがいない何十隻という船が通過してくる。

カマヴォールの船団が。

「なんということを」カリスタはつぶやいた。

「これはきみがしたことだぞ、カル」ヴィエゴが言った。「きみが命令に従わないなら、鉄血騎士団《アイアン・オーダー》をこの街に放つしかない」

28

船団には鉄血騎士団が勢ぞろいしていた。千人近い騎士たちが、殺し、略奪するためにやってきたのだ。彼らはこの街で暴虐のかぎりを尽くすだろう。

ヘリア全体に警告の鐘が鳴り響き、事の成り行きを見守っていた人々がパニックを起こして散っていった。

「総員！」カリスタは大声で叫んだ。「楯隊形を取れ！」

ホスト軍の精鋭が即座に応じ、カリスタの周囲に緊密な隊形を組む。

「卑しい生まれの屑《くず》どもに、忠誠を期待したのが間違いだった」ヴィエゴが吐き捨てる。

彼は、まだイゾルデの亡骸を抱えて自分のそばに残っている兵士たちを見た。ふたりが仲間のところに行きたがっているのは明らかだ。しかし、王妃の亡骸を地面に下ろすのは気がひけるのだろう。

「反逆者め、その卑しい手を王妃から離せ」ヴィエゴは怒声を発してサンクティティを消すと、兵士たちからイゾルデの亡骸を取りあげた。そして仲間に駆け寄るふたりを見ながら、レドロスを振り向いた。

「おまえはどうする、レドロス司令官？　私はおまえに爵位と、領地と、未来を与えた。それでも聖なる誓いに唾して私を見捨てるか？」

レドロスは無表情に王を見下ろし、何も言わず、敬礼もせず、頭も下げずに王に背を向け、カリスタに加わった。いまやホスト軍の槍の先、ヴィエゴのそばにいるのはヌニョと、邪悪な笑みを浮かべた管理人だけだ。

「きさまらは全員、反逆者だ！」ヴィエゴがわめいた。「生きて日没を見られると思うな」

「今日の言動で、あなたは地獄に落ちる」カリスタは言い返した。「王の誓いを裏切り、玉座を裏切り、カマヴォールの民を裏切った。父である獅子王も、自分自身をも裏切った。死しても尊い祖先に迎えられることはなく、この命でも次の命でも安らぐことはないでしょう。何よりも、あなたはイゾルデの思い出を裏切ったのよ」

「イゾルデを愛すればこそ、こうしているのだ」

カリスタはうんざりして首を振った。「イゾルデがいまのあなたを見たら、嫌悪するにちがいない」

「いや」ヴィエゴはつぶやき、抱えているイゾルデの亡骸に目を落としてから、苦悩に翳《かげ》る目をカリスタに戻した。そのとおりだとわかっているのだ。だが、こうなった以上、後戻りはできない。「違う」ヴィエゴは目をぎらつかせ、武装した兵士の壁から後退った。「きみは間違っている！」

そして最後にもう一度周囲を見回すと、ヴィエゴは急ぎ足に〈学者の道〉を港へと戻っていった。ヌニョが小走りにそのあとを追う。グラエルも嘲るように頭を下げ、ふたりのあとに続いた。

「彼らを追いかけるか？」レドロスが尋ねた。

「いや、行かせよう」

カリスタはそう告げてから、近づく船団を恐怖におののいて見つめているマルガーザを振り向いた。「急いで避難してください！」鐘の音や周囲の喧騒《けんそう》に負けじと大声で叫ぶ。「この街に騎士団を食いとめる術はない。彼らは目にした者を片っ端から殺すでしょう！」

老マスターは首を振った。「逃げることなど論外です。なんとしても、〈古の泉〉を守らなくては」

「では、死ぬことになりますよ！」カリスタは鋭く言い返した。

「この命で〈古の泉〉を守れるなら、そうします」マルガーザは恐怖を浮かべながらも健気《けなげ》に答えた。

愚かなことを。カリスタは低い声で毒づいた。「ここで死んでも、何も守ることはできない！　いまは逃げるべきです」

「あなたの王が思い通りにすれば、どこへ逃げようと同じこと。〈古の泉〉の核にある力はとても不安定で、危険なのです。王が泉に達するのを、なんとしても止めなくては。王の行く手に立ち塞がるほかに手立てはありません」

マルガーザの言葉に納得がいかず、カリスタは近づいて小声で尋ねた。「危険とは、どういう意味？」

「この塔の地下深くには、凄まじい魔力を持つ遺物がある。地下の収納室にあるほかのすべてが玩具《おもちゃ》に思えるほど、絶大な威力を持つ遺物が。それが泉の水に魔力を与えているのです」

「〈生命の水〉は伝説だったのでは？」

マルガーザがたしなめるようにカリスタを見た。「あれは必要な欺きでした。何百年もまえに発見されたこの遺物からは、古《いにしえ》の魔力が溢《あふ》れでてくる。ただ、その魔力があまりに不安定なので、私たちはひたすらその事実を隠し、〈生命の水〉は神話の類いだという話を作りあげたのです。この作戦がうまくいかなかったのは明らかですが、とにかく、あれは危険です。なんとしても守らなくてはならない」

「ヴィエゴが〈古の泉〉に達して王妃の亡骸を水に浸したら、何が起こるの？」

「何も起こらないかもしれない。けれど、凄まじい破壊が起こるかもしれない」

この言葉に肝が冷え、カリスタは囁くような声になった。「その破壊とは……？」

「何年も雨が降らず乾ききった森に雷が落ちたらどうなりますか？　何も起こらないかもしれない。でも、森全体が焼け落ちる可能性のほうがはるかに高い。ヘリアはその森です」

カリスタは毒づきながら港に目をやった。カマヴォールの船団は急速に近づいてくる。

急いで街の見取り図を思い浮かべ、上陸した鉄血騎士団がたどる経路を予測した。おそらく一部は近くの島へ向かうだろうが、ほとんどの船はヘリア最大の港に来るはずだ。数隻が本隊から分かれ、この島の、街の外にある入り江を目指しているのは、異なる地点から攻撃し、郊外を略奪しつつ、街から逃げてきた民を倒すためだろう。

カリスタは説得をあきらめた。「逃げる気がないなら塔へこもったほうがいい。この街で最も守りやすいのはあの塔です。なかに入って、バリケードを築いてください」

「殿下はどうするのです？　略奪に加わるのですか？」

カリスタは厳しい顔で言い返した。「私は彼らをできるだけ食いとめる」

この選択がもたらすのは間違いなく死だ。だが、死が避けられぬなら、せめてその犠牲を役立てたい。

首を伸ばして見渡すと、恐怖に駆られた群衆のなかにタイラスの姿が見えた。「タイラス！」カリスタはパニックに陥った群衆の騒ぎに負けじと、大声で叫んだ。「タイラス！」

タイラスが振り向き、険しい顔になった。この状況の元凶がカリスタだと思っているのだろう。そう思われても仕方がない。だが、鉄血騎士団の殺戮《さつりく》とヴィエゴの狂気がもたらしかねない破滅から、少しでも多くの人々を避難させなくてはならない。

「ヘリアは蹂躙《じゅうりん》される！」カリスタは叫んだ。「被後見人を救え！　あの子たちを連れて街の外へ逃げろ！」

タイラスはカリスタをにらんだものの、うなずいて住まいへと走りだした。

カリスタはホスト軍に号令をかけ、〈輝ける塔〉へと最後の階段を上がりはじめた。


薄れゆく午後の光のなか、鉄血騎士団はヘリアの街を荒らしまわっていた。家に火をつけ、目につく者を片っ端から殺し、思うさま略奪していく。通常なら、これほど大規模な攻撃をかけるには、船を降りたあと何時間もの準備が必要だ。だが、迎え撃つ兵士がひとりもいないとあって、彼らは上陸するやいなや少人数のグループに分かれて街を蹂躙しはじめた。カリスタが塔に到着し、マスターたちをそこに避難させるころには、眼下の街の至るところで煙と悲鳴があがっていた。

塔の前にある大きな広場は、ヘリアを統治する評議会の権威と権力、その潤沢な資産を誇示するために、とりわけ荘厳に造られていた。隅々まで大理石が敷き詰められ、四面を柱と石造りの建物が囲んでいる。不思議な古代の仕掛けを使った小さな滝が流れ込む長い池が、塔に至る中央の道の両側を縁取っていた。同じ形に整えられ、一定の間隔で植えられた並木がその水面に影を落としている。そしてそのすべてが、広場に入った者の目を突き当たりにある〈輝ける塔〉に引きつけるように配置されていた。

街の最も高い場所にあるこの広場への入り口はひとつしかなかった。すべての脇道が、港からまっすぐに塔へ向かっている大通り――〈学者の道〉――に集まるため、塔に近づく者は大きなアーチの下にある道を通らねばならない。したがって、このアーチ道は少人数で守るには最適の場所となる。敵が近づけるのは一方向だけ。しかも大通りからぐんと狭くなるアーチ道のおかげで、大挙して押し寄せる敵に簡単に取り囲まれることもない。カリスタはレドロスと五十人の精鋭とともに、アーチ道で敵を待ち受けることにした。

「広場に入る道は、ほかにはないのだな？」カリスタはヘリアの警備隊長がカマヴォール語を話すことを知り、ほっとして尋ねた。

隊長はうなずいた。「武装した大人数の兵士が入れる道はありません」

カリスタは目を細めた。「でも、少人数が通れる道ならある?」

「ひとつだけあります」隊長は北の隅を指さした。「めったに使われないが、あちらに地下の収納室へと下りる扉があります。通路も階段も一列にならないと通れないほど狭く、通常は施錠されておりますが」

「案内を頼む」

兵士をレドロスに任せ、カリスタは警備隊長とともに急いで広場を横切った。隊長の説明どおり、北の角には見るからに頑丈そうな石壁に挟まれた狭い階段があった。それを五メートルほど下りたところに、凝った装飾を施した錬鉄の門扉がある。

「あれがその扉?」

「そうです、将軍。ですが、マスターのキーストーンがなければ開きません」

カリスタは顔をしかめた。鉄血騎士団は綿密に計算して動くよりも、数にまかせて敵を一掃することを好む。だが、敵が来る可能性のある扉を無防備に放置してはおけなかった。地下の管理人グラエルがヴィエゴのそばにいるとあってはなおさらだ。敵がここを上がってくれば、目の前の塔を攻撃するだけでなく、背後からホスト軍に襲いかかることもできる。

「私たちは正面のアーチ道でできるだけ敵を食いとめる。ここの守りに兵士を割くだけの余裕はないと思う。あなたに命令する権限はないが……」

「われわれは喜んでここを守ります、将軍」隊長は躊躇《ちゅうちょ》せずにそう言った。「ひとりでも命のあるうちは、誰もここを通しません」

カリスタはうなずいた。「警備隊はよい隊長を持った」

隊長はこの賛辞を受けて背筋をぴしりと伸ばし、胸を拳で叩《たた》いてカリスタに敬礼した。カリスタは敬礼を返し、広場を横切って部下のところに戻った。

「彼らは持ちこたえられると思うか？」レドロスが警備隊に目をやりながら低い声で訊《き》いてきた。

「騎士団の大半はこちらから来る」カリスタは言った。「敵が地下に回り、背後を突いてくるとは思えない。でも、もしも来れば警備隊がなんとか防ぐだろう」

「もしも防げなければ？」

「私たちは囲まれる」

街の下のほうから聞こえる死にゆく者たちの悲鳴と騎士たちの怒声が、さらに大きくなっていた。カリスタは矢継ぎ早に指示をだし、部下を戦いに備えさせた。兵士たちはほぼ隙間なく十人ずつ横に並び、五列縦隊を作って細いアーチ道を満たした。

長く待つ必要はなかった。

最初に来たのはヘリアの市民たちだった。アーチ道を目指して走ってきた人々は、塔に向かう道をカマヴォールの兵士が塞いでいるのを見てパニックに陥った。カリスタはひと声命じて兵士たちを左右に分け、真ん中を開けた。

「早く通れ！」カリスタは片手で合図しながら叫んだ。それでも大勢の武装兵士に近づくのを恐れて、大半がためらっている。と、そのなかのひとりが彼らを急《せ》かした。ジェンダ・カヤだ。

ジェンダ・カヤは叫びながら先頭を走ってきた。彼女に促され、ほかの人々も兵士たちのあいだを走り抜ける。ジェンダ・カヤはカリスタのそばで足を止めた。

「彼らが来るぞ」レドロスが落ち着いた声で報告する。

カリスタにも、先陣を切って現れた騎士たちが見えた。わずか五人。おそらく誰よりも早く戦利品を手に入れ、血を流したいと逸《はや》っているのだろう。鉄の板に守られた軍馬を駆り、逃げまどう人々を剣や戦斧《せんぷ》で斬り倒してくる。

「急げ！」カリスタはさらに多くの人々を通した。

「そろそろ隊形を閉じる必要がある」レドロスが促す。

「あと少しだけ」カリスタは鋭く言い返し、ジェンダ・カヤを見た。「あなたも早く安全な場所に逃げて」

「私もここで戦うわ」ジェンダ・カヤは古代の武器をローブのなかから取りだし、もうひとつ取りだしてカリスタを驚かせた。ふたつ目もよく似た形だが、もっと細くて優美だった。

「忙しくしていたようだな」

「あれからほかの武器も造ったの。作業場に置いてあるけど」

「将軍」レドロスが急かした。

顔を上げると、荒い息と、口から吹いている泡が見えるほど鉄血騎士団の軍馬が近づいていた。だが、まだ百人あまりの市民が逃げてくる。彼らを見殺しにして逃げ道を塞ぐことはできない。

カリスタは目を細めて先頭の騎士までの距離を測り、数歩前に出ながら渾身《こんしん》の力をこめて槍を投げた。

高く弧を描いた槍が唸りをあげて降下し、先頭の騎士の胸板と兜のあいだに突き刺さった。軍馬が棹立《さおだ》ちになり、前脚を泳がせる。落馬した騎士は、地面に落ちるまえに死んでいた。

「槍！」カリスタは片手を差しだし、部下のひとりから槍を受けとると、今度は助走をつけて放った。こちらはまっすぐ飛び、胸板を突き抜けるほどの勢いでふたり目に当たり、敵を鞍《くら》から吹き飛ばした。

さらに三人が馬を駆ってくる。ひとりがカリスタに向かって剣を構え、大声でわめく。それを合図に三人とも馬の腹を蹴って突進してきた。

「槍！」カリスタは命じた。

次の騎士はとっさに楯を突きだしたが、カリスタの投げた槍は、それを貫いて腕に突き刺さった。騎士が苦痛の叫びをあげながら、横にそれる。

残ったふたりが、まっしぐらに駆けてきた。

ジェンダ・カヤの武器から青白い光が飛びだし、騎士の胸を貫く。恐怖に駆られた軍馬が棹立ちになって空を蹴り、地面を掻《か》いて騎士を振り落とした。

最後の騎士の前には大男のレドロスが立ち塞がった。巨大な楯を腹に叩きつけられた軍馬が、大理石の敷石にもんどり打って倒れる。その騎士が鞍と、立ちあがろうとあがく馬から離れるまえに、レドロスが大剣をひと振りして止めを刺した。軍馬がどうにか起きあがり、死んだ騎士を乗せたまま走り去る。

「早く！」カリスタのひと声で残っていた市民がアーチ道に走り込む。全員が通過するのを待って、ホスト軍の精鋭が再び密集隊形に戻り、槍と楯の壁を作った。

腕を怪我《けが》した騎士がカリスタの放った槍を引き抜き、脇に投げ捨てた。

「あいつを仕留めるか？」レドロスの問いに、カリスタは首を振った。

「卑怯者《ひきょうもの》の団長に、われわれはここにいると伝えるがいい！」カリスタはその騎士に叫んだ。「丸腰の市民を殺すしか能のない臆病者ではなく、本物の兵士と戦う勇気があるなら、ここで待っていると！」

手負いの騎士はカリスタをにらみつけ、馬の頭を巡らせて〈学者の道〉を全速力で戻っていった。

「これで少しは市民がこの街を脱出する時間を稼げるといいけれど」カリスタはつぶやいた。

「やつらが来る！　力を合わせて血祭りにあげるぞ！」レドロスが部下を鼓舞する。

ジェンダ・カヤはまだそばを離れず、古代の武器を手にアーチ道に至る道へと目を走らせている。

「あなたはもう行って」

「私も彼らを食いとめる役に立てるわ」ジェンダ・カヤが言い返す。

「彼らを永遠に食いとめるのは無理だ」カリスタは小声で告げた。「こちらはわずか五十人、敵の数が多すぎる。この街はいずれ落ちる」

「だったら、私も最後まで一緒に戦う」

カリスタは、ホスト軍の守るアーチ道を通過し、背後の広場に集まっている市民をちらっと見た。どこにも行く場所がないのだ。

「いいえ、ジェンダ・カヤ。その強力な武器がカマヴォールの手に落ちたら、たいへんなことになる」

ジェンダ・カヤの目が葛藤するように揺れた。「私は光の番人《センチネル・オブ・ライト》、ヘリアは私の街よ。留《とど》まって戦うのが私の義務だわ」

「ここで私たちと死んでも、ヘリアを守ることにはならない」カリスタは静かに諭した。「よい将軍は、勝てぬ戦いを知っている。そういうときの最善の選択肢は退却だ。辛いだろうが、逃げるのよ。生きてさえいれば、信頼できる同志を見つけて力を蓄えられる。彼らにその武器の使い方を教え、機が満ちるのを待ってここに帰り、街を取り戻すのよ。熾火《おきび》がひとつでも残っているかぎり、闇を消すことができる。生き延びて、希望という熾火をたやさないで」

ジェンダ・カヤは途方に暮れたような顔になった。「でも、どこへ行けばいいの？」

「埠頭《ふとう》には、私が乗ってきた〈ダガーホーク〉が停泊している。船長ヴェニックスは、物のわかる、信頼できる女性よ。きっとあなた方を助けてくれる」

「殺されるとわかっているのに、あなたを残してはいけないわ！」

「でも、そうしなくてはならない。私はできるだけ長く持ちこたえ、彼らが塔に入るのを食いとめ、あなたたちが逃げるのに必要な時間を稼ぐ。さあ、早く行って！」

ジェンダ・カヤはまだ何か言いたそうだった。

「行きなさい！」カリスタは叫んだ。「私がここで死ぬとしても、それであなたたちが助かるなら、少なくとも無駄死にはならない」

ジェンダ・カヤはいつも浮かべている笑みを消し、カリスタを見つめてしぶしぶうなずいた。「さようなら、王女様。祖先の霊があなたを英雄として迎えてくださるように。ありがとう」

カリスタは隊の先頭に出て再びレドロスと並んだ。ジェンダ・カヤは手早くヘリアの市民をまとめて隊列を組ませると、最後にもう一度カリスタに手を振り、彼らを率いて姿を消した。

「騎士が攻め込んでくるまでに、どれくらいかかると思う？」レドロスが尋ねる。

「彼らはすぐに来る」

29

「来たぞ」レドロスが太い声で告げた。

広い大通りを埋め尽くす騎士たちの隊列が見えてきた。全員が鉄血騎士団の暗灰色のマントを羽織り、カリスタたちが待ち受ける〈悟りのアーチ《エンライトンメント》〉へと馬を進めてくる。

黒い軍馬にまたがった団長のヘカリムが先頭だ。彼がアーチ道の五十歩ほど手前で馬を止めると、あとに続く騎士全員が停止した。この距離からでも彼らの顔に浮かぶ軽蔑がはっきりと見てとれる。平民の軍隊など物の数ではないと言わんばかりだ。

鉄と鎖帷子《くさりかたびら》で守られた軍馬にまたがり、重い鉄の鎧《よろい》をまとった騎士たちは、自らの足で地面に立っているホスト軍の兵士とは、大きさも威圧感もまるで違う。カリスタの部下は硬い革の胴鎧と青銅の兜《かぶと》、膝から下に青銅の脛当てを着けているだけで、腕と腿《もも》は無防備だ。各自が縦長の楕円《だえん》の楯と長い槍を持ち、腰に短剣を差しているものの、鉄で身を固めた騎士たちに比べると、かなり劣っているように見える。ここにいる五十人はカリスタの指揮の下、数々の戦いで鍛え抜かれた猛者《もさ》ばかりだが、カマヴォール一強い鉄血騎士団の貴族たちは金で買える最高の武器と鎧を身に着けているのだ。

ホスト軍の兵士は、騎士たちと剣を交えたことは一度もなかった。貴族である騎士は、訓練のときでさえ平民の兵士など相手にしない。戦場でも貴族と平民兵士のあいだには、はっきりと線が引かれていた。

だが、今日は騎士たちを相手に戦うことになる。

ホスト軍にもレドロスという巨人がいる。貴族となり、立派な鎧を身に着けたレドロスは、鉄血騎士団一長身の男よりもさらに頭ひとつ高い。仲間の兵士たちにとっては心強い存在だ。

それでも、勢ぞろいした騎士団に部下が気を呑《の》まれているのを見て、カリスタは列の前に進みでて騎士団に背を向け、兵士たちと向かい合った。騎士団はまだ攻撃の用意ができていない。彼らが突撃してくるまでには、まだ少し時間がある。

「彼らも血と肉からなるただの人間だ！」カリスタは列の前を歩きながら叫んだ。「これまで戦い、打ち倒してきた敵と同じように槍で突き殺す！　彼らはわれわれを甘く見ているが、すぐに恐れるようになる。その傲慢さを利用するぞ！」

すべての目がカリスタに注がれた。みな何年もカリスタと並んで戦ってきた、最も忠実で熟練の兵士ばかりだ。決して期待を裏切らぬ働きをしてくれるにちがいない。

「金で買える立派な剣と鎧を除けば、彼らも同じ人間だ。それどころか、一度として自分の場所を得るために戦ったことのない軟弱な連中だ。彼らは生まれてこのかた、あらゆるものを労せずして手にしてきた。あらゆる特権、あらゆる名誉を。だが、ホストの兵士は日々戦い、ひとつひとつ自らの手で勝ちとってきたのだ。だからこそ、彼らよりもはるかに強い」

カリスタは兵士ひとりひとりと目を合わせた。

「私は特権階級の生まれだ。そうでないふりをするつもりはない。私が持っているものはすべて、労せずして与えられたもの。そのために努力したことも、次の食事がどこから来るか心配したこともない。彼らと私の違いは、私にはきみたちが見えることだ。きみたちがわかっていることだ。何年もともに戦い、ともに血を流してきた。兵士としても、個々の人間としても、きみたちがどれほど優れているか私は知っている」カリスタはさらに声を張りあげた。「祖先に誓って、きみたちは間違いなく彼らの誰よりも優れた兵士だ！　彼らは欲のために戦う。われわれが戦うのは名誉のためだ！　今日、われわれは彼らに平民の強さを思い知らせてやる。ここを通り抜けようとする騎士をすべて殺し、彼らの一歩一歩を血で贖《あがな》わせる！」

兵士たちが一斉に槍を突きあげ、地を揺るがせて同意する。前列中央で重い剣を高々と掲げているレドロスの声がひときわ大きかった。

カリスタは向きを変え、再び隊列に加わった。

通りの先では、鉄血騎士団が攻撃の準備を終えたらしく、ヘカリムが片手を無造作に振りおろして、百人の騎士を送りだした。

「あいつは自分で戦おうともしない」レドロスが歯ぎしりする。

「そのうち来るとも」カリスタは答えた。「あの百人がやられれば、次の百人がやられれば、恥をかかされたと激怒して突き進んでくる。そのとき血祭りにあげればいい。尊い祖先も、誓いを平気で破る卑怯者とその配下を死後の世界で狩るだろう。未来永劫《みらいえいごう》、ヘカリムが安らぐことはない」

ラッパが鳴り、軍馬を駆る百人の騎士が怒涛《どとう》のように押し寄せた。

「将軍のために！」レドロスが大声で吼え、その叫びが五十の声となってこだまする。

轟音《ごうおん》とともに、馬体と金属の壁が雪崩《なだれ》を打って近づいてくる。だが、ホスト軍の精鋭は強敵を前にしても、まったくひるまなかった。恐怖を感じていないわけではない。カリスタ自身も恐怖のあまり呼吸が速く、浅くなり、心臓が早鐘を打っていた。てのひらが汗ばみ、口が砂漠のように渇く。恐れを知らぬことは勇気ではない。恐れながらも、やらねばならぬことをやるのが勇気だ。

アーチ道の狭い入り口に達した騎士たちは、少数の敵に囲まれないよう、敵に横から攻め込まれないように、互いのあいだを詰めざるをえなかった。馬上の敵が残り二十歩まで迫るのを待ち、カリスタは叫んだ。

「いまだ！」全員が鬨《とき》の声《こえ》をあげて腰を落とし、構えた槍の柄の先を後ろに引いた足で押さえる。前列の兵士たちは一斉に槍を突きだした。その後ろも、そのまた後ろも槍を突きだし、三段の槍の壁を作る。

その三列の頭越しに、四列目が突進する騎士たちのなかへまっすぐ槍を投げた。馬がかん高い声をあげて後ろ足で立ち、乗り手を振り落とす。後ろの騎士の馬が落ちた騎士を踏みつけ、地響きを立てて倒れた。

ホスト軍に達する直前で、それまで整然としていた隊列がばらばらになった。軍馬の多くが槍の壁を目にして急停止するか、向きを変えるか、棹立ちになる。残りは恐怖に駆られながらも、後ろに続く騎士たちに押されて前進してきた。

カリスタは穂先を上に突きだし、騎士の顎の下を刺した。レドロスが重い剣を振り、べつの騎士を鞍から斬り落とす。

兵士たちは、軍馬に振り落とされた敵を手際よく仕留《しと》めていった。もちろん、ホスト軍も無傷ではない。馬の蹄《ひづめ》に踏みつぶされ、倒れた馬体の下敷きになり、騎士の剣に倒されていく。だが、狭いアーチ道ではひとりの騎士が三、四人の歩兵を相手にせざるをえないとあって、ホスト軍に殺される騎士たちのほうが圧倒的に多い。

騎士の強みは軍馬がもたらす速度と勢いだが、どちらも狭いアーチの下では存分に力を発揮できない。ホスト軍は騎士の攻撃によく持ちこたえ、戦いはこちらの有利に展開していた。

どれほど多くの実戦を経験しようと、凄まじい音と狭い場所で押しつぶされそうになる不安、殺戮がもたらす臭いと純粋な恐怖に慣れることはなかった。戦いのたびに、圧倒されそうになる。それに対してできることはほとんどないが、すべてに慣れて平然と受けとめられるようになったとしたら、そちらのほうがむしろ怖い。

先発の百人が勢いを失い、攻めあぐねているのを見て、カリスタは命令を発した。兵士たちが槍を突きだし、うねるように前進する。後退を余儀なくされた騎士たちが後続の軍馬にぶつかり、馬がパニックに陥りはじめた。

レドロスは自分に近づくあらゆるものを血祭りにあげていく。繰りだされる必死の一撃を巨大な楯《たて》で叩き落とし、重い剣で鎧と肉を切り裂いて骨までも叩き切る。カリスタも血で滑る槍の柄を握りしめ、敵を貫いた。

倒れた騎士から槍を引き抜いたときには、正面にはもう誰もいなかった。カリスタはすぐさま唸《うな》り声とともに槍を投げて離れた敵を倒し、倒れた仲間の命のない指からべつの槍を掴み取った。レドロスがまたひとり斬り倒すと、ついに騎士たちは戦意を失った。

生き残った騎士たちが軍馬の向きを変えようとする。たちまち敵味方が入り乱れ、凄まじい殺戮が始まった。整然と槍を突きだすホスト軍と後続の騎士に挟まれ、身動きの取れない敵が次々に倒れていく。

まもなく騎士団の隊形は完全に崩れ、何十人もが押し寄せる歩兵の餌食になった。カリスタが大声で命令を放つと、兵士たちは深追いせずにアーチ道の端で止まった。〈悟りのアーチ〉の外に出れば、待ち構えている騎士にたちまち囲まれ、皆殺しにされるだろう。ヘカリムが最初からそれを狙っているとしても、カリスタは驚かなかった。貴族の多くが、平民の兵士は命令に従い、組織的に戦うことなどできないと信じている。この認識は間違いだと証明できるのは悦《よろこ》ばしいことだ。

レドロスが顔をほころばせて額の汗を拭い、大声で叫んだ。「俺たちの大勝だ！　たとえ最後は倒れるとしても、この戦いぶりを耳にした者は二度とホスト軍を見下さないぞ！」

第一波を生き延びた兵士たちが相好を崩し、笑いながら自分たちの圧勝を喜び合っている。カリスタは誇らしさで胸がいっぱいになった。これがつかの間の勝利だとわかっているだけに、手放しで喜ぶことはできなかったが、せめてこの勝利を存分に味わわせてやりたい。カリスタは疲れを押しやり、無理やり笑みを浮かべた。

「彼らは傲慢で、こちらを見くびっていた」カリスタはレドロスにしか聞こえないように声を落とした。「次はそうはいかないと思う」

「わかってる」レドロスが不敵に笑った。「だが、いまのは歴史に残る勝利だ」

カリスタは戦場の向こうにいる馬上のヘカリムに目をやった。顔は兜で隠れているが、怒りをたぎらせ、燃えるような屈辱を感じていることは、こわばった姿勢から見てとれる。これはいい徴候だった。怒りに目が眩《くら》んだ指揮官はよけいな危険をおかし、愚かな判断を下す。

そしてカリスタとホスト軍はその分長く騎士団を釘付《くぎづ》けにして、ヘリアの人々が逃げる時間を稼げる。

アーチの下の陰った道には、死んだ騎士と兵士と馬が散乱していた。足元の大理石は血だらけで滑る。これは問題になりそうだが、できることはほとんどなかった。それに足元の悪さが不利になるのは味方だけではない。敵にとっても同じように危険だ。

鉄血騎士団を用心深く目の端に捉えたまま、カリスタは部下にアーチ道の死体を片付けるよう命じた。兵士たちの遺体は手早く背後の広場に運ばれ、整然と並べられた。彼方の世界へ滞りなく移り、尊い祖先に子孫だと気づいてもらえるように、額の中央に血で三叉《さんさ》も描かれた。怪我をした者はよほど重傷でないかぎり、最後まで戦う決意でアーチ道に留まっている。

戦死した騎士と軍馬は、次の攻撃に対する間に合わせの防護壁として前に押しだされた。

「王が来たぞ」レドロスが低い声で言った。

カリスタは敵と味方のあいだにある、開けた場所に目をやった。ヴィエゴはまだイゾルデを抱えていた。狡猾《こうかつ》な管理人がかたわらに立ち、耳元で毒を吹き込んでいる。王は激怒し、ヘカリムに怒鳴っていた。正確な言葉までは聞こえないが、その内容は想像がつく。

ヴィエゴは自分の行く手を遮る者たちを、いますぐ皆殺しにしろ、と命じているにちがいない。


「待って！」建物の角から行く手を覗《のぞ》き、ライズは低い声で制した。

タイラスが即座に路地の暗がりにしゃがみ込む。ライズが顔を引っ込めた直後、ふたりの騎士が重い足音を立てて通りすぎた。そのふたりが次の角を曲がって見えなくなってから、ライズは後ろを振り向いた。タイラスは幼いトルを抱いていた。その後ろに双子の姉妹アビとカーリが縮こまっている。子どもたちは恐怖のあまり蒼《あお》ざめ、声も出せずに目を見開いていた。

「よし。行くぞ」

タイラスがうなずく。「用意はいいかい、みんな？　行こう！　急げ！」

ライズは周囲を警戒しながら先頭を走った。街は混乱を極めていた。頭を切り落とされた彫像が台座から転げ落ち、荷車や手押し車があちこちでひっくり返っている。製本工房は炎に包まれ、あたりは灰と煙に満ちていた。通りのあらゆる場所から悲鳴や怒号があがり、下卑た笑い声が聞こえてくる。

どこを見ても、無残に斬り捨てられた住民が倒れていた。ライズは彼らをできるだけ見ないようにした。振り返ると、タイラスも自分の体で少しでも子どもたちの視界を遮ろうとしている。だが、すべてを隠すのは不可能だ。

双子のひとりが女性の死体のそばで立ちすくむのを見て、ライズは心臓を鷲掴《わしづか》みにされたような気がした。だが、煙の向こうから蹄の音が近づいてくる。ライズはタイラスを急かした。「やつらが来るよ！　急がないと！」

タイラスは少女の横にひざまずき、死んだ女性のまぶたをそっと閉ざした。彼が囁《ささや》いた言葉はライズには聞こえなかったが、少女がうなずき、涙を拭ってタイラスの手を取る。

「こっちだ！」ライズは二本の通りを繋《つな》いでいる路地を示した。

路地の入り口に立って、全員走り込んだのを確かめる。馬にまたがった騎士がふたり、冗談を交わしながら通りを駆けてきた。鞍から下げた袋がぱんぱんに膨らみ、その口から金の遺物が覗いている。マントに飛び散った血が目に入ると、ライズは思わず拳を作っていた。

「よせ。いまは子どもたちの安全を確保するのが先だ」タイラスが肩越しにたしなめた。

ライズはうなずいて怒りを呑《の》み込み、タイラスたちに続いて路地に駆け込んだ。「地下の収納室に逃げ込む？　あそこなら何か月でも隠れられる」

タイラスは首を振った。「たとえカマヴォールの騎士たちに見つからなくても、飢えと渇きで死ぬことになる」タイラスはライズだけに聞こえるようにつぶやいた。「この街を出なくては。筆写者たちの居住区を突っ切って北へ向かおう。居住区の通りはここよりも狭いから、見つかる確率も低いだろう。そこから北にある古の森を目指す」

「でも、広い畑や草地を突っ切らないと、森の木立にはたどり着けないよ」

タイラスはうなずいた。「夜になるのを待つしかないな」

ライズは空を見上げた。暗くなるまでは、少なくともまだ二時間はある。「それまで隠れている場所を探さないと」

「ここは安全とは言えないな。大通りに近すぎる」

それを強調するかのように、ついさっきまでいた通りで叫び声がした。

「建物を虱潰《しらみつぶ》しに捜索しろ！」しゃがれた声がカマヴォール語で怒鳴る。「見つけた者は殺せ！」

「急ごう」タイラスが言った。

再びライズが先頭に立ち、破壊された街のなかタイラスと子どもたちを導いていった。

その背中を、罪悪感が影のように追ってくる。彼が頭のイカれた管理人を手伝い、〈古の泉《ウェル・オブ・エイジズ》〉の水を汲《く》んでこなければ、カマヴォール人は戻ってこなかっただろう。

三十分ばかり危険な街のなかを移動したあと、彼らはようやく筆写者らの居住地域に入った。蹴破られた扉、あちこちで燃える炎。そこも暴虐のあとが歴然としている。だが、敵の主力の背後に回り込むことができたらしく、カマヴォール人の姿は見当たらなかった。割れたガラスの欠片《かけら》を踏み、がらんとした店のなかを覗くと、箱やテーブルが倒され、壊されている。この店はすでに略奪されたあとだ。

「ここにしようか。どこも同じようなものだろう」タイラスが言った。

「荒らされたあとだから、静かにして姿を見られなければ安全だ」

タイラスがうなずいて、子どもたちをなかに導きながら優しく言い聞かせた。「暗くなるまでここに隠れていよう。夜になれば、姿を見られずに移動できる」

正面の扉に重い家具を押しつけ、ライズは割れた窓から外を見張れる場所に座った。タイラスが店の裏手に行き、台所で食べ物を見つけてきた。子どもたちがそれを食べ、落ち着いたのを確認すると、彼はライズの横に座り、パンを差しだした。ふたりは小さなナイフでチーズを薄く切りながら分け合った。

「カリスタは、ほんとに俺たちを裏切ったのかな」ライズは硬いパンを噛《か》みながら、ずっと頭にあった疑問を口にした。

タイラスはため息をついた。「いや、おそらく騙《だま》されたのだろう。自分では正しいことをしているつもりだったのだと思う」

「どうやって霧を分けたんだ？」

「彼らのひとりが、思いもかけない方法でキーストーンを使っているのを見た。まるで幕でも引くように大きく霧を開き、船団をそっくり通過させたのだ」

「キーストーンを？　でも、そんなものを、どうやって手に入れたんだ？」

タイラスが肩を落とし、深いため息をついた。「グラエルに頼まれ、カリスタがヘリアを発《た》つ直前に、彼女と話す機会を与えたのだよ。そのときに、あの男が渡したにちがいない。覚えているかな？部屋を間違えたと言って、突然、私の住まいを訪れた奇妙な男だ。おそらく、あれも間違いなどではなかったのだろうな」

グラエルの名を聞いて、ライズは体をこわばらせた。

「地下の収納室のどこかで、キーストーンを見つけたにちがいない」タイラスは気づいた様子もなく言葉を続けた。「そしてレディ・カリスタにそれを渡した。あの男を王女と会わせたのが間違いだった！　昔から癖のある、変わった男だとは思っていたが、まさか〈光の交わり《フェローシップ・オブ・ライト》〉が築いてきたすべてを破壊したがっていたとは。こんなことになったのは、私のせいかもしれない」

タイラスは肩を落としてうなだれた。初めて見る師の打ちひしがれた姿に、ライズは慰める言葉が見つからなかった。自分の罪と恥が重くのしかかり、生命の水のことを告白しそうになる……が、どうしても言葉が出てこなかった。ふたりはしばらく黙ってそれぞれの罪を悔いた。

「あの管理人がカリスタにキーストーンを渡したんだとしたら」ライズは思い切って沈黙を破った。

「悪いのはあなたじゃなく、あの管理人だ」この言葉は、ライズ自身の耳にさえ虚しく聞こえた。自分の罪悪感を和らげようとしているだけだとしか思えない。

「そうかもしれない」タイラスが言った。「それに、霧が防御の役目を果たさない可能性など、誰ひとり考えてもみなかったからな。この街に敵が押し寄せたときの備えが必要だと、光の番人たちが長年警告していたのに、誰も聞く耳を持たなかった」

「光の番人は――」ライズは口をつぐんだ。足音が聞こえた。誰かが、頑丈な長靴で、ガラスを踏みつけながら近づいてくる。

「気のせいだろう」しゃがれ声が言う。カマヴォール語だとわかると、ライズは身を縮め、窓から離れた。

「いや、たしかに声がした」べつの男が言う。「この街の住民は、ひとり残らず王のように金持ちだ。生き延びたやつらがいれば、金を持っているにちがいない」

「空耳だと言っているだろうが。行くぞ、ラッパが聞こえた。団長が召集をかけているんだ」

足音は窓の前を通りすぎた。ライズとタイラスは身じろぎもせず、ほとんど息もしなかった。

外の通りが静まり返る。

それから扉が蹴破られた。


またしても騎士の一団が、〈悟りのアーチ〉の下で緊密な隊形を組んだカマヴォールの歩兵めがけて突進していく。グラエルはそれを見て青白い顔をほころばせ、十人あまりの騎士が飛んできた槍《やり》に貫かれてたちまち落馬すると、顔中にその笑みを広げた。

カリスタとその部下が、マスターたちを守るために負けると決まった戦いを始めたことも、彼らが再び騎士団を翻弄していることも、グラエルはどうでもよかった。目の前で繰り広げられる殺戮と混乱。恐怖に駆られた騎士たちの無様な戦いぶり。それを見ているだけでこらえようもなく血が湧きたつ。断末魔の悲鳴が、彼の耳には妙《たえ》なる音楽に聞こえた。塔にこもっているマスターたちも死の声を聞き、自分たちの最期が迫っていると知ってさぞ恐怖に苛《さいな》まれていることだろう。それを思うと、抑えようとしても笑いが込みあげてくる。

王女たちの防御がいつまでも続くはずはないが、彼らはよく戦っていた。これまで同様、ついさっきの攻撃も実に効果的に防いだ。実際、今回の攻撃のほうが騎士団の死傷者は多いようだ。歩兵が作った死体の壁が騎士たちの前進をはばみ、楯の役割を果たしているのだ。

埠頭で王女を守りに来た大男は、肉屋が肉をぶった切るように右に左に騎士を斬り捨てている。王女自身も踊り子のようにしなやかな動きで攻撃をすり抜けては槍を突きだし、敵を殺していた。

またしても突撃が止まった。蹄を滑らせ、恐慌をきたした軍馬から騎士たちが次々に引きずりおろされ、突き殺されていく。カマヴォールの王は唾を飛ばし、わめきちらしていた。

「鉄血騎士団が最後のひとりになろうがかまわぬ。あいつらを蹴散らせ！」王がヘカリムという騎士団の団長に叫んでいた。「全員で突撃しろ！」

グラエルはこらえきれずに苦笑を漏らした。まったく狂気の沙汰だ。あの王は急速にたががはずれていく。だが、これもグラエルには好都合だ。

兜の下の顔が真っ赤になっているところを見ると、団長も王と同じくらい激怒しているようだ。アーチの入り口は山積みされた死体で塞がっている。あれでは、次の攻撃も失敗に終わるだろう。団長が馬を降り、見習い騎士に手綱を投げて大声で命令を発した。残った騎士もいっせいに馬を降り、従者が軍馬を引いていく。団長は柄の長い大きな刃の武器を両手で握り、アーチに向かえと号令をかけた。今度こそ戦いを終わらせるつもりだろう。

　だが、王が手近な騎士ふたりに王妃の亡骸《なきがら》を預けるのを見て、グラエルのにやけ笑いが消えた。まさか、一緒に戦うつもりか？　王の手にどこからともなく巨大な剣がきらめいて現れたのに気づいて、グラエルは顔をしかめた。この展開は彼の計画にそぐわない。戦いに加われば、斬り殺される可能性がある。あの王には生きていてもらわねばならない。せめて騎士たちが邪魔者《じゃまもの》を片付け、〈古の泉〉へ行く道をつけるまでは。

「陛下、広場に入る道はもうひとつあります」グラエルは低い声で告げた。「こちらほど堅固に守られてはいないはずです」

「なんだと？」王はぱっと振り向いた。「なぜ最初にそれを言わない？」

　グラエルは肩をすくめた。「陛下の騎士団が、あの屑《くず》どもに食いとめられるとは思わなかったのです」

「その道を教えろ」王の言葉に、グラエルの笑みが戻った。

30

「また来るぞ」レドロスが胸を波打たせて言った。「これが最後の攻撃だ」

　レドロスの鎧は大きくへこみ、何か所も裂けて、その下の鎖帷子も切れていた。彼は血まみれだった。ほとんどが敵の血だが、すべてではない。

　カリスタも似たようなものだった。戦いの興奮と差し迫った死で痛みはほとんど感じないが、体のあちこちに傷を負っている。

騎士団は馬を捨て、徒歩で前進してくる。ついにしびれを切らしたヘカリムが、総攻撃をかけてくるのだ。圧倒的な数に物を言わせ、こちらの隊列を一気に切り崩すつもりだろう。ホスト軍はこれまで実によく戦ってきたが、こうなると、あとはどれだけ長く持ちこたえられるかだけだ。

何世紀ものあいだ、騎士団は騎馬戦こそが貴族の戦い方だと歩兵を見下してきた。だが、ホスト軍の精鋭は、馬を降り、歩兵のように地に足をつけて戦わざるをえないはめに彼らを追い込んだのだ。

大いに溜飲《りゅういん》の下がる展開だが、レドロスの言うとおり、これが最後の戦いになるだろう。

ジェンダ・カヤやタイラスたちが街から逃げる時間を稼げたことを祈るしかない。


「ほらな！　何か聞こえたと言っただろうが！」

ふたりの騎士が武器を手に、扉を蹴り破った戸口から入ってきた。ふたりとも大柄で、ライズよりもゆうに頭ひとつ分背が高く、体重も二倍はありそうだ。見るからに重そうな鎧を着けているが、どちらも兜は被《かぶ》っていない。濃い髭《ひげ》に埋もれた口元に下卑た笑いを浮かべながら部屋を横切ってくる。

「私の後ろに隠れろ、ライズ。子どもたちを頼む」

だが、ライズはその場を動かず、騎士のひとりが剣を振りあげ襲いかかると、すばやくルーン文字を描きながらひと声叫んで片手を突きだした。

「よせ！」タイラスが叫ぶ。

紫色のルーンがライズの肉のなかで脈打つと同時に、光の柱が騎士を包み、閉じ込めた。騎士が柱を斬ろうとどれほど剣を振るっても、あざやかな青紫の光が炸裂《さくれつ》するだけで、弾《はじ》かれてしまう。剣が当たった箇所に小さなルーンがちらついて消えるだけだ。

初めて魔法で人を閉じ込めたライズは、うまくいったことに自分でも驚きながら、びっくりして振り返ったタイラスに笑いかけ、肩をすくめた。

「魔法か！」騎士が怒鳴り、肩をぶつけて柱を壊そうとする。だが、またしても光が炸裂し、鎧が焦げて煙を上げた。

もうひとりが吼えるような声を放ち、重い剣で斬りかかってきた。ライズはこの攻撃を巧みに避《よ》け、騎士が返した剣で首を狙ってくると、体を横に泳がせた。

「子どもたち、目をつぶりなさい！」タイラスが叫んだ。

何が起こるかわかっているライズも固く目をつぶった。ヘリアの言葉を理解できないカマヴォールの男はつぶらなかった。まばゆい白い光が閃《ひらめ》き、ライズに襲いかかった男は目を焼かれ、後ろによろめいた。

「逃げろ！」タイラスは子どもたちを裏口から外に逃がし、小さなトルを抱きあげた。

ライズもタイラスたちのあとを追って裏口へと走った。ルーンの牢《ろう》はどれくらい持つだろう？　そう思っていると、光がちらついて消えた。閉じ込められていた騎士が毒づきながら突進してくる。ライズは小卓をひっくり返して敵にぶつけ、逃げる時間を稼いだ。

外は夕暮れが迫っていた。だいぶ西の空に傾いた太陽が空と街をあざやかな赤に染めている。いつもなら美しい夕焼けだが、今夜はとてつもない凶事の前兆のような禍々《まがまが》しさしか感じない。

「走れ！」ライズは叫んだ。

グラエルはランタンを掲げてカマヴォールの王と二十人の騎士の先頭に立ち、〈学者広場〉の下の暗がりを大股に進んでいた。これまでのところなんの抵抗にも出くわさないのが、むしろ残念なくらいだ。

騎士のうちふたりは、死んだ王妃を抱えていた。あの王妃を生き返らせることなどできはしない。

少なくとも、愚かな王が望む形では無理だ。だが、グラエルにとっては都合のよいことに、王は生前の王妃を取り戻せると思い込んでいる。騎士がこれだけいれば、誰もグラエルたちを阻止できないだろう。もちろん、マスターたちは止めようとするに決まっている。その後起こるであろう殺戮《さつりく》を思うと、自然に笑みが漏れた。

「あとどれくらいだ？」すぐ後ろからカマヴォールの王が尋ねてきた。

「まもなくです」振り返りもせずに答える。

「こんな通路を鼠《ねずみ》のように歩くのは不愉快だ」

グラエルは口から出かかった辛辣な言葉を呑み込んだ。傲慢な言動には腹が立つが、いま王の機嫌を損ねるのはまずい。いまのところは、まだこの男が必要だ。

「耐えていただくしかありませんな、陛下」

彼らは角を曲がり、突き当たった。幾何学模様が彫り込まれた石壁が行く手を塞いでいる。

「なんだ、これは？」王が食ってかかった。「ここを通ったことがあるのだろうな？」

「いいえ」グラエルはそっけなく否定した。「この通路を使えるのはマスターたちだけですから」

「愚か者が。では、なぜ私たちをここへ連れてきた？」

今度はグラエルも王を振り向いた。冷ややかな目は無表情だが、腹のなかは煮えくり返っていた。こいつを地下深くの独房に鎖で繋ぐことができたら、さぞ溜飲が下がることだろう。そして少しずつ切り刻んでやるのだ。この男があげる悲鳴はどんなに美味なことか。

グラエルは作り笑いを浮かべた。「実際に歩いたことはなくとも、私はヘリアの地下にある通路をすべて熟知しております。ここを通過するのにマスターの許しも必要ない。ご心配なく、陛下。この壁こそわれわれが求めていた扉です」

グラエルは壁に向き合い、形を探りながら彫り込まれた線のひとつを指でなぞった。べつの線と交差し、その先でさらに何本かと交差しているその線を根気よくたどり、目当ての箇所、四本の線が交わっている箇所を探す。そこをキーストーンで叩《たた》くと、小さな石が滑るように動いてくぼみができた。

「よろしいか。この先はおそらく警備されておりますぞ」

肩越しに警告し、キーストーンを所定の場所に嵌《は》め込《こ》む。壁が音もなく開き、新鮮な空気とともに遠くの戦いの音が流れ込んできた。壁の先には、地上に出る狭い石の階段が見える。隠された仕掛けが動く音がして、重厚な錬鉄の門扉が勢いよく開いた。同時に警戒の叫びがあがる。グラエルはにやっと笑った。

白い鎧姿の番人たちが、鉾《ほこ》槍を構えて階段の上に現れると、グラエルの笑みが大きくなった。あいつらには長いこと威張り散らされてきた。だが、まもなく彼らは皆殺しにされる。

「彼らは陛下を通さぬつもりです」グラエルは王に囁いた。「水の秘密を自分たちだけのものにしておきたいのですな。王妃を救えるのに悪意と嫉妬からそれを拒み、王の不幸をあざ笑っているのです」

「痛い目を見せてやる」王はそう言い、歯ぎしりしながら剣を呼びだした。

グラエルは一歩下がり、前に手を振った。「どうぞ、お先に」

王は苦悩と怒りに満ちた縁の赤い目で階段を見上げ、背後の通路に固まっている騎士たちを振り返った。「やつらを片付けろ」

騎士たちが壁に背中を押しつけて王の横を通りすぎ、階段を上がりはじめる。彼らは敵の長い鉾槍を警戒し、楯を高く掲げて一列に上がっていった。番人たちが鉾槍を突きだしたが、そのほとんどを楯が防いだ。しかし、隙間を通過した数本の鉾槍が、斧刃《ふじん》と逆の位置にあるフックで楯を引っかけ、引きおろした。バランスを崩された最初の数人が、あっという間に殺されたものの、そのあとは騎士たちが番人を押し戻し、反撃しはじめた。

まもなく先頭の騎士が、倒れた仲間をまたいで階段のてっぺんに達した。王と王妃を抱えている騎士ふたりに従い階段へと進んだグラエルの脚に、倒れている番人が唇から血の泡を吹きながらすがってきた。

「助けてくれ、兄弟」

グラエルは死にかけている男の混乱と恐怖を堪能しながら、鎌を手にして男を見下ろし、囁いた。

「きさまにはこの最期が似合いだ。きさまにも、ほかのやつらにもな」

死にゆく男は刃を避けようとしたが、ゆっくりと命を断っていくグラエルを止める術《すべ》はなかった。

彼は男を殺し、顔を上げた。騎士たちは番人の一隊を階段から押しやっていた。これで広場に出られる。行く手に阻む敵がいないのを見てとった王が、階段を駆けあがり、広場に躍りでた。グラエルも急いであとに続いた。

カマヴォールの王は数人の騎士を横に押しやり、戦いに加わった。残っている番人たちが鉾槍を向けて王に襲いかかる。傲慢な若い王が串刺しになるのを予測し、グラエルは思わず声をあげた。だが、王は耳慣れぬ言葉で鋭く吼え、片手で空を切った。その瞬間、見えない力が番人たちを叩き、王に向かってくる武器をそらす。グラエルはぎょっとして足を止めた。狂った王が魔力を使えるとは思わなかったのだ。今後あの王には、用心のうえにも用心してかからねばならない。

もはや狭い階段に動きを制限されないとあって、王は巨大な剣を存分に振るっていた。片膝をついて襲いかかる敵のひとりを切り裂きながら、すばやく横に寄り、体を回して剣を振り切る。あっという間にふたりが倒れた。

番人たちの死体が命を吸いだされたかのように萎《しぼ》んでいくのに魅せられ、グラエルは食いいるように見つめた。ふたりとも、あっという間に干からびた殻になった。

残った番人たちが恐怖を浮かべて後退《あとずさ》る。騎士が前に飛びだし、彼らを相手に戦いはじめた。番人たちはたちまち囲まれ、斬り殺されていく。その殺戮のなか、王は広場を横切っていった。ちらっと広場の反対端を見ると、驚いたことに、カマヴォールの歩兵はあの少人数でまだアーチを守り、騎士団を相手に戦っている。だが、王はその戦いを無視し、〈輝ける塔〉の大きな金色の扉を見ていた。「おそらく内側から閉ざされておりますな」グラエルは王の横を歩きながら言った。「あれを開けるには――」

王がいきなり大声を発し、片手を両開きの扉へと突きだした。破壊槌《はかいづち》を叩きつけられたかのように、二枚の扉が壁の一部を剝がしながら内側に倒れる。それを閉ざしていた太い鉄棒が、小枝のように折れ曲がっているのが見えた。音を立てて床に倒れた扉の向こうでは、ひと握りのマスターと番人が呆然《ぼうぜん》と目をしばたたいていた。

振るうたびに物悲しいうなりを放つ大剣を手に、王は壊れた戸口を足早に通過した。三人の番人とひとりのマスターがあっという間に斬られ、その体が床に転がるまえに干からびる。残りは散り散りに逃げた。

王が目をぎらつかせ、騎士たちを振り向いた。「そこのふたりは王妃とともについてこい。残りは反逆者どもを殺せ」

王のそばを離れられるのが嬉《うれ》しいとみえて、十人あまりが拳を胸に当て、アーチへと走り去った。兵士たちを背後から襲うつもりだろう。王妃を抱えているふたりは不安そうに目を見交わしたものの、王の命令とあって塔のなかに足を踏み入れた。

「案内せよ、管理人」王が言った。

終わりが近づいている。だが、カリスタは命あるかぎり、鉄血騎士団《アイアン・オーダー》を食いとめようと決意していた。

その横では、レドロスが手負いの熊のように吼えながら、剣の届く範囲に来るあらゆる騎士を殺している。重い大剣をやすやすと振るい、鎧の下の鎖帷子ともども肉を切り裂き、柄頭《つかがしら》で殴り、大きな楯を返す勢いで縁を胸板や骨にぶつけて倒す。敵が突きだす剣や斧《おの》の一撃で、レドロスの鎧とその下の鎖帷子にも大きな裂け目が生じていたが、彼はいっときも手を止めずに敵を殺して、殺して、殺し続けていた。少なからぬ傷口から自分の命が流れだしているいまも、さながら戦神のように剣を振るい続けている。

鎧の隙間を敵の剣が突き刺し、あばらのあいだに突き刺さった。レドロスはひと声吼え、振り向きざま敵の顔に肘打ちを食らわすと、剣をその男の胸に突きたて、胸板に強烈な蹴りを入れてそれを引き抜き、背後の騎士をふたり倒した。

カリスタは踊るように前に出て、鋭い突きでそのふたりを血祭りにあげた。べつの騎士が振るってきた剣を槍の柄で受け、片膝をついてその騎士の脚をなぎ払う。敵は呪いの言葉を吐きながら倒れ、レドロスの剣にほぼ真っ二つにされて静かになった。

レドロスの強みはとてつもない怪力だが、カリスタの強みは速さと正確さ、見事な技だった。ホスト軍の兵士たちはみな青銅の楯を持っているが、カリスタは楯がなくても十分身を守ることができる。巧みに槍を使い、襲いかかるすべての刃《やいば》を払い、そらすことができるのだ。

いまも頭上から振りおろされた剣を槍で受けると、鉄を仕込んだ柄の先端を兜の側面に叩きつけて、よろめく敵へと軽やかに前進し、再び槍の柄を突きだした。柄の先端が敵の喉を突き、気管を潰す。次いで突きだされた鋭い鉤釘《かぎくぎ》付きの槌鉾を受け、槍を回して敵の狙いを大きくそらしながら、体を泳がせた敵の膝の裏を切り裂き、正確な一撃で兜の〝目〟を貫いた。

ホスト軍の精鋭は、分厚い鎧をつけた貴族を相手に一歩も譲らず、果敢に戦っていた。彼らの将軍として、これほど誇らしいことはない。兵士たちの槍は、剣や戦闘斧、槌鉾に比べるとはるかに長い。それを利用した戦いぶりは厳しい訓練の賜物《たまもの》でもあった。

容赦なく繰りだされる槍に、さらに多くの騎士が倒れていく。だが、数において勝る騎士団の攻撃は激しくなるばかり。残っている歩兵はいまや二十人を切り、ひとり倒れるたびに、隊形に隙間が生じる。その一方で、血に飢えた剣を手に押し寄せる騎士の数はむしろ増えていく。

ホスト軍は一歩また一歩と後退し、とうとうアーチ道から広場に押しだされた。ようやく圧倒的な数に物をいわせた戦いができるとばかり、騎士団がホスト軍を取り囲みはじめた。

そのとき、背後で叫び声があがり、カリスタは毒づいた。地下から上がってきた騎士たちが広場を横切り、ホスト軍の背後へと駆けてくる。

「最後部！　回れ右！」カリスタは騎士のひとりを殺しながら叫んだ。槍を持つ手が滑り、危うく取り落としそうになる。倒れる騎士の後ろから、今度こそ兵士たちの息の根を止めようと、勢いを得た騎士たちが押し寄せてきた。

危険をおかして後ろを振り向くと、〈輝ける塔〉へ近づいていくヴィエゴが見えた。くそ！

「ヴィエゴを止めなくては！」

「行ってくれ」レドロスはまたしてもべつの騎士に致死の一撃を食らわせ、太い声で叫んだ。「ここは俺たちが持ちこたえる」

この申し出を考える間もなく、目の前にひとりの騎士が立ち塞がった。

へ、い、いへカリムが。

31

ライズとタイラスと怯《おび》えきった子どもたちは、ようやくヘリアの郊外にたどり着き、古《いにしえ》の森を前にして、畑を囲む低い塀の陰にうずくまっていた。森の木立はすぐ近くに見えるが、十人を超える騎士たちが、右手にある丘の頂で街から逃げてくる者に目を光らせている。沈む夕陽《ゆうひ》がその影を黒々と浮かびあがらせていた。

「あいつらにやられずに、無事に通過できるかな？」

タイラスが答えるまえに、ヘリアの市民が東寄りの塀の陰から飛びだし、森を目指して走りだした。三人の騎士が獲物の臭いを嗅ぎつけた猟犬のように馬の頭をめぐらせ、行く手を塞ごうと馬の腹を蹴る。背に伏せた騎士を乗せ、土の塊を蹴散らして、軍馬は瞬く間に距離を縮めていった。騎士たちはまったく速度を落とさずに畑との境の壁を飛び越え、手にした槍を構える。

「あれじゃ、森に近づくことすらできない」ライズは恐怖もあらわにつぶやいた。

「みんな、こっちにおいで」タイラスが子どもたちを抱き寄せ、視界を遮る。

騎士たちが槍でヘリア市民を突き刺すと、広い畑に悲鳴が響き渡った。第一撃をかろうじて生き延びた者たちは四散したが、カマヴォール人はすばやく馬の頭をめぐらせ、逃げる男女をひとりずつ追いかけては容赦なく刺し殺していく。彼らはほどなく全員血祭りにあげ、笑いながらゆっくり仲間のところに戻り、再び見張りについた。

「いまのが答えだな」タイラスがつぶやく。

ライズはうなずいた。「真っ暗になるまで待てば、もしかしたら……」

タイラスは首を振った。「畑には遮るものが何もない。ヘリアは失われた。街を出るにはほかの方法を見つけなくては」

「南の門は？」

「ここからでは遠すぎる。子どもたちはもうくたくただ」

ライズは難しい顔で残された選択肢を頭に浮かべた。

「きみにはすまないと思っているよ、ライズ」タイラスが突然そう言った。

思いがけない謝罪の言葉に混乱し、ライズは師を見た。「何のこと？」

「私は厳しくしすぎた」タイラスは言った。「きみが望む知識を与えず、せっかくの賜物を使いこなすのに必要な手助けをしなかった。腹を立てているのはわかっていたんだが」

「いいんだ」うしろめたさが鋭く胸を刺すのを感じながら、ライズは首を振った。ベルトに付けた分厚い革の本の重みが、増したような気がした。これまでのところ、タイラスはその本の入手先を問いただしたことはなかった。

「俺を守るためだったことは、ちゃんとわかってる」

「よくないさ。きみを守ろうとしたのはたしかだが、私のやり方は間違っていた。そのことを謝る。きみの力は私が思ったよりはるかに強いのだな。それがようやくわかった。この惨事を乗り越えられたら、今度こそきちんと教えるつもりだ」

「まあ、俺も素直な弟子じゃなかったから……」ライズは目をそらした。「これを生き延びられたら、ふたりとも賢くなって、新しくやり直せるかも」

タイラスがうなずく。「だが、そのまえに何とかして街を出ないと」

「港に行こうか？」ライズは港のほうに顎をしゃくった。

「港に？」

「敵のほとんどは街の中心に向かっているか、ここみたいに郊外に逃げる人々を見張ってる。せっかく敵の本隊の背後に回れたんだから、それを生かさない手はないよ。後ろから襲撃される心配はないわけだから、敵の後衛はほとんどいないと思う。ここから港まではそれほど遠くないし。こっそり下りてって、船を見つけ、島から逃げだすのはどうかな？」

タイラスは短い顎鬚《あごひげ》を撫でた。「悪い作戦ではないな」

「ほんとにそう思う？」

タイラスはうなずいた。「よし、港に行こう」


グラエルは王と並んで〈輝ける塔〉のなかを大股で進んでいた。死んだ王妃を抱えたふたりの騎士が小走りに従ってくる。恐慌をきたして逃げていくマスターたちの哀れな姿を見ると、笑いが止まらなかった。まるで王になったような気分だ。彼が求めるものを拒むやつらはもう誰もいない。マスターが持つ特権や称号、富やコネはすべて無に帰し、よそ者を排除し、平民を締めだすためのつまらぬ規則も、なんの効力もなくなった。いま力を持っているのは、このグラエル。今度はマスターが、彼の前に這《は》いつくばる番だ。

まもなく彼らは巨大な扉の前に来た。きらびやかな鎧《よろい》を着け、実戦にはそぐわぬ剣を手にしたふたりの番人がそれを守っている。

「古の法により、この先に進めるのは〈光の交わり〉のマスターだけだ」ひとりが厳かに告げた。

「いまはわれわれがマスターだ」グラエルは怒りもあらわに言い返した。

「われわれの誓いは、われわれの命だ」もうひとりが告げる。

「彼らはなんと言っているのだ？」ヘリアの言葉を理解できない王がわめいた。

「命がけでここを守る、と」

「では、死ぬがいい」

番人たちはあっという間に斬り捨てられ、魔法でドアに叩きつけられて、鎧も紙のようにひしゃげた。

グラエルは扉を押し開け、塔の最も聖なる場所へ堂々と入っていった。

そこはあらゆるものが大理石と金でできていた。ドーム型の天井は光が届かないほど高く、壁際に並ぶアーチの戸口には金の紋章がきらめいている。壁や柱に造り付けられた突き出し燭台《しょくだい》の青緑色の光が、パニックに陥り、羊の群れのようにかたまって震えているマスターたちを照らしだす。その前にも番人がふたり立っていたが、あの哀れな羊飼いどもがこちらの狼《おおかみ》に太刀《たち》打ちできる望みはまったくない。

「これは無礼で忌まわしい暴挙です！」マスターのひとりが言い放つ。死ぬほど怖がっているのは明らかだが、挑むように立っていた。

「いますぐ引き返すのです、陛下！　こんなことは許されません！　そこにいる邪悪な男がどんな歪《ゆが》んだ約束をしたにせよ、それは真っ赤な嘘《うそ》ですよ！」

グラエルはそのマスターが誰だか気づいてにやっと笑った。

「ヒエラルク・マルガーザ」彼は苦しみを約束するような笑いを浮かべた。「ちょうどよかった」

「おまえは不快な虫けらだ、アーロック・グラエル」マルガーザが鋭く言い返した。「十五年まえも、この聖なる広間に足を踏み入れる資格などなかったが、いまは当時よりはるかに下劣な男に成りはてた。おまえはわれらの恥、自分の欠点をついに受け入れることができなかった、狭量な憎しみの塊だ」

「だが、太陽が沈むときにも私は勝利者としてまだここにいる。あんたは死に、床に倒れているだろう。そして誰からも忘れ去られる」

「話はもうたくさんだ」焦《じ》れた王がサンクティティを構え、前に出た。マルガーザも、ほかのマスターたちも斬るつもりだ。

「待て」それまでのへつらいを捨て、グラエルは大声で王を止めた。

ぎらつく目を怒りに燃やし、長い髪を鞭《むち》のように振って王が振り向く。「きさま――」

「あんたには私が必要だ」グラエルは唾を飛ばして言い返した。「私がいなければ、〈古の泉〉にはたどり着けんぞ」カマヴォールの王は構わず彼を斬り捨てそうに見える。グラエルは口調を和らげた。「もう少しの辛抱だ。王妃はあんたのもとに戻る。しかし、そのためには正しい手順を踏まねばならない」

後ろに控えている騎士ふたりが抱えた王妃の亡骸を見て、王は小さくうなずき、尊大な口調でグラエルに命じた。「ぐずぐずせずに、ここにいる惨めな年寄りどもから必要なものをさっさと手に入れろ。先を急ぐぞ」

グラエルは嘲るようにお辞儀をすると、マルガーザに顔を戻した。「首に掛けているキーストーン、それを貰《もら》おうか」

老マスターは無意識に首に手をやり、自分の地位を示す紋章に嵌め込まれた三角柱の石に触れた。

「ああ、私はそれが何か知っている。それが何を開けるかもな」グラエルは笑った。「自分が、〈古の泉〉に至る最後の鍵を与えることになるとわかって、さぞ忌々《いまいま》しいことだろう」

「これを手に入れたところで、なんの役にも立つものか」

「そういう鍵がふたつ必要だからか？　ああ、それも知っている」

しわ深い顔に驚きがよぎったが、マルガーザはすぐに立ち直った。「これを奪っても、ふたつ目のキーストーンを見つけることは絶対にできない」

「ひとつはすでに持っているんだ」

マルガーザは目を細めた。「嘘をつくな」

「百年以上まえにマスターがひとり行方《ゆくえ》不明になった。あんたが首に掛けているのと同じ紋章を持ったマスターだ。あんたたちは愚かにも、彼が船で島を離れ、ひょっとすると嵐で難破して命を落としたと思ったようだが、その男はこの島を離れていなかった」

「ホールドン長老」マルガーザがつぶやく。

「ああ、ホールドン長老だ」グラエルはうなずき、自分の獲物を誇示したい誘惑に逆らえずにキーストーンを取りだした。「こういうキーストーンがどういう扉を開けられるかは、驚きの一語に尽きるな。知っていたかね、これがあればシーカーの収納室にさえ入れるんだ」

「カマヴォール人に与えたキーストーンは、そこから盗んだのか」

「そのとおり」グラエルは言った。「あんた方マスターは、長いことあまりに大きな権力を持ちすぎた。さあ……そのキーストーンをよこせ」

「断る」

グラエルはにやりと笑った。「そうこなくてはな」

グラエルは手にした鎌を無造作に投げた。三日月型の鋭い刃が、醜い音を立ててマルガーザの胸に深く突き刺さる。自分の身に起こったことが理解できないのか、マルガーザは驚きを浮かべてそれを見下ろし、声もなく倒れた。

グラエルは冷たい死人のような目を、残ったマスターたちに向けた。「もう彼らを殺してかまないぞ、陛下」

ヘカリムが怒りの声を放ち、柄の先に湾曲した大きな刃が付いた武器、グレイヴを力任せに振るう。カリスタはとっさに腰を落としてその武器を避けた。そばにいた騎士が、首を深々と切り裂かれて倒れる。ヘカリムはカリスタが突きあげた槍を柄で払いのけ、再びグレイヴを振った。

どうにかそれも避けながら、カリスタは声を張りあげた。「ヘカリム、聞いてくれ！　ヴィエゴは止めなくてはならない！」

嘲りをこめたせせら笑いを漏らし、ヘカリムが襲いかかる。その一撃をかろうじて払ったカリスタは、力負けして槍を握った両手がしびれたものの、続けざまに攻撃を繰りだしてヘカリムの胸と首当てを打ち、相手が後ろによろめいた隙に体勢を立て直した。

「頼む、聞いてくれ！」カリスタは言い募った。「ヴィエゴが〈古の泉〉に達したら、まず間違いなく大惨事が起こる！　彼の思い通りにさせることはできない！」

「ヴィエゴが何をしたがっていようと関係ない。惨事だと？」ヘカリムは笑った。「周りを見るがいい！　惨事はとっくに起こっている。ヘリアは陥落した！」

ヘカリムがまたしてもグレイヴを突きだす。だが、カリスタはすばやく体をそらし、彼の顔を狙った。ヘカリムは慌てて体をひねったが、避けきれずに兜《かぶと》を打たれ、頭をのけぞらせた。

「違う！　ヴィエゴが惨事を引き起こせば、誰ひとり無事ではすまない！」

「島のマスターたちがそう言ったのか？」ヘカリムは笑いながら首を振った。「そんな話を額面どおりに受けとるのは、愚か者だけだ」

ヘカリムはカリスタを突き倒そうと、大声をあげて突進してきた。

だが、レドロスがカリスタの助勢に加わり、巨大な楯《たて》を叩きつけた。体勢を崩したヘカリムが体を泳がせ、レドロスの振るう大剣をなりふりかまわず避ける。

「来い、卑怯者《ひきょうもの》！」レドロスが叫び、重い剣をヘカリムの頭に向かって振りおろす。

だが、ヘカリムはそれを払い、レドロスの顔を狙ってグレイヴを突きだした。レドロスは顔をそらしたものの、鋭い刃に首が浅く切れた。

「卑しい生まれの平民が！」ヘカリムが息巻く。「この私に挑む気か？」

レドロスが吼《ほ》え、楯を叩きつけてヘカリムをさらにカリスタから遠ざけた。だが、彼はヘカリムを攻撃するために隊列から離れ、自分の身を危険にさらしていた。カリスタは側面からレドロスに襲いかかろうとする騎士たちを必死に食いとめた。レドロスの死角を狙った突きを弾き、倒れかけた騎士の背中を蹴って高く飛び、その騎士の首を貫く。

大男を近づけまいとヘカリムが振りまわすグレイヴを、レドロスが楯で止め、怒りにまかせて一撃を浴びせる。ヘカリムの必死の形相でそれを受けた。

騎士のひとりが横からレドロスに飛びかかった。この攻撃を予測していたカリスタは、その騎士を槍で突き殺したが、その直後にグレイヴがレドロスの胸に突き刺さるのを見て悲鳴をあげた。

レドロスはふたつに裂けた楯を腕から払い落し、グレイヴの柄を摑んだ。ヘカリムがもぎ取ろうとするが、まるで石に刺さったようにびくともしない。レドロスが大剣を肩に振りおろす。その一撃は、逃れようと体をひねったヘカリムの鎧を切り裂き、肉を斬った。

ヘカリムが苦痛の声を放ち、膝をつく。レドロスは顔をしかめて胸から剣を引き抜き、投げ捨てた。

「卑しい生まれの男に負けたことを知って、死ね！」レドロスは憎しみをこめて叫び、剣を振りあげた。

「しゃがめ！　しゃがむんだ！」ライズは小声で警告しながら、ひっくり返された荷車の陰に隠れた。タイラスと子どもたちも同じようにしゃがみ込む。

「どうした？　敵か？」タイラスが囁《ささや》く。

唇に指を当てて静かにしろと制した一瞬後、数人の足音が聞こえた。荷車に近づいてくる。ライズは息を吸い込み、拳を握って魔力を集めた。前腕でルーンが光りはじめる。

タイラスが止めるのを半分覚悟していたが、意外にもタイラスは黙ってうなずき、〝気をつけろ〟と口を動かした。

足音がすぐそばまで来た。ライズは荷車の陰から飛びだし、光を放とうとして……慌てて止めた。

小柄な白い髪の女性が、険しい顔で古代の武器を彼に向けている。

「今日はさまよえる霊を連れていないといいけど?」ジェンダ・カヤがにっこり笑い、武器を下ろす。

「さまよえる霊とは?」タイラスが言いながら荷車の陰から出てくる。

「なんでもないよ」ライズはかすかに首を振り、余計なことを言うなと技術者に合図した。

ジェンダ・カヤは皮肉な笑みを浮かべてタイラスに会釈すると、子どもたちに目を留め、かがみ込んで目の高さを合わせた。「三人とも、タイラスとライズを守ってくれてありがとう」真剣な口調に、最年少のトルが真面目な顔でうなずく。「立派な働きね、若い光の番人《センチネル・オブ・ライト》たち。これからもその調子で頼むわよ」

ジェンダ・カヤはふたりの助手と一緒だった。革のエプロンをつけた大男はピオトル、ほっそりしたスキンヘッドの女性がアーイラだ。アーイラは布に包んだ弓のようなものを肩にかけていた。ピオトルの武器は石でできた大槌もどきだ。三人は銀で縛った重そうな木箱も運んでいた。長旅の支度をしてきたらしく、ジェンダ・カヤは目いっぱい膨らんだ袋を肩にかけ、長い革のケースを背負っている。

「一緒に行かないか」ライズは提案した。「俺たちは波止場に向かっているんだ」

「私たちもよ。レディ・カリスタから、彼女が乗ってきた船の船長は信頼できると聞いたの。カマヴォールの船なら沈められずに港を出られると思って」

ライズはうなずいた。「ヘリアの船に乗るつもりだったけど、そっちのほうがいいね」

「では、王女もきみたちと一緒なのか?」タイラスがジェンダ・カヤたちの後ろに目をやった。

ジェンダ・カヤはため息をつき、沈んだ声で言った。「カリスタは〈悟りのアーチ《エンライトンメント》〉でほかのカマヴォール人を食いとめているの。私たちがここまで来られたのは、彼女が敵を引きつけてくれたおかげよ」

ライズはこの言葉の意味がとっさに理解できず、ジェンダ・カヤを見つめた。

「王女は私たちを救うために、犠牲になってくれたのか」タイラスが沈んだ声でつぶやいた。

何もできない自分が情けなくて、ライズは低い声で毒づき、両手を固く握りしめて街を振り返った。初めて会ったときも立派な人だと思ったが、まさかそこまでとは……。いまさら後悔しても遅いが、情けない姿を見せてしまったことが心から悔やまれる。

「愚かな人よ」ジェンダ・カヤが声を絞りだすように言った。「でも、私が会った誰よりも潔くて、心のきれいな人。とにかく……このあたりに敵はいない。急ぎましょう」

〈古の泉〉《ウェル・オブ・エイジズ》は〈輝ける塔〉のはるか下にあり、そこに至る通路は最も信頼された古参の番人たちに守られていた。だが、カマヴォールの王は向かうところ敵なし、恐るべき魔法の剣で邪魔する者をあっさり斬り捨て、片っ端から干からびた死体にしていく。

「その剣のことは書物で読んだが、どの逸話も誇張されたものだと思っていた」グラエルは王の剣に倒れたミイラ同然の死体をまたぎ、塔の下へと降りていきながら感慨深い声で言った。「魂を縛る剣だと言われているらしいな」

「その名は呪いだ」王は奇妙に抑揚のない声で答えた。「そう呼ぶのはカマヴォール王の敵だけだ。わが王国では王の剣、あるいはサンクティティと呼ばれる。カマヴォール王国の最も貴重で聖なる遺物で、建国以来、カマヴォールの王はみなこの剣と魂を繋《つな》いできたのだ」

「剣に魂を繋ぐとは?」

「サンクティティは人間が造ったものではない。この世界に存在するものですらない。ふだんはわれわれの祖先が死後に行く領域に存在し、魂が繋がっている者でなければこちらの世界に呼びだせない」

「あんたが死んだらどうなるんだ？　その剣に魂を閉じ込められるのか？」

「いや。剣を使う者が死んだ瞬間に繋がりは切れる」王はグラエルを見て目を細めた。「なぜそんなことを知りたがる？」

「たんなる好奇心だ」

「生命の水まで、あとどれくらいだ？」

「もうすぐだが、〈古の泉〉を守っているのは血肉を持つ番人だけではない。生命の水に達するには、三つの鍵を順番に開ける必要がある」

「その鍵を持っているのだな？」

「もちろん。ここと」グラエルはローブのポケットと頭の横を叩いた。「ここに」

　彼らは階段の下に達し、広い、洞窟のような円形の部屋に入った。見上げるような柱がぐるりと取り巻いている。あらゆる表面が大理石と金で、そのすべてに驚くほど複雑な幾何学模様が丹念に彫り込まれていた。

「ご覧あれ、ここが合の間《ホール・オブ・コンジャンクション》だ」グラエルは言った。

　そこは贅《ぜい》を尽くした豊かな都市のなかでも、とりわけ豪華な部屋だった。あらゆる角度、あらゆる柱、あらゆる金色の線が、はるか頭上の丸天井に目が向かうように造られている。天井には、島の夜空を飾るすべての星、星座、天体を模した針の先大の無数の点がきらめいていた。裸眼で見抜くのは不可能に近いが、すべての点が天の星の動きを正確に追って、ごくゆっくりと動いている。振り仰ぐと、ちょうど天井を横切る流れ星が見えた。

「これと同じものは、ほかのどこにも存在しない」グラエルは静かな声で言った。「島の外から来た者でこれを見たのは、あんたが初めてだ」

自分もいま初めて見る、とは付け加えなかったが、この場所に関するグラエルの知識は、大図書館の地下深くの旋錠された収納室で見つけた覚書やメモ、設計図の類いから得たものだ。

そこから先には、階段はもうなかった。少なくとも、ひと目でわかる階段はない。合の間は、周囲の石に刻まれた幾何学模様のすぐ上に造られた、巨大な円形の台で占められていた。その下に何が隠されているかを知らない者にとっては、〈輝ける塔〉の地下はここで終わる。

「生命の水はどこだ?」カマヴォールの王が言った。

「この下にある」

「この下?」王はけげんそうに周囲を見渡した。「どうやって下りるのだ?」

「この部屋が導いてくれる」グラエルは秘密の知識が与えてくれる優越感を味わいながら、上を指さした。

王は指の先へと視線を移し、光の点が瞬く丸天井を見上げた。「それらしいものは、どこにも見えないぞ」

「そうだな。たとえ見えたとしても役には立たない。ブレスドアイルの真上にある星空と、天井にある星図がぴたりと合うことが、〈古の泉〉に至る鍵だ。しかし、自然にその現象が起こるのはいまから一万年後になる。この部屋の〝夜空〟はそれほど正確に動いているんだ」

王のすでに狂気をはらんでいる目に、苛立《いらだ》ちが閃いた。「一万年も待つことはできん」王は怒鳴った。「下に行く道を開けられるなら、いますぐにやれ」

グラエルは王が手にしている剣を見てうなずき、頭を下げた。「仰せのままに」

そしてくぼみが彫られている柱に近づいた。そのくぼみのなかには、水平な真鍮《しんちゅう》の棒が何本も設置されている。各々の棒には二十個の真珠が通され、左右に滑らせ、棒に特定の間隔で付けられた何百という小さな刻みに合わせられるようになっている。

グラエルは真珠をひとつひとつ正確な位置に合わせはじめた。「頭上の星図はいま島の上に見えている夜空だ」作業を行いながら説明し、まもなく満足して柱から離れた。

一瞬後、中央にある円形の台の端、グラエルが真珠の位置を合わせた柱に一番近い場所で、複数の線が交差した箇所に白くきらめく光が現れた。グラエルはうなずいて、よく似た棒と真珠がある二本目の柱に向かい、再び真珠の位置を変えはじめた。

「しかし、光の点を一致させて鍵を開けるためには、過去に戻らねばならない。何世紀もまえの特定の瞬間に」

台の端にあるべつの収束点で、ふたつ目の光が輝きはじめる。

グラエルはさらに五本の柱にある真珠の位置に手を加え、床の収束点を次々に光らせていった。そして八本目の、最後の柱で玉を動かしたあと、手を止めた。

「これで合の光のなかで道が開く」囁くように言って、最後の真珠を所定の位置に滑らせた。

丸天井の夜空が肉眼でもわかる速さで動きはじめた。最初はゆっくりと、しだいに速度を増していく。時間を逆にたどる月と星が、西から昇っては東に沈む。まもなくその動きは連続して見えるほど速くなり、頭上で流れる光の線となった。しばらくすると光の動く速度が徐々に緩やかになり、ほとんど静止した。天井の夜空が何百年もまえの星図を示し、銀の月が真上に昇る。等間隔の星が八つ、それを囲んでいた。

八つの星が明るく輝き、八つの等しい星に囲まれた満月の光が台に注がれる。すると九つ目の最後の光が部屋の中央できらめき始め、床全体で無数のルーンと古代のシンボルが光を放った。

「足元にご注意を、陛下」グラエルはおもねるように頭を下げた。

それと同時に床が動きだす。

「王妃を落としたら、きさまたちの命はないぞ」カマヴォールの王が亡骸《なきがら》を抱えている騎士ふたりに叫ぶ。石をこするような音とともに、周囲の柱のすぐ手前までの床が沈みはじめた。

呼びだされた光は、それぞれ細い五角柱から放たれていたが、床が沈むにつれて、その五角柱が光る茎のようにせり上がっていく。中央の柱はとくに大きい。それを中心に、八本が開いていく花のように回転しながらせり上がり、各柱のあいだに光の線が交差して、床とともに降りていくグラエルとカマヴォール人たちの上に、網の目のような複雑な模様を作りだす。

人の身長の倍近く沈むと、床は外側から順に止まりはじめ、階段ができていった。古代人が造ったとは到底思えない、驚異的な仕掛けだ。ひとつの床にしか見えなかったときは、指で撫でてもこれほど多くの継ぎ目があるとはわからないほど、どの大理石もぴたりと合わさっていたのだ。

突然、扉が勢いよく開き、番人たち走り込んできた。その後ろに、番人のひとりにぐったりともたれたマルガーザが、血の気を失った顔で立っている。急いで巻かれたにちがいない胸の包帯が真っ赤に染まっていた。

グラエルは嘲笑を浮かべた。「しぶとい女だ」

「こんなことはやめなさい!」マルガーザは床で造られた階段を下りていくふたりに、しゃがれた声で懇願した。「死者がよみがえることはない! 建国時のマスターたちも同じことを試したが、哀れな亡霊となってこちら側に囚《とら》われる結果になっただけだった! 王妃をそんな恐ろしい目に遭わせてはなりません!」

カマヴォールの王は不信と怒りを浮かべ、マルガーザをにらんだ。「きさまは生命の水を抱え込んでおきたいだけだ! 嘘に傾ける耳はない!」

マルガーザはたじろいだ。番人の支えがなければ、立っていられないのは明らかだった。「あなたは自分の理解をはるかに超えるものを弄ぼうとしている」彼女はしゃがれた声で訴えた。「どうか、この古の魔法は危険なほど不安定なのです。あなたがしようとしていることは、恐ろしい滅びをもたらしかねない」

「魔法だと？　どんな魔法だ？」王が言い返す。

「あの女は誤った情報と嘘でわれわれを惑わそうとしているのだ」グラエルは口を挟んだ。「マスターたちは秘密を守るためなら、どんな嘘も平気でつく」

マルガーザは王に答えた。「湧きいずる水に力を与えている魔法です」

「イゾルデを取り戻すためなら、どんな危険でもおかす」王はきっぱりと告げた。だが、騎士のふたりはマルガーザの言葉に動揺しているようだ。

「なんと愚かな！」あえぐように叫び、マルガーザは番人に合図した。「あの男を止めなさい！」

番人たちは扇形に広がり、鎧を鳴らしながら一段下りた。さらに下がっていく床の上で、王が向きを変える。巨大な剣が番人たちの動きを追った。

ようやく床が止まった。グラエルは床の中心が動きだすのを見て、王と騎士たちにさがれと合図した。石でできた花弁が次々に滑りでて、なめらかに落ち、螺旋《らせん》状に回りながら階段を作っていく。

「急がなくては」グラエルは王を促した。

番人たちは、さきほど仲間を無造作に斬り倒した王の剣を警戒しながらも、あと数段のところに迫っている。

「早く」グラエルは最後の階段を下りはじめた。

「王妃を私に」剣がちらついて消え、王は騎士たちからそっと王妃を抱きとった。「彼らを食いとめろ」騎士たちにそう言い捨てて螺旋階段を下りはじめる。

それまで王妃の遺骸を抱えていた騎士たちが、戦斧《せんぷ》と剣を構える。恐ろしい剣を持つ王がその場を離れたことに勢いを得て、番人たちが再び近づいてきた。

グラエルは頭上でぶつかる武器の音に急《せ》き立《た》てられ、王を従えて足早に螺旋階段を下りると、最後の広間に足を踏み入れた。浅浮彫りのシンボルが外側を取り巻く、驚くほど広い円形の部屋だ。そこはライズが描写したとおりだった。あの若者が潜《くぐ》り抜けたと思《おぼ》しき小さな石格子もある。見上げるような金色の扉もあった。金色の扉が最後の障害、生命の水はその向こうだ。

頭上で叫び声と苦痛のうめき声があがり、騎士のひとりが重い音を立てて階段を転がり落ちてきた。ぴくりとも動かず床に横たわっているのは、番人の鉾槍《ほこやり》で殺されたからか、それとも落ちる途中で首の骨でも折ったのか。まあ、どちらでもかまわない。

白い鎧を飛び散った血に染めて、すぐに番人たちが螺旋階段を下り、広間に入ってきた。

「この扉を開けるのは、少し時間がかかる」

王は王妃の遺骸をやさしく床に下ろし、再び巨大な剣を呼びだした。そして魔法で兵士のひとりを引き寄せ、その体を貫いた。

見事な手際だ。グラエルは感嘆の息をもらし、金色の扉へと歩み寄った。炎に囲まれた目が、中心に刻まれている。そこに手を置くと、かすかなエネルギーを感じた。歯車が回るような音がして、一対の三角の形をした穴が開く。

ようやく。グラエルは唇を舐《な》め、胸を高鳴らせて、ふたつのキーストーンをそこに嵌《は》めた。扉が開き、白い霧の蔓《つる》が彼を迎えた。

これで生命の水は彼のものだ。

32

レドロスがヘカリムの上にそそり立ち、処刑人よろしく剣を振りかぶる。

「待て」カリスタは彼を止めた。

レドロスが凍りつく。「なぜだ?」

剣を振り下ろさぬために、レドロスが持てる意志のすべてを必要としていることはわかっていた。倒れたヘカリムが、カリスタと自分の処刑者をせわしなく見比べている。この男のことだ、思いがけず訪れた生き延びる見込みを抜け目なく嗅ぎとったのだろう。ほかの騎士たちもホスト軍の精鋭も、固唾《かたず》を呑《の》んで成り行きを見守っていた。

「この男を生かしておけば、恐ろしい破滅を避けられるかもしれない」カリスタは前に出て、怒りに震えるレドロスの肩に手を置いた。「ヴィエゴだけは、なんとしても止めなくては」

「こんな卑劣で臆病な男は、さっさと殺すべきだ」レドロスが食いしばった歯のあいだから吐きだす。

「そのとおりよ。でも、いまはこの男の命よりも多くがかかっている」

「将軍の命令には従うものだぞ、兵卒」ヘカリムが嘲るように言う。

その瞬間、カリスタはもう少しでヘカリムの喉に槍を突き立てそうになった。かたわらのレドロスも体をこわばらせている。

「抑えて」低い声で命じ、レドロスだけでなく自分の衝動も止める。

「鉄血騎士団《アイアン・オーダー》の騎士!」ヘカリムが地面から大声で叫んだ。「退《ひ》け！　戦いをやめろ!」

騎士たちがこの命令を聞き、退くにつれて、剣と槍を交えていた男たちの動きが徐々に止まっていく。ホスト軍の精鋭でまだ立っているのはわずか九人。彼らは騎士団に完全に包囲されていた。だが、誇らしいことに、倒れている死者の数は騎士のほうがはるかに多い。

ようやくレドロスが剣を下ろした。ヘカリムが苦痛の声を漏らしながら片方の肘をついて体を起こし、立ちあがろうとする。カリスタは槍の穂先を喉に押しつけた。「動くな」

ヘカリムが穂先を見てごくりと唾を呑み込み、地面に尻を戻した。「ほかにも条件があるのなら、言うがいい。たしかにあなたはいつでも私を血祭りにあげられる。だが、ホスト軍は囲まれているのだ。私を殺せば、全員死ぬことになる。最強の切り札を持っているとは言えないと思うが」

「きさまを道づれにできるなら、喜んで死ぬとも」レドロスが憎々しげに吐き捨て、再び剣を振りあげた。ヘカリムがたじろぐ。

カリスタは槍の先をヘカリムの首に押しつけたまま、レドロスを自分の後ろに押し戻し、唇を歪めて軽蔑もあらわにヘカリムを見下ろした。「私はきさまが唯一大事なものをこの手に持っている。その惨めな命を。強気に出られる立場だと思うが？」

ヘカリムは冷たい目で彼女を見上げた。「何が望みだ」

「私はヴィエゴのあとを追わねばならない。命を取らぬ代わりに、騎士団に私たちを通すよう告げてもらいたい」

ヘカリムが笑った。「それだけか？」

「そうだ。ヴィエゴはなんとしても止めなくてはならない」

「こんな事態になるまえに、玉座から引きずりおろすこともできたのに」ヘカリムが言い返す。「だが、名誉がどうのと、あなたはそれを止めた。忘れたわけではあるまい？」

「ヴィエゴは越えてはいけない一線を越えた」カリスタはため息をついた。たしかにヘカリムの言うとおり、ヌニョとヘカリムから相談を持ちかけられたときに決断していれば、このすべてを避けられたのだ。

「とうの昔に越えていたさ。だが、あなたは事実をから目をそむけた」ヘカリムは片手を振った。

「しかし、よかろう！　行って、必要なことをするがいい。鉄血騎士団は止めない」

「この男は二枚舌だ」レドロスが低い声で警告した。「信用できんぞ」

ヘカリムが呆《あき》れたように天を仰ぐ。「よく聞け、鉄血騎士団の騎士たちよ！」彼は大声で叫んだ。

「カリスタ・ヴォル・カラ・ヘイガーリとカマヴォールの勇敢な兵士たちは、私の保護下に入った！

彼らに害をなす者は騎士団に裁かれ、誓いを破った罪で処刑される！　彼らを通せ」

カリスタはヘカリムを見つめた。

「残った兵士が生きようと死のうとどうでもいいが」ヘカリムは説明した。「私は生き延びたい。まだ実現していない野心があるからな」

「最後まで臆病な男だ」レドロスが唸るように言い、カリスタを見た。「俺にこいつを仕留《しと》めさせてくれ、将軍。あなたのためなら、みな喜んで死ぬ」この言葉に、残った九人が同意の声をあげる。

「臆病ではない」ヘカリムが訂正した。「愚かではないだけだ」

カリスタは目を細めた。「その首を切り落とす刃が離れたとたんに、前言を翻さないという保証は？」

「よしてくれ、私は卑怯者ではないぞ、カリスタ。それにあ、な、た、を殺すよりも」ヘカリムはそう言って微笑した。「あなたと結婚するほうがいい」

「ふん」カリスタは鼻で笑った。「さんざん罵倒されたあとでも？」

「いま言ったように、私には野心がある。あなたは約束を守る女性だ。このすべてが終わったら、私を夫にするという約束を守ってくれ」

カリスタは声をあげて笑い、それから真剣な顔になった。「なぜ守らねばならない？」

「騎士団に殺されぬためだ」ヘカリムの笑みが大きくなった。「私を王にしてくれる相手を殺すのは、理屈に合わないからな」

「カル、こいつの言うことに耳を貸すな」レドロスが警告する。

カリスタはかまわず続けた。「私の部下はどうなる？」

「それで気がすむなら、兵士たちには手を出さない。この男すらこのまま行かせてやる」ヘカリムはちらっとレドロスを見た。「彼らは実によく戦った。見上げたものだ。思ったより、はるかに健闘した。あなたがヴィエゴを説得したら、みなこのまま去らせよう。しかし、あなたには一緒に来てもらう。そしてともにカマヴォールを治めてもらう」

「やめてくれ」レドロスが懇願した。

カリスタは振り向いて、レドロスを見上げた。ヘカリムは卑劣な男だ。体のあらゆる細胞がこの男を憎んでいる。だが、この男の考えは手に取るようにわかった。ヘカリムが欲しいのは権力だ。王女と結婚すればそれが手に入る。そうなるように、あらゆる手を尽くすだろう。だから約束を守るにちがいない。

カリスタはレドロスの腕に優しく手を置いた。「わかって、レドロス。ホスト軍の英雄を救う見込みが少しでもあるなら、私はそれを掴《つか》む」

ふたりが人生をともにできないのは胸がちぎれるほど辛《つら》かったが、レドロスを守れるならその辛さにも耐えられる。

「それくらいなら、いっそ死ぬほうがましだ！」

「レドロス、あなたは誰よりも素晴らしい男よ。決してそれを忘れないで」

「感動ものの場面だが、もう時間がないぞ」ヘカリムが言った。「ヴィエゴが塔に入ってからかなり経《た》つ。そろそろ〈古の泉〉とやらにたどり着くのではないかな」

カリスタは塔と壊れた扉を見て、ヘカリムから槍の穂先をゆっくり離した。ヘカリムが座ったまま後退して苦痛の声を漏らしながら立ちあがり、グレイヴを手にする。従者が彼の馬を牽《ひ》いて走ってきた。

カリスタは苦痛にたじろぎながら鞍《くら》にまたがるヘカリムへと近づいた。「その条件に同意しよう」

「カル、やめろ――」レドロスが後ろで苦悶《くもん》に満ちた声を漏らした。一瞬遅れて地響きが起こる。

驚いて振り向いたカリスタの目に、レドロスが膝をつくのが見えた。「だめ」思わず低い声が漏れる。

そのとき初めて、カリスタはレドロスがひどい怪我《けが》をしていることに気づいた。槍を落として駆け寄り、胸のすぐ下の傷を手で押さえながら大きな体をそっと地面に横たえた。ヘカリムのグレイヴが、レドロスを深く切り裂いていたのだ。熱い血が指のあいだから噴きだしてくる。カリスタは恐怖に駆られてそれを見つめた。

「死ぬな、レドロス！　死んではだめだ！」

「カリスタ……」レドロスが血の気の失《う》せた顔で囁く。

雲が明るい太陽を遮ったように、レドロスの目から光が消えていく。カリスタは両手で彼の顔を包み、泣きながら彼の唇に自分の唇を押しつけた。ふたりにとっては初めての……そして最後の口づけだった。

「この人生では、結ばれる運命ではなかったんだな」レドロスが囁く。

カリスタはすすり泣いた。「次の世で添いとげよう。祖先の地で私を待っていて」

と、レドロスがカリスタの肩越しに何かを見つめた。「カル！」彼は起きあがろうともがきながら叫んだ。

彼が見たものを感じ、鉄の蹄《ひづめ》が石を打つ音を聞いたカリスタは、ぱっと立ちあがり、振り向こうとすると……。

ヘカリムのグレイヴが背中に突き刺さり、胸から飛びだした。

「あなたはあまりに容易《たやす》く人を信じすぎる」ヘカリムの声が、まるで水のなかのように奇妙にくぐもって聞こえた。「私とあなたが永遠なる海を渡る途中で式を挙げたことは、騎士たちが証言するだろう。その後あなたはヘリアの邪悪《じゃあく》なマスターに斬り殺されるという悲劇に見舞われ、当然ながら私はその仇《かたき》を取った」

カリスタは目をしばたたき、自分の胸から飛びだしている刃の先を見下ろした。凍りついた頭が、ようやく何が起こったかを理解しはじめる。

ヘカリムが裏切ったのだ。そしていま、自分は死のうとしている。

言い返そうとしたが、激痛に襲われ、あえぎながら膝をついた。

歪む視界のなか、光を浴びて自分を取り囲む人々が見えた。尊い祖先。彼らが迎えに来た。だが、まだ逝くことはできない、まだやらねばならぬことがある。カリスタはそう訴えようとした。ヴィエゴを止めなくては。レドロスを守らなくては。だが、そう告げるだけの力を掻《か》き集められなかった。

亡霊のひとりがカリスタに手を置くと、苦痛が消えた。すべてがぼやけ、突然、深い疲れが襲ってきて、まぶたが閉じはじめる。これで安らぐことができる……。

いいえ、まだだめ。カリスタはぱっと目を開けた。

「裏切り者」呪いと非難をこめてつぶやく。

これは決して終わりではない。私は安らかに彼の地に行くことはない。この男に裏切ったことを後悔させぬうちは……。

力が抜け、カリスタは地面に崩れ落ちた。意識を保とうと必死に目をしばたたき、その姿を見つめていたレドロスが、怒りと、否定と、悲しみのこもった咆哮《ほうこう》とともに両眼を新たな力で燃やし、剣を摑んだまま立ちあがった。

カリスタを突き刺したグレイヴを引き抜こうとしていたヘカリムが、あきらめて手を放し、剣を振りまわすレドロスから離れようと馬の頭をめぐらせた。レドロスが斬りかかったが、ヘカリムはどうにか逃れた。

「あの男を殺せ！　全員殺せ！」ヘカリムがわめき、騎士団が包囲を縮める。

カリスタは最期の息をしながら、地面に倒れたままそれを見つめていた。がむしゃらに剣を振い、ヘカリムに達しようとレドロスが騎士たちを殺していく。だが、ヘカリムはすでに馬で走り去っていた。

ついに何十本もの剣に刺し貫かれてレドロスが倒れる。それと同時にカリスタの目の光も消えた。すべてが終わった。

サンクティティと呼ばれる巨大な剣で最後の番人を倒すと、王は妻のもとに戻り、そっと抱きあげた。だが、グラエルはほとんど注意を払っていなかった。彼は目を見開き、ゆっくりと扉を通過して生命の水を隠している広間に入った。

古い設計図を前にして長い時間を過ごすうち、この広間を知りつくしている気になっていたが、実際に自分の目で見るのは本で見るのとまるで違う。

グラエルは、泉の底から放たれる光で青白くきらめく水を見つめた。光源がなんにせよ、明るすぎ、深すぎてはっきり見えない。しかし、そんなことは問題ではなかった。彼はついに望みを達成した、勝ったのだ。

上機嫌で笑いながら泉に駆け寄り、膝をついて、光る水を手ですくってごくごく飲んだ。マスターたちが独り占めして、隠していた水を。いまや彼らはみな死に、このすべてがグラエルのものになった。

泉の周りに立っている影に気づいたのは、そのあとだった。全部で十二人ばかりが、じっとたたずみ、グラエルを無表情に見ている。王は彼らに見向きもしなかった。水の光源が持つ魔力とそれが与える約束にも無頓着だ。あの王は完全に正気を失っている。自らが紡ぐ妄執に囚われている。

遺体の顔は土気色で、腐りはじめているというのに、とろけそうな笑みを浮かべてそれを見つめている。何を見ているのか知らないが、現実とは程遠いものであることはたしかだ。

「陽射《ひざ》しのぬくもりを感じるかい、愛《いと》しい人？」王が囁く。「とても暖かいだろう？ どうか、戻ってきてくれ。そして太陽の光のなか、ふたりで永遠に生きよう」

グラエルは呆れて首を振り、込みあげてくる笑いをこらえた。ここにある光は、泉の水が放つ魔法のきらめきだけだ。

巨大な剣を最後に倒した番人の体に突き刺したまま、王はグラエルには目もくれず、王妃を腕に抱いて水のなかに入った。襲うならいまが絶好の機会だ。

グラエルは鎌の柄を握りしめた。王を殺すのは簡単だ。前に出て、後頭部にこれを突き立てればいい。止める者は誰もいない。王の力はもう必要ないのだ。それに……王妃がよみがえらなければ、少なくとも期待していたよみがえり方をしなければ、この王はひどく機嫌を損ねるだろう。

しかし、病的な好奇心がグラエルをその場に留《とど》めていた。生命の水を数滴垂らした鼠《ねずみ》の死骸に何が起こったか、彼は見た。では、その水にどっぷりと浸《つ》かった人間の死骸には何が起こるのか？ 王の望みどおり王妃が生前のままよみがえることはありえないが、実際に何が起こるかこの目で確かめたい。

泉の縁へとさざなみを広げながら、王がさらに深く入り、妻の亡骸を水に浸ける。畏敬の念を浮かべて亡骸をそっと放すと、王妃の亡骸は仰向《あおむ》けに浮かび、亡骸の周りで淡い色の髪が扇のように広がり、虹色にきらめいた。

グラエルはわずかな変化も見逃すまいとにじり寄った。

と、水のなかで稲妻に似た光が閃《ひらめ》き、誰かが下から引っ張っているように、王妃の亡骸が急速に沈みはじめた。亡骸はどんどん沈んでいく。だが、グラエルの息が喉に引っかかったのはそのせいではなかった。遺体は沈んだが、影のような姿が水面に浮かんでいる。

あらゆる詳細にいたるまで王妃にそっくりのその影は、じっと動かない。

突然、影の目が開いた。

王妃の影は瞬《まばた》きもせず、蒼ざめた光を漏らしながら闇を見上げ、水から立ちあがった。影が動いても水面に波紋は生まれず、水も滴らない。

「愛しい人」王が囁いた。

王妃は自分の周りを見て、影のような腕を、泉の底に横たわっている腐りかけた亡骸を見下ろした。水底の光は再び弱くなっている。王を見た王妃の亡霊は、恐怖と嫌悪に顔を歪《ゆが》めた。

「何をしたの?」墓の下から響いてくるように虚ろな声、はるか彼方《かなた》から聞こえてくるような声で王妃が問う。

「きみを救ったんだよ、愛しい人」王はそう言って近づいた。「きみを取り戻したんだ!」

「いますぐ送り返して」亡霊は首を振りながら懇願した。「送り返して!」

「きみは生きている!　これで何もかも元に戻る!」

「送り返して!」亡霊は泣きながら叫び、両手で顔を覆った。「私は光とひとつだった。安らいでいたのに!」

「これでぼくたちは一緒にいられる。いつまでも!」王は両手を大きく広げ、妻に近づいた。

影は、甘い笑みを浮かべて近づく王を透けた指越しに見つめ、怒りに燃える目をグラエルに向けた。その形相のあまりの凄《すさ》まじさに、グラエルは思わず後退《あとずさ》った。影が王に目を戻し、その上にそそり立つ。

空中高く浮かんだ影は、全身から激しい怒りを放ち、女神の化身でも仰ぐような眼差しを向けてくる王を憎々しげににらみつけた。身に着けた服と長い髪が水中を漂うように、ゆったりと空中を漂っている。グラエルはじりじり後退ったが、妄執に囚われた王は、まだ妻の抱擁を求めて両腕を広げている。

突然、目にも留まらぬ速さで王妃が動いた。王の横を通過し、両眼から青緑色の魔女の炎を放ってグラエルに向かってくる。王妃の影が体を通過した瞬間、氷のような冷たさに心臓を鷲掴《わしづか》みにされ、グラエルはその衝撃に悲鳴をあげた。まるで凍った湖に突っ込まれたようだ。息ができず、何も感じられない。

王妃の影は風のように広間を回り、サンクティティに貫かれた番人の遺体の上を通過して、生命の水を横切って戻ってきた。そして再び王の上にそびえたった。まだ体が冷たかったが、グラエルはようやく息を吸い込むことができた。王妃の影は実体のない手に王の剣を掴んでいる！

「私のそばに来ておくれ、愛しい人！」王妃がもたらす危険に気づかず、王が叫ぶ。

王妃の影はこの願いに応えた。

怒りの形相も凄まじく突進し、サンクティティを深々と王に突き立てた。切っ先が背中から飛びだしてもまだ押し込み続け、鍔《つば》が胸に当たるとようやく柄を放した。

王の表情が初めて揺らぎ、至福の笑みが驚愕《きょうがく》に変わる。

王の血が水のなかに滴ると、ふいに水の底で続けざまに閃光《せんこう》が走った。火花のようにきらめく魔力が水面で躍り、グラエルはぎょっとして飛びのいた。マルガーザの不吉な警告が頭をよぎる。案外、あの老魔女は真実を告げていたのかもしれない。

魔法の剣に命と精を吸い取られ、王の体は瞬く間に干からびていく。生命の水がさらにまばゆく光り、王を癒やす。苦悶に顔を歪める王の命を、剣が奪っては水が癒やす。苦痛に満ちた繰り返しが果てしなく続くうち——

水が黒ずみ、痙攣《けいれん》する体の周囲で煮立ちはじめた。致死の傷から黒い霧が滲みでて、のたうつ蔓となって立ち上っていく。泉の水はいまや荒ぶる海のように波打ち、渦巻いていた。その深みから断続的に放たれる光も、不規則にちらつきながらどんどん強くなっていく。

呆然《ぼうぜん》と立ち尽くすグラエルの前で、王妃の影が王を空中に持ちあげた。聖なる水の表面には王の血がまるで油のように膜を張り、広間に立ち込めた白い霧が、生き物のようにくねり、ねじれて、死の抱擁でひとつになった王妃と王の周囲から離れていく。

「あなたは私を愛したことなどなかった」額が触れんばかりに顔を近づけ、王妃の影が怒りの声を漏らす。「少しでも私を愛していたら、私を祖先の手にゆだねてくれたはずよ！」

命を奪った剣よりも、王妃のこの言葉のほうが苦痛をもたらしたのか、王の表情が割れた花瓶のように砕けた。

王妃の影は憤怒の声をあげて王に飛びつくと、剣を下に向けて、王を落下させた。ふたりは水面を打ち、荒々しく瞬く光めがけて沈んでいった。

胸の傷からもれる黒い霧が、さらに水を汚染していく。

ヘリア全体を揺さぶるほどの激しさで、〈古の泉〉の広間のあらゆるものが激しく揺れ、ひび割れはじめた。

グラエルは恐怖に襲われた。とんでもない惨事が起ころうとしている。彼はきびすを返して走りだした。

破滅をもたらす力が放たれたのだ。

33

〈古の泉〉は目も眩《くら》むような光に呑み込まれた。

凄まじい衝撃波が、螺旋階段の途中でグラエルを襲った。彼は絶叫とともに跡形もなく焼き尽くされ、その声すらも滅びの轟音《ごうおん》に呑み込まれた。

衝撃波はあらゆる方向に広がり、岩と石を砕いていく。それは〈輝ける塔〉の地下にあるすべてを砕き、塔にこもっていた人々の命を瞬時に奪うと、その亡骸を大渦巻に呑み込んだ。

塔そのものが砕け、巨大な瓦礫《がれき》が街の空高く噴きあがる。瓦礫は街に降り注ぎ、あらゆるものを破壊していった。巨大な石の塊が図書館や家々を壊し、壁にぶつかりながら通りを転がって、逃げまどう人々に襲いかかる。完璧な金色の丸屋根や何百年もまえのステンドグラスを粉々にし、柱を倒し、建物を倒壊させ、なかにいる人々を圧《お》し潰し、埠頭《ふとう》を砕き、湾に雪崩《なだれ》込んで、巨大な水柱を上げながら船を沈め、船にいる者たちを無差別に殺していく。

塔の前にある広場も、煉瓦《れんが》を投げ込んだ池のように波打った。鉄血騎士団の騎士たちと、まだ残っていたひと握りの兵士が、押し寄せる衝撃波に目を見開く。全員が一瞬後には痕跡も残さずに消滅していた。

何十本もの剣に突き刺され、折れた愛剣のそばに倒れていたレドロスは、いましも命が尽きる寸前だった。彼の瞳は轟音をあげて襲いかかる破壊の波ではなく、虚ろな目を開け、かたわらに横たわっているカリスタだけを映していた。レドロスは手を伸ばし、手甲をした指で命の失せた白い手を握りしめた。

「祖先の間で会おう、カル」囁《ささや》くように語りかける。

その直後、衝撃波が彼を通過し、その姿を呑み込んだ。

王の助言者ヌニョは、波止場に急ぐ途中でそれが迫るのに気づいた。

「祖先よ、お慈悲を」彼はあきらめのため息をつき、固く目を閉じて破壊の波に身をゆだねた。


「もうすぐだ！」ライズは肩越しに叫んだ。

彼らと埠頭のあいだには、テラスがひとつあるだけだ。そこから細い階段を下り、何本か通りを越えれば港に出る。〈学者通り〉を使うよりもそのほうがずっと早い。

彼は一行の残りが追いつくのを待ちながら〈ダガーホーク〉を探して埠頭を見渡した。錨《いかり》を下ろしているカマヴォール船団の、どれが〈ダガーホーク〉なのか？　一隻の船が、島を守っている聖なる霧へと向かっていくが、それが目当ての船かどうかは遠すぎてわからない。

仲間にこの発見を告げるまえに、すべてを焼く光が空を満たした。一瞬目が眩み、思わず毒づいた直後、大音響をあげて何かが爆発し、建物と地面を激しく揺らした。

「一体全体、彼らは何をしたんだ？」タイラスが恐怖を浮かべてつぶやいた。

テラスが水のように波打ち、敷石がひび割れていく。周囲の建物の壁が不気味な音を立て、見る間に亀裂が走る。足元が嵐の船のように揺れ、ライズはよろめいて慌てて手すりを掴んだ。まだトルを抱いているタイラスが片膝をつく。双子のアビとカーリが悲鳴をあげて倒れた。ジェンダ・カヤと助手のふたりも前に倒れ、不安そうな目で周囲を見回した。

ライズは双子を立たせて怪我がないことを確認してから、来た道を振り返り、目を見開いた。

〈輝ける塔〉は、街のどの建物よりも高い。島のどこからでも常に見えるはずだが、それが消えていた。代わりに青緑色の光が荒れ狂い、唸りを発しながら凄まじい速さで放射状に伸びてくる。ライズは即座に判断を下した。あれがここに達するまえに港にたどり着くのは無理だ。

彼の仲間も同じ結論に達したらしく、走りだそうともしない。彼らは破壊の波がかん高い音とともに行く手にあるすべてを呑み込んでいくのを瞬きもせずに見つめた。

「いったい、何が……？」だが、そうつぶやきながらも、あの光が〈古の泉《ウェル・オブ・エイジズ》〉に隠されていた古代のルーンに関係があることはわかっていた。俺がこれをもたらしたんだ、その思いが絞首人の首縄のようにきりきりと胸を締めつける。

騎士たちを乗せた馬が何頭か、急速に迫る破壊から逃れようと、泡を噴きながら学者通りを走ってきた。先頭は騎士団の団長だ。大きな悍馬《かんば》は風のように走っていたが、それでも逃げることは叶《かな》わなかった。

目が痛くなるほどまばゆい光の壁が、青緑色の火花を散らしながら街を横切ってくる。光が通過したあとは、大槌《おおづち》で砕ける氷のように建物が崩れた。カマヴォールの騎士はわずか数鼓動のうちに光の波に呑み込まれ、怒りの声をあげてその波よりも速く駆けようとしていた団長も、ついに姿を消した。凄まじい音とともに波は進み続け、すべてを破壊し、信じられないほどの速さでこちらに向かってくる。

「私のそばにかたまれ！」タイラスが叫んだ。「全員だ！　早くしろ！　ライズ、きみもだ！」

全員が体を押しつけるようにしてタイラスを囲んだ。襲いかかる破壊の波から守ろうと、タイラスが覆いかぶさるようにトルを抱きしめる。双子がローブにしがみついた。ジェンダ・カヤもうずくまり、両腕で少女たちを抱いて光に背を向け、固く目を閉じた。ピオトルが火傷《やけど》の痕がある腕でアーイラを包み込む。

ライズは目をそらさなかった。これが死の瞬間だとしたら、せめてそれを見据えて死にたい。

襲いかかる衝撃波に挑むように、ライズは大声をあげた。光の波が彼らに達した瞬間、まばゆい白い光が彼らを包み、何も見えなくなった。恐ろしい唸りが耳をつんざく。まるで何千もの魂が、苦痛と恐怖の悲鳴をあげているようだ。

それから……その音と光が消えた。

ライズはタイラスを見た。最後の光がタイラスから消えていく。首にかけた紋章が光っていた。

俺たちは生き延びた！　不気味な光の壁は彼らには触れずに通過したのだ。

だが、周囲の建物はすべて破壊され、まだ立っているものはひとつもない。目の届くかぎりどこまでも、崩れ落ちた瓦礫があるだけだ。ヘリアの街でまだ生きているのは、自分たちだけにちがいない。

港を見下ろすと、停泊していた船も街の建物と同じように破壊に見舞われていた。帆柱が裂け、船体が小枝のように折れて沈んでいく。衝撃波は海を横切り、遠くの船にも襲いかかった。だが、そのころには光の破壊力が弱まっていたらしく、船は危うく転覆しかけたものの、まだ海面に浮いていた。

「これで終わったの？」ジェンダ・カヤが祈るように囁いた。

魔力の爆発がもたらした衝撃波が、そそりたつ聖なる霧の先端に達した。雲のような白い霧のなかで青緑色の稲妻が光り、白い霧が嵐の雲のような暗い灰色になった。

「いや、終わってないみたいだ」

どんどん黒くなる聖なる霧のなかで、魔力の火花が閃き続ける。いくらも経たぬうちに霧は真っ黒になり、だし抜けに崩れた。

遠くの船は、まだ不気味な光が閃く黒い霧のせいで見えなくなった。

「あれは近づい、い、てくるの？」誰ともなしにジェンダ・カヤが尋ねた。

近づいてくる。

月のない夜よりも黒い霧は、まるで腹を空《す》かせた目のない獣のように蔓を伸ばしながら、渦を巻き、うねるような不気味な動きでたちまち島に迫った。

ライズはちらっとタイラスを見た。「もう一度同じことがやれる?」

さきほどの魔法で力を使い果たしたとみえて、タイラスは息を乱し、蒼《あお》ざめた顔で首を振った。

「この紋章の魔力は空だ。再び満ちるには時間がかかる」

黒い霧の持つ力が石や肉を砕いた衝撃波と同じでないことは明らかだが、同じように恐ろしかった。それは蔓をくねらせて港を横切り、破壊された船や埠頭を呑み込んで、衝撃波が破壊したものを再生していく。帆柱も引き裂かれた船体も再び造られ、巨大な石の塊が持ちあげられて元の場所に戻されていく。だが、あらゆるものが不完全だった。さきほど倒壊した波止場のそばの建物の石壁は、破壊された瞬間のなかで凍りついていた。青緑色の光に包まれた様々な大きさの石が、宙に浮かんだまま、最初の波が襲った直後の状態で静止している。テラスの両側を彩っていた木々は、幽体のような状態で元の場所に戻り、吹いてもいない風に透けた葉をそよがせていた。

「伏せて!」ジェンダ・カヤが叫び、迫りくる黒い霧から少しでも逃れようと、双子を引き寄せて重い箱の陰にうずくまった。

ライズも激しい砂嵐に襲われたときのように両目を覆い、ジェンダ・カヤのそばにうずくまった。黒い霧がその上を通りすぎていく。その瞬間は、凍るような水のなかに落ちたようだった。体の熱を奪われ、思わずあえぎが漏れる。氷の鉤爪《かぎづめ》に心臓を、魂を摑まれ、ライズは両膝をついた。必死に囁く声、遠くの悲鳴があらゆる方向から聞こえる。絶望と無気力が彼を打ちのめし、地面に押しつけた。ライズは固く目を閉じてうめいた。このまま闇のなかに沈んでしまいたい、一刻も早くこれが終わってほしい。ひたすらそれを望んだ。

誰かが彼を引き立たせ、惨めな思いから引っ張りだしてくれた。目を開けると、ジェンダ・カヤが心配そうに彼を見ていた。

ライズは目をしばたたき周囲を見回した。黒い霧はいまやヘリア全体を包んでいた。タイラスたちも、ショックと恐怖を浮かべて周囲を見ている。どうやら全員がライズと同じ恐ろしさを味わったようだ。子どもたちはすっかり蒼ざめていた。

ヘリアの街は、ある意味では修復されていた。だが、見ているだけで不安に駆られるような、間違った形だ。ヘリアは戻ったものの、まるで苦悶に身をよじるかのように、どこもかしこもねじれ、歪んでいた。

黒い霧のなかにできた細い裂け目から、不完全に修復された〈輝ける塔〉が見えた。下の階の一部が外側に向かって爆発した状態で凍りつき、塔の重みを支える部分がない。それなのに崩れずに、黒い霧をまとわりつかせ、ピクリとも動かず街の上にそびえている。

「誰か来るわ」ジェンダ・カヤが警告した。

ライズは下を見た。建物から何人か出てくるところだった。市民が全員略奪者のカマヴォール人に殺されたわけではなく、あちこちに隠れていたらしく、そこから出てきたのだ。とはいえ、忌むべき形で修復されたのが建物だけではないことは、彼らを見れば明らかだった。

下にいるのは生きた人間ではなかった。影のような亡霊だ。〈古の泉〉の広間にいた影と同じで、輪郭の曖昧な姿の向こうが透けて見える。ライズは全身の血が凍るような恐怖に襲われた。

自分たちのおぞましさに気づいて悲鳴をあげ、運命を呪い、なじっている亡霊もいれば、すっかり混乱し、呆然としている亡霊、あるいは何も気づいていないらしい亡霊もいる。

「何かがとてもおかしい」タイラスがつぶやいた。

「そう思う？」

タイラスは弟子の皮肉な口ぶりを無視して続けた。「こちらの領域とあちらの領域の境が引き裂かれたにちがいない。あるいは死者の魂が亡霊の領域から引き戻されたか。どちらにしても最悪の事態だ」

「そうなると、ここは地獄ね」ジェンダ・カヤが囁いた。「ヘリアのあらゆる魂が亡霊になってしまったんだわ。もしかするとブレスドアイル全体の魂が」

亡霊たちはこちらを無視しているようだ。いや、ライズたちがここにいることに気づいていないのかもしれない。衝撃波で消滅したはずのカマヴォールの騎士も亡霊になって戻っていた。かなり離れているし、渦巻く黒い霧にほぼ隠されているが、団長も一緒だ。団長は軍馬と合体し、男と獣が溶け合った恐ろしいものになり果てていた。亡霊となった新たな人生を確かめるように、蹄の音を響かせて走りながら兜《かぶと》をつけた頭を左右に振っている。

視線を感じたのか、冷たい緑の光を兜から漏らし、団長の目がライズの目を捉えた。軍馬と一体になった怪物は、その目に淡い炎を燃やしながらこちらに向かってくる。肉体はないのに、重い鎧《よろい》をまとい、恐ろしげな武器を手にしていた。

「ここにはいられない！」ライズは叫んだ。

「まだ動く船があると思う？」ジェンダ・カヤが訊《き》いてくる。

ありそうもないが、べつの計画を練っている暇はない。「急いで、階段を下りるぞ！」

狩りの呼び声に反応する猟犬のように、軍馬と合体した怪物も速度を上げ、すぐに全速力になった。ライズは仲間の先頭に立って階段を駆けおりた。

「もっと速く！」みなを急《せ》かしながら、ちらっと振り返った。何も見えない。あれが細くて急な階段を下りてこられるはずがない、ライズは自分にそう言い聞かせた。

彼らは階段を下りきって、中央に噴水のある小さな広場に駆け込んだ。一部分砕かれた彫像が噴水を囲み、黒く染まった水をその口から吐いている。その彫像がこの世のものならざる光を目に湛《たた》え、一斉にライズたちに顔を向けた。

「走れ！」ライズは叫び、再び先頭に立って埠頭に至る細い脇道へと走った。

路地にたどり着いたとき、背後で凄まじい衝突が起こった。

「ああ、神さま」アーイラが泣くような声をあげる。振り向くと、馬と一体になった団長が広場に躍り込んでくるところだった。蹄が着地した場所に蜘蛛《くも》の巣のようなひびが走る。団長はライズたちを見て、一気に距離を詰めながら大きな刃《やいば》の武器を構えた。

ジェンダ・カヤが古代の武器を団長に向け、光を放つ。白い光が見事に命中し、鎧を着た上半身に穴があいた。だが、〈古の泉〉からライズを追ってきた亡霊と違って、この怪物はばらばらに砕けなかった。速度もまったく落ちず、怒りの咆哮をあげながらぐんぐん近づいてくる。

彼らは走った。

路地はくねくねと曲がり、とても細い。だが、亡霊となった団長は物ともしなかった。角を曲がるのが速すぎて路地の壁にぶつかっては煉瓦を壊し、なめらかな敷石に蹄を滑らせながらも、じりじり距離を縮めてくる。ジェンダ・カヤの武器から放たれた光がまたしても闇を彩ったが、あせって放った一発は団長の頭のすぐ横を通りすぎた。

「ここを通り抜けよう！」ライズは叫び、港に面した店の、裏にある扉を肩で押し開けた。

戸口が狭いから、あの団長が入るのは無理だ。そこは地図製作者のオフィスだった。タイラスに言いつけられ、何度となく地図を買うために足を運んだ場所だ。表の扉から出れば、埠頭にさらに近づく。

製図机の前には、老いた地図製作者が座っていた。しかし、衝撃波に呑み込まれたあと亡霊として戻ったそれは、生前を知るライズの目には、とても同一人物とは思えなかった。実体を失った地図製作者の体は、いまやよじれた羊皮紙や丸めた地図と融合し、黒い霧と不気味な光でおおまかに人間の形を保っているにすぎない。いつも使っていた精巧な羽根ペンを握り、目の前の羊皮紙に夢中で何かを書き込んでいる。

しんがりで扉を通過したジェンダ・カヤが、自分の背後に古代の武器を放ったあと、勢いよく扉を閉めた。彼女の弟子たちとタイラスが急いで書棚を倒し、扉に押しつけたが、軍馬の蹄が外側から扉を蹴破ると、全員が後退った。

「侵入を防ぐのは無理だな」タイラスが言った。

「表から出よう！　急げ！」ライズは怒鳴った。

彼らが割れたガラスや散乱する地図を踏みつけ、様々なものを倒しながらオフィスを横切っていくと、怒った地図製作者の亡霊が顔を上げ、虚ろな怒りの咆哮をあげながら反り返った。羊皮紙と合体した手がさっと伸び、蛇のように攻撃してくる。

そのひとつがアーイラの喉に巻きつき、もう片方の手がタイラスの腕を摑んだ。アーイラが膝をつき、目玉が飛びださんばかりに目を見開いてあえぐ。さいわい、大槌の光を食らった地図製作者は、まばゆい閃光を放って粉々になった。ライズはピオトルの手にある、まだ光っている武器に目をやり、この大柄な助手にうなずいて敬意を表した。ジェンダ・カヤが喉を締められたアーイラを助け起こす。

バリバリという木が裂ける音とともに裏口のドアがなかに倒れてきた。軍馬と一体になった団長が無理やり体を押し込もうとしていたが、大きすぎて戸口を通れない。彼は怒りの声を放ってきびすを返し、迂回《うかい》する道を探して路地を走り去った。

「埠頭はすぐそこだ！」ライズは表の扉から飛びだしながら声を張りあげた。彼らはいまや海岸通りにいた。目の前に埠頭が伸びている。ライズは速度を上げたが、近づくにつれて足の動きが鈍くなった。

「どうした、ぐずぐずしている暇はないぞ」息を弾ませながら急かしたタイラスも、港を見て立ち止まった。

停泊していた船はすべて、奇妙にねじれ、呪われた残骸になり果てていた。衝撃波に引き裂かれ、そのあと黒い霧とともに島に放たれた得体の知れない魔力で部分的に再生されたのだ。船首を飾っていた彫像が、噛《か》みつくように口を動かしながら周囲を見回し、黒い影となった乗組員が甲板に立って、街で最後に生き延びた人間たちを憎悪に燃える目でにらんでいる。

「試す価値はあったよ、ライズ」タイラスがそう言ってライズの肩に手を置いた。

アーロック・グラエルは驚きの目で再生された自分の手を見下ろした。透けて見える淡く光る手には、いまやナイフのように鋭い鉤爪が伸びている。

周囲を見回すと、恐ろしい顔に獰猛《どうもう》な笑みが浮かんだ。彼はもうこれまでと同じ男ではなかった。もともと痩せていた顔は骸骨のように肉が削《そ》げ落《お》ち、目はかがり火のようにぎらついて、歯は鮫《さめ》のように鋭く尖《とが》っている。魂の闇が外見に反映されているのだ。

〈古の泉〉も再生していたが、いまやこの秘密の場所から立ちのぼってくるのは白い霧ではなく、黒い霧だった。好奇心に駆られ、グラエルはそびえ立つ扉を再び通過し、カマヴォールの王の死体が落ちた泉へと戻った。あれほど澄んでいた癒やしの水は、いまや黒く濁り、水面は油をこぼしたようにねっとりとしている。王と王妃の影はどこにも見当たらない。泉の底で放たれていたのがなんの光だったにせよ、それも消えていた。

次々に目に入る驚くべき光景を楽しみながら、〈輝ける塔〉の上階を目指すと、上等のローブを着た三重顎の亡霊に出くわした。

「バルテク」グラエルは破顔した。

「グラエル」その亡霊は両手をもみしだき、震えている。「き……きみか?」

「ああ、私だ」グラエルは鎌を振るいながら、ふわふわとバルテクに近づいた。

バルテクの亡霊は顎がはずれそうなほど大きく口を開け、恐怖の悲鳴をあげて逃れようとした。だが、グラエルはたちまち追いつき、鋭い刃で切りつけ、長老の黒い影が放つ恐怖と苦痛を味わいながら、肥えた体ごと持ちあげた。苦悶に満ちた一瞬のあと、バルテクの影は霧散し、また集まって光の球を作った。

「ふむ、面白い」その球は、まだ苦痛を感じているように震えている。グラエルはにやにや笑いながらゆっくり鎌の刃を離し、球が苦悶のあまり脈打ち、膨張するのを見守った。

鎌を鞘《さや》に戻し、片手を振って変形した黒いランタンを出現させる。ずっと使ってきたランタンと形は似ているが、こちらは鋼ではなく骨でできていた。光る球をランタンのなかに押し込むと、ランタンが明るくなった。

グラエルはランタンに顔を近づけた。なかに閉じ込められ、恐慌をきたしているバルテクの魂が見える。

「非常に面白い」

周囲には、ほかにも恐怖に駆られた亡霊が見えた。逃げていくほかのマスターたちを認め、グラエルの獰猛な笑みがさらに大きくなった。いま力を握っているのは彼だ。そしてこの新たな国では、これまで心無い仕打ちをした連中を、報復される心配をせずに好きなだけ罰し、虐《いじ》めることができる――それも永遠に。

彼らは何年もグラエルを見下してきた。ただのスレッシュだとせせら笑ってきた。彼らがグラエルをこういう男にしたのだ。そのため自分たちの傲慢さとケチな虐めが生んだ結果を甘んじて受け、永遠に苦しむことになる。「アーロック・グラエルは死んだ。いまここにいるのはスレッシュだ」

腹の底から笑いが込みあげてくる。

「そうとも」スレッシュはつぶやいた。「これは楽しめそうだ……」

死者の亡霊が黒い霧のなかに集まっていた。何百という死者の亡霊、それが青白い火が燃える目でライズたちをねめつけ、せせら笑っている。歯をむき出す亡霊、唸《うな》る亡霊、焚火《たきび》を囲み攻撃の合図を待つ狼《おおかみ》よろしく、黒い霧のなかを落ち着きなく歩きまわる亡霊……。

そのなかには、恐ろしいというより、むしろ哀れを誘う亡霊も混じっていた。彼らはどことなくうわの空で視界の端を漂い、実体のない顔をしかめながら髪を引っ張っている。助けを求めて叫んでいる亡霊がいるかと思えば、ライズたちを呼び寄せようと夢中で手招きしている亡霊もいた。顔見知りも混じっていた。名前を呼ばれ、安らぎを得る手助けをしてくれと懇願されると、恐怖がいや増した。

「彼らの言葉に耳を傾けるな」タイラスが警告した。「あれはもうきみが知っていた人間ではない」

タイラスはまだ小さなトルを抱き、双子にローブを摑まれていた。

「どんどん集まってくる」ジェンダ・カヤが警戒もあらわにつぶやいた。彼女は古代の武器をふたつ手にしていた。これまで使うのを見たことがある美しい短距離用の武器と、柄に遺石を嵌《は》め込んだ長い刀みたいな武器だ。ふたりの助手も似たような古代の武器――ピオトルは大槌を、アーイラは中心に遺石を嵌めた白く輝く弓――を持っている。弓には弦がないが、威力のある武器であることは間違いない。ジェンダ・カヤたちに出会えて本当によかった。

「私たちの生命に引き寄せられるのかもしれないな」タイラスが言った。「蛭《ひる》が血を求めるように」

「的確すぎて、ぞっとする比喩ね」ジェンダ・カヤがつぶやく。

一体の亡霊が霧から飛びだし、両手を伸ばしてきた。かろうじて人間の形を保っているものの、顎がありえないほど膨張し、指の先が鋭い鉤爪になっている。その霊は、ジェンダ・カヤの武器から迸《ほとばし》ったまばゆい光に貫かれ、哀れな悲鳴をあげながら、強風に吹き飛ばされる煙のように飛び散った。もう一体が突進してきたが、これは弓の一撃で霧散した。

ライズは両手を使って空中にルーンを描き、襲ってきた三体目を拳で打った。紫の光がルーンの形をなぞり、外に向かって爆発する。亡霊は苦悶するようによじれ、ねっとりとした黒い蒸気となって消えた。

近くで毒づく声がして、ライズはぱっと振り向いた。さらに二体の亡霊がピオトルを黒い霧に取り込もうとしている。ピオトルが振りまわす大槌に一体は霧散したが、もう一体が彼に飛びついた。ジエンダ・カヤがそれを粉々にし、アーイラがほかの亡霊を弓から放たれた光で退治した。

双子のアビとカーリが悲鳴をあげた。溶けた蠟《ろう》のように顔の肉が滴っている邪悪な霊が、タイラスを横から摑んで倒そうとしているのだ。

「マスター！」

だが、ライズの助けを待つまでもなく、タイラスは亡霊の額を片手で摑んだ。次の瞬間、指の先から火花が散り、黒い頭のなかでまばゆい光が炸裂《さくれつ》して亡霊は黒い煙となった。

影のような霊は次々に襲ってくる。ライズはルーン魔法でそれを引き裂いた。

彼らは子どもたちを囲み、背中合わせに円陣を組んだ。亡霊のほうでも彼らを警戒しはじめたらしく、後退っていく。少なくとも、しばらく向こうから襲ってくる心配はなさそうだ。

「なんとかして、この霧から出ないと。あいつらは増えるばかりだ」

タイラスとジエンダ・カヤが目を見交わす。ふたりとも、生き延びるのは無理だと思っているようだ。が、ライズはあきらめなかった。昔からどこにでも入り込めたし、そこから出ることもできた。この霧からだって出てみせる。

「待って」さきほど港を見たときのことを思い出し、ちらっと周りを見て影がそばにいないのを確認すると、海がよく見えるように、近くにある彫像の大理石の台座によじ登った。

「何を探しているんだ？」タイラスが尋ねる。

「あそこだ！」ライズは指さした。黒い霧に隔てられていても、港を出ていくカマヴォールの船がかろうじて見えた。

「レディ・カリスタは、俺たちが逃げる時間を稼ぐために命を捨ててくれたんだ。あっさりあきらめるなんてできない」

タイラスがけげんな顔をする。「あそこまで泳ぎたいのか？」

「まさか。俺を信じてもらいたいだけだ」

ライズは台座から下りると、古代の魔法について書かれた革の本をめくり、必要なページを探した。そして、そこに書かれているイカシア語に目を走らせた。

「それはなんだ？」集まってくる亡霊に片目を張りつけ、タイラスは古代の書をちらっと見て、もう一度見直した。「ライズ、どこでそれを手に入れた？」

ライズはこの質問を片手で払い、読み続けた。「あとで説明するよ。いまからこれをやる。やれると思う」

「何をするつもりか知らないけど、急いだほうがいいわ」ジェンダ・カヤが促す。「見て！」

軍馬と合体した悪夢のような怪物が、霧のなかから飛びだしてきた。

団長は大きな渦を作っているほかの亡霊を手にした武器でなぎ払い、蹄で踏みつけて進んでくる。

ジェンダ・カヤとアーイラが彼めがけて灼熱《しゃくねつ》の光を放ったが、速度を落としもしなかった。ライズが呼びだしたルーンの檻《おり》も、蹄で粉砕された。

ピオトルが前に出て、大槌を構える。無謀だが、高潔な行為だった。

この明らかな挑戦に、団長は武器を高々と振りあげてピオトルへと向きを変えた。

ピオトルは突き進んでくる怪物を前に一歩も退《ひ》かず、十分に引きつけてから大槌を振った。まばゆい光とともに、大槌が馬体の横を直撃する。同時に長柄の武器の大きな刃がピオトルを切り裂いた。

怪物がつまずき、横倒しになって敷石の上を滑っていく。

だが、ピオトルも倒れた。まだ息があり、起きあがろうともがいているが、二度と起きあがれないことはひと目でわかった。すぐに飢えた亡霊たちにのしかかられ、黒い霧の渦のなかに引きずり込まれた。

アーイラが悲鳴をあげ、そのあとを追おうとしてジェンダ・カヤに引き戻された。

「彼は逝ってしまったのよ、アーイラ。逝ってしまったの」

ライズが目を走らせると、団長はすでに起きあがっていた。ピオトルの一撃に怪我《けが》をしたものの、まだ破壊されてはいない。あれが再び突進してきたら、彼らは全滅だ。

「マスター？」

「やれ！」タイラスが叫ぶ。

ライズはかつてないほど大量の魔力を体のなかに引き込んだ。紫のルーンが皮膚の下で熱く燃えはじめる。

「てのひらに砂粒を感じる」そうつぶやきながら、両手と腕ですばやく空中にルーンを描いていく。ゆっくり回るルーンが彼らを囲みはじめた。ライズは暴走しそうになるエネルギーを必死に抑え込んだ。

「てのひらに砂粒を感じる！」彼は大声で叫ぶと同時にルーンの環が完成した。

黒い霧がじわじわ押し寄せ、彼らを斬り倒そうと武器を振りまわしながら巨大な怪物が再び駆けてくる。だが、彼らはもはやそこにはいなかった。

大波に揺れる〈ダガーホーク〉の甲板に、いきなり青白く燃えるルーンの環が出現した。

水兵たちがあげる驚きの声に、ヴェニックス船長は長い偃月刀《シミター》を両手で摑み、ぱっと振り向いた。

「今度はなんだい？」
少しまえ、ヘリアは衝撃波に襲われ、あらゆるものが崩れ去った。それから海にそびえる白い霧が黒ずみ、〈ダガーホーク〉の上に崩れてきたかと思うと、黒い霧となってじわじわとヘリアに向かいはじめた。白い霧に包まれたときは、そのなかの魔法にヴァスタヤ人の血が歌い、気分が高揚したものだったが、汚染された黒い霧が触れたときは、魂が抜きとられるような気味の悪さしか感じなかった。

ルーンの環のなかに、ちらつく光をまとった人間が何人か現れ、ヴェニックスも水兵もいっせいに武器を構えた。が、光が消えるにつれて、霊のように実体のない人間たちが実体を持ちはじめた。しかも、彼らの真ん中には子どもがいる。ヴェニックスは偃月刀を下ろした。

「成功した！」ほっそりした若者が叫び、力尽きたように甲板に膝をついた。腕の皮膚の下に薄れていくルーンが見える。ヴェニックスはその若者に見覚えがあった。王女をブレスドアイルに案内したタイラスという男の弟子だ。

そのタイラスが甲板に膝をついて弟子の肩を抱いた。「よくやった、ライズ」

「感動的な場面だけど、まだ逃れられたわけじゃないよ。ごらん！」ヴェニックスは叫んだ。

鉄血騎士団《アイアン・オーダー》の亡霊たちが、目に魔法の光を燃やし、押し寄せる黒い霧とともに港を横切ってくる。怒りの形相も凄まじく先頭を走ってくるのは、いまや馬とひとつになった団長のヘカリムだ。まばゆく光る蹄《ひづめ》は、波立つ海面にはまったく触れていない。

長いこと十二の海を航海してきたヴェニックスは、様々な不思議を目にしてきた。だが、死んだ騎士と馬が海を駆けてくるのは見たこともない。その異様さに、怖いものなしのヴァスタヤ人もさすがに恐怖に駆られたが、動揺を抑え込んだ。

「あいつらを弾《はじ》き飛《と》ばせ！」船長の命令に、剣や金属棒を手にした乗組員がすぐさま右舷側に並ぶ。

「死んでたほうがよかったと思わせてやりな！」

「その武器じゃ彼らには歯が立たないわ！」タイラスたちと一緒に現れた女が叫んだ。今朝、港に集まってきた市民のなかにいた、浅黒い肌の小柄な女だ。溶けた銀のような色の髪に覚えがある。

「だったら、どうすりゃいい？」

その女性は答える代わりに、軍馬にまたがり疾走してくる亡霊に小さな武器を向けた。その武器からまばゆい光が迸り、黒い海面を横切って飛んでいく。それを食らった騎士がぱっと光って消えた。ほかの騎士たちが、いななく馬の背に伏せて速度を上げる。べつの仲間、スキンヘッドの女性も、白い髪の女性と並んで奇妙な弓を構え、襲ってくる亡霊に向かって真っ白な光を放った。

「そういう武器は、ほかにもあるのかい？」ヴェニックスは叫んだ。

白い髪の女は、もう一発敵に浴びせてから長い革のケースを背中から下ろし、ヴェニックスに向かって投げた。「そこに入ってる！」

ヴェニックスは急いでケースを開け、長い武器を取りだした。初めて見る武器だ。形からすると巨大な弩《いしゆみ》のようだが、引き金も、弦も、飛ばす矢もない。手に取ると、肌がちりちりした。

「使いこなすには訓練が必要なの」白い髪の女が言った。「たぶん、光を放つのは無理だと思う。でも、棍棒《こんぼう》の代わりにはなるはずよ」

霧を分けるとき、カリスタがキーストーンをどう使ったか思い出しながら、ヴェニックスは武器を肩に載せた。おそらくこれも似たような原理で機能するのだろう。

「光を放て、ど阿呆《あほう》！」ヴェニックスは叫んだ。とたんに武器の先端から奔流のような光が飛びだし、騎士のひとりを呑《の》み込んだ。

三人の女は並んで立ち、遺石の武器から光を放ち続けた。騎士団は炎の嵐にもめげずに突進してきたが、やがて団長が怒りと苦痛の声を放ち、ついに馬の頭をめぐらせた。そのころには、黒い鎧は十回以上も光に撃たれて大きな裂け目や穴だらけになり、仲間も数えるほどしか残っていなかった。黒い霧自体がまばゆい光を恐れるかのように後退していく。最後の騎士の亡霊が、黒い霧に包まれた島へと引き返すのを見て、乗組員が歓声をあげた。

白い髪の女は驚いてヴェニックスを見ながら武器を下ろした。「ほとんどの人は、まともに使うどころか、何か月も練習しないと火花ひとつ出せないのに」

ヴェニックスは片目をつぶった。「まあ、その……あたしは特別だからね」

「そうらしいわね」白い髪の女は好奇心を隠そうともせずにヴェニックスを見た。「レディ・カリスタは、あなたが信頼できる人だと言っていた。とても興味深い人でもあるみたい」

あとでカリスタに感謝しなきゃね。ヴェニックスはそう思い……それができないという、恐ろしい予感に襲われた。「王女様も逃げおおせたんだろうね？　何かほかの方法で？」

生き延びた人々は黙りこくっているが、厳しい表情が答えを教えてくれた。

タイラスが言った。「レディ・カリスタは鉄血騎士団を引きつけ、命を賭して私たちが逃げる時間を稼いでくれた。私たちが街を逃げだすことができたのは彼女のおかげだ」

みぞおちを殴られたようなショックを受け、ヴェニックスはうなだれた。「あの人がやりそうなことだ。どこまでも立派で、くそばかなんだから。生き延びたのは、あんたたちだけかい？」

「そうだと思う」タイラスが答える。

涙がひと粒頬《ほお》にこぼれ落ち、ヴェニックスはそれを拭った。が、拭っても拭っても涙は溢《あふ》れてくる。「それじゃ、カリスタの犠牲が無駄にならない生き方をするんだね」

裏切り者……。

カリスタはぱっと目を開けて、記憶に残っている痛みにうめきながら立ちあがり、胸から突きだす黒い刃を見下ろした。

裏切り者……。

歯軋りしながら、音を立ててグレイヴを引き抜き、敷石の上に落とした。なぜかぼうっと光る刃の先がまだ胸から突きだしている。なんだ、これは？　どういうことだ？　それを引き抜こうとしたが、今度は手がその刃を突き抜けた。恐ろしいことに腕もぼうっと光り、透けて見える。指の先は鉤爪になっていた。

まだ呼吸していたら、自分の体を見下ろしたとたんに息が喉につかえたにちがいない。鎧と槍《やり》は火に焼かれたように黒ずみ、ところどころ亀裂が走っているものの無傷だ。だが、腕と脚には筋肉も腱《けん》も何もない。

「カリスタ」こだまのような声がした。すぐそばで呼んだようにも、はるか彼方《かなた》で呼んでいるようにも聞こえる。

声のほうを見ると、巨人のような男が目の前にそそり立っていた。傷だらけの鎧は同じように黒ずみ、戦いで裂けている。その裂け目からぼうっと光る透けた体が見えた。片方の手に握りしめた剣は折れているが、かすかにきらめく光の点が折れた半分を補っている。

カリスタは黒ずんだ兜の下の顔を覗《のぞ》き込み、恐怖に目を見開いた。

「レドロスなの？」囁くように尋ねる。

「ああ、俺だ」大男がよく響く低い声で答えるのを聞いて、カリスタは途方もない悲しみと痛みに襲われた。自分が愛したあの誇り高い、誰よりも強く忠実な男は死んでしまった。ここにいるのは、長いあいだともに戦ってきた高潔な戦士の、滑稽なまがいものでしかない。

カリスタは目をそらし、破壊された街に目をやった。

〈悟りのアーチ《エンライトンメント》〉の下で戦い、命を落としたホスト軍の精鋭が、ひとり残らず目の前に集まって並び、命令を待っている。彼らも亡霊となって、この島に閉じ込められたのだ。それを思うと絶望が込みあげてくる。彼らがここにいるのは、自分が選別したからだ。自分が彼らをこの地獄に送り込んだのだ。

「どうか、悪い夢でありますように」カリスタは嘆いた。

「悪夢だが、現実だ」レドロスが言う。

周囲には、まるで生き物のように黒い霧が渦巻き、よじれている。

裏切り者……。

「誰が言った?」カリスタは周囲を見回した。

「俺には何も聞こえなかったぞ」

カリスタはけげんな顔でレドロスに目を戻した。「私たちはみな死んだのね」これは質問ではなかった。「これが死後の世界か」

レドロスがうなずく。「だが、ここは祖先の間じゃないな」

「温かい光を覚えている」カリスタは言った。「そのなかで声がした。祖先が私を歓迎してくれた。でも、そこから引きずりだされ、地獄で目覚めた」

「何があったにせよ、俺たちで元の状態に戻そう。そうすれば、ともに安らげる。本来そうなるべきだったように」

裏切り者。

カリスタは目を細めた。「ヴィエゴ」ようやく真実に気づいた。「これをもたらしたのはヴィエゴよ」

裏切り者。

激しい怒りが胸を満たし、ほかの感情を呑み込む。悲しみも同情も、喪失の痛みさえも。

レドロスが以前アロヴェドラでカリスタに渡そうとした、鎖付きのペンダントを差しだす。「これは俺の愛のしるしだ。死んでも俺の愛は変わらない」

だが、怒りに全身を震わせているカリスタには、この言葉も耳に入らなかった。

裏切り者。

何度も何度も裏切られてきた。ヴィエゴに。ヘカリムに。このふたつの名前が頭に浮かぶと同時に、ぼうっと光る槍が一対、背骨のように背中から突きだした。言語を絶する痛みに襲われ、思わずあえぐような声が漏れたが、痛みはむしろ歓迎できる。それは決意をさらに強くし、裏切られた記憶を鮮明にしてくれる。

ヴィエゴとヘカリムは、誰よりもひどくカリスタを裏切ったが、裏切り者はふたりだけではない。ヌニョ・ネクリット、ラズ・フェロス、アーロック・グラエル、ほかにもいる。カリスタはこれまで受けた裏切りを些細《ささい》なものまで思い出し、そのひとつひとつに怒りをたぎらせた。自分は高潔だったかもしれないが愚かだった。何度も何度も裏切られた。

さらに多くの槍が背中から突きだした。

「どうした、何が起こっているんだ？」レドロスが囁く。

カリスタは答えなかった。裏切った者すべてに報復しなくてはならない。頭にあるのはそれだけだった。

「全員が裏切り者だ」

「怒りに身を任せるな」レドロスが訴える。「俺を見ろ！」

霧のなかに現れた裂け目から、光る目をした亡霊が何人か現れた。彼らは鎧を着けた獣にまたがっている。少しまえまで軍馬だったその獣は、鼻から煙を吐き、口から牙のような歯が突きだしていた。馬よりもはるかに獰猛に見える。

「鉄血騎士団だ」レドロスが唸るように言い、前に出て大剣と楯《たて》を構えた。

霧の縁で威嚇するように動く騎士たちを、カリスタは光る目でねめつけた。

「裏切り者……」食いしばった歯のあいだからつぶやく。

憎しみが胸のなかで火のように燃え、一瞬まえまでなかった光る槍が手に現れる。

「俺のそばを離れるな、カル！　ともに戦うぞ」誰かがそばで叫んだが、カリスタはそれが誰なのかわからなかった。誰であろうと関係ない。重要なのは報復することだ。カリスタは躊躇《ちゅうちょ》せずに前に走り、槍を投げた。

光る槍がひとりの首に突き刺さり、その亡霊を鞍《くら》から落とす。ほかの騎士たちが恐ろしい声をあげる獣の頭をめぐらし、襲いかかってきた。ホスト軍の精鋭がいっせいに槍を低く構える。カリスタの手に新たな槍が現れた。

「裏切り者を殺せ！」彼女は叫んだ。


ヘリアが遠ざかっていく。ライズは〈ダガーホーク〉の甲板から、無残に破壊され、黒い霧に包まれた街を眺めていた。邪悪《じゃあく》な霧はいまや祝福された島々全体を覆っている。

どれだけ多くの命が失われたかを思うと、体が震えた。あの恐ろしい暗がりのなかに、いったい何人の魂が閉じ込められているのか？

生き延びたのは俺たちだけだ。

悔いと罪悪感と恥が、心に重くのしかかる。ヘリアを見舞った惨事の恐ろしさは、まだ十分消化しきれていない。何よりも、いまはただ疲れていた。この出来事は自分を変えた。もう二度とこれまでの自分には戻れないだろう。

心のねじれたあの管理人に、〝似ている〟と言われたことが頭から離れなかった。その言葉に一片の真実もなければ、簡単に振り払えたはずだ。怒りと自分の欲に囚《とら》われたらどういう人間になるか、この目で見た。だが、この世界には自分の些末《さまつ》な関心よりも、はるかに重大なことが存在する。いまのライズには、それがわかっていた。二度と野心に駆られてばかな真似《まね》はしない、彼はそう心に誓った。

「これからどうなるんだろう?」

誰にも聞かれていないと思ったが、ジェンダ・カヤが答えた。「ヴェニックス船長が言ったでしょ。カリスタの犠牲が無駄にならないようにするの」

ジェンダ・カヤは、スキンヘッドの助手がケースにしまった武器のなかから、ひとつだけ取りだし、初めて見るように手のなかで裏返している。

「どうやって?」

「その答えは、それぞれが見つけなくてはならないと思う」

「あなたはどうするの?」

「まだわからない」ジェンダ・カヤは肩をすくめた。「でも、古代の武器はあの亡霊たちにかなり有効だってことがわかったわ。差し当たっての目標は、もっとたくさんこれを作って、それを使う光の番人《センチネル・オブ・ライト》を訓練し、ここに戻って亡霊たちを一掃することかな」

ライズはヘリアに目を戻した。これだけ離れても、彫像のように岸に立つ何百という亡霊が見える。〈ダガーホーク〉に乗って遠ざかっていく自分たちを見ているのだ。しかも、あれは島全体の亡霊のほんの一部にすぎない。ジェンダ・カヤの口にした任務を成し遂げるのは、到底不可能に思える。

「それには、光の番人が大勢必要だぞ」

「とにかく、やれることからやらなきゃ」

ジェンダ・カヤはそう言うと、離れていった。ライズは島が完全に黒い霧のなかに消えてしまうまで、甲板に立って見ていた。

何千年ものあいだ、あそこはブレスドアイルとして知られていたが、この名前はもう相応《ふさわ》しくない。いまはまるで違う場所になった。

「影の島《シャドウアイル》だ」

ライズはそうつぶやくと、ヘリアに背を向けて甲板を離れた。

エピローグ

三十年後

体中が痛む。骨の髄まで疲れている。目ももうよく見えないし、これを書いている手も震えている。かつて少しはきれいだったとしても、とっくに色褪《いろあ》せてしまった。でも、ヴェニックスはまだ私のそばにいてくれる。最後まで忠実に。

どうか置いていって、何度そう懇願したことか。こんなに歳《とし》を取り、弱くなった私を覚えていてほしくなかったから。それよりも、楽しく過ごしたころの私を覚えていてほしかった。ええ、楽しい思い出はたくさんある！　ヴァスタヤ人であるヴェニックスは、もちろん、出会ったときとほとんど変わっていない。彼女はいまもかつてのように頑固で、勇敢で、命と愛に溢《あふ》れている。

タイラスは何年もまえ背を向け、ライズを連れて去った。あの島に囚われている亡霊退治よりも重要なことがある、と。もちろん、彼の言うとおりだ。ルーン戦争により、数えきれないほどの命が奪われ、瞬《まばた》きするあいだにいくつもの国家が蹂躙され、滅亡した。ヘリアが滅びなければ、そんなことは起こらなかっただろうに。

ヘリアを襲った破滅以来、私は島の呪いを終わらせようと努力してきた。そうせずにはいられなかったのだ。永遠にあの島に囚われている亡霊たちに、安らぎを与えたかった。誰よりも、いまもヘリアのどこかをさまよっているカリスタを救いたかった。

仲間を率いて、黒い霧のなかへ何度突撃したことか。数えることなどとうにやめてしまった。それに、ヘリアに戻るたびに犠牲を払うことになった。あの島で過ごす一日は、ふつうの一年に匹敵するのだ。でも、おかげでたくさんの遺石を回収し、それで新たな武器を作ることができた。ヘリアの地下に眠っていた遺物、危険すぎて放置しておけない遺物もいくつか回収した。ずる賢い禿鷹《はげたか》どもがどれほど多くを盗んだか、考えるだけでも恐ろしい。

破滅で放たれた恐怖からすべての霊を解き放つという任務は、その先さえ見えない。でも、希望はある。カリスタの尊い犠牲がくれた希望が。彼女の犠牲が無駄ではなかったと知って、私は安らかに逝くことができる。この戦いを受け継いでくれる人々がいるから。私は彼らを募り、闇を払う武器を与えて、できるかぎり訓練した。いまも数が増え続けている新たな光の番人たちは、昔のブレスドアイルを一度も見たことがないけれど、島を襲った呪いがすべて払われるまで、戦い続けてくれるだろう。彼らが必要なことをしてくれるのはわかっている。

彼らはすでに何度もそれを証明し、数えきれないほど多くの魂を救ってきた。何年もまえ、黒き霧は島から外に広がり、それに包まれた者の魂に滅びをもたらしはじめた。でも、黒き霧が襲いかかるとき、光の番人がそれを弾《はじ》き返す。

もうすぐ新しい基地が完成する。そこでは新しい光の番人が訓練を受け、武器の使い方を学ぶ。これまで得た知識と遺石を用いた武器も、すべてそこに蓄えられることになる。いまこの日誌を書いているのも、その基地。おそらく私の命もここで尽きることになるだろう。

いまはすべてが暗く思えるとしても、希望の熾火《おきび》はまだ残っている。

もうすぐその熾火が炎となり、この世界から闇を消し去るだろう。

光の番人の技術者、ジェンダ・カヤ

Character Visual

カリスタ

ヴィエゴ

アーロック・グラエル

ライズ

ヘカリム

ジェンダ・カヤ

ヴェニックス

ソラカ

謝辞

小説を執筆するのは、理想的な環境のもとでも困難な作業だ……が、今回の環境は、とても理想的とは言えなかった！　本書の執筆中に、様々な出来事が起きたからである。しばらくは、本当に書きあげられるかどうか自分でも確信が持てなかった。こうして完成できたのは、次に挙げた人々のおかげによるところが大きい。

まず、義父母のトリッシュとゲイリー・ウィルソン。ふたりの助けがなければ、本書を完成させるのはおそらく無理だった。たいへんなときに頼ることができて、どれほど助かったことか。

本書のあらゆる段階を通して共犯者であり、支持者であり、よき協力者でもあった担当編集者、ケイト・ゲイリーにも大きな感謝を捧《ささ》げなければならない。

同じくライアットゲームズのパブリッシング・チームの面々、ウィリアム・カマチョ、グレッグ・ノール、マイク・ルジツキ、モーガン・リング、アリエル・ローレンス、ギヨーム・ターメル、ロデリック・ピオ・ロダ、ステファニー・リピット、グレン・サルデッリにも感謝する。また、同社のブリジット・オニール、ミッシェル・モーク、グレッグ・ジェルメッティには、それぞれアート・ディレクション、ソーシング、アイコンに関する助力を、ダン・ムーアには地理に関する助力を感謝する。ポーラ・アレンにも多大なる感謝を。彼女の助言がなければ、本書を執筆することができたとは思えない。

オービット・パブリケーションズの編集者ブラッドリー・エングラートと、アート・ディレクションに関するローレン・パネピントの働きもいつものように素晴らしかった。

グレアム・マクニール、きみのフィードバックは今回もたいへん役立った。モリー・マハン、イアン・セント・マーティン、ローリー・ゴールディング、マイケル・ヴィスクの原稿に関するフィードバックも貴重なものだった。ありがとう、みんな。おかげで本書の出来がぐんと上がった。

ライアットゲームズの創設者であるブランドンとマークに心からなる感謝を捧げる。私たちが『リーグ・オブ・レジェンド』の世界で遊ぶことができるのは、ひとえに彼らがこの世界を作りだしてくれたおかげだ。

カリスタのオリジナル・コンセプト・アートを描いたラリー・レイに感謝する。本書内のイラストを描いたアート・スタジオ、クドス・プロダクションも、とてもよい仕事をしてくれた。

最後に、誰よりも『リーグ・オブ・レジェンド』のプレーヤーとファンの諸君にひと言。きみたちは素晴らしい。私たちがルーンテラの世界で起こる物語を語り続けられるのは、きみたちがいるからこそだ。本当にありがとう。

アンソニー・レイノルズ

アンソニー・レイノルズ
オーストラリアのシドニー出身。幼い頃からゲームとファンタジーに熱中。20 年以上にわたって数多くのゲーム、小説、オーディオドラマを発表。2014 年に Riot Games に入社。「リーグ・オブ・レジェンド」では、小説『ガレン：一番盾』を執筆。

リーグ・オブ・レジェンド
RUINATION《ルイネーション》 滅《ほろ》びへの路《みち》

2024年5月17日　初版発行

著／アンソニー・レイノルズ

訳／富永和子《とみながかずこ》

発行者／山下直久

発行／株式会社KADOKAWA
〒102-8177　東京都千代田区富士見2-13-3
電話　0570-002-301（ナビダイヤル）

印刷・製本／TOPPAN株式会社

組版／株式会社RUHIA

Printed in Japan
ISBN 978-4-04-075355-3　C0097